古典詩歌研究彙刊

第十七輯

龔鵬程 主編

第 **14** 冊

范伯子的詩學世界

唐一方 著

國家圖書館出版品預行編目資料

范伯子的詩學世界／唐一方 著 -- 初版 -- 新北市：花木蘭文化
出版社，2015〔民 104〕

目 2+278 面；17x24 公分
（古典詩歌研究彙刊 第十七輯：第 14 冊）

ISBN 978-986-404-082-7（精裝）

1.（清）范當世 2. 詩學 3. 詩評

820.91   103027254

ISBN-978-986-404-082-7

9 789864 040827

古典詩歌研究彙刊
第十七輯 第十四冊   ISBN：978-986-404-082-7

范伯子的詩學世界

作　　者　唐一方
主　　編　龔鵬程
總 編 輯　杜潔祥
副總編輯　楊嘉樂
編　　輯　許郁翎
出　　版　花木蘭文化出版社
社　　長　高小娟
聯絡地址　235 新北市中和區中安街七二號十三樓
　　　　　電話：02-2923-1455 ／傳真：02-2923-1452
網　　址　http://www.huamulan.tw 信箱 hml 810518@gmail.com
印　　刷　普羅文化出版廣告事業
初　　版　2015 年 3 月
定　　價　第十七輯 14 冊（精裝）台幣 22,000 元

范伯子的詩學世界

唐一方 著

作者簡介

唐一方，女，1982 年生人，籍貫重慶。在廣州中山大學中文系漢語言文學專業獲得文學學士學位，碩士就讀於華東師範大學中文系古代文學專業，研究方向為詞學，博士則轉入同校思勉人文高研院江南學專業，研究方向也轉到了詩學。現在上海立信會計學院文法學院漢語言文學專業任教。發表過《幸福只是一種傳說——〈浮生六記〉中芸的悲喜人生》、《廣陵詞壇的一朵奇葩——彭孫遹和他的〈延露詞〉》、《顧春及其東海漁歌》、《「夫妻偕隱」折射的文人情趣及其價值觀》、《論徐燦詞的遒麗與幽咽》等論文。

提　　要

　　范伯子是晚清桐城詩派與同光體詩的重要作家。他出生於江蘇南通，其地僻處江北、獨安一隅，質樸醇厚的風氣滋養了他篤於鄉里的鄉賢氣質；又在江海之交，沿江狼山、黃泥山的奇麗風光，為范伯子詩注入了浩蕩奇曠的江海之氣。

　　范氏詩文世家傳續十餘代，明末清初的范鳳翼和范國祿父子為范氏奠定了不尚虛名、懷貞履道的家風。范伯子在清末的大變局中，能夠放棄科舉，為家鄉新式教育鞠躬盡瘁，其光明磊落、誠摯質樸的詩心也是家風所養。

　　范伯子的詩學觀主要有劉熙載《藝概》和桐城詩學兩個源頭。青年時期問學於劉熙載為其詩注入了李白、孟郊之風，其「詩境貴深寒」說也與《藝概》的詩學理論有著內在聯繫。他與桐城吳汝綸、姚氏諸子因師徒、姻親之緣相交頗深，數年浸淫於桐城詩文論中。其宗杜韓而反吳王，推崇折衷蘇黃、放煉相濟，考究聲音之道等理論都有桐城詩學的背景，提出「赤膊子打架」強調思力則超出了桐城派的義理之說，更能體現近代思想搏激的特點。

　　近代詩人的思想命運和政治、西學東漸都有著密不可分的關係。范伯子和吳汝綸、陳三立等知交在西學與儒學之間也經歷了一個心態變化的過程。范伯子亦曾有過炙手可熱的機會，他與李鴻章和張之洞的關係有許多幽微的細節，本書一一發覆。其詩也傳達出他對清濁黨爭、戊戌變法等政治事件的關心和見解。

　　總之，范伯子的詩學不是一個單純的藝術概念，它以儒者生命為根基，以反映和回應時代為表現，其詩心、詩學大環境、時世劇變又反作用於其詩論。如此往復交融，始成其厚而大的詩學世界。

目

次

緒論：同光之際問誰雄？
——論范伯子在近代詩壇的地位

　　范伯子（1854～1905），初名鑄，字無錯，二十五歲上改名當世，號伯子、肯堂，江蘇南通人。年少時曾中州試第二名，然九應鄉試不第，三十五歲後決意棄考，以秀才終身〔註1〕。初訪學於劉熙載，再拜張裕釗為師，受張氏薦於湖北通志局任事。因詩受知於吳汝綸，赴河北冀州書院任教三載。又因吳汝綸薦，於光緒十七年至天津李鴻章府課其幼子經邁。三年後甲午戰爭爆發，在流言蜚語中離去。後輾轉數地，在生命的最後兩年曾短暫就職南京江鄂譯書局會辦和三江師範學堂總教習，又一手創辦了南通小學堂。有《范伯子詩集》十九卷和《范伯子文集》十二卷傳世。

　　今天論到晚清詩壇，陳三立、鄭孝胥、沈曾植、陳衍等名大多數人都已耳熟能詳，但對范伯子還比較陌生。其實，前列諸人之聲名遠播，除了詩歌成就以外，還混合著政治命運、詩話廣傳、後代傑出等多重原因。他們皆由清而入民國，經歷曲折，對後輩詩人影

〔註1〕 雖然光緒二十年迫於父親范如松的施壓，范伯子捐了一個光祿寺署正的官，但除了極少數人稱他范光祿以外，大多數材料還是以他為諸生，姚永概《范肯堂墓誌銘》依然稱他「以一諸生，名被天下」，對捐官一事避而不談。

響也更多，是以爲今人熟知。然正如嚴迪昌先生所言，「晚清同治、光緒年間以詩名於世的范伯子，最足稱不假詩外名位以爲推力的本色詩人」〔註2〕。范伯子以詩成名立身，用詩抒情發憤、交遊行世，「以一諸生，名被天下」，其一生與詩都有著密切的關係。可惜這位本色詩人的身後聲名卻頗爲寂寞，甚至連學界也以之爲二三流作家，未給予足夠的研究力度。但當我們跨越百年，細究當時的詩文材料，不免會發現我們幾乎錯過了一位在同光詩壇享譽盛名的一流詩人。

一、桐城詩派傳人與《石遺室詩話》中「同光體」譜系的缺失

首先，范伯子專精於詩，是桐城詩派在晚清最重要的傳人。吳闓生在《晚清四十家詩鈔序》中宣稱：「先大夫垂教北方三十餘年，文章之傳則武強賀先生，詩則通州范先生」，將詩與文兩分與之。賀松坡確實罕爲詩，伯子詩集中就有《松坡不肯爲詩，強拉有作，即依其所用韻酬之》爲證，但范伯子卻曾精研桐城古文，自作也頗得吳汝綸嘉賞。筆者以爲，其詩——尤其是七言古體，亦得力於古文的章法結構之妙。但正如陳三立《哭范肯堂》詩所述，其「早歲綴文篇，躋列張吳行。承傳追冥漠，墜緒獲再昌。歌詩反掩之，獨以大力扛」，文名後來幾乎全爲詩名所掩，又說「君親友如馬通伯、姚叔節輩，皆絕推隆君詩，而未及論列其文」〔註3〕。徐文蔚《校刻范伯子集序》中亦稱「世之稱先生者尤重其所爲詩」〔註4〕，可見范伯子確實詩藝超出文章之上。

貴專精而不求多能亦是桐城派的傳統之一。姚永樸記先賢事迹：「昔方望溪嘗作詩，海寧查他山（愼行）見之曰：『子詩不能工，徒

〔註2〕嚴迪昌：《范伯子詩述略》／《文史知識》，2003年第8期，第97頁，亦在《范伯子研究資料集》第206頁。

〔註3〕陳三立：《范伯子文集序》／《范伯子詩文集》（以下簡稱《詩文集》），上海：上海古籍出版社，2003年，第616頁。

〔註4〕徐文蔚：《校刻范伯子集序》／《詩文集》，第613頁。

奪爲文力。』望溪自是不爲詩。惜抱先生嘗作詞，嘉定王鳳喈（鳴盛）謂休寧戴東原（震）曰：『吾昔畏姬傳，今不畏之矣。』東原曰：『何耶？』曰：『彼好多能，見人一長，輒思並之。夫專力則精，雜學則粗，故不足畏也。』東原以告，惜抱自是不爲詞。」〔註5〕這種專一之志也延續了下來，所以馬其昶稱范伯子「以詩名天下」，並講述了「君恨余不爲詩，督之甚力。吳先生曰：『子毋然。子爲詩，徒見短耳！終莫能勝彼。』因相與一笑罷」〔註6〕的趣事。各有一技傍身，耕種自己的園地是吳汝綸、馬其昶、姚永樸、賀松坡等桐城文人內心的自覺自守。范伯子雖籍非桐城，但他師友張吳，又與姚永樸、馬其昶爲姻戚，多年切磋磨礪，浸淫於桐城詩文論中，後期也以桐城傳人自命，其暮年所爲詩「我遊二十載，不益囊中裝。聊憑一卷詩，鎭壓風霜涼」〔註7〕亦足證其以詩爲性命的自覺。《晚清四十家詩鈔》總計選詩 41 家、646 首，范伯子即佔了 101 首，幾乎六分之一的超常比重也體現了吳闓生「以范先生爲之主」〔註8〕的思想，可見桐城文人內部是以范伯子爲傳承並振興桐城詩派之領袖的。

范伯子不但被認作是桐城詩派的發揚光大者，同時也被後人推許爲「同光體」的大家。但他與「同光體」的連繫卻不像與桐城詩派的那麼脈絡清晰、不容置喙，甚至連他是否屬於「同光體」詩家，也有些不甚了然。眾所周知，「同光體」之名最初是由陳衍、鄭孝胥在癸未（1883）、丙戌（1886）年間閒談時提出，乃「戲目同光以來詩人不專宗盛唐者」〔註9〕。晚清時尚有王闓運、樊增祥、易順鼎等人的

〔註5〕《姚永樸文史講義・文學研究法・工夫》，南京：鳳凰出版社（原江蘇古籍出版社），2008 年，第 130 頁。

〔註6〕馬其昶：《范伯子文集序》／《范伯子研究資料集》（以下簡稱《資料集》），鎭江：江蘇大學出版社，2011 年，第 615 頁。

〔註7〕《吾詩遂巳九百九十九首，五疊前韻以足之，示潛之夢湘》／《詩文集》，第 374 頁。

〔註8〕曾克耑：《晚清四十家詩鈔序》／吳闓生評選，寒碧點校：《晚清四十家詩鈔》，杭州：浙江古籍出版社，2006 年，第 27 頁。

〔註9〕陳衍：《石遺室詩話》／《民國詩話叢編》第一冊，上海：上海書店

漢魏六朝派、中晚唐派等與之抗衡，並未一派獨大。入民國後得力於《石遺室詩話》綿延二十多年的連載、出版，漸漸令詩壇格局發生改變，如漢魏六朝派就「迄同光體興，風斯微矣」〔註10〕，最後竟形成了「民國詩多濫觴於所謂『同光體』」，「門戶既張，於是此百數十人之私言」成爲「一國之公言」〔註11〕的局面。

　　陳衍既大力宣傳「同光體」，其「以閩中詩派作爲同光體的主體，隱然以自己與鄭孝胥爲魁傑」〔註12〕也就不足爲奇了。再者，他曾在張之洞幕府數年，而范伯子與張之洞又有些齟齬，陳衍與伯子亦無私交，《石遺室詩話》「只揀與他有交情的稱許，無交情的則不理」〔註13〕，所以他對范伯子的評價其實是非常薄弱、未盡公允的。整整三十二卷的《石遺室詩話》中竟只有短短的一句提到范伯子──「南通州范肯堂明經當世有《中秋月》句云：『噫余瘦削不成影，見汝盈盈在上頭』，淒咽似倪雲林中秋之作，皆不久下世矣」〔註14〕，不但與詩藝毫不相干，且完全無視該詩諷刺慈禧的深意。伯子後人對此早有不滿，據范罕弟子徐駱回憶：「《石遺室詩話》以此章爲詩讖也。然後聞文介師（伯子長子范罕諡號）語，謂此詩頗有所蘊，有如東坡「瓊樓玉宇」之詞。時帝囿瀛洲，女主當權，方竭力於七十萬壽，不以恤民裕國置懷云爾，則所云讖者，益失之矣」〔註15〕。詩中「噫余瘦削不成影，見汝盈盈在上頭。一世閨人

　　　　出版社，2002 年，第 18 頁。

〔註10〕汪辟疆：《光宣詩壇點將錄・王闓運條》／《光宣詩壇點將錄箋證》，北京：中華書局，2008 年，第 2 頁。

〔註11〕林庚白：《今詩選自序》／《資料集》，第 90 頁。

〔註12〕錢仲聯：《論「同光體」》／錢仲聯：《夢苕庵清代文學論集》，濟南：齊魯書社，1983 年，第 112 頁。

〔註13〕曾克耑：《論同光體詩》／《香港中國古典文學研究論文選粹 1950～2000・詩詞曲篇》，南京：江蘇古籍出版社，2002 年，第 23 頁。

〔註14〕《石遺室詩話》卷四／《民國詩話叢編》第一冊，第 71 頁。

〔註15〕徐駱：《記通州范伯子先生》／《資料集》，第 198 頁。

齊下拜，八方園食竟前投」〔註16〕云云正是以月亮影射慈禧，「瘦削」國民與「盈盈」喜氣的意態反差，八方進獻的園食等，都透露出詩人對此番祝壽的厭惡。所以陳衍的詩讖之說確實沒有撓到癢處，未爲「讖言」。

陳衍眞正也是唯一評論范伯子詩的話並沒有收入 32 卷本的《石遺室詩話》，而是在《近代詩鈔述評》中。〔註17〕其言：「伯子識一時名公巨卿頗夥，徒以久不第，抑鬱牢愁，詩境幾於荊天棘地，不啻東野之詩囚也。功力甚深，下語不肯猶人，讀之往往使人不歡。」〔註18〕所謂「功力甚深，下語不肯猶人」，只不過是以江西詩派避淺避熟的詩學標準衡量之，僅在技藝層面，而所謂「讀之往往使人不歡」，嚴迪昌先生已辯說「殊不知那原是個國人無歡的時代」〔註19〕，伯子詩中有些深寒不平之氣亦屬正常。錢仲聯亦曾爲伯子抱屈，批評陳衍「此論未爲圓賅」，《近代詩鈔》「所選亦非范詩之極詣者」，並以詩句「漫憐孟郊囚，胸次故昭曠」反駁陳衍道你不必一廂情願同情伯子，其人心胸曠達，並不是爲功名就抑鬱牢愁之人。

陳衍既對范伯子如此輕忽，可見得並未將他視爲本派同仁，那麼范伯子又是如何與「同光體」扯上關係，以至於錢鍾書會得出「廉卿弟子范肯堂（當世）亦同光體一大家」〔註20〕的印象呢？唯一的

〔註16〕《光緒三十年中秋月》／《詩文集》，第 408 頁。

〔註17〕在《石遺室詩話》正式結集出版前，1923 年，陳衍選輯的《近代詩鈔》24 冊已經出版，所選作家作品，超出《詩話》五、六倍。在各家小傳之後，也列有所謂的「石遺室詩話」一則，有的在 1929 年收入了 32 卷本的《石遺室詩話》，有的則沒有，論范伯子的就屬未收之列。錢仲聯先生整理《陳衍詩論合集》時，將《近代詩鈔》所附的「石遺室詩話」定名爲《近代詩鈔述評》。

〔註18〕錢仲聯編校：《陳衍詩論合集（上冊）》，福州：福建人民出版社，1999年，第 911 頁。

〔註19〕嚴迪昌：《范伯子詩述略》／《資料集》，第 206 頁。

〔註20〕錢鍾書：《談藝錄》四二「桐城亦有詩派」條下，北京：中華書局，1984 年，第 147 頁。

橋梁恐怕只能是范伯子的姻親密友陳三立了〔註21〕。陳衍於光緒三十一年（1905）始結識陳三立，隨後將之納入《師友詩錄》，有研究者稱這「是『同光體』風格的又一次擴充。此後陳衍關於『同光體』的敘述，往往以陳三立代表的『生澀奧衍』派與鄭孝胥代表的『清蒼幽峭』派的比較爲情節主線。同時，深服范當世的陳三立加入『同光體』，又增添了『同光體』與『桐城詩派』的一段因緣。稍後陳衍在學部與大學堂中頗與馬其昶、陳澹然、姚永概等人交遊。沈曾植在安徽任上，也曾先後招致桐城學人如方守彝、馬其昶、姚永樸、姚永概等……後來文學史家將『桐城詩派』也看作『同光體』，淵源在此。」〔註22〕從中我們可以清晰看見「桐城詩派——范伯子——陳三立——同光體」這樣一條關係線索。但范伯子於光緒三十年（1904）十二月已經去世，所以，當其存日，未必有身屬「同光體」的自覺。不過，或如錢仲聯所言，「由於《石遺室詩話》在民國以後的廣泛傳佈，『同光體』也就約定俗成地作爲近代宋詩運動的代稱」〔註23〕，而桐城詩派亦屬宋詩運動的一環，范伯子詩風又顯然「不專宗盛唐」，所以當民國時人溯流而上時，將其納入「同光體」也在所難免了。夏承燾稱「陳伯嚴，從伯子游者，此同光體先聲也」〔註24〕，以范伯子爲「同光體」大行其道前的序幕，筆者以爲這是一種更審愼嚴謹的判斷。

二、曾克耑的「同光體」譜系

對於陳衍所建立的「同光體」譜系中范伯子的缺失，推崇伯子詩的後來者主要有兩種回應方式。一是詩人寒碧在《重印晚清四十

〔註21〕范伯子長女范孝嫦嫁給了陳三立長子陳師曾。
〔註22〕陸胤：《「同光體」與晚清士人群體——從同光清流到武漢幕府》／《國學研究》第22輯，北京：北京大學出版社，2008年，第303～350頁。
〔註23〕錢仲聯：《論「同光體」》／《夢苕庵清代文學論集》，第114頁。
〔註24〕夏承燾：《天風閣學詞日記》／《資料集》，第135頁。

家詩鈔序》中以其人之道還治其人之身，直斥陳鄭對同光體的定義
「泛泛到似是而非，尋尋則似有若無。王闓運、張之洞、黃遵憲、
文道希、易實甫、曾廣鈞，他們都『不專宗盛唐』，但都不是同光
體……則『戲目』只當它『戲目』，不必深求可也」，認爲「同光體」
雖以時代爲名，卻並不能攬括同時代的所有詩人，所以「范肯堂是
同光正宗，卻不是『同光體』」，「倒是『桐城派』確有其承傳相繼
的線索，范肯堂顯然是守先啓後的巨擘。」〔註25〕但這樣迴避的態
度也未免過於簡率，「同光體」是整個清代宋詩運動在末造的重要
表現，范伯子既屬宗宋一派，其詩學思想、人際交往又都與「同光
體」有著千絲萬縷的聯繫，似乎很難撇得如此乾淨。所以比較起來，
還是曾克耑的第二種回應方式——建構一個新的「同光體」譜系，
將范伯子納入其中，更具有理論意義。

　　曾克耑生於光緒二十六年（1900），二十歲上拜吳闓生爲師學
詩、古文辭。作爲范伯子的再傳弟子，他痛心於伯子「獨以同光正
宗名震一時，身歿而世遂莫之知」〔註26〕的遭遇，屢屢撰文印書爲
之表彰，有論文《論范伯子詩》〔註27〕、《近代海內兩大詩世家》
〔註28〕（通州范氏與福州曾氏）、《論同光體詩》〔註29〕，還編撰出
版了《通州范氏十二世詩略》。曾克耑亦曾「問詩於散原、石遺二
公」〔註30〕，陳衍對他有指授之恩，所以他對陳衍並無意氣偏見，
行文中也都尊其爲「石遺先生」。他雖無緣親炙范伯子，但錢仲聯

〔註25〕寒碧：《重印晚清四十家詩鈔序》／吳闓生：《晚清四十家詩鈔》，杭
　　　　州：浙江古籍出版社，2006，第 13 頁。
〔註26〕曾克耑：《范伯子詩集序》，《詩文集》，第 613 頁。
〔註27〕發表於《幼獅學誌》，民國五十八年（1969）9 月，臺北，已見。又
　　　　見《香港中國古典文學研究目錄》中有同名文章發表於 1959 年香港
　　　　《新亞書院學術年刊》。
〔註28〕發表於《幼獅學誌》，民國五十七年（1968）4 月，臺北，已見。
〔註29〕原載於 1959 年 9 月香港《文學世界》，現見收於《香港中國古典文
　　　　學研究論文選粹（1950～2000）·詩詞曲篇》，南京：江蘇古籍出版
　　　　社，2002 年。
〔註30〕錢仲聯：《夢苕庵詩話》／《民國詩話叢編》第六冊，第 350 頁。

云其「祈向所在，似不外肯堂、散原二家。古體全學肯堂，差能具體，近體則以范陳樹骨，參以異派之長」〔註31〕。其自述學詩經過更是云：「我記學詩近廿載，眼中唯此眞源在。江金鄭陳一掃空，自古回颷扇東海」〔註32〕，將江湜、金和、鄭孝胥，甚至陳三立等人皆視爲過眼雲煙，惟以肯堂詩爲「眞源」終生咀嚼護持。

曾克耑瓣香獨奉范伯子到如此地步，難免令人「駭異」〔註33〕。如當代學者季惟齋，雖然也承認范伯子爲近代大家，說「當日大家如陳鄭范沈，每能警秀，殊乏卑平篇什」〔註34〕，以及「散原生澀奧衍，專用奇氣。海藏清蒼峭蒨，意氣爲主。伯子沉雄恣肆，不拘細行。寐叟高古譎邃，玄智偏多」〔註35〕，但對於曾克耑稱范伯子「七百年間無與敵焉」〔註36〕的話，還是忍不住直斥：「此眞不識古人體要之言也，亦不知置牧齋、亭林、漁洋於何地？」〔註37〕

殊不知桐城派詩文論正是以李、杜、韓、蘇、黃、元、姚爲正宗傳承的譜系，而錢牧齋、王漁洋等人恰是他們批駁糾偏的對象〔註38〕。他們雖對顧亭林的氣節學養很尊敬——姚永樸《文學研究法》中也多處徵引其詩文論，但對其詩歌創作並無多嘉許。簡言之，

〔註31〕錢仲聯：《夢苕庵詩話》／《民國詩話叢編》第六冊，第 350 頁。

〔註32〕曾克耑：《論大范詩上行嚴丈十一疊韻》／《資料集》，第 146 頁。

〔註33〕季惟齋：《庸經堂筆記初編》／《資料集》，第 146 頁。

〔註34〕季惟齋：《徵聖錄》，上海：華東師範大學出版社，2010 年，第 307頁。

〔註35〕季惟齋：《徵聖錄》，第 306 頁。

〔註36〕曾克耑：《晚清四十家詩鈔序》／吳闓生評選，寒碧點校：《晚清四十家詩鈔》，第 27 頁。

〔註37〕季惟齋：《庸經堂筆記初編》／《資料集》，第 146 頁。

〔註38〕方東樹《昭昧詹言》中對錢謙益稱讚陸機擬古詩爲善學古人（卷一·一一二）以及譏諷黃山谷不善學杜（卷八·四）都加以了反駁，說「杜之眞氣脈，錢亦未能知」，牧齋學杜跟李空同一樣，只是「模取聲音笑貌」，充滿了「客氣假象」；就詩意通暢一事言「近人於用法一事全不講，如朱彝尊、王阮亭、錢牧齋輩，皆於此概乎未有所知也」（卷一·一○七）；卷一·一三九至一四三都是專門針對王阮亭的批評，言其「標舉神韻，固屬雅音，然亦由才氣局拘，不能包羅，故不喜《中州集》」、「用心浮淺，氣骨實輕」、「用事多出餖飣」等等。

如果從抒情傳統來看中國詩，那麼王漁洋的神韻說自然佔有一席之地，但如果從言志、美刺的詩教傳統來看，桐城詩派跨越明詩及錢、吳、王、袁等人，「直接元遺山」〔註39〕也就不足爲奇了。所以曾克耑說「唐之杜韓是不容追上的，但宋代出了蘇黃，便把杜韓以外這些小名家打到了。到了近代出了范陳，也便把蘇黃而後小詩家壓伏了」〔註40〕，可見在曾氏意中，范陳乃上接蘇黃的大手筆，而漁洋等人不過是小詩家。

可見，曾克耑所謂的「同光正宗」是有著深厚的歷史傳承內涵的，這在《晚清四十家詩鈔序》中表現得更明顯。他回顧了自韓愈、歐陽修提倡李杜以來，「東坡、山谷，巍然起傳其緒，規模益大。至今天下言詩者翕然稱李、杜、蘇、黃，非此四家幾不得爲詩。而凡以詩名者，其格律、聲色、神理、氣味，苟不出入此四家，得其神似，即不爲正宗，何其盛也！何其盛也！自是以降，陸、元承其流，王、姚綿其緒於不墜〔註41〕」。姚惜抱「生當承平，其所兢兢者，別裁僞體耳」——「別裁僞體親風雅」正是桐城派戮力所在。而「覃及勝清之末，肯堂范先生卓然起江海之交，憂時憤國，發而爲歌詩，震蕩翁闢，沉鬱悲壯，接迹李杜，平視坡谷，縱橫七百年間無與敵焉，洵近古以來不朽之作也」。吳闓生「慨晚近異說紛騰，李杜蘇黃之學將絕於天下，於是取師友淵源所自及當代名流所爲不大背乎斯旨者凡四十一家，都六百四十六章，甄而錄之。要以范先生爲之主」，因爲「當茲異說紛紜，國學日蹙之時，求一尋常知詠歌、嫺音律者且不易得，況語夫正宗之學邪？」〔註42〕其論述中頻頻出現的正宗、

〔註39〕《除夕詩狂自遣》／《詩文集》，第 260 頁。

〔註40〕曾克耑：《論同光體詩》／《香港中國古典文學研究論文選粹（1950～2000）·詩詞曲篇》，南京：江蘇古籍出版社，2002 年，第 3 頁。

〔註41〕桐城派對王漁洋的批評是漸進的，姚鼐的《今體詩選》只是對王漁洋的《古今體詩鈔》做了些補充矯正，到方東樹的《昭昧詹言》則對王漁洋愈不客氣，所以曾克耑只稱其是綿其緒於不墜，直至肯堂才有振起之功。

〔註42〕曾克耑：《晚清四十家詩鈔序》／《晚清四十家詩鈔》，第 26 頁。

僞體、異說之辭都表明李杜蘇黃之學乃桐城文人心中鵠的所在，而范伯子乃時序上接續姚惜抱、內涵上繼承李杜蘇黃的當然之選。正是在這個意義上，曾克耑才對《石遺室詩話》影響了一班人只知有陳、鄭，不知有范而深表遺憾。

這是從桐城詩派理論中詩壇正宗傳承的譜系縱向來看范伯子的位置，橫向來看，聚焦於「同光體」詩人，曾克耑亦有一番見解。首先，他認爲「同光體」應該是一個內涵深厚的流派，其興起的外因是時局動亂、政府腐敗的背景——「同光體詩人自洪楊之亂寫起一直寫到民國初元這一百年間的人間諸種變相，成就了詩界天堂的驕子」〔註43〕，是以反映現實、糾彈政府、表現詩人在時代動盪中的慘痛呼聲爲內容的。他意中的「同光體」確實是落在同治、光緒兩朝，而不像陳衍的「同光體」「『同』字是沒著落的」〔註44〕。雖然當代學者們也在努力解釋爲何陳衍使用「同光」而非「光宣」的問題，有人說是出於對「同治中興」的文化認同與期待〔註45〕，有人說是源於「同光清流」的政治派系〔註46〕，雖皆與政治有關，但似乎不如曾克耑所講的以政治爲題材這樣直接明瞭。

曾克耑接著梳理了「同光體」興起的內因，認爲這批詩人是通過對古代詩人的新評價和新創獲來表明自身——以杜韓揭櫫，推崇蘇黃，對李白和白居易的詩風興致缺缺，對柳子厚、孟東野、韓東郎、梅聖俞、王荊公、陳後山這幾位此前倍受冷落的詩人大力發掘揄揚。通過群體人物有意識的努力，漸漸有了開宗立派的氣象。

從這內外因兩方面來看「同光體」的興起，就更能理解爲何曾克耑會對「《石遺室詩話》把鄭作爲清蒼幽峭的領袖，陳作爲生澀奧

〔註43〕曾克耑：《論同光體詩》／《香港中國古典文學研究論文選粹（1950～2000）‧詩詞曲篇》，南京：江蘇古籍出版社，2002年，第4頁。
〔註44〕錢仲聯：《說「同光體」》／《夢苕庵清代文學論集》，第114頁。
〔註45〕詳參侯長生：《「同治中興」與同光體》／《唐都學刊》，2008年5月。
〔註46〕詳參陸胤：《同光體與晚清士人群體》中的第一節「從同光清流到同光體」／《國學研究》第22輯，北京：北京大學出版社，2008年，第303～350頁。

衍的領袖，同光派詩人都逃不出這兩派範圍」的區分法深感不滿了。因爲「清蒼幽峭，生澀奧衍，本亦相類」﹝註47﹞，以之概括「同光體」未免有些畫地自限和浮於文字表面，不足以承擔反映現實與上接杜韓蘇黃的厚重內涵。易宗夔的《新世說》將范伯子歸入「生澀奧衍」一派﹝註48﹞，似也未經思考，只是因其與陳三立的私交就將他們分派在一起。但凡通讀過伯子詩的人就該知道「伯子詩實既難歸入『生澀奧衍』一派，與『清蒼幽峭』又相去更遠。范伯子詩歌的風格趣味實可擴充充實同光派的藝術內涵。」﹝註49﹞進入民國的「同光體」末流被譏爲「十九無眞感」﹝註50﹞正是因爲他們單單效法文字風格，未能繼承同光大家的詩教精神所致。試想若沒有將范伯子沉雄悲壯的這條線排除在外，或許還不會流弊至此。所以曾氏連連感歎「可惜他（陳衍）不深知范先生，范先生應該作爲沉雄悲壯一派，也可以說是自杜、韓、蘇、黃、陸、元而後的正宗，惜乎石遺先生不夠知道他啊！」﹝註51﹞

曾克耑的理論正中陳衍所倡「同光體」的硬傷，後來金天羽對「同光體」末流大肆抨擊，理由也與他相仿。金氏從藝術本身的演變規律來解釋「同光體」興起的原因是：「有清一代，詩體數變。漁洋（王士禛）神韻，倉山（袁枚）性靈，張（問陶）、洪（亮吉）競氣於輦轂，舒（位）、王（曇）騁豔於江左。風流所屆，遂成輕脫。夫口饜粱肉，則苦筍生味；耳倦箏笛，斯蘆吹亦韻。西江傑異（陳三立），甌閩生峭（陳衍、鄭孝胥），狷介之才，自成馨逸。纖文弱植，未工模寫，而瓣香無己（陳師道），標舉宛陵（梅堯臣），洎夫

﹝註47﹞季惟齋：《徵聖錄》，第 330 頁。
﹝註48﹞易宗夔：《新世說・文學》／《資料集》，第 125 頁。
﹝註49﹞龔敏：《范當世與陳三立的文學交往》／《古典文學知識》，2009 年第 3 期，第 80 頁。
﹝註50﹞林庚白：《麗白樓詩話》／《民國詩話叢編》第六冊，第 134 頁。
﹝註51﹞曾克耑：《論同光體詩》／《香港中國古典文學研究論文選粹（1950～2000）・詩詞曲篇》，南京：江蘇古籍出版社，2002 年，第 24 頁。

臨篇搦翰，乃不中與鍾（惺）、譚（元春）當隸圉。文質兩弊，在乎偏霸。圖霸不出，齊、晉分裂。」〔註52〕散原、海藏還可稱是「狷介之才，自成馨逸」，但這畢竟只是詩世界中的偏師、一格而已，若過度標舉，以致「纖文弱植，未工模寫」之輩皆趨之若鶩，以後山、宛陵爲正宗，則不免淪爲鍾譚之流。南社詩人高燮對同光末流的反思也是如此：「今之風尙，競言澀體，避熟就生，自開戶牖。譬如咀橄，回味得甘，此境固自不惡，而學者往往專求其澀，則謬矣。」〔註53〕錢仲聯也認同金天羽的「評論，大體上符合實況。乾嘉詩風，濃膩浮華，到了極弊，一部分同、光詩人轉向到另一面，出現清苦幽雋的流派。」〔註54〕

不難看出，金天羽這段對「同光體」的批評正是以陳衍建立的譜系爲靶子的。范伯子不但不在其中，而且他還是金氏意中「發皇墜緒，振起宗風」的「大雅君子」之一——「肯堂窮老，胞與民物之懷；漸西（袁昶）吏隱，天際眞人之想，兩賢徂往，遺文可玩」〔註55〕。在與鄭孝胥信中，金氏復言：「吳中文字綺靡，弢叔（江湜）獨以清剛矯濃嬝」，「繼弢叔之後，爲通州范伯子，貧窮老瘦，涕淚中皆天地民物，大江南北，二子者蓋豪傑之士也」〔註56〕。鄭孝胥回信「論詩舉巢經，謂出江、范之上」，金氏則駁道「夫三子之才，誠未易以單詞相伯仲」〔註57〕，不欲有所軒輊，可見他對范伯子之愛重。筆者細味「窮老」、「貧窮老瘦」等辭，「貧窮」或言其境遇，「老瘦」則應是形容其詩風嫻熟老辣而厚重，瘦硬遒勁有骨氣。其詩心不爲一己榮辱縈懷，而是包羅天地民物之憂，是以人雖窮苦，

〔註52〕 金天羽：《答樊山老人論詩書》／金天羽著、周錄祥校點：《天放樓詩文集》，上海：上海古籍出版社，2007年版，第792頁。
〔註53〕 胡迎建：《試述南社裏的宗宋派詩人》／《徐州師範大學學報》，2010年3月，第41頁。
〔註54〕 錢仲聯：《論「同光體」》／《夢苕庵清代文學論文集》，第115頁。
〔註55〕 金天羽：《答樊山老人論詩書》／《天放樓詩文集》，第792頁。
〔註56〕 金天羽：《答蘇戡先生書》／《天放樓詩文集》，第796頁。
〔註57〕 金天羽：《再答蘇戡先生書》／《天放樓詩文集》，第798頁。

卻以「豪傑」許之。錢仲聯說金天羽「論近代詩，頗推許鄭子尹、范伯子、袁爽秋諸家，而於時流之做宋人一派者有微詞」〔註58〕，亦可看出金氏是將范伯子與西江末流分別看待的。

曾克耑並不是草草地將范伯子納入「同光體」爲正宗就完結了，他對「同光體」的興起、發展都有一個完整的圖景描述。最早追溯到乾嘉時期的秀水詩人錢載，一一數落其時詩壇領袖如沈德潛、袁子才、翁方綱等人皆是妄庸巨子，厲鶚幽秀卻失之碎，黃仲則俊逸又失之輕，「龔定庵才華絕世，但不軌於正，說者以爲有妖氣；比較最好的要算錢籜石的醇樸雅正，不愧一作手，但一班人不知他的好處，也就等閒視之，哪知道同光派的興起，還是受這派的影響呢？」〔註59〕接著「根據先師北江先生（吳闓生）的看法，參以一般的見解」列出了一張「同光體作家表」。其中在朝倡導者有祁寯藻、曾國藩、張之洞——祁、曾提倡宋詩無疑，張之洞對江西詩派雖不無譏諷，但「將宋意入唐格」〔註60〕亦是其詩學內涵，何況其武漢幕府實在是「同光體」人物活躍的中心；以鄭珍、江湜爲過渡者，范伯子、陳三立、鄭孝胥爲在野倡導者；而陳衍則只能算爲「同光體宣傳者」，因其「中年以詩名，顧非甚工。至說詩，則居然廣大教主矣」〔註61〕。

曾克耑的「同光體」譜系雖然是發揮師說，亦並非孤見，其所謂「參以一般的見解」的詩壇基礎還是有的。如汪辟疆《論詩絕句十首》之六云：「巢經巢與伏敔堂，籜石而還奮海藏。伯子伯嚴孤詣僅，剝膚無奈眾兒郎」〔註62〕，鄭珍、江湜、錢載、鄭孝胥、范伯子、陳三立一路數下來，與曾氏對「同光體」源流發展的判斷驚人的一致。只是范伯子、陳伯嚴皆孤詣獨徵，後繼乏人，「同光體」

〔註58〕錢仲聯：《夢苕庵詩話》／《民國詩話叢編》第六冊，第221頁。
〔註59〕曾克耑：《論同光體詩》／《香港中國古典文學研究論文選粹（1950～2000）：詩詞曲篇》，第3頁。
〔註60〕汪辟疆撰，王培軍箋證：《光宣詩壇點將錄箋證》，第124頁。
〔註61〕汪辟疆撰，王培軍箋證：《光宣詩壇點將錄箋證》，第50頁。
〔註62〕汪辟疆：《論詩絕句十首》／《資料集》，第132頁。

末流便滋生出了生吞活剝、擣擂前人的弊病。

　　總之，曾克耑從縱向傳承蘇黃李杜之學和橫向與「同光體」諸人比較以見差異這兩方面來奠定了范伯子「同光正宗」的地位。范伯子沉雄悲壯之詩風凸顯的內涵，乃歷史與現實交會的結果。

三、與陳三立、黃遵憲的相互推重

　　如果說曾克耑賦予范伯子如此重要的地位尚是後人追溯，且爲嫡繫傳人，未必盡得歷史眞實，那麼我們再來看看與之同時的代表近代詩壇新舊兩派的兩位巨匠——陳三立和黃遵憲對范伯子的評價，以及他們之間的交往，亦可一窺范伯子在當日的地位。

　　范伯子與陳三立乃姻親關係，而且是陳三立「所最推許」之人，「集中投贈，獨繁而摯」〔註63〕。散原見其《中秋玩月》詩，「誦之歎絕，蘇黃而下無此奇也」，贊道：「吾生恨晚生千歲，不與蘇黃數子游。得有斯人力復古，公然高詠氣橫秋」〔註64〕；《和肯堂雪夜之作》中「萬古酒杯猶照世，兩人鬢影自搖天」之句被人看出乃「使君與操」的英雄相惜之情〔註65〕；送肯堂葬詩：「斯文將喪吾滋懼，微命相依世豈知」〔註66〕，以斯文許之，可謂義重，以性命依之，可謂情深；多年後《雪夜讀范肯堂詩集》依然哀吟「老至親故稀，況有深語傳……向怪古人癡，牙琴爲絕弦」〔註67〕，知己思念之情綿綿不絕。陳寶箴逝世後，陳衡恪致信稱其父「泣言吾祖身後之文辭非外舅莫屬」〔註68〕，則范伯子在陳散原心目中獨一無二的地位已不言而喻。錢基博曾說陳三立「早從通州范當世遊，極推

〔註63〕徐一士：《一士類稿‧談陳三立》／《資料集》，第268頁。
〔註64〕陳三立：《散原精舍詩文集》，上海：上海古籍出版社，2008，第51頁。
〔註65〕徐一士：《一士類稿‧談陳三立》／《資料集》，第268頁。
〔註66〕陳三立：《正月二十二日通州南郭外會送肯堂葬》／《散原精舍詩文集》，第157頁。
〔註67〕陳三立：《雪夜讀肯堂詩集》／《散原精舍詩文集》，第443頁。
〔註68〕范當世：《故湖南巡撫義寧陳公墓誌銘》／《詩文集》，第520頁。

其詩」〔註69〕，可見這是人所共知之事。直到晚年陳三立還諄諄囑附其再傳弟子李栩庵：「我的詩是萬萬學不得的，你還是多看范先生的詩，范先生詩橫絕千古，是我萬萬不及的」〔註70〕。

再看范伯子對陳三立的評價，亦能有所發見。其所作《近代諸家詩評》言：「伯嚴文學本我之亞匹，加以戊戌變法至痛，而身既廢罷，一自放於文學間，襟抱灑然絕塵，如柳子厚也，此其成就且大於蘇堪矣。伯嚴詩已到雄偉精實、眞力彌滿之時，所欠者自然超脫之一境。《江州雜感》五首，千回百折，筆勢乃蟠天際地，然畢竟仍直書即目，所以爲佳。」〔註71〕以他們之間的深情厚誼，范伯子寫來十分和婉，且對陳三立寄予厚望，但依然指出其欠缺處，「本我之亞匹」也說得十分自然。在《與三弟范鎧書》中他寫到：「弟問與近人孰比近，只有二人，陳、鄭而已。鄭已小成，自然處每不可及，然不必方比。伯嚴則尤未成，而進不可量。伯嚴極處能碎，吾弟則能整，深造之，皆各成一家。」〔註72〕

范伯子當日對散原詩的判斷也得到了後來者的認同。如錢仲聯云：「散原之詩巉險，其失也瑣碎」〔註73〕；馬一浮評其「用力甚勤，失之沾滯，俱無胸襟」；當代學者季惟齋深以爲然：「言散原沾滯少胸襟，可謂直搗黃龍。愚素尊散原老人，然不免亦有此憾。抑緣其世機太深，悲鬱入髓，未得道化之助也與。滄趣《寄簠齋詩》有云：『機盡狎鷗元自適，聲銷賣藥漸無知』，其之勝於散原處或在此」〔註74〕：皆是散原「欠自然超脫之一境」的意思。可見伯子當日慧眼如炬，而散原後來之進境則未能副其所望。

〔註69〕錢基博：《現代中國文學史》／《資料集》，第129頁。

〔註70〕曾克耑：《論同光體詩》／《香港中國古典文學研究論文選粹（1950～2000）‧詩詞曲篇》，第19頁。

〔註71〕范伯子：《近代諸家詩評》／寒碧箋評：《范伯子詩文選集》，杭州：浙江古籍出版社，2006年，第452頁。

〔註72〕范伯子：《與三弟范鎧書之二十》／《范伯子詩文選集》，第450頁。

〔註73〕錢仲聯：《夢苕庵詩話》／《民國詩話叢編》第六冊，第209頁。

〔註74〕季惟齋：《微聖錄》，上海：華東師範大學出版社，2010，第316頁。

　　陳范之交已廣爲人知，而范伯子與黃遵憲的交往則較少被關注。黃遵憲曾請范伯子評閱其詩集〔註75〕，《人境廬詩草》原稿本前八卷有伯子於光緒二十一年（1895）仲多所作的跋語，引如下：「公度先生授是詩，而即示以陳伯嚴諸所爲評，曰：『蔑以加矣，子欲頌難矣！』余曰：『不然，子之詩誠眾人所則，余亦云云以頌之耳，何難之有？如其不然，則吾將伏而誦之，句句而求之，而爲之圈識焉，點識焉，旌別其高下而兼議其所可去者焉。此最吾之能事，又奚以徒頌爲乎？』於是君尙留滬，而余攜是詩至江寧，頗竭數晝夜之力，既卒業，而得題下三圈識者六首，兩圈識者七十七首，一圈識者百有八首，其他雅淡者，亦皆可存。而僅可刪者，獨少年風骨未成之作耳。君於是道蓋至深，余亦終無以頌之。獨吳摯甫、陳伯嚴皆謬稱吾詩，以爲海內無兩。及是，而知其信不然也。詩留我處再旬日，及君之滬，還而歸之，謹識其讀法如此，而私留稿者六十數篇。」〔註76〕

　　跋語委曲有致，可約略見出黃公度「傲倪自喜」、「倜儻自負，橫覽舉國，自以無比」〔註77〕的性情，也不難讀出范伯子欲壓其氣焰的

〔註75〕錢仲聯《夢苕庵詩話》中記錄黃由甫（黃遵憲從弟）談校刊人境廬詩事時言：「（黃遵憲）先生未歸田以前所作詩，曾抄送陳伯嚴、范伯子、朱古微、曾重伯等閱過，對於詩中字句，略有商酌，但不多耳。」

〔註76〕錢仲聯箋注：《人境廬詩草箋注》，上海：上海古籍出版社，1999年，第1084頁。錢仲聯《人境廬詩草箋注》將此跋歸於「原稿本卷五至卷八跋」，因其所見是黃遵憲門人楊徽五所藏卷五至卷八稿本一冊，「各篇均有時賢之朱墨圈點與評語，卷末復有陳三立、徐仁鑄、丘逢甲、梁啓超等十餘人識跋及瓊山馮驥聲古詩一首」，范跋也在其中。但問題在於若這些名人只是針對卷五至卷八題跋，那范伯子所稱其「少年風骨未成之作」就沒有著落了。因卷五始於光緒十一年（1885），其時公度已經三十八歲了，而《人境廬詩草》則是從詩人十七歲時就開始收錄的。再者，今印本與錢氏所見這冊原稿本比較起來，有刪有補，原稿本四卷加起來總共只有164首詩，而范伯子加圈識的總數已有191首，明顯不合。因此，我們完全可以推論伯子及眾人當時所見應有一冊卷一至卷四，只是後來遺失了。

〔註77〕康有爲：《人境廬詩草序》／《人境廬詩草箋注》，第1頁。

言外之意。他「終無以頌之」，只是說吳汝綸、陳三立都說我的詩是海內無兩，今日方知君可與我匹敵。吳汝綸確實屢在人前推許「當今文學無出肯堂右者」〔註78〕、「今海內文筆，如范肯堂者，某實罕見其對」〔註79〕，而范伯子如此褒獎對方亦最見自家身份，一如他當年寫給李鴻章的壽聯——「環瀛海大九州，欽相國異人，何待子瞻說盛德；登泰山小天下，藉通家上謁，方今文舉足平生」，頌丞相之時也以蘇軾、孔融自比。雖「議其亢者不少」〔註80〕，但范伯子以詩文自尊、不以祿位自輕的氣度也躍然紙上了。

原稿本中還有一首《爲范肯堂當世題大橋遺照》，爲今印本所無，幸後來爲《人境廬集外詩輯》收錄。詩云：「每過吾妻橋，便憶吾妻鏡。微茫煙水寒，獨照孤鴻影」〔註81〕，是一首簡單流暢、琅琅上口的小詩，顯示出黃氏融合民歌與文人詩的功力。范伯子前室吳大橋以出生地在通州附近的新地水橋邊而得名，光緒九年（1883）歿時，伯子遠在湖北，「不獲訣念，欲圖其貌而無從爲畫工言也」，只能圖斯橋「以存我亡妻」〔註82〕，並以其圖遍邀好友題詠。沒想到過了十餘年，他結交黃遵憲時，依然以此圖邀題，既見其故劍情深，亦見其與黃一見如故。

同時，范伯子還作有兩首贈黃遵憲的七律，題爲《旅中無聊流觀昔人詩至於千首，有感於黃公度之人之詩而遽成兩律以相贈》，詩意深微，頗耐人尋味。第一首是針對陳三立《贈黃公度》中「千年治亂餘今日，四海蒼茫到異人」之語，反其意發之：

　　誰謂君爲異人者，我觀君道得毋同。
　　詩言起訖一生事，眼有東西萬國風。

〔註78〕吳汝綸：《答姚叔節》／施培毅、徐壽凱校點：《吳汝綸全集（三）》，合肥：黃山書社，2002年，第138頁。
〔註79〕吳汝綸：《與姚慕庭》／《吳汝綸全集（三）》，第50頁。
〔註80〕范伯子：《與范鎧書》／《資料集》，第390頁。
〔註81〕黃遵憲著，北京大學中文系近代詩研究小組編：《人境廬集外詩輯》，北京：中華書局，1960，第72頁。
〔註82〕范伯子：《大橋遺照詩並序》／《詩文集》，第37頁。

> 燕處危巢豈有命，龍遊涸澤竟無功。
> 便偕鄒子論三樂，也讓行歌帶索翁。〔註83〕

起訖一生、東西萬國是公度詩中之事，燕處危巢、龍遊涸澤則是其詩中之情。黃遵憲一生際遇「每奪於將行其志，卒至放棄，且以憂死。終其身皆仰成於長吏，未嘗有獨當方面，以行其所懷抱者」〔註84〕，所以伯子以此四句總結其詩意人情，可謂凝練深切。

尾聯看似普通，其實內中憂曲恰好在范伯子於同年所作的《金陵劉園九老宴集圖序》中有所陳明。其時伯子感於金陵九老「如孺稚然」的逸樂生涯，歎道：「古之言樂者莫善於鄒子矣，曰：『父母俱存，兄弟無故，一樂也；仰不愧天，俯不怍人，二樂也；得天下英才而教育，三樂也。』此貧賤樂道之君子所以得自壯也，而榮啟期之徒徜徉自恣，其為樂也亦有三，曰：『吾得為人，一樂也；吾得為男，二樂也；吾得九十焉，三樂也。』是亦古之知道者流，於鄒子所云猶邈然不足關其意，又何名位之足云乎？然則幸當太平之餘日，而悠然得保其生理，以遨以遊，以娛嬉而終老，此諸君子之所既足」。范伯子一年前剛離開天津，在金陵謁張之洞又無所獲，「感慨身世」，「若舟之放乎中流而未知所屆」，不免進退失據，「乃益信啟期之難得，而興嗟於孟氏之為儒也」。〔註85〕在如此黯淡頹喪的心境之下，緊接上句的「龍遊涸澤」、徒勞無功，伯子不由得對公度說，我們竭力追求孟子的君子之道，似乎還不如像榮啟期那樣做個知足常樂的普通人來得瀟灑自如，更令人羨慕呢。儒生對儒冠的愛怨交加之情由來已久，綜觀伯子一生行迹，這也不過是一時的牢騷罷了。

前一首是論公度其人，第二首則從「流觀昔人詩」發端寫公度之

〔註83〕范伯子：《旅中無聊流觀昔人詩至於千首，有感於黃公度之人之詩而遽成兩律以相贈》／《詩文集》，第 195 頁。

〔註84〕黃遵楷：《人境廬詩草辛亥初印本跋》／《人境廬詩草箋注》，第 1091頁。

〔註85〕范伯子：《金陵劉園九老宴集圖序》／《詩文集》，第 502 頁。

詩：

> 愁來遍攬前人句，讀至遺山興亦闌。
> 容有數聲入清聽，何曾一氣作殊觀。
> 乾坤落落見君好，冰雪沉沉相對寒。
> 賸恨楊雲猶賤在，不虞千世少人看。

　　為何讀至元遺山就興味索然了呢？這裡其實已經表達了范伯子「徑須直接元遺山，不得下與吳王班」﹝註86﹞的詩學態度。遺山之後或許還有一些可「入清聽」的詩篇，如吳梅村、王士禛等人之作，但卻不再是「慷慨悲歌」、「有豪放邁往之氣」、「高視一世」﹝註87﹞如元遺山者了。遺山詩「感時觸事，聲淚俱下，千載後猶使讀者低徊不能置。蓋事關家國，尤宜感人」﹝註88﹞，有詩史之目，最能觸動范伯子感時傷世的情懷。而黃遵憲詩多就時事、經歷抒發憤懣憂傷之情，風格博大弘深，不落細巧，所以伯子慨歎遺山之後，詩壇一片寂寥荒漠之中，公度詩卓然崛起，讀之猶如在煩囂熾熱、名利蒸騰的紅塵之中，遽與冰雪相對，不由得拍案叫絕：好一個清涼世界！

　　黃公度詩的風格當然非郊寒島瘦一類，但伯子此處之「寒」乃指其詩人之心。所謂「熱趨名場之人，豈有好詩好文哉？」﹝註89﹞詩人本該持守一顆不沾染世俗的清淨之心。孟郊早有「一卷冰雪文，避俗常自攜」﹝註90﹞之句，張岱就以《一卷冰雪文》為詩文選集命名，言「冰雪之氣」「莫深於詩文」，「出高人之手，遂現空靈；一落凡夫俗子，便成臭腐」﹝註91﹞，「若夫詩，則筋節脈絡，四肢百骸，

﹝註86﹞范伯子：《除夕詩狂自遣》／《詩文集》，第260頁。

﹝註87﹞〔清〕趙翼，霍松林、胡主祐校點：《甌北詩話》，北京：人民文學出版社，1963年，第117頁。

﹝註88﹞〔清〕趙翼：《甌北詩話》，第118頁。

﹝註89﹞〔清〕薛雪：《一瓢詩話》／《清詩話》，第693頁。

﹝註90﹞孟郊：《送豆盧策歸別墅》／華忱之、喻學才校注：《孟郊詩集校注》，北京：人民文學出版社，1995年版，第352頁。

﹝註91﹞〔明〕張岱：《一卷冰雪文序》／張岱著，欒保群注：《瑯嬛文集》，北京：故宮出版社，2012年版，第4頁。

非以冰雪之氣沐浴其外，灌漑其中，則其詩必不佳」〔註92〕等。曾國藩亦言：「讀震川文數首，所謂風塵中讀之，一似嚼冰雪者，信爲清潔」〔註93〕，並點明「寫淡宕之懷」即「古所謂一卷冰雪文者也」〔註94〕。可見「冰雪」乃形容詩文的出塵脫俗，其詩人之心如「一片冰心在玉壺」的堅貞無瑕，亦如伯子詩句「豈知金碧樓臺下，也有寒人抱雪霜」〔註95〕、「宵來一夢侵寒怕，冰雪樓臺卻絕塵」〔註96〕的淡泊清高。

公度詩集名「人境廬」，自是取「結廬在人境，而無車馬喧」的市隱之意。而范伯子以「沉沉」二字形容其詩的冰雪氣質，可見他看重的詩人之心不但要清澈，還要凝重。這不免令人聯想到他以「深寒」說詩諸語，「詩家王氣必深寒」〔註97〕、「骨底寒深氣益高」〔註98〕等等，可見公度詩能得其贊許，關鍵在於二人詩心的契合。

尾聯用了揚雄所著《太玄》、《法言》生前少人問津，死後才大行於世的典故來預言公度詩的命運。桓譚稱揚雄之書必傳後世，只是「凡人賤近而貴遠，親見揚子雲祿位容貌不能動人，故輕其書」（《漢書‧揚雄傳》卷八十七下），點出了人性趨炎附勢的弱點。雖然後世不像漢魏那樣重視男子的「容貌」了，但「祿位」依然是時時刻刻懸於人們眼前心中的一桿秤，清代綿延了兩百多年「以高位主持詩教」的事實就是證明。許多生前因身份低微而受盡冷落的優秀詩人，也多賴於異代知音的發掘才得以重見天日。

〔註92〕〔明〕張岱：《一卷冰雪文後序》/《瑯嬛文集》，第 52 頁。

〔註93〕曾國藩：《曾國藩全集‧日記（1）》（咸豐九年六月十八日），長沙：嶽麓書社，1987 年年版，第 395 頁。

〔註94〕曾國藩：《曾國藩全集‧日記（1）》（咸豐九年六月十七日），第 395 頁。

〔註95〕范伯子：《伯行不喜烘開牡丹，爲詩道其意，依韻和之》/《詩文集》，第 123 頁。

〔註96〕范伯子：《賀李草堂丈七十自壽即用書懷》/《詩文集》，第 209 頁。

〔註97〕《與仲實論詩境三次前韻》/《詩文集》，第 76 頁。

〔註98〕《讀裴伯謙兄詩卒業題句》/《詩文集》，第 216 頁。

　　范伯子意謂恐君在日單靠詩篇未足以名世，但詩好若此，後世也必不乏知音。其實沒過多久公度詩就被康梁等革新人士推爲詩界革命的先驅、模範而聲名鵲起了。雖然時代的浪潮平息以後，後人又生出不少訾毀〔註99〕，但其在近代詩壇的一席之地已經圈定，再無遭時間長河埋沒之憂了。反倒是范伯子自己在後世的地位有些若存若亡，令人浩歎。

　　伯子在詩後言其「意若曰公度之人處於今世則不能異人，而公度之詩傳之後世則誠異耳」〔註100〕。爲何他執意要將詩與人分開而論，一反陳三立之意，說黃遵憲不過是個普通人呢？筆者以爲，陳三立稱黃公度爲「異人」或許與康有爲稱其爲「眞人也，畸人也」類似，是因其行事爲人的嶔崎磊落、特立獨行〔註101〕。但「異人」一詞在范伯子的語彙中卻是重大無比，非常人所能擔當的。前引其在壽聯中曾以之許李鴻章，出自宋丞相文彥博的典故。據《宋史》卷三百一十三載，文彥博「事四朝，任將相五十年，名聞四夷」，契丹使節遠遠望見他，就肅容退後，問蘇軾其年紀，驚嘆「何壯也？！」蘇軾曰：「使者見其容，未聞其語，其綜理庶務，雖精練少年有不如；其貫穿古今，雖專門名家有不逮」，使者拱手讚歎：「天下異人也」。所以，在伯子意中，黃公度之地位、事功何足稱異呢？便以「我觀

〔註99〕錢仲聯《夢苕庵詩話》云：「人境廬詩，論者毀譽參半。如梁任公、胡適之輩，則推之爲大家。如胡步曾諸君，則又以過欠剪裁、瑕累百出、卑格俗豔少之」，吳芳吉《四論吾人眼中之新舊文學觀》云：「黃公度今別離，氣象薄俗，失之時髦」，何藻翔《嶺南詩存》云：「譯語滿紙，詩道一厄矣」，錢鍾書對公度更是大肆批評。並見《人境廬詩草箋注・附錄三詩話（下）》。

〔註100〕范伯子：《旅中無聊流觀昔人詩至於千首，有感於黃公度之人之詩而遽成兩律以相贈》／《詩文集》，第195頁。

〔註101〕康有爲《人境廬詩草序》中言黃公度初訪康時「昂首加足於膝，縱談天下事」，謁見張之洞時也是「昂首足加膝，搖頭而大語」，康有爲「言張督近於某事亦通，公度則言吾自教告之。其以才識自負而目中無權貴若此。豈惟不媚哉，公度安能作庸人。辛以此得罪張督，乃閒居京師」。

君道得毋同」的惺惺相惜之情將「異人」之譽四兩撥千斤地卸掉了。而且在憂心國事、注重西學這些方面他們確實是一致的,甚至於「燕處危巢」〔註102〕、「龍遊涸澤」〔註103〕這些感受也是心有戚戚。

范伯子此時剛離開李鴻章幕府不久,對內憂外患的局勢深有體會。不久後他寫給陳敬如的詩中,言「平心論吾曹,誰能補時局。所爭在有志,豈必定無欲」,自知一干文人無權無位,難以撼動大局,只能「哦詩以送日」,因爲「好醜率吾指。方知此道寬,無人橫相訾」〔註104〕。所以公度「以磊砢英絕之才鬱積勃發而爲詩人」〔註105〕的創作眞情流露,足以傳世。

這人不異與詩誠異的張力,也折射出了范伯子緊貼時代的詩學觀。處在這樣一個外患頻仍、政府腐敗、黨爭不斷的時代,哪怕你是人中之龍,也是處處掣肘,無法力挽狂瀾,使國家起死回生;但「賦到滄桑句便工」,如此亂世反而能給詩人提供豐富的題材和深刻的感受,創作出第一流的詩篇,時代對詩歌的影響在後世必能彰顯。

總之,一個是宋詩派、同光體的大家,一個是詩界革命的先行者,一新一舊皆與范伯子推誠相見,許爲伯仲,再加上桐城巨子吳汝綸的極力揄揚,則范伯子在當日詩壇的重要地位已是呼之欲出了。在曾克耑爲楊增犖所作的《昀谷先生挽詩》中,轉述了楊昀谷對近代詩人的評價:「問及近代作,一一詆厥疵。海藏氣味別,滄趣工矜持。無錯余俳惻,散原縟文詞。下逮樊易作,淫哇何卑卑」

〔註102〕 范伯子此時所作詩《奉和外舅都門寄詩用辭某某君之聘兼述近況,寄懷昔日天津諸公》中有句「安危不知燕巢幕」/《詩文集》,第206頁。

〔註103〕 范伯子此時所爲詩《香濤尚書將移鎮湖廣而余從之乞近館再呈二詩》中有句「龍非碌碌諸公好」,《詩文集》,第194頁。

〔註104〕 范伯子:《敬如和余詩,獨取「人聞子名者,循例欲謗訾」二語痛切言之,夜燈諷誦,感不絕於心,輒復將此二語散爲五言絕句十首,所謂長言之不足則詠歎之者也》/《詩文集》,第240頁。

〔註105〕 康有爲:《人境廬詩草序》/黃遵憲著,錢仲聯箋注:《人境廬詩草箋注》,第2頁。

〔註 106〕。楊昀谷「戊戌通籍，詩名益著。迄於光宣之交，京國勝流，無不知有詩人楊昀谷者」〔註107〕，堪稱光宣之交的詩壇後勁，其看法具有一定代表性。可見雖然《石遺室詩話》忽略了范伯子，卻不能抹殺其與鄭孝胥、陳寶琛、陳三立等同光詩壇第一流平分秋色的事實。

楊昀谷雖對鄭、范、二陳都有苛評，但依然認為他們勝過樊增祥與易順鼎，可見亦是同光一脈。不過，說范伯子過於悱惻憂思則似乎與陳衍的「抑鬱牢愁」、「讀之使人不歡」類似，只是浮光掠影之見。所以曾克耑又反駁道：「公詩吾夙好，公說稍滋疑……大范挺勝清，憂亂多苦詞。能兼坡谷長，陳鄭同驅馳」〔註108〕。他認為范伯子才兼坡谷，位比陳鄭，其憂亂苦詞並不軟弱，而是在晚清危亡之中有擔當、有脊梁的聲音。

四、對詩壇後輩的影響

曾克耑的「同光體」譜系在數位聲名顯赫的倡導者、宣傳者之後，還列舉了 33 位「同光體之作家」，其中夏敬觀、諸宗元乃同光體略晚一輩中「有二俊之目」〔註 109〕的後起之秀，而他們的詩學道路與范伯子頗有淵源。透過范伯子對詩壇後輩的影響，亦可側面一窺其當日的詩壇地位。

夏敬觀有《讀范伯子詩集竟，題其後》詩云：「伯子平生龍鶴氣，蜿蜒夭矯入篇中。能教天下翕然變，豈謂其文窮始工。齊楚大邦真不愧，同光諸士問誰雄？詩苑騷豔多疑義，猶及生前一折衷」〔註110〕。這首詩恰好講到了范伯子的詩壇地位，所謂「大邦齊楚小邾滕」，夏氏認為范伯子在同光諸士中足為大國，堪稱雄傑，其

〔註106〕 錢仲聯：《夢苕庵詩話》，第 351 頁。
〔註107〕 汪辟疆撰，王培軍箋證：《光宣詩壇點將錄箋證》，第 213 頁。
〔註108〕 錢仲聯：《夢苕庵詩話》／《民國詩話叢編》第六冊，第 351 頁。
〔註109〕 汪辟疆撰，王培軍箋證：《光宣詩壇點將錄箋證》，第 269 頁。
〔註110〕 夏敬觀：《忍古樓詩》／《資料集》，第 251 頁。

龍鶴之氣蜿蜒夭矯，甚至能變易詩壇風氣。以「龍虎氣」譽人較常見，而夏敬觀易一「鶴」字則更貼合范伯子的氣質。龍的英雄豪邁、鶴的仙逸絕塵恰如其縈曲有力、清曠高遠、變化神妙的詩心與詩風。夏氏此語也非信口道來，而是出自范伯子「龍非碌碌諸公好，鶴有飛飛八海寬」〔註111〕的自述詩句，乃知己之言。

有研究者在論述范伯子詩學理念的影響時，引了吳汝綸、陳三立、姚永樸的話，然後說「上述評介雖大致能夠反映出了范伯子在詩學史上的地位，但出於師承姻親之口，或許摻雜些溢美之辭。但力排蹈常襲故、下筆不肯猶人的夏敬觀的看法，相對來說則沒有呵同駭異之私心」，然後引了夏氏此詩，似乎他與范伯子無甚淵源。其實夏敬觀雖非范門弟子，卻與范伯子有十年之久的交往，且如該詩尾聯所言，曾就詩騷疑義向范伯子請益，受伯子論詩影響甚大。

夏敬觀後來為范罕的《蝸牛舍詩》作序時說：「光宣間，天下言文章者，咸稱通州三范，而伯子詩名尤著。始予與仲林鄉舉同年，往來南京、通州、上海，因以詩謁伯子，時時聞緒論，至一變往所為」〔註112〕。原來早在光緒二十年（1894）八月，夏敬觀與范鍾同中江南鄉試後已與范伯子結識。不僅如此，范伯子1903年三月曾受邀赴任南京三江師範學堂總教習一職，其時年方二十九的夏敬觀正任學堂提調。據《夏敬觀年譜》：「3月5日，先生致電同鄉華煇，三江師範學堂『欲聘教習八十人，請代為羅致，如另有通才，亦乞太史廣為延攬』」〔註113〕，而伯子3月21日的家信中雖稱邀請他的是兩江總督魏光燾——這自然是因為總教習比普通教習地位尊貴的緣故，但未始不是出於提調夏敬觀的舉薦。只是伯子既掛心通州建學堂事，又顧慮三江師範學堂原本是張之洞創辦，所以一

〔註111〕 《香濤尚書將移鎮湖廣而余從之乞近館再呈二詩》／《詩文集》，
　　　　　第194頁。
〔註112〕 夏敬觀：《蝸牛舍詩序》／《資料集》，第87頁。
〔註113〕 陳詒：《夏敬觀年譜》，合肥：黃山書社，2007年版，第19頁。

開始不打算接受。但其家信中提到「蓮兒（范罕）自可充三江分教，五月補考，吾已託提調報名，屆時攜之往耳」〔註 114〕，這個「提調」自然就是夏敬觀。可見彼時他們有著較頻繁的來往。

綿延十載，「往來南京、通州、上海」，這份交情也不算淺了。而夏氏所云「能教天下翕然變」又所指為何呢？十年前，范鍾與范伯子、吳汝綸就「先要赤膊子打架，然後錦衣繡裳」的詩法爭論了三十夜，范鍾「到了折服時，胸中直換了一個世界，方作詩時，已是換了七八成」，伯子稱其「經此一番懲創，真乃光著脊梁看肌理，又能量體裁衣矣」〔註 115〕。作為同年的夏敬觀自然知曉范鍾的變化，而且他自己也是「時時聞其緒論」以致「一變往所為」的。所以其言「能教天下翕然變」並非故作大言，實是有感而發。

南通詩人蔡觀明的《讀范伯子詩集》一詩也有助於理解「能教天下翕然變」的內涵。「煉才規李杜，全力叛吳王。何止萬人敵，真教一世狂。楚腰今遍國，吾欲試新妝」〔註 116〕，如「錦衣繡裳」、嫋嫋「楚腰」般的吳王詩風一直是范伯子的對立面，但這種詩風直至民國依然不乏追隨者，詩教正統倒似乎一直是小眾的堅持，獨行的勇士。此時再回頭念及曾克耑言：「真正這場運動的中心人物，那只有通州范肯堂先生」〔註 117〕，不禁想如果我們將「同光體」看作是一場反對僵化擬古與浮華流易的詩壇運動，其宗旨是為了正本清源、變易風氣，或許能對曾克耑的溢美多一分理解。

夏敬觀後來《題伯嚴散原精舍詩集》時也不忘提到「譚陶鼎峙公為最，范鄭分庭世亦傳」，上半句是就「清末四公子」的排位而言

〔註 114〕 《南通范氏詩文世家・范伯子卷・書信》光緒二十九年三月廿一日，第 196 頁。

〔註 115〕 《南通范氏詩文世家・范伯子卷・書信》光緒十九年十月廿三，第 207～208 頁。

〔註 116〕 蔡觀明：《讀范伯子詩集》／《資料集》，第 252 頁。

〔註 117〕 曾克耑：《論同光體詩》，《香港中國古典文學研究論文選粹（1950～2000）・詩詞曲篇》，第 6 頁。

〔註118〕，下半句則是就詩壇地位而發，范伯子、鄭孝胥皆是可與陳三立並駕齊驅的。可見他對伯子的尊崇一生未變。

諸宗元也是公認的「爲詩學宋人，身爲南社社員而與同光體詩人通聲息」〔註119〕的宋詩派後勁。梁鴻志稱其「所詣與范肯堂爲近，陳伯嚴、鄭太夷、俞恪士、黃晦聞、夏劍丞、李拔可交口稱之」〔註120〕。他與范伯子的直接來往見於《大至閣詩集》中《病中憶范丈無錯昔年所見語者，爲詩紀之並效其體》一詩。

諸宗元嘗師桂念祖，桂氏亦曾向范伯子請益詩文、佛學，並稱「通州范肯堂先生，余爲詩所私淑也」〔註121〕，伯子文集中的《與桂生書》就是給他的回信。《今傳是樓詩話》引歐陽仲濤語道：「伯華（桂念祖字）爲詩不多，而誦習甚博，評閱甚精，於時賢最服膺范伯子」〔註122〕，汪辟疆亦云：「伯華早年詩工甚深，才氣健舉，於唐宋近玉溪、坡公，於近賢近范伯子」〔註123〕。諸宗元必然多從老師那裡聽聞伯子詩名。後來宣統二年（1910）桂念祖在日本初晤范罕、范況兩兄弟，寄信告知諸宗元，宗元有詩《桂伯華師自日本來書，云近與吾友通州范彥殊、彥矧兄弟相倡和，既以書報，賦寄長句》云：「觥觥德化桂夫子，更念通州兩范生」〔註124〕。桂念祖與范伯子緣慳一面〔註125〕，諸宗元反而有緣拜謁范伯子，又與范家

〔註118〕 譚陶即譚嗣同和陶葆謙。

〔註119〕 錢仲聯：《近代詩鈔》，第1720頁。

〔註120〕 梁鴻志：《大至閣詩序》，轉引自《光宣詩壇點將錄箋證》，第273頁。

〔註121〕 《桂伯華先生遺詩》有詩題爲《通州范肯堂先生，余爲詩所私淑也，未一面而歸道山，追念無已。歲庚戌，遊日，乃晤其二子罕況於東京旅館，悲喜交集，不可爲懷。罕見贈長句沉雄高邁，具體乃翁，余學佛學後茲事久廢，雖才分拙劣，亦不得不勉酬高韻以志一時之盛云》。

〔註122〕 王逸塘：《今傳是樓詩話》／《民國詩話叢編》第三冊，第339頁。

〔註123〕 汪辟疆：《光宣以來詩壇旁記·桂伯華》／《民國詩話叢編》第五冊，第471頁。

〔註124〕 陳衍：《石遺室詩話》卷九／《民國詩話叢編》第一冊，第133頁。

〔註125〕 桂念祖有詩題目云《通州范肯堂先生，余爲詩所私淑也，未一面而歸

二子爲友，他對范伯子的詩文造詣豈不更熟悉嗎？其「所詣與范肯堂爲近」淵源在此。

　　除了夏、諸二俊以外，著名的歷史學家柳詒徵早年亦曾向范伯子學詩。柳氏在《劬堂學記》中自述廿三歲時「在金陵，又見陳伯嚴、范肯堂兩先生以詩鳴海內，益不敢云詩，但冀親炙時賢而知門徑耳。」〔註126〕柳詒徵生於 1880 年，廿三歲正值 1903 年，其時柳在江鄂譯書局任分校，范伯子任會辦。伯子時寓陳三立住所，恰在譯書局附近，而柳詒徵同鄉陶賓南又是陳家塾師，柳「以過陶、范，獲謁陳先生，遂亦時談燕焉」〔註127〕。伯子集中《次韻丹徒柳翼謀秀才兼貽其同縣諸子》一詩當作於此時。詩云：

> 不信金焦在江上，空將秀色帶名州。
> 卻看妍妙尋常合，許有英靈僻處留。
> 時勢不妨天盡改，文章終與命相投。
> 君看一代稱韓柳，奚以謙言籍湜遊。〔註128〕

　　柳是鎮江丹徒人，前兩聯云金焦二山之靈秀並非徒然，而是孕育出了其地英才，「不信」、「卻看」的句式造出跌宕轉折，見桐城詩派用法之妙。頸聯議論生發，任它時勢改天換地，文章終究是我們可以安身立命的所在——這與前引贈黃遵憲詩中所表達的意思相似，於是就自然引出了末句對柳生的勉勵之辭。張籍和皇浦湜都是韓愈的學生，我們完全有理由推想柳詒徵的來詩乃恭維范伯子爲韓公，而自比爲籍湜從遊，只是伯子特別獎拔後進，嘉許他可成將來之韓柳。〔註129〕

　　道山，追念無已……》，見《資料集》，第 61 頁。
〔註126〕 汪辟疆撰，王培軍箋證：《光宣詩壇點將錄箋證》，第 252 頁。
〔註127〕 柳詒徵：《記早年事的·光宣間上海之譯書局》／《鎮江文史資料》（第十七輯），中國人民政治協商會議鎮江市委員會文史資料委員會編，1990 年 7 月，第 214～236 頁。
〔註128〕 《次韻丹徒柳翼謀秀才兼貽其同縣諸子》／《詩文集》，第 388 頁。
〔註129〕 南京大學歷史學系主頁上柳先生的介紹中提到「當時一位詩人曾作『次韻柳翼謀』七律一首，結句對柳詒徵有『君看一代稱韓柳』之

除了柳詒徵，還有另一位丹徒人、南社社員、近代詞學大家吳庠（字眉孫）也對肯堂詩推崇備至。其弟子、臺灣著名書畫家李猷回憶1930年代居上海時，「丹徒吳眉孫師庠曾以木刻范伯子詩四冊，鄭重贈余，且曰，子學詩，宜學范先生，勿為一覽無餘，或風花綺靡之作也」，可見肯堂詩長在深微與真樸。李猷憶及當時「實不知范先生詩之佳處也」，因為「范先生詩黝然無光，但精華內斂，妙處實不易率爾知之」。直到抗戰時期他與楊圻同住香港，楊圻乃李鴻章孫女婿，曾在天津向伯子問學，便將范伯子論作詩之法轉相授與。李猷深加體味，方知「范先生詩於經史植基深厚，故雖平凡之語，亦用字不同，詩雖不為雕飾，而其句法奧衍，迴環曲折，著力處如拗鋼鐵，密栗處如琢古玉，且不假一二詞藻以增其色彩，亦不故作倔強以示堅挺，總之純任自然，寫其心中之意，毫無斧鑿，天成蒼勁之姿」，楊圻讚歎「即令老杜、東坡，誦之亦當斂手」。〔註130〕雖不無溢美，但的確道出了肯堂詩的佳處。透過這些詩壇後輩的嚮往之忱，我們不難遙想范伯子當年的風采。

五、對兩則批評的辨正

曾克耑總結了范伯子歿後聲名不彰的幾個原因，名位不顯、年不中壽、與陳衍無交情等等，都是大實話。還有一點與李猷的說法類似，即「陳（三立）的詩有光氣，鄭（孝胥）的詩有才華，一般人容易看得懂。范先生的詩是一切洗得一乾二淨，剝膚存液，不用字眼，不逞才氣，專門白描，在氣體上用工夫，於造意上見本領，一般對於詩淺嘗之士哪裏看得懂呢？」〔註131〕姚永概也曾說「君

贊」，卻未言明這位詩人就是范伯子，且略過下聯不提。《柳詒徵年譜簡編》也只說柳在江楚編譯局工作時，其址「與陳三立對門，先生時往請益，得聞其詩古文緒論」，而將范伯子逕然抹去。或許編寫者以為范伯子只是個無足輕重的小人物，這也從側面反映了伯子今日的聲名黯淡。

〔註130〕 李猷：《近代詩介》／《詩文集》，第608頁。
〔註131〕 曾克耑：《論同光體詩》／《香港中國古典文學研究論文選粹（1950

詩雖至工，真知其意者，無幾人」〔註132〕。范伯子亦曾有詩自嘲《近日湖湘間名士盛傳吾弟仲林廬山詩中有「落日一去無人傳」之句，以為蒼茫雄特，而以吾弟秋門甘肅詩中「天下寒看逐望齊」一語配之。此外則盛稱吾婦啼鳥一絕及其「碧天云淨雪初消，又見風吹葉」之詞句，而吾詩則依然寂寞無人道者。壇坫之可畏如此，余乃戲為拆補此數作以為己有，既以自娛亦自笑云》。單句小慧的流行似乎是清代獨盛的一種風氣，像王桐花、崔黃葉、王黃葉、紅杏秀才之類一句成名的詩壇軼事最多，對前人詩也喜拆散而論。細想這或許也是王士禎神韻說盛行之下的一種流弊。而桐城詩派注重整篇的氣脈貫通、文法暗斂，與之正相牴牾。伯子論詩有未過百篇不足論之語〔註133〕，因作一首好詩容易，多作要好且有變化則難，所以百篇以上方能看出一個人的功力深淺、學養厚薄。要求如此之高，自不屑於逞單句小慧之巧了。

雖然「惜乎他老先生五十一歲便去世了，而好的學生如李剛己之流也活不到四十幾歲」，范伯子對民國詩壇的影響力終不能與陳鄭相比。他們「年皆八十，既得高壽，又碰著滿清亡國，做了遺老，**聲譽越隆，徒黨又多**，所以聲光覺得更宏遠了」〔註134〕。但難得的是，當日許多懂詩的大家對范伯子卻是一致首肯，後世又有許多與他非親非故，卻真心愛好其詩、追隨不捨之人。

近代詩壇的評論其實相當嘈雜，對許多詩人都是褒貶不一，哪怕像陳三立、黃遵憲這樣的詩壇巨子也不免受人指謫〔註135〕。但對范

～2000）：詩詞曲篇》，第 23 頁。

〔註132〕姚永概：《范肯堂墓誌銘》／《詩文集》，第 611 頁。

〔註133〕范罕《蝸牛舍說詩新語》中云：「先子有言曰：『詩做到百篇以上，始有評論之價值。』」《民國詩話叢編》第二冊，第 570 頁。伯子亦自有詩云：「文之得失具，應須過百篇。十篇以往者，稱譽固其然」，《雜感二十八首廬陵道中作，時點臨川詩至第八卷，即用其每詩之題句以窮吾興端》之十三／《詩文集》，第 68 頁。

〔註134〕曾克耑：《論同光體詩》／《香港中國古典文學研究論文選粹（1950～2000）：詩詞曲篇》，第 23 頁。

〔註135〕如錢仲聯《夢苕庵詩話》云：「人境廬詩，論者毀譽參半。如梁任

伯子的評論卻鮮有微詞，筆者細看下來，就連僅有的兩處似乎也未盡公允，可待辨析。

　　一是李慈銘言「觀其詩，甚有才氣。然細按之，多未了語，此質美未學之病也」〔註136〕。初見於《一士類稿》中記李慈銘與言謇博手箚，到鄭逸梅《藝林散葉》中就直接變成了「李越縵薄范當世，謂有才氣而質美未學」〔註137〕。但李慈銘當時所見僅僅是言謇博「攜視」的兩篇詩而已〔註138〕，未得伯子詩全貌。而且李慈銘乃浙西人，其學屬乾嘉樸學中吳學一派，重博學、好古、信古，作詩也喜「以金石考證入詩」〔註139〕。陳衍評其詩「清淡平直」、「惟遇考據金石題目，往往精確可喜」〔註140〕。而范伯子與吳汝綸、姚氏諸昆切磋多年，加以本性多思好辯，儼然繼承了皖學之教，重疑古求是、獨立思考。他與吳汝綸曾一反前人定見，認為揚雄的《劇秦美新》並非諛新，而是包含了刺莽之意，這種大膽翻案之舉就充分體現了皖學疑古求是的精神。〔註141〕所以我們不妨推想，縱然李慈銘得觀范伯子全集，也未必會欣賞，因其所謂的有「學」很可能是將金石考據的內容用入詩中，而范伯子乃植根經史的義理之學，難以入其法

公、胡適之輩，則推之為大家。如胡步曾諸君，則又以過欠剪裁、瑕累百出、卑格俗豔少之」，吳芳吉《四論吾人眼中之新舊文學觀》云：「黃公度今別離，氣象薄俗，失之時髦」，何藻翔《嶺南詩存》云：「譯語滿紙，詩道一厄矣」，錢鍾書對公度更是大肆批評。並見《人境盧詩草箋注・附錄三詩話（下）》。

〔註136〕　徐一士：《一士類稿》／《資料集》，第268頁。

〔註137〕　鄭逸梅：《藝林散葉》第1776條／《資料集》，第269頁。

〔註138〕　范當世《與言謇博書》中言：「尊客先生處，吾本欲多繕拙詩文奉教，吾弟此行出乎意外，今於人客滿堂時禿筆枯墨寫得二篇，幸必我致此誠」，《南通范氏詩文世家・范伯子卷・書信》，第161頁。

〔註139〕　汪辟疆：《光宣詩壇點將錄箋證》，第76頁。

〔註140〕　陳衍：《石遺室詩話》卷一一／《民國詩話叢編》，第160頁。

〔註141〕　范伯子《聚學軒叢書序》中言：「一日冀州問余以《劇秦美新》何如？余曰：『此必子雲潛為之而未上者，上則不待閱其文，即《劇秦美新》之云，莽已殺之而有餘恨矣。』冀州欣然，於是乎有《讀符命》之作。」／《詩文集》，第558頁。

眼。再者，李慈銘天性狂狷，「於並時學者，無不吹毛索瘢」〔註142〕，相較於他對王闓運的不假辭色，對范伯子已算是「差勝」〔註143〕了。

第二則是林庚白批評同光體時說「當世、孝胥、三立，則詩才與氣力，故自不凡，而孝胥詩情感多虛僞，一以矜才使氣震驚人，三立則方面太狹，當世則外似博大，而內猶局於繩尺，不能自開戶牖，以視（鄭）珍、（江）湜能用古人而不爲古人所用，抑又次焉。」〔註144〕他人姑且不論，言當世「外似博大」應是指其與散原相較，心胸曠達，有民胞物與之懷，且轉益多師，風格多變，不囿於江西一派。但「內猶局於繩尺」則又謂何呢？恰好林氏另有一處談到：「觀於范伯子詩集，偶涉及電報，輒以『電語』二字代之」，「揣其意，殆以電報二字非古，易以電語，則典雅近古。抑知『雜報』、『邸報』，皆古人所常用之語，僅更一字，即期期以爲不可，毋乃泥古！」〔註145〕原來是就字面而論！

范伯子詩集中與電報相關的只有《外舅方約當世以明年留此，而摯父先生以李相見招，傳電相告，蒲仙諸子皆惜其不久處也，六疊前韻倒押之》一首，詩中有「流電驚飛傳好語，華雲飄忽動生平」之句，「電語」並非連用。好語即好消息、好話之意，細味之似乎還包含了至友深情，所謂好語溫言也，而好報則有歧義，此是其一；二則「語」爲斂唇音，氣輕且收，「報」爲破裂音，氣重且盡，這一句本是上聯，若氣已盡，則顯不出下聯「動」字之重了。「流電」句以迅雷不及掩耳之勢擬電報之飛速，以聞閃電之驚擬接好信的驚喜，還暗用了「空中傳語」之意，幾乎一語三關。所以，此「語」字不可易爲「報」並非肯堂泥古，「局於繩尺，不能自開戶牖」，實是音韻與意蘊的不二之選。

〔註142〕 汪辟疆撰，王培軍箋證：《光宣詩壇點將錄箋證》，第78頁。
〔註143〕 徐一士：《一士類稿》／《資料集》，第268頁。
〔註144〕 林庚白：《麗白樓詩話》／《民國詩話叢編》，第135頁。
〔註145〕 林庚白：《孑樓詩詞話》／《民國詩話叢編》第六冊，第97頁。

林庚白在詩話中多處斤斤於字面，批評時人「食古不化」、「以爲南京、中國等字面俚俗不可用」，便舉杜韓詩句來說明「字無雅俗」〔註 146〕之理。所以他亦非專門針對范伯子，只是受到當時以新語詞入詩的潮流影響而已，所以其苛評未必有甚深意，而范伯子不合時流也未必爲壞事。

近代詩壇的兩部點將錄，體裁雖屬遊戲之作，但也大致反映了當日詩壇的一般看法。汪辟疆的《光宣詩壇點將錄》將范伯子排在第十，是「馬軍五虎將」之一，錢仲聯的《近百年詩壇點將錄》更是以天雄星豹子頭林沖許之。錢仲聯跟李猷一樣，是經老師推薦而涉獵范伯子集的：「丙寅秋，臥病梁溪，唐師蔚芝以范肯堂當世伯子詩集見贈，枕上讀之，精神爲一振」〔註147〕，之後便深深愛好，不吝讚美之辭。「時賢學山谷，但得其清瘦之致；肯堂獨得其莽蒼之態，嗣響頗乏其人」〔註148〕，「肯堂七古，氣骨崚嶒，直欲負山嶽而趨。晚清學宋諸家，皆不能及」〔註149〕等等，揄揚甚至。

原來嚴迪昌先生說范伯子「最足稱不假詩外名位以爲推力的本色詩人」的話，不僅適用於其生前，范伯子詩集得以流傳後世經久不衰也完全是賴其詩歌本身的魅力。范伯子歿後七載，其弟子徐昂「在江南，有友人某殷殷問范先生安否，願從之遊……既述其狀，神淒志索，相與唏噓不置」，徐昂不禁感歎：「今何世歟？有爇瓣香、浣薇露而研求先生之遺著者，其或能知先生也乎？」〔註 150〕范伯子歿後五十載，臺灣學人群中偶然得到一本《范伯子詩集》，「同好借閱，視同秘笈，輾轉易手，此書竟不知所在，朋輩論詩，每引爲大憾」，十年後再從別處覓得則「欣喜若狂」，立即影印。程滄波爲之作序，感慨道：「先生長離人世，今且六十年矣，語其身世，名

〔註146〕 林庚白：《子樓詩詞話》／《民國詩話叢編》第六冊，第 109 頁。
〔註147〕 錢仲聯：《夢苕庵詩話》／《民國詩話叢編》第六冊，第 254 頁。
〔註148〕 錢仲聯：《夢苕庵詩話》／《民國詩話叢編》第六冊，第 257 頁。
〔註149〕 錢仲聯：《夢苕庵詩話》／《民國詩話叢編》第六冊，第 255 頁。
〔註150〕 徐昂：《范伯子文集後序》／《資料集》，第 72 頁。

位不顯，年不中壽，然而六十年後，海滋山陬，尚有踏破鐵鞋以求其吉光片羽者」〔註151〕，豈偶然哉？豈偶然哉？

綜上所述，作爲桐城詩派的中流砥柱、「同光體」的大家正宗、宋詩派後勁的前驅先導，范伯子在同光詩壇絕非二三流角色，而是與鄭孝胥、陳三立、沈曾植諸人不相上下，躋身第一流的詩家，其詩篇在當時後世都受人愛賞。但當今學術界對他的研究卻遠不如對陳、沈、王、鄭等人的細緻深入，在筆者開始研究范伯子之前，大陸僅見十餘篇論文和一篇碩士學位論文。而有意思的是，相對於研究狀況的薄弱，近代詩人中竟然只有范伯子有一本洋洋灑灑的《范伯子研究資料集》，由蘇州大學陳國安教授和滄州孫建先生合力搜集編撰，歷經九年辛苦而成。五十七萬字的厚重規模，幾乎將近代文獻中涉及范伯子的材料一網打盡，發掘鉤沈之功可謂大矣！這樣一本資料集的橫空出世爲范伯子研究預備了紮實的文獻基礎，而陳、孫二位先生願意花時間、耗心血來從事這樣的冷板凳工作，也再一次證明了范伯子的異代知音對其懷有何等懇切眞摯的仰慕與追思之情！

這樣一位重要的詩人不應被世人遺忘。對范伯子的深入研究不但能豐富近代詩壇的格局，能夠從理論深度推進對同光體與桐城派這樣在近代詩壇至關重要的詩學流派的認識，更能展現一位優秀的近代詩人在傳統文化與時代洪流之間的詩與生命。

〔註151〕 程滄波：《影印范伯子先生詩文集小序》／《詩文集》，第 620～621頁。

上　篇
鄉土與家風：詩心的醞釀

第一章　海東僻土生神奇

　　劉師培的《南北文學不同論》是近代以地理論文學的代表作，縷述了中國文學中北人尚實、善記事析理之文，南人尚虛、善言志抒情之辭的歷史。但劉師培也並非機械地理解南北之分，在《編輯鄉土志序列》六《文學志》中，他又言：「北人工記事析理之文，南人貴託興緣情之作；南人之文多柔靡之音，北人之文饒剛勁之氣。此固中國文學劃分南北之征。然青齊亦居北方，何以談瀛之學亦起於其間？新安偏處南方，何以治經之儒偏詳於徵實？是則學術雖劃分南北，然所以成為風尚者，則地勢使然，所居之地不同，即學術文章亦各殊觀。」〔註1〕齊國東臨大海，是以鄒衍有瀛海談天之豐富想像，新安僻處內陸，是以朱熹有深厚紮實之醇樸學風。可見南北只是個粗略大致的劃分，具體到各地還要考慮地勢的影響。

　　張謇序金松岑《天放樓詩集》時稱：「昔人有言『文章風氣隨時代而異』，固也。吾以為隨時代而異者，風耳；若氣，則隨山川而異。前例不勝舉，論吾蘇之詩格，則江南北不必同」〔註2〕，說明哪怕同屬江蘇一省，江南江北之詩風也不盡相同。程滄波也細數

〔註1〕　汪春泓：《論劉師培、黃侃與姚永樸之〈文選〉派與桐城派的紛爭》／《文學遺產》，2002年第4期，第21頁。

〔註2〕　張謇：《天放樓詩集序》／金天羽著，周錄祥校點：《天放樓詩文集》，上海：上海古籍出版社，2007年版，第1406頁。

南通地理文化云：「南通僻處大江以北，由江入海之要道，其人文有異於蘇松常鎮者，蓋蘇松文勝於質，而常鎮則質勝於文，至於淮揚通泰，文質之外，乃具中原奇曠之氣，其人事功文章，每超越於尋常。同光之際，南通之士，以書生廁身戎幕而遠適異域者，實繁有徒，張謇、朱銘盤等尤其佼佼，有非江南士夫所可企及者矣。」〔註3〕范伯子雖未怎麼參軍幕，但亦遊歷南北，其詩也不同於江南詩風的軟媚，而是表現出了這種奇曠之氣。

所以，為了更貼近范伯子其人其詩，筆者專程赴南通一趟，訪寺街之古老、步濠河之靈秀、登狼山之雄奇、探黃泥山之清幽、觀江海之壯觀，身在其中，深深感受到南通老城的狹小逼仄與城外江海之交的浩蕩風光形成了一個多麼強烈的感官對比。漫步巷陌之中，只覺千年歲月靜好，心如古井；置身江海之畔，看江天一色，長江浩浩蕩蕩而來，呼嘯著拍打在龍爪岩上形成激流漩渦，真個是「驚濤拍岸，卷起千堆雪」，內心不自禁地就湧起一股仗劍走天涯的豪情壯志來。

剎那間，范伯子詩文中的許多描寫就變得立體而鮮活了。突然聯想到伯子性情中的孝友老成、敦睦鄉里與激昂狂傲、胸懷天下，其詩風的古樸自然與恣肆雄壯，和南通地理上的這兩個特點不是正好相互對應嗎？范伯子在二十五歲之前，除了兩赴省城江寧應鄉試以外，一直待在南通從本地塾師求學，未曾接觸外間文士。所謂一方水土養一方人，南通獨特的地理和文化已經在他身上打下了終身不能磨滅的烙印。敦於守舊，勇於瞻新，在范伯子的行事為人、文化心態、政治態度、詩學理論上我們似乎都能看到這兩方面的微妙融合。所以追根溯源，不可不從南通說起。

第一節　江北小城的質樸風氣

南通是一個安靜、封閉的江北小城，對這一點范伯子有深切的

〔註3〕程滄波：《影印范伯子先生詩文集小序》／《詩文集》，第620頁。

體會。所謂「通州之爲州，在乎江淮之委，前此數十年猶畫境以爲方域，非諸生孝廉不知有南北都會，非濱海賈舶不知南北東尙有區域可以絕海。而通距蘇州布政使所治，才隔一江，而風俗語言不相通曉，其土之所生又皆足以自給。故雖遊宦萬里，罔不歸其鄉，其視父子兄弟九族三黨爲不可動搖，其儒者所爲詩歌文辭亦皆其所辛苦而僅獲者，不復謀之於天下之人，而天下之言派別者亦不及」〔註4〕。南通的閉塞使它成爲一個幾乎自給自足的獨立社會。南通人最爲看重鄉土家族之情，而文學方面又與外界交往甚少，以致整個清代「詩流壇坫之盛與漢學家門戶之廣，代興疊起於江淮之間，而通州亦無一人焉與之上下馳逐」〔註5〕，幾乎沒有在文壇主流發過聲音。筆者以爲，後來張謇能夠在南通實踐城市自治的理想，使南通成爲近代中國第一城，這種封閉、獨立的小城特點或許也是重要條件之一。

　　今天的南通是一個新舊分立的城市，新城開闊整齊，建在過去的城外地帶，而舊城主要是在濠河以內。令人驚喜的是，不少歷史街區都保存完好。在已有近 1200 年歷史的寺街，筆者找到了范伯子故居。三進結構的小院子，房舍低矮，院落窄長，果然是「吾室不足容徜徉，獨恃階前五尺強。出門一步即路旁，送客迎人借作場」〔註6〕。一口小小的水井安靜地躺在院落一角，擡頭一望，越過屋檐便見到天寧寺光孝塔聳入藍天。范伯子之孫范子愚先生曾聽老輩說，長方形的院落加上水井如同硯臺，寶塔則是如椽大筆，「我們范家必然出大塊文章」〔註7〕，可見范氏以詩文傳家的自豪感。

　　范伯子有一首詩《廢塔》，講太平天國戰爭對江南多地造成了嚴重破壞，而南通卻獨獨安然無恙，其中就提到了光孝塔。詩寫得如

〔註4〕　《顧醴泉先生壽序》／《詩文集》，第 492 頁。
〔註5〕　《顧醴泉先生壽序》／《詩文集》，第 491 頁。
〔註6〕　《已矣歎》／《詩文集》，第 360 頁。
〔註7〕　范曾：《吾家詩學與文化信仰》／《中國文化》第二十五、二十六期，第 177 頁。

行雲流水又風波疊起,時而平實如話,時而濃墨重彩,寫景敘事都如在目前,既不嫌雕琢也不嫌粗率,頗見伯子功力。開篇徐徐道來:「我行天下雖不多,洪楊所踏常經過。遠臨城郭未得到,每見廢塔高嵯峨。鈴鐸消沉兀不語,惟有百寶攢蜂窠」。自敘經過許多太平軍足迹所至的江南小城時,遠遠望見廢棄的寶塔依然孤獨地屹立,簷邊的風鈴已經銹蝕斑斑,再也發不出清脆之音,塔壁也已是千瘡百孔,為蜂巢所據,一片蕭條破敗的景象。特別是鈴鐸無語一句將那種歷史的滄桑感渲染得格外沉重。

接著宕開一筆,想像塔在未毀之前的樣子,「當時琳宮耀丹碧,珠玉纘頂圓光瑳。欺陵山川壓都邑,幻出雲表飄婀娜」。這正是吳汝綸嘖嘖稱讚的「肯堂此等縱橫突兀處最可愛」〔註 8〕,如「奇峰聳天,戛然忽止」〔註 9〕,恰合桐城詩派講究「語不接而意接,血脈貫續,詞語高簡」〔註 10〕的句法。琳宮珠玉句足見其金碧輝煌、香火旺盛,欺陵山川句盡顯其氣勢雄壯,而出雲婀娜又帶出飄然的仙氣與柔美。

接著又陡然回到現實,「粵人所到一炬盡,獨留瓦石塡山阿」,將這幅想像中的美景通通打破。但放這一炬的卻並不總是太平軍,范伯子沿途向老人詢問:「吾聞老兵說不一,有防敵瞷先摧磨。江州以此作烽燧,千里百里相奔波。江陰民兵夜巷戰,風色不辨旌旗訛。因風縱火當巨燭,照耀天地揮長戈」,講述了各地塔被燒毀的不同原因。有的是為了免被敵用而自行毀壞,江州是以之作為傳訊的烽火臺,最特別的是描寫江陰的幾句,都是平常字眼,組合在一起卻活畫出了一副風火招展、氣勢滂沱的戰爭大場面。尤其是先以不辨敵我的黝然黑夜為伏筆,再驟然亮起一片照耀天地的明光,顯得越發燦爛,足見詩人欲揚先抑的匠心所在。

〔註 8〕 吳汝綸:《晚清四十家詩鈔》,第 46 頁。

〔註 9〕 吳汝綸:《晚清四十家詩鈔》,第 34 頁。

〔註 10〕 方東樹:《昭昧詹言》卷一‧八二,北京:人民文學出版社,1961 年,第 28 頁。

　　南通三塔甚是著名〔註11〕，尤其是始建於唐咸通四年的光孝塔，有「未有城，先有塔」之說，所以伯子自然就由異鄉的塔聯想到了家鄉。「吾州之塔獨無恙，至今白日光相摩。當門一塔尤聳絕，幼即憑欄爲詩歌。去年養病在其下，顧惜形影猶摩挲」。南通因僻處一方，雖歷經戰亂，卻未遭塗炭。伯子還記得其祖父范持信「咸豐年間寇警，城垂破，期與吾父死之，口占二絕」〔註12〕，但從詩中云「分明一死城垂破，又聽街頭賣餅聲」來看，也是虛驚一場。范家十三世的詩文能夠保存下來，通州城的封閉與相對安寧實在是重要的客觀原因。

　　寺街的巷子最寬不到三米，窄處不過一米多，身在其中，想到范曾所敘與其父范子愚先生「在街上走，南通小城市，巷子很小，忽然我父親站在巷子旁邊，恭恭敬敬地鞠了一躬，一個白鬍子老人點頭從他身邊走過去了」〔註13〕，方能體會這是怎樣一種狹路相逢的情景，那個白鬍子老人是范伯子的學生徐昂，屬范子愚的父執輩。站在窄窄的長巷中，前後一望不過五六百米，遙想范子愚先生所敘「先繼祖母（姚倚雲）抵通後，照例第一次拜訪親朋，乃一大典。寺街徐姓乃通之首富，因有親戚關係，又彼家慕范、姚兩姓之名，遂具請帖相邀，大會賓客。及期，該長巷居戶，家家門外佇立男女，如迎神會。蓋先繼祖母能詩之名久爲南通人所欽佩；而美麗之名，眾亦欲一睹爲榮。綵輿抵徐家門，鞭炮萬聲，更爲熱鬧。眾謂百年來無此盛也」〔註14〕。說得煞是隆重，但實地看來，南通的老房子都樸素簡單，縱然是徐家大宅，花園也不過就種植一些臘梅、桂樹而已，不像江南園林那麼精緻講究，所謂「百年來無此盛也」不過只是窄巷中胡亂擁擠的熙攘人群，小地方的熱鬧而已。

〔註11〕狼山上的支雲塔建於北宋太平興國年間，濠河東南邊的文峰塔始建於明萬曆四十六年。
〔註12〕《通州范氏詩鈔序》，第 488 頁。
〔註13〕范曾：《吾家詩學與文化信仰》／《中國文化》第二十五、二十六期，第 177 頁。
〔註14〕范子愚：《伯子詩文選注》／《資料集》，第 374 頁。

　　從范家院子出來往左幾步就是乾隆年間狀元胡長齡的宅院，也無高閣樓臺，並不宏敞。范伯子在《通州范氏詩鈔序》中言：「胡尚書長齡，與吾家比鄰，幼與曾祖同學，長而同藝能」〔註15〕。胡尚書顯貴後並不勢利，自己沒有子女，還將親自撫養的妻侄女許配給了范伯子的祖父范持信。伯子曾祖「手提布裙挈茶果往聘，戒無以資送也」，竟只是從左鄰走到右舍而已。

　　如此，我們大致可以還原出范伯子生長其間的是一個生活質樸簡單、鄉里情誼樸實醇厚的江北小城。《范伯子文集》中有多篇為鄉長輩所作的壽序、哀辭、祭文等，這樣的題目原本容易流於俗套奉承，但伯子寫來卻情真意摯，感人至深。他時而以敘入，漸次引人入勝，如《介人先生誄》，起筆便是「當世還自如皋，大人泫然曰：『汝知介人先生病歿乎？去年喪吾滌庵先生，今又喪吾介人先生，吾故人盡矣。』」〔註16〕如劉大櫆所言，「文必虛字備而後神態出」〔註17〕，伯子此處著一「矣」字，將范如松泫然欲泣的表情寫得如在目前。時而又以議起，開篇便奪聲氣，如《草堂先生墓誌銘》，起筆言「先生有李白、杜甫氏之胸襟而無其遇，故其為歌詩殆微至矣，而放浪奇肆，不可以偽為也。先生亦知之而絕不為，故其詩無假象焉，為人一如其詩」，寥寥幾句便評定其人其詩，語氣斬截如老吏斷獄。

　　范伯子還善於抓住生活小事和運用對話描寫，一兩筆便勾勒出人物深處，發議論也是時而委曲深藏，含不盡之意見於言外，時而淋漓盡致，盡顯磊落心懷，點滴佳處正與桐城派散文為近。從這些充滿真情實感的文章中我們可以看到南通小城的文化傳統已深深地植根於伯子心中，其一生行事為人、其詩文背後的元氣凝結皆與此相關。

〔註15〕《通州范氏詩鈔序》／《詩文集》，第487頁。
〔註16〕《介人先生誄》／《詩文集》，第418頁。
〔註17〕劉大櫆：《論文偶記》／《論文偶記・初月樓古文緒論・春覺齋論文》，
　　　　北京：人民文學出版社，1959年版，第9頁。

　　譬如，伯子描寫其鄉孫芸軒老先生「篤於親，敬於友朋，自同光以來知吾州者，皆禮請而屬以事」，是一位傳統的地方鄉紳。歿前十餘日，還撐著衰弱的病體「日臨視保嬰事」，是何等關切鄉里。文中敘述了這樣一件小事：「公嘗從吾家步出門，吾從其後，凡吾州之道路，皆亂石崎嶇，不良於行。吾謂公誰為此者，公曰：『此豈無用哉？譬城破圍而力盡，令下取石子搏擊，猶足當勝兵數萬人』」。伯子沒有當面反駁他，但試問在一個戰爭早已進入到炮火連天的時代，石子還有何用武之地呢？伯子亦知「俾後生聞之，將不笑公言為太迂乎？」如同吳汝綸批評柯鳳蓀意圖以團練抵抗德人侵膠州「直兒戲耳」〔註18〕一樣，一窺新世界的人們對封閉守舊之人總不免加以嘲笑。但伯子只是默默地「歎公之誠而益以悲世也」，因為「今天下變益亟矣，老成之人舉無所用於世，非老成之過也」。〔註19〕整個時代都在鼓吹一種求新求變的進化論調，而傳統中的許多價值已經被嚴重地輕視以至消失了，比如至「誠」之心。范伯子所見及此，也所憂及此。

　　伯子還曾描寫呂四場的李草堂先生送他與其子李磐碩一起離鄉出遊的情景，「（先生）亦令磐碩出遊，而送之河干，曰：『子其一與公之無吝。』於時晚陰晦，吾微見先生送我有涕痕，故每念之也」。〔註20〕黃昏時候，河風陣陣，隱忍的哽咽，短短的一句囑咐，烘托出一位老者對兒輩的依依不捨與拳拳擔憂。「送之河干」四字本就詩意無限，彷彿染上了一種「風蕭蕭兮易水寒，壯士一去兮不復還」的悲壯。伯子曾有詩留別其青年時的讀書地黃泥山云：「莫復殷勤為後約，還山古有萬千難」〔註21〕。黃泥山多年來一直是他魂牽夢縈的歸隱地，而離家時他已隱約知道那樣單純的時光是無法重來了。光緒二十年，在李鴻章府中，伯子有詩云：「當年亦欲捨此相，春山

〔註18〕吳汝綸：《答柯鳳蓀》／《吳汝綸全集（三）》，第 167 頁。
〔註19〕《孫芸軒先生哀辭》／《詩文集》，第 535〜534 頁。
〔註20〕《草堂先生墓誌銘》／《詩文集》，第 533 頁。
〔註21〕《留別新綠軒》／《詩文集》，第 4 頁。

夜雨縈苔龕。固知早成定虛願，不得綠髮尋歸庵」〔註22〕，彷彿一聲幽幽長歎，令人悵惘。

經歷了多年游學、遊幕生涯的范伯子，越發難以忘懷草堂先生送別時的情景，以致慨然歎道：「悲夫！士一去其鄉而遊，則如以船筏著濤浪間，惟風之所使，如傾豆盤而散之地，遠近莫或得自置焉者」。這種人在江湖身不由己之感，實非當日躊躇滿志的青年所能預見。不只是漂泊各地不能自主，他與磐碩「雖互相持，然視先生純白無過之體不逮遠矣，而先生顧猶以不遊為恨」〔註23〕。細細咀嚼此言，似乎隱藏了許多無可奈何和一言難盡，實是甘苦自得。小城生活簡單質樸，人也容易有專一之誠，而外間浮華世界有諸多染人之處，縱然竭力持守也無法做到「純白無過」。遊與不遊實是各有利弊。

范伯子曾勸一同輩友人顧裘英中舉後在外間官場謀發展，「因鄉閭俗敝矣，子必無還而依於其官，謀所以自立者」，這是好男兒志在四方之願。但後來顧母大病一場，愈後身體大不如前，伯子「思之逾時」，又勸裘英「今若此，則子不歸養，於心不安」。顧裘英也是孝義之人，喜道：「善乎，子之言！吾往挈妻子還耳。吾從容當可得提牢，還必有阻我者，吾惟子從耳」，意謂他即將升任，必有其他人會勸他不要中途放棄前程。所以分別後伯子放心不下，又去信數千言，嚴辭道：「京師士大夫則豈復知有天性者哉？不幸而再，吾與子絕矣！」〔註24〕可見當日士林已是功名心重，孝友風微，和明朝東林黨人諫張居正奪情時相比，大環境已悄然變易，而范伯子依然堅持以孝義為先。

正是因為有了二十多年的漂泊經歷，范伯子更加懂得了傳統鄉賢的價值。他說：「古之君子臨老成之喪則莫不痛惜，豈有他哉？年

〔註22〕《中秋次韻高季迪張校理宅玩月》／《詩文集》，第183頁。
〔註23〕《草堂先生墓誌銘》／《詩文集》，第533頁。
〔註24〕范伯子：《顧師母王太恭人八十壽序》／《詩文集》，第471～473頁。

華易於凋謝，德業久而消磨。天禍人敗，傷殘實多，故行輩日上而名節亦與之嵯峨者，此乃百中而未得一焉。有之，則足以鎮壓流俗，而挽回十一之頹波」〔註25〕。人一生要經歷多少誘惑、困境、變故、起落，若年歲漸長，還能名節無虧、元氣無損實屬不易，也是於後代、鄉里最為有益之事。

范伯子在初生牛犢之時也曾抱有「攬轡登車，一世澄清須滿志；閉戶讀書，萬家憂樂盡關心」〔註26〕的雄心壯志，以范氏先祖范滂、范仲淹為人生座標，欲追隨其後做一番大事業。但在現實中，成就大功業並非個人努力了就能實現的，機遇、環境，所謂天時、地利、人和缺一不可。正如范伯子贈沈瑜慶詩「得帝依然不遇時」〔註27〕一句所言，哪怕得到了光緒的賞識，但偏偏這個皇帝又無實權，無法放手一搏，等於不遇時，可見成就大功業極為不易。因此范伯子對平常儒者的安身立命之處漸漸有了更清楚也更實際的認識，就是「內保其家，外淑其鄉」。

范伯子在文中屢次表達了這一觀念，如「當世以為士大夫窮高極廣，振動一世，終有裨於天下者幾何？其不免以浮藻虛譽病人後生比比也。內保其家，外淑其鄉，宜若古之賢哲未有過於此者。吾乃大懼吾說之不足以守，而俗尚風氣之變不必定以每下者為憂，令邦之元氣或損於文勝質敝之交，則吾子弟將何所適從」〔註28〕。他憂心忡忡於鄉里後輩受時代風氣影響，變得好大喜功，熱衷高言空談而不務實事。而且對這種情形不但毫無警覺，還沾沾自喜，最終落得一事無成，於己於鄉都無裨益。

在另一篇文章中，范伯子結合自己的閱歷觀感重申此意：「吾嘗

〔註25〕范伯子：《公祭草堂先生文》／《詩文集》，第 534 頁。
〔註26〕該對聯見於范伯子故居堂前，另見范曾：《吾家詩學與文化信仰》／《中國文化》，第二十五、二十六期，第 176 頁。
〔註27〕《余詣愛滄淮揚道署，過秦觀之舊里，鬱詩思而盤紆，會見嚴幼陵別愛滄四詩，因而和之，並贈二君……》／《詩文集》，第 346 頁。
〔註28〕《顧醴泉先生壽序》／《詩文集》，第 492 頁。

言之矣，內保其家，外淑其鄉，古之賢哲，未有過此者。且夫世變愈大，則成功愈難，士大夫雖欲出死力以與時爭，終不能有裨補於世；或不勝其激烈之行，以蹈危而陷害，此猶其上之上者。自餘文學聲譽之眾，慮無不臨難而變節，半途而喪志，外擁其所既得以塗飾耳目，而內苟焉以取隨俗之富貴。不幸而敗，必有猥賤之行為一世觀笑；幸而不至於敗，彼其氣已薄而性已漓，亦不足以長養其子孫而感孚其鄉里。以余二十年所見四方達人長者，愛之而不信，觀之而不洽於心者，亡慮皆以此也。」〔註29〕

　　二十年的漂泊，他見多了欺世盜名的浮薄文人，也深知世變之劇，身為一貧賤儒生，縱然有力挽狂瀾的雄心，終不過是螳臂當車的結局。范伯子此文大概作於光緒二十三四年間，當他說「或不勝其激烈之行，以蹈危而陷害，此猶其上之上者」或許是聯想到了明朝末年「文死諫，武死戰」的忠臣烈士，「不幸而敗，必有猥賤之行為一世觀笑」也或是指投降滿清卻未得善終的一班貳臣。但巧合的是，一者幾乎準確地應在了不久後袁昶與林旭的悲劇上——袁昶與伯子同受教於劉熙載，可稱同窗，袁在庚子事變中力爭義和團不可恃而受禍，林旭是伯子好友沈瑜慶的女婿，二人之死令整個士林皆為之悲；另一又恰好印證在鄭孝胥後來依附日人建偽滿洲國一事上。可見亂世之中士大夫的出路、結局實不外這幾種。所謂「嘗言淑世成虛語，願力終難出一鄉」〔註30〕，范伯子漸漸看穿了世態，縱然「出死力以與時爭，終不能有裨補於世」，不過徒然毀身而已，而苟然世俗、偷取富貴自然更不可取。所以，做點實事造福鄉里，進而有利於國家，是范伯子經過生活磨練和深思熟慮後做出的最終選擇。

　　在這兩篇文章中他都提到「邦之元氣或損於文勝質敝之交」、「氣已薄而性已漓，亦不足以長養其子孫而感孚其鄉里」，此一混

〔註29〕范伯子：《冒伯棠六十壽序》／《詩文集》，第508～509頁。
〔註30〕《答徐昂秀才》／《詩文集》，第332頁。

元純眞之氣正是他從南通老一輩儒者身上所領受的。如草堂先生
「之行誼，應漢時之儒科，比投老而不仕，養無窮之天和」，「昔揚
子雲推蜀嚴之德，以爲隨、和無以加也」〔註31〕，而先生亦是「通
州之寶玉」。介人先生「熟於儒先之書，然百家之文無所不慕，春
秋釋菜，雖雨雪必中夜至。官長既畢事，乃徐遍拜於賢儒之位，且
乃罷，公竟用是感寒疾而死」〔註32〕。眞正的儒者並非抱著幾卷儒
家經典不放、聽到異端學說就驚慌失措的迂腐之士，而是既有開
放、日新的胸懷，又謹守儒風，持守對先賢的誠敬之心，這正是他
們的元氣所在。

　　「通州三生」、「通州三范」〔註33〕之名在同光之際風頭甚健，
這似乎是南通歷史上最榮耀的一頁。而在此之前，「由其土之僻，或
曠隔數十百年歲，而無瑰瑋絕特之士生於其間」，以致于因文天祥是
由南通出江渡海的，南通人「慕想盛名之彥而願其得與於斯也」，「遂
處處祠之」。〔註34〕在此之後，觀范伯子《課鄉子弟約》中所言，因
他「游學於外，多歷年所」，「而鄉黨後起之秀，足不出閭巷，無從得
與天下賢豪君子，考德問業，稽合同異」，所以「邦之達人長者」希
望他將遊歷求學所得「分而餉諸人」。〔註35〕可見游學遊幕之風在張
謇、范伯子、朱銘盤一代實是風雲際會的突然崛起，而過去之後也並
未太多改變南通封閉獨立、自成一國的性格，江北小城的傳統依然較
爲頑固地延續著。

〔註31〕此句《詩文集》中隨和二字未斷開，句意其實是指隋珠和璧，不斷
　　　　開容易有歧義。《公祭草堂先生文》／《詩文集》，第534頁。
〔註32〕《介人先生誄》／《詩文集》，第419頁。
〔註33〕三生指張謇、范伯子、朱銘盤。姚永概《范肯堂墓誌銘》記載張裕
　　　　釗見到三人後，「大喜曰：『吾得通州三生，茲事有託付矣。』其後，
　　　　君弟鍾、鎧相繼起，世又稱『三范』，而稱君爲『大范』云。」范鎧
　　　　家書也有云：「京師『三范』之名頗盛」。(《南通范氏詩文世家‧范
　　　　鎧卷‧家書》，第304頁)
〔註34〕《題黃漳浦手箚》／《詩文集》，第545頁。
〔註35〕《課鄉子弟約》／《詩文集》，第493頁。

第二節　江海之交的奇氣豪情

　　在《修定先生墓誌銘》中，范伯子寫道：「先生有言，通州之域，江海爲谿。白狼間之，淮水爲池。山以伊鬱，必生神奇。將毋在汝，而燦也庶幾。當世有言，通州之壤，閉戶自滋。不涉世故，千春於茲。如何今日，瀕於九夷，將毋變亂，而吾邦其衰」〔註36〕，二人所云恰好點出了南通地理特點的兩個方面。范伯子擔心的是通州千百年來封閉自足的小圈子恐怕要被西學的強勢風潮打破了——如南通豐利場人、後生徐由白拜訪他時「三揖而進，意篤謹，異於他言新學少年也」，可見當時青年人中已有一種以破除禮節爲革新的風氣。而顧修定所言則是南通據江海之會，坐擁狼山五峰臨江之奇，氣勢磅礴，山水所鍾，或將應在范伯子與其子顧曾燦身上吧？〔註37〕

一

　　南通本是一馬平川之地，但奇異的是在長江入海口處突然平地崛起一片殘丘群，形成五座或連綿或獨立的山峰——狼山、黃泥山、馬鞍山、軍山、劍山。其中狼山最高，海拔 106.94 米，而黃泥、馬鞍則連成一脈，雖海拔只有三十米，卻幽秀非常，人迹罕至。伯子曾以「揚州北岸平如芰，臨海忽建三重岩」〔註38〕來形容狼山的山勢陡峭，而以「黃泥馬鞍卻低曳，猶有千歲雲林黯」〔註39〕來形容低伏在狼山腳下的這一片幽深綠林。若是乘舟而過，從水面望去五座山峰恰如「五珠點破海光碧，三面排生城市秋」〔註40〕，爲通州歷代文人訪

〔註36〕《修定先生墓誌銘》／《詩文集》，第 477 頁。
〔註37〕顧曾燦，光緒十二年進士，與劉光第在刑部共事多年，戊戌政變時因畏懼株連家族而自盡了。
〔註38〕《積餘以狼山訪碑圖卷屬寫贈詩，因讀吾鄉諸子詩發興次沙建庵韻》／《詩文集》，第 351 頁。清朝時南通是揚州屬地，所以云揚州。
〔註39〕《積餘以狼山訪碑圖卷屬寫贈詩，因讀吾鄉諸子詩發興次沙建庵韻》／《詩文集》，第 351 頁。
〔註40〕姚濬昌：《寄和范甥肯堂小女倚雲同遊狼山之作》／《五瑞齋詩續鈔》，《資料集》，第 21 頁。

勝探幽的絕佳去處。伯子先祖范鳳翼在明亡之後就是逃禪隱居於軍山的。

　　五山之中，范伯子對黃泥山的感情最為深厚。青年時他曾「攜吾弟秋門入黃泥山之新綠軒讀書養病，寄食於僧家，日供一蔬，見山下有攜魚過者，輒呼而指以所從入，或不聞而去者亦多。」〔註41〕這段日子令他終生難忘，在與姚倚雲婚後，伯子曾託友人繪生平快事十二件名去影圖，逐一賦詩，第一首就是《黃泥山讀書》。詩中云：「儒者稱名山，山以儒名耳。荒山與窮儒，千載諒不毀。早入名山中，其人可知矣。狼山非不高，名盛吾所恥」〔註42〕。和擁有廣教寺、香火鼎盛的狼山比起來，黃泥山確實名不見經傳。但所謂「愛生於呢，呢則無所不私」〔註43〕，情有獨鍾之事於人於物皆然。范伯子心高氣傲，偏不要藉重名山之名，而是一力讚美揄揚原本默默無聞的黃泥山。

　　他曾帶張謇來遊，也曾向劉熙載、姚氏父子、言謇博等津津樂道他心目中的這個隱居勝地。劉熙載曾言：「逾明年，將寓食於汝所謂黃泥山者，以鄰於汝，以遂吾之志」〔註44〕，姚永概寄伯子詩亦有「子今享此亦云泰，夢中曾到黃泥山」〔註45〕之句。「藹藹新綠軒」與狼山雖然「相望只數里」，但「喧寂異仙凡，金焦尚難擬」，在伯子心中，盛名赫赫的金焦二山也不能與之相比。因其幽靜非常，「山門到者稀，軒堂復誰履」，又秀美天成，「蘿石牽雜花，迷離夾松梓。秘絕通岩扉，輾轉達軒址」。伯子「於其間，灑掃佈牀几。塞竇斷來蹤，穿牆發遠視」，「蔬飯充饑腸，呼魚那可指」，不由得生出「春深

〔註41〕《黃泥山讀書》/《詩文集》，第109頁。
〔註42〕《黃泥山讀書》/《詩文集》，第109頁。
〔註43〕冒襄：《影梅庵憶語》/金性堯、金文男注：《浮生六記（外三種）》，上海：上海古籍出版社，2000年版，第3頁。
〔註44〕《祭劉先生文》/《詩文集》，第422頁。
〔註45〕姚永概：《肯堂寄示詩一卷，中多嘲應舉求官者流兼及予出門詩以為笑謔，乃次其口字韻以問之》/《慎宜軒詩集》，《資料集》，第59頁。

地不寬，世亂心長已」的避世之心。多年後「追維是時樂」還感歎道「眞實亦無侈」，荒山窮儒的簡樸生活卻能帶給人滿滿的快樂，能不憾言「誰令樸被歸，長作遠遊子」嗎？〔註46〕

張謇對青年時代與范伯子同遊黃泥山的經歷也是印象深刻。其日記中詳細記道：「叢竹垂岩，枯藤絡石，殿宇只數楹，而泉流涓細，短樹婆娑，大非狼峰之絢爛矣。山僧映中樸甚，於新綠軒進茶，滿引三數甌乃行。而馬後山光與野照炊煙相映成畫，行里許，猶令人回首不置。昔人沈涸煙霞，正不知何修得此？」〔註47〕他與伯子亦曾有「故人陳約在黃泥」〔註48〕的偕隱之願。

幽秀的黃泥山彷彿在范伯子心裏打開了一扇窗，退出了一箭之地，使得幽隱情懷伴隨了他一生。「吾山天南東，左海所淵浩。一去新綠軒，悠悠十年老」〔註49〕、「丈人則蕭瑟一官，賤子亦飄零萬里。新綠軒之風雨，使我淒涼；掛車山之日月，從公想像」〔註50〕、「當年亦欲捨此相，春山夜雨縈苔龕。固知早成定虛願，不得綠髮尋歸庵」〔註51〕，在他漂泊各地、遊幕爲生的日子裏，這些眞摯傷感的句子背後皆牽繫著那段隱居黃泥山的自適光陰。

令人歡惋的是，正如其留別詩言「還山古有萬千難」，伯子再臨黃泥山已是二十五年之後了。有詩道：「二十五年顏鬢改，茲山秀色仍能餐。僧僚屢代無相識，臥榻常封不忍看。匪石一生塵夢淺，下泉三歎海潮寒。憐君取意歡今日，極醉忘憂古所難。」〔註52〕他以「我

〔註46〕《黃泥山讀書》／《詩文集》，第109頁。

〔註47〕張謇：《張謇日記》（同治十三年正月二十六日）／《資料集》，第262頁。

〔註48〕張謇：《與勛藏九香敬銘登狼山望海樓追悼肯堂梅孫》／《張季子九錄》，《資料集》，第48頁。

〔註49〕《雜感二十八首盧陵道中作……》／《詩文集》，第66頁。

〔註50〕《外舅屬馮君小白畫東坡十六快事而命當世爲之詞……》／《詩文集》，第82頁。

〔註51〕《中秋次韻高季迪張校理宅玩月》／《詩文集》，第183頁。

〔註52〕《去黃泥山二十五年而復一至，追和當時留別韻，示潛之夢湘》／

心匪石，不可轉也」來形容自己一生的各種堅持，更為友人下世、舊歡難再而倍感傷心。

彼時還有一首與友人共訪新綠軒所作的詩，詩云：「松有垂條柳有枝，各天生意不相知。層巒寂靜能千載，裙屐風流又一時。膏野雨餘農事急，澄江風定估帆遲。如何逐物閒閒者，仍向空山泣鬢絲。」〔註53〕前兩聯抒發了一種「年年歲歲花相似，歲歲年年人不同」的感慨。後兩聯則是一個三句對一句的轉折結構，黃泥山緊依長江拔地而起，沿山而行一面可以看到農田，一面則是江上風帆。土地肥沃、農事繁忙、江風緩緩吹送著旅船，本都是讓人喜悅的景色，也與詩人不追逐外物的閒散心態相互呼應，但為何還是不由得一陣傷感湧上心頭呢？這或許與范伯子在李鴻章府上時感歎「人間佳節復有幾，淪失八九鍾阜南」〔註54〕是一樣的，老來面對家鄉的閒適美好，反而更會質疑過往四處漂泊的人生是否選錯了道路，不禁悵然若失。

二

黃泥山雖是范伯子私心獨愛之所，但其實他去狼山的次數要遠多過黃泥。畢竟狼山在江北一帶小有名氣，又高峻足以觀海，和家人祈福、帶朋友登高等，都是必到之地。范伯子在光緒四年的日記中已有不少為狼山所作的詩與對聯〔註55〕，還與朋友合選了《狼山十首》以「備遊山記之作」〔註56〕。顧延卿曾說這本小小的詩冊「百年之中，

　　　　《詩文集》，第 371 頁。
〔註53〕《同州主及管榷諸公遊山，因訪余黃泥山讀書處，感次壁間朱石甫韻》／《詩文集》，第 373 頁。
〔註54〕《中秋次韻高季迪張校理宅玩月》／《詩文集》，第 183 頁。
〔註55〕《南通范氏詩文世家・范伯子卷・日記》第 260 頁：「書聯題川至庵之妙香軒。登支雲塔，得詩一首」（詩、聯不具錄）；第 264 頁：「同延卿、青伯登山，諸弟從，内福弟為主，大宴於望海樓，宿川至庵。贈青伯一首」（詩不具錄）、「再宴於望海樓，遂留觀日出，書聯，得詩三首」；第 265 頁：「至川至庵，雨，題三省畫，近晚泥濘而歸。詩一首」；第 267 頁：「望海樓贈山僧聯」。
〔註56〕《南通范氏詩文世家・范伯子卷・日記》，第 265 頁。

當無朽理」〔註57〕，但其中所錄伯子的三首詩後來都未選進其詩集中，可見在伯子看來，這些只是尚不成熟的少作而已。伯子早年的詩確實有些直露與「矯強」〔註58〕，不無方東樹批評的「客氣假象」之失。但因從中可略見狼山在他青少年時代對詩人情感薰陶的作用，所以筆者還是選錄了一首略作解析。

詩云：「四日登高作餞春，一時歌泣盡騷人。鳴琴大海驚風雨，賭酒空山動鬼神。吾黨人才宜古月，清時將略靖邊塵。雲巒定有眠龍窟，與爾從容百疾身」〔註59〕。站在狼山高處，確實可以看到江海一線的景觀，伯子亦有文提到「通州以東近百里之料角觜爲江海會處，有光綿亙如線」〔註60〕。江海濤聲隱隱而又渾厚地傳來，時而如鳴琴之音，時而像風雨驟至。在空山高處開懷暢飲，縱情歌泣，少年壯志滿懷，似乎足以充塞天地、震懾鬼神，不禁湧起提三尺劍「爲君談笑靖胡沙」（李白《永王東巡歌十一首之二》）的豪情來。《孫子・行軍》中有「軍無百疾，是謂少勝」的說法，但范伯子自青年時代起身體就不甚健壯，前一日贈青伯詩甚至有「卿才落拓依人苦，吾病支離拾級難」〔註61〕之語。但面對雲層疊湧的壯觀景致，聯想到「雲從龍，風從虎，聖人作而萬物睹」的經句，不由得鼓起臥虎藏龍般的雄心來，也不再自歎病弱了。

狼山觀海不但能激發人的雄心壯志，所謂「海納百川，有容乃大」，面對江海交會的廣闊視野，人的心胸也自然會爲之一寬，變得博大起來。范伯子曾作《贈吳禮園序》一文，通篇以南通江海交會、互滲而有別的地理特點來譬喻朋友相交的大氣包容。文中詳細描述了在料角觜處，「線右界水旨且厚，魚鼈鮮美。其左界乃斥鹵不可食，

〔註57〕《南通范氏詩文世家・范伯子卷・日記》，第 265 頁。
〔註58〕張裕釗曾覆書伯子「論矯強自然之分與眞僞雅俗之所判」，見《辨柳子厚八駿圖說》文後／《詩文集》，第 440 頁。
〔註59〕《和延卿》／《南通范氏詩文世家・范伯子卷・日記》，第 265 頁。
〔註60〕《贈吳禮園序》／《詩文集》，第 425 頁。
〔註61〕《南通范氏詩文世家・范伯子卷・日記》，第 264 頁。

而產亦殊焉，此天所以畫江海者也。江海之水，皆吾民之所大利，而不可互為用。引江水入溝澮灌田，歲旱往往勢，或濱海水溢，雖所未浸，土脈濕則禾稼盡槁；煮海為鹽，取右水涓滴入釜，則鹽亦不成也。然而江至料角觜無不入海者，江入海不知其為江；海潮逆江，日夜而上，江入溝澮灌田，蓋又海水之所挾而至，不知其為海也。若此者何與？江海之為物也大，故歸之者不復能自別，而受之者不復疑。其實未嘗不相資，而其所以用之，則又不必其盡合者也。吾以謂朋友之交，亦若是焉耳矣。」〔註62〕

　　吳禮園稱與有些人合不來是因為「志不同而道不合」，伯子卻認為這是「藐小而不誠者耳，若其所處者既大，而其交也以真氣相薄，雖志不同而道不合，何傷也哉？」比如他與吳禮園雖然志道相合，「顧亦何嘗無一二之別，且無視天下以不廣也。遂為斯言贈之，以其土之所習者譬焉。」〔註63〕從「江海之為物也大」，伯子悟出了人的胸懷也應該寬廣如斯，以真誠容納異己。

　　范伯子的少年知交顧延卿對其如何身體力行這一觀點最有感觸，在伯子離世後尚念念不忘。他在祭文中讚歎「君嗜學之篤、與人之誠，自幼已然。至於近年進德尤猛，其掩人之短、揚人之長，吾遍觀九州之賢，未嘗有其匹也」〔註64〕，在日記中也記到雜閱書籍時，「滿眼皆見人不是，曾文正之所痛惡，友人中肯堂乃無此失，今亡矣夫」。〔註65〕可見范伯子的容人之量確實給朋友留下了深刻的印象。

　　心胸之寬廣與「文章之深厚」〔註66〕有著莫大的關係。比如在《列國歲計政要序》中，伯子欲調解南洋公學中保守派沈曾植與「倡自由之說」的白振民之間的矛盾，則言「自古文人學士之相非薄，其激極遂成為黨禍。而方其萌動，乃常起於隔而不相知，一言一事

〔註62〕　《贈吳禮園序》／《詩文集》，第425～426頁。
〔註63〕　《贈吳禮園序》／《詩文集》，第425～426頁。
〔註64〕　顧錫爵：《祭范肯堂》／《資料集》，第247頁。
〔註65〕　顧錫爵：《申君寱言》／《資料集》，第260頁。
〔註66〕　顧錫爵：《祭范肯堂》／《資料集》，第247頁。

之舛迕，與夫一二小人之奸其間，皆足以生此也」，而「處乎今日之勢，年至四五十以往若子培者，多憂多懼，而並不見以爲可喜者也。若夫年裁二三十以來如振民之留心於君國，亦憂亦懼，兼一自喜其有爲者也」。顧延卿說范伯子「體人情者深」〔註67〕，於此處可見一斑。他對於老成者和青年人心態的微妙差異實有貼切的把握，方能提出「少年能深體老成之憂，而老成益樂用少年之喜事，即何往而不可爲」〔註68〕的建議，希望雙方都能看到對方的優點，接納並吸收對方的異己之處。這不正像南通的江海交融彙通一樣，反而更能成其大嗎？

再如范伯子在廣東許仙屏幕中時，「許公不言維新者」，而陳寶箴「貽書督勸甚摯」，許公曰：「豈須我耶？」有被強迫的不快，伯子則言：「不然，此公義相取，陳公何必舊，公又何必新耶！」〔註69〕可見在新舊之間他一直持一種有容乃大的態度。但伯子的包容也並非不講原則，比如虛僞就是他絕不寬容的一種品格。他很強調朋友之交要「以眞氣相薄」。所以後來他與張之洞齟齬至終不解，很大程度上就是因爲他認爲張未以眞誠待他。

除了雄心壯志和有容乃大以外，隔著寥廓的江海水面舉目瞭望，胸中能不油然而生一股對外界的嚮往之情嗎？十二幅去影圖中，第二幅《狼山觀海》小序云「顧延卿之母邀吾母登狼山，大橋從焉，遂與之登大觀臺觀海。指顧蒼茫，大橋隕涕，哀惻之意不知所來」。詩中云：「亭亭大觀臺，江海之所會。少小習於斯，手口俱能繪。惟獨閨中人，長年鬱塵壒。徒有千秋心，無由得知外。一日登於天，酣然淚滂霈。微生天地間，離群復何賴。此意深難言，我亦愁無奈。」〔註70〕伯子其實甚能體會大橋夫人的傷感，登高臨海，頓覺微生渺小，天地

〔註67〕 顧錫爵：《祭范肯堂》／《資料集》，第247頁。
〔註68〕 《列國歲計政要序》／《范伯子詩文集》，第550頁。
〔註69〕 《故湖南巡撫義寧陳公墓誌銘》／《詩文集》，第522頁。
〔註70〕 《狼山觀海》／《詩文集》，第110頁。

廣闊，不知外面的世界有多少精彩，而自己終其一生卻只能在方圓幾十里內打轉，能不遺憾不甘嗎？《浮生六記》中記陳芸到太湖之畔，見風帆沙鳥，水天一色，歎「今得見天地之寬，不虛此生矣。想閨中人有終身不能見此者」〔註71〕。一湖尚且如此，何況大橋夫人登山臨海，撞入其眼簾心胸的乃是江海交會的奇偉大觀呢？

　　吳用威詩「小邑海東秀，廛市絕塵坌」〔註72〕、張裕釗詩「因子一寄聲，新月海東頭」〔註73〕等都以海東指代南通，頗有一種天之涯、海之角般遙遠遼闊的意境，自幼生長其中的人不免會產生一種遺世獨立的孤絕感。望江海之對面，自然會盼望走出這片狹隘偏僻的土地，看看外面熱鬧廣闊的世界，融入天地大群之中。這是范伯子這一代南通人普遍的情懷。顧曾烜曾言：「僕每憾吾鄉僻在海角，聞睹卑隘，出門測交，不過我輩六七書生相與剖析然疑，比附景響，以為通都大邑諸方雜進，所得當不啻有是。」可是外面的世界也未必符合他們的期待，顧曾烜後來就歎道：「比到此間，縱遊簪海，其足當韓陵片石者，十無一二，乃歎江東菰蘆中英誰輩出，並世所希。」〔註74〕可見，不為外界所知並不等於文學成就不如外人。從范伯子先人「在勝國之際與康雍間者，皆嘗有意乎千世之文，不屑屑於當時之毀譽」，到近代南通為桐城文者「率皆艱勤自勵，甘於韜晦」〔註75〕，筆者以為，這種敦樸踏實、志存高遠的性情其實也是南通文人聲名較為沉寂的原因之一。而流覽其詩文大概，筆者對於滄海遺珠不在少數也是深有所感。如前引程滄波所言，「淮揚通泰，文質之外，乃具中原奇曠之氣，其人事功文章，每超越於尋常……有非江南士夫所可企及者

〔註71〕沈復：《浮生六記》／金性堯、金文男注：《浮生六記（外三種）》，上海：上海古籍出版社，2000年版，第51頁。
〔註72〕吳用威：《將去如皋遲肯堂蒻意不至卻寄》／《資料集》，第18頁。
〔註73〕張裕釗：《贈朱生銘盤》三首之三／《資料集》，第19頁。
〔註74〕顧曾烜：《致范大無錯書》／《方宦文錄》，《資料集》。原文斷句作「相與剖析，然疑比附景響」。
〔註75〕《馮靜伯與錢子泉書》／《資料集》，第278頁。

矣」。江北士子有他們獨特的氣質，如伯子詩云：「生長海門狎江水，腹中泰嶽亦崢嶸」〔註76〕，正是江海與奇山的會聚陶冶了他的「攬轡雄心」〔註77〕、奇曠之氣。

　　因同屬江北，距離又不遠，伯子常將狼山與金焦二山作比較。如「狼山若金山，丹碧迎飛蓋。孤高又不同，非我必自大」〔註78〕，狼山與金山皆有名寺，碧瓦飛簷之美相若，但金山海拔只有 43.7 米，就孤高之勢而言確是遠不如狼山的。金山之出名與文人的遊覽、歌詠，與白娘子水漫金山寺的民間傳說關係頗大。所以范伯子特別拈出蘇軾的《遊金山寺》詩「我家江水初發源，宦遊直送江入海」一句，與之對話云「可笑子瞻宦遊懶，遠送不越金焦來。子之發源我收蓄，邀閱四姓重追陪」〔註79〕，點出狼山才是真正的入海之處。狼山的地勢很重要，在「江海既會聲喧豗，雙流競地生民災」之處，「狼山如闤當江開，能喝海若驚濤回。引江入田灌萬頃，此德萬古常崔嵬」，於農事大大有功。但「何哉六籍功不紀，尋碑訪碣無詩材。乃知地亦以人重，老蚌千年珠未胎」〔註80〕，可惜因少有「瑰瑋絕特之士」至，而名不出江蘇。

　　從「曾是淵源一江水，聊以弟子諍其師」〔註81〕一句可看出范伯子對蘇軾的私淑之情跟同住長江邊、同飲長江水也有些關係。《過赤壁下》一首更是直言：「江水湯湯五千里，蘇家發源我家收。東坡下游我上溯，慌忽遇之江中流。不遇此公一長嘯，無人知我臨高秋。公之精靈抱明月，照見我心無限愁。」〔註82〕伯子曾以「滔滔江漢古來並，判作支流勢亦平。直到山深出泉處，翻疑河伯望洋情」〔註83〕

〔註76〕 《過泰山下》／《詩文集》，第 36 頁。
〔註77〕 《過泰山下》／《詩文集》，第 36 頁。
〔註78〕 《狼山觀海》／《詩文集》，第 110 頁。
〔註79〕 《同何眉孫張季直夜登狼山宿海月處》／《詩文集》，第 237 頁。
〔註80〕 《同何眉孫張季直夜登狼山宿海月處》／《詩文集》，第 237 頁。
〔註81〕 《東坡生日臨觴有感》／《詩文集》，第 250 頁。
〔註82〕 《過赤壁下》／《詩文集》，第 17 頁。
〔註83〕 《既讀外舅一年所為詩，因發篋出大人及兩弟及罕兒諸作，遍與外

來比喻姚鼐所開創的桐城詩派上接詩教正宗之意，所以這句「蘇家發源我家收」也未必單指有形的長江水，或許還隱喻著浩然文氣的奔流傳承。蘇門有三學士，通州有三范生，就文學世家而論，范家雖不可與蘇家比大，但綿延歷史卻要漫長得多，所以伯子特別點出是兩個家族的比較。

對此次過赤壁，伯子還有文章寫道：「昔者吾乘大江而下浮，至於武黃之間，望子之故山而觀於赤壁，誦昔人之遺文，獨歎蘇子瞻之在斯也，乃時時乘風雨渡江，與王齊萬、吳亮采之徒流連風景，往復不休」〔註84〕，對東坡夫子的文采風流不勝讚歎神往。伯子自幼便學習蘇軾的書法，「嗟吾幼好眉山翁，學書便學楚頌帖。孫黃秦晁一輩人，顛倒不出吾筐篋」，對蘇門諸子的筆法臨摹熟習之後又漸漸出離之，因「懸知此道日清新，毋為古人盛名儡」，要跳出古人牢籠，追求清爽新穎的自我風格，悟出只要「氣若江河長共流，意與青山亂稠疊」〔註85〕就是好書法，重在心胸意氣。曾有人將蘇東坡的手書阿房宮賦真迹誤認作贋品，伯子過眼後即言：「譬吾一生則亦多狀矣，卒能遺外形骸，並不必由吾道而觀之，獨取必於吾心神之間望而知其然否，此豈能得之人人者乎？他人之書意吾不敢知，若蘇氏則吾類也」〔註86〕。雖是就書法而言，但亦可見出伯子於坡公以意逆志、遇之於心神之間，難怪《過赤壁下》末句云坡公之精靈與伯子之心，恰如明月清江，兩相映照，毫無隔閡。

除了詩心之遇合以外，伯子對東坡「如萬斛泉湧，不擇地而出。在平地，滔滔汨汨，雖一日千里無難；及其與山石曲折，隨地賦形」、

舅觀之，外舅愛鍾鎧詩，至仿傚其體。爰詢當世以外間所見詩派之異，而喟然有感於斯文也，疊韻見示，當世謹次其韻，略誌當時所云云》／《詩文集》，第 101 頁。
〔註84〕《題張氏墓園》／《詩文集》，第 443 頁。
〔註85〕《次韻愛滄題秦郵帖詩因以鬥野亭各詩寫諸扇且告欲行》／《詩文集》，第 348 頁。
〔註86〕《題蘇子瞻手書阿房宮賦後》／《詩文集》，第 503 頁。

「常行於所當行,常止於所不可不止」的詩風也多有吸收學習。其
《除夕詩狂自遣》一詩云:「我與子瞻爲曠蕩,子瞻比我多一放。
我學山谷作遒健,山谷比我多一煉」就明言取法東坡的曠放。但放
煉之間又有辯證的關係,這牽涉到伯子後來接觸桐城詩派理論後的
轉變,嗣後章再作詳論。不過單就曠蕩詩風而言,伯子早年確是得
益於東坡不少。「遙遙直與岷峨對,納盡滄江有此山」〔註87〕,站
在長江入海口的狼山之上,伯子心中所念一直是「萬里家在岷峨」
(蘇軾《滿庭芳·歸去來兮》)的東坡夫子,「納盡滄江」隱透出有
雙關狼山與文氣之意。

<h1 style="text-align:center">三</h1>

范伯子的許多親友都注意到了江海的浩蕩與狼山的雄峻對其性
情與詩文的陶冶之功。如賀松坡在《送范肯堂序》中言:「蓋通之爲
州,江海所彙,形勝冠東南。君生長其間,恣山水之好,又遠客四方,
以博其趣,故其文恢譎怪瑋,不可測量」〔註88〕,正是以江海之勢爲
伯子文情奇崛詼詭的原動力。姚濬昌開始對將女兒嫁給伯子還有些猶
疑,因路途遙遠,又是續弦,只是駁不過吳汝綸的面子才同意的,但
一見到伯子就立刻被其才情征服,寫詩感謝吳汝綸道:「千里擇婚姻,
擇士在器識。橫目宇宙間,所得百不一。大江出岷峨,浩浩接溟渤。
蒼茫海山際,萬寶藏其窟。咄哉吳冀州,珊瑚密網得。殷勤投贈我,
兩簡細如織。譬彼天風生,有翅不容捩。明月海上來,墮我清宵腋。
始見冀州心,委懷乃非率」〔註89〕。他也不禁感歎只有江海的浩蕩和
海山的雄奇才能造就出范伯子的雄器偉識,其才如海底珊瑚般光怪陸
離,其心又如海上明月般剔透絕塵,眞是難得的奇寶。在《質言一篇
送無錯》中姚濬昌又有「海門何沆瀣,狼山何崔嵬」、「予懷江湖深,

〔註87〕《次張季直金衢意韻各一首》/《詩文集》,第352頁。
〔註88〕賀濤:《送范肯堂序》/《詩文集》,第41頁。
〔註89〕姚濬昌:《范無錯來安福,出與摯甫諸人唱和詩冊示余,且徵和……》
        /《資料集》,第22頁。

汝器海山奇」〔註90〕之語，可見他對伯子的海山奇氣與自己長居內陸養成的江湖氣質的差別是深有感觸的。

雖然通州文人都處在相同的自然環境中，但並非人人都能滋養出如此出眾的才、情、氣。正如伯子感歎赤壁一地自蘇軾、王齊萬、吳亮採後千載無風流人物一樣，因「山川之氣有時而不至則寥絕無人，及乎氣至而人興，則昔之人所謂奇怪殊異者，一旦瑰然成就於其間，又烏知其所以然者乎？」個中關節實屬天意奧秘，無從尋索，我們可確知的只有伯子確實稱得上是「江風海雨毓神秀」〔註91〕，當年顧修定「通州之域，江海為谿。白狼間之，淮水為池。山以伊鬱，必生神奇，將毋在汝」的預言確實沒有落空。

不單只有友人的推許，從伯子詩文本身也可清楚看出其深受江海之氣浸染的痕迹。如冒廣生曾次韻答其詩，末句云「便復出門同惘惘，不知明鏡鬢毛新」〔註92〕，而伯子原詩則是「洪流激極知何似？海色天光日日新」〔註93〕，不但意境闊人激昂，而且暗喻時代激流更天換地之勢，與冒氏答作大有金鐵之殊。另如「邱軻要有從容意，不逐奔潮日夕流」〔註94〕、「一番雲起藏鋒出，八海潮來斷港連。隴麥香風仍可餌，山茶活水且同煎。茲方僻遠渾無事，安得憑臨萬里天」〔註95〕這樣的句子，寫意江海形神兼備，非對狼山口的江海潮湧之景刻骨銘心之人不能寫出。

除了這些散句，伯子還曾「為《山海》一篇，略著余所見捕魚狀耳，王晉卿以為不典，乃博稽載籍擬山谷演雅示余，余乃更肆其

〔註90〕姚濬昌：《質言一篇送無錯》／《資料集》，第23～24頁。
〔註91〕王賓基：《肯堂先生將之粵，時養屙一粟庵，謹次韻先生登狼山遊燕詩以獻》／《菫廬遺稿》，《資料集》，第63頁。
〔註92〕冒廣生：《答范肯堂光祿二首即依來韻》／《小三吾亭詩》，《資料集》，第63頁。
〔註93〕《冒鶴亭以江建霞所贈辟疆先生菊飲倡和詩卷屬題，即用辟疆韻題二首》／《詩文集》，第337頁。
〔註94〕《贈何眉孫》／《詩文集》，第238頁。
〔註95〕《次韻旭莊登狼山》／《詩文集》，第406頁。

不經之談，和之得四十四韻」〔註96〕。從《山海》一文和那首四十四韻的長詩最能直接看出其「恢譎怪瑋，不可測量」〔註97〕的奇趣與海濱生活的密切關係。

《山海》文中細述其所見漁民生活情狀云：「且夫天下之水至於海，則亦可謂詭異怪觀也，然其爲潮，極悖乎天下賢愚之人，而未嘗不愨乎其有常。其如不潮之時，則浩浩湯湯，泛之而平，小民櫂乎一木之舟而可以得魚，久之而益狎，則習知乎群魚之性情」。大海有完全不同的兩種面目，風暴潮怒時令人恐懼戰兢，風平浪靜時則溫柔可親，劃小木船亦可出海捕魚。漁民漸漸總結出一些捕魚的方法：「好火者，然炬則群投於羅。好食貓者，用生貓繫鉤，而千斤之鱐死於貫索之下。潮生而插竹，潮退而黃魚滿竿。蚌生十年者，其膏可然，其珠可研，其仰而嬉者不可幹也」。人的聰明雖可自喜，「然海之爲惠利於人，亦不盡待乎人之取之，故閏月誅巨魚而推諸陸，其狀爲豬爲牛，其變化而跳以上者爲鹿，繫而脯之，亦可以爲藥」。異事是海中巨魚竟然會自己擱淺在沙灘上，其中還有可以當藥之類，彷彿是大海慷慨饋贈給人類的禮物，「以斯之類，是以貨財沾被乎天下，而滋味潤澤乎生民者也」。所以伯子感慨道：「嗚呼，人之方舟而行，日夜不絕於江海之上，雖有蛟龍行乎咫尺而不知，則其所可得而狎焉者，曾何嘗有百分之一於斯哉！」人類只不過接觸到大海的一點皮毛而已，完全不知其下蘊藏了一個何等神怪奇幻的世界，因「山暴而水藏」，「水之爲怪也隱」也。〔註98〕

全文乃寫其親眼所見，不啻一篇新《山海經》，可王晉卿竟以「不典」指謫之，何其迂腐！所以伯子寫了一首長詩回應相嘲，開端云：「鱠生製爲測海文，晉卿陋之誇以詩。鏗經發圖亨靈怪，青

〔註96〕《余爲山海一篇，略著余所見捕魚狀耳，王晉卿以爲不典，乃博稽載籍擬山谷演雅示余，余乃更肆其不經之談，和之得四十四韻》／《詩文集》，第26頁。

〔註97〕賀濤：《送范肯堂序》／《詩文集》，第41頁。

〔註98〕《山海》／《詩文集》，第435頁。

紅滿紙聲瀰瀰」，鱷生乃伯子自謙，王樹枏以圖經爲憑指斥伯子文。
伯子看著那些丹青描繪的海物形狀，耳邊彷彿又傳來了曠遠無邊的
海潮聲，於是說：「天下囂囂盡何有，蒼公幻化文人嬉。千輝萬照
在天上，飾爲酒斗揚爲箕。又道一星一瀛海，問君彼海潛者誰」。
天下之大，造物無奇不有，你觀看天上的星空，多如海沙無從數點。
聽說天上的一顆星對應地上的一片瀛海，則瀛海之數、海中所藏更
是我們無法知曉的。齊國人鄒衍因生長在東海之濱，方能提出大瀛
海環大九州的地理猜想，范伯子見識過海的廣闊無邊與深藏難測，
對造物的崇高力量更懷有一種敬畏之心。

　　那麼，大海中究竟潛藏著多少奇異的生物呢？伯子接著逐一描
述：「鱷生細麟泳海角，芝麻眼孔眞可嗤。夜深竊聽老漁話，駭耳墮
心摧四肢。哀哉吾族盡爲臘，奔告白蝦與蟛蜞。蝦故善跳蜞善走，追
潮逐浪能委蛇。」這裡的鱷麟是一種小雜魚，伯子想像它深夜遊到漁
船邊偷聽到老漁夫講做臘魚之事，以爲吾族將全被滅亡，嚇得失魂落
魄，趕緊通知小蝦小蟹們逃跑。

　　伯子「笑言先生勿過悴，大海安得無孑遺」，既是取笑小鱷魚的
一驚一乍，似乎也暗含調侃王晉卿之意，大海物藏之豐富，怎麼可
能盡被人捕、或盡爲人知呢？「合掌髡頭海和尚，船人見之爲一炊。
百年老蚌與人戲，臥起啼笑如嬰兒。被髮娟娟白如雪，不知爲妃爲
孤嫠。見者求之不可得，放船駭立心神癡。一宵西來百匹馬，挾抱
文書三面馳。方知吾族萬萬國，國數百里里有岐。一岐所產百斯類，
屑碎纖靡爲世貲。」這一段描寫眞是精彩，海和尚、百年老蚌、長
髮勝雪的美人魚、海馬海象群奔而來等等奇異、驚麗、壯觀的景象
都是大海所獨有的，世人所得不過是九牛一毛而已。「又聞西方產黍
稷，雜用花果蒸爲醨。豬牛味濁鴨雞瘦，紛來吾國求膏脂。吾族大
長亦不吝，使吾邊族相餽貽。江頭小神正鄰我，招我化族驅爲鰭。
先生固哉好目論，徵彼百老皆小知。」大海並不吝嗇，只以「邊族」
化爲江魚即可滿足世人的需索了。小鱷魚卻固守自己只見毫毛不見

睫毛的狹隘之見，無自知之明，就算徵詢了許多長老也不過都是小聰明而已，莊子所言「小知不及大知」是也。

但「鯢聞駭然不敢信」，依然不信詩人所說大海取之不竭的話，又「秉贄去問千年龜。安知潛宮不易到，兼旬直下方見之。水力壓背九鼎重，此水萬丈安能支。龜聞叱問爾何者，今我背上才蒙皮。魚龍子孫伺我息，攘如細虱多生髭。任氏兒子善戲謔，捫吾左脅擒一鰭。懷藏吾血不行絡，此屬撓撓長苦饑。此時鯢生失魂魄，那能重述麼麼詞。但言公有泰山固，願匿公脊無顚危」。這段極力鋪陳小鯢魚魂飛膽喪的驚懼之色，正是詩人匠心所在，以反襯出下段千年龜的答覆。

「龜聞色慘籲不已，嗟爾錮疾當難醫。瞬此陰陽一開闔，大無止境憂無時」，千年龜點出小鯢魚的憂懼乃是一種「錮疾」，天地大無止境，陰陽變化無窮，若要憂懼則萬事憂懼不盡。就連它自己也並不安全，因「周回此海奚有底，乃是一物橫八陲。此物無名亦無字，字以混沌名窮奇。東潮西落日呼吸，一吸一起方躑踓。此物日升海日淺，而我當之猶毫釐。暫時蜉蝣在其背，萬一轉側斯爲虀」，整個海底其實是混沌與窮奇的天下，隨著它們的升高，海水將日益變淺，千年龜只不過是如蜉蝣般依附其上，只要它們轉側翻動，就會摔得粉碎。到時候就會「夜夜流星落空闊，但有杯水傾諸池。我將喪我去其介，四足去一權爲踦。一朝化爲三足烏，飛入太陽當可羈」。千年龜描述了一場滄海桑田的變化，海底升高，漸漸乾涸，流星將落在空曠的地上，但它自己並不是膽戰心驚，而是會去掉龜甲，去掉一足，變成三足烏，從海底飛入太陽，實現徹頭徹尾的變化。

聽了這些匪夷所思的說法以後，小鯢魚有些目瞪口呆，「生不事此勿相恩，鯢生聽罷翻狐疑。更有蓬心借一語，聖人群籍無公詞」，囁嚅著說這輩子沒見過這樣的事，聖人留下的經典中也沒有你這樣的說法啊，依然蓬心未除。所以伯子借千年龜之口浩然長歎：「咄哉聖人天公各造意，不得千齡萬代長相咨」！天公造物難道還要徵詢、符合聖人之意嗎？盡信書不如無書，王晉卿之迂腐淺陋可謂至矣！

　　讀到最後方知伯子果然是將王樹枏比作了小鯢魚，這番戲謔嘲弄不免也有些過於狂傲了。雖然當時王樹枏沒有發作，反而說：「吳公府潭潭，臨淵日敲鉤。遊麟饕大餌，一釣魚雙頭。我當君之年，細於蛤與蚌。君已變瑰怪，捷獵翔龍虯」〔註99〕，似有臣服之意，但卻埋下了不忿的種子。後來伯子說「不知以何故得罪於彼，飛謀釣謗，嘖有煩言」〔註100〕，其實如「目論」、「蓬心」等語如此露骨地貶低對方，又豈會不得罪人呢？

　　宋伯魯言：「范公下筆江海長，萬里秋濤自輸送。真思砭骨人莫測，硬語盤空孰能動。髯翁已往不復還，八百年來見伯仲。」〔註101〕夏敬觀亦言：「肯堂以文爲詩，大都氣盛言宜，如長江大河，一瀉而下，滋蔓委曲，咸納其間。」〔註102〕伯子長篇頗多佳作，無法具引，但從這篇早年所作的山海長詩中已足見其意奇、其氣壯了。傲立狼山之巔，飽覽江海勝景，正是范伯子如江河大海般的壯闊心胸、浩蕩文氣的淵源所在。

〔註99〕王樹枏：《贈無錯》／《文莫室詩集・信都集》，《資料集》，第 46 頁。
〔註100〕范伯子：《稟父翁書》／《資料集》，第 357 頁。
〔註101〕宋伯魯：《和肯堂祀竈前一日詩》／《資料集》，第 47 頁。
〔註102〕夏敬觀：《忍古樓詩話》／《詩文集》，第 600 頁。

第二章　懷貞履道的范氏家風

　　正是在南通這個「僻處大江以北」〔註1〕、與外界溝通少、也未受到戰亂太多破壞的淳樸小城，范家的十餘代詩文集得以較爲完整地保存了下來，其醇厚家風也得以累世相傳。

　　南通范氏「之先蓋出於文正忠宣」，明初始由江西遷至南通。范伯子曾與亦屬范文正後裔、由江西遷往武昌的范月槎序家譜云：「先勳卿公（范鳳翼）時，瀋陽文肅公（范文程）集錄范氏譜，嘗使人求通州支而考其世次，將並載焉。文肅公之先，亦自江西遷瀋陽者也。」〔註2〕遷至南通的頭幾代人對傳承文正家風是頗有自覺的〔註3〕，但對范伯子而言，北宋畢竟太過遙遠，且「世次不相續」，親近感自然大打折扣。而從「始有家於通州」之後則是譜系清楚的，第五代范九州「始以名德重於鄉里」，第六代范希顏「始爲名諸生」，第七代范應龍「以明經高第，拜慶雲令，一歲而慶雲大治。忽不樂，解組歸，築尊腰館嘯詠其中」〔註4〕。三代德行文教的滋養，方釀出一個有才華、有氣節的慶雲公，其子范鳳翼更成爲讓南通范氏「一顯於明季」〔註5〕

〔註1〕　程滄波：《影印范伯子先生詩文集小序》／《詩文集》，第 620 頁。
〔註2〕　《范月槎先生仕隱圖序》／《詩文集》，第 423 頁。
〔註3〕　詳參顧友澤：《范鳳翼的家族意識》／《文藝評論》，2012 年 12 月。
〔註4〕　《通州范氏詩鈔序》／《詩文集》，第 486 頁。
〔註5〕　《通州范氏詩鈔序》／《詩文集》，第 485 頁。

的人物，也是范伯子最爲景仰佩服、時時刻刻置諸座右的先祖。

在《通州范氏詩鈔序》、《冒伯棠六十壽序》、《與張幼樵論不應舉書》、《范月槎先生仕隱圖序》、《秋浦雙忠錄序》、《顧醴泉先生壽序》、《書與仲弟以答來旨而言近事拉雜不休，遂得六十韻》等詩文中，范伯子反覆談論范鳳翼及其子范國祿的出處大節與文采風流，不只三致意焉。范伯子一生的幾次艱難選擇，如放棄科舉、離開李鴻章等，背後都能看出這兩位先祖的行世之風。所以，若欲探明范氏家風的精義所在，而非以淡泊、高潔這樣的詞草草結案，還是得深入他們的言行來考察。

第一節　范鳳翼：滔滔叔世無完質，耿耿幽人有素貞

《通州范氏詩鈔序》中對范鳳翼的經歷介紹最爲完備，先引如下：「慶雲公之子諱鳳翼，字異羽，子孫稱之爲勳卿公。勳卿公萬曆二十六年進士，觀政已，除灤州知州，聞都下有銀灤州之目，恥之，疏改順天儒學教授，頗昌言時事，爲執政所忌，十年不遷。三十六年，轉戶部主事，管京倉，驟有奇績。三十八年，調吏部文選司主事，首推顧憲成、高攀龍，遷稽司勳員外郎，先後在吏部不及一年，而構者眾，遂請告以歸。自是至於弘光元年，五起京卿，皆不就。坐東林黨爲民，追奪誥命。然公故懷道幽默，不爲朋黨，小人無以罪之，罪之以據清卿之席引高不出而已。崇禎三年，海上亂民焚掠州里，公乃挺身上疏討賊，而溫體仁欲因此殺之，坐以激變，賴都御史廷爭乃免。十六年，傷國事日非，謂士大夫此時不宜復計家有無，盡鬻其產七千五百金輸之官。國變時，年七十三矣，逃禪八年乃卒，天下稱爲眞隱先生。」〔註6〕

明代方震孺序《勳卿詩集》時，評范鳳翼道：「異羽（范鳳翼字）

勁骨挺峙，嫉邪過嚴，殆其天性不獨避元規之塵如垢穢，即薰蕕稍別，輒不禁蛇蠍畏之而蚊蚋驅之，亦不必其有損於己也。」〔註7〕可見范鳳翼不只是對達官貴人不屑一顧，其「過嚴」的標準使其對人品稍不如己之人、風氣稍不如意之地皆避之唯恐不及。而濼州乃京畿重鎮，是京東一帶的商品集散地，物產豐饒，商賈雲集，貨棧遍地，民間有「金寶坻，銀濼州」之說。富裕之地往往官員的腐敗情況也會更加嚴重，若欲處污泥而不染，又易遭姦人構陷。范鳳翼的個性既如此好潔，必不能安於「清者自清，濁者自濁」的寬慰，所以最終選擇了放棄。「恥之」的背後其實是一種清潔固守的天性。

在《改南疏》中范鳳翼回憶自己經十載青氈，方升任戶部主事。在戶部兩年，「監督倉曹力清夙弊，因酌放軍糧一疏全六十萬涸爛之糧，而調劑有法，軍士無嘩，為戶部尚書趙世卿、兵部尚書李化龍所知；又因江右窮軍求撥臣倉，為吏部署部事侍郎楊時喬所知，三臣皆賢者，故臣得調吏部」。可見其確有任事之才，才受到宰輔們的賞識，得以進入政治中心。在吏部時他「所深念者世道之泰否全係人才之邪正，故一片赤心頗惓惓於君子小人之界，不敢緘口模棱。而況上有臣堂官孫丕揚之公正，下有選郎朱世守之清通，而臣得佐下風，竊自厚幸，輒思稍稍稱職以報主恩，遂以不當事權之人而冒慷慨任事之迹」。〔註8〕范鳳翼不過是一文選司主事，且在吏部不足一年，但史可法後來作《范公論》竟稱他「以一君子而為眾君子之津梁」，乍看似有獎拔過度之疑，細察鳳翼生平，方知其中確有緣故。

當崇禎登基後，朝政似有清明之望，范家子弟私心盼望范鳳翼

〔註7〕顧友澤：《范鳳翼的家族意識》／《文藝評論》，2012 年 12 月，第112 頁。「元規之塵」典出《晉書・王導傳》：「東晉庾亮，字元規，以國舅身，歷仕三朝，一時權傾朝野，人多趨附。王導忿忿不平，遇西風塵起，輒舉扇拂之曰：『元規塵污人。』」

〔註8〕范鳳翼：《耕陽客問》／《南通范氏詩文世家・范鳳翼卷・文》，第3頁。

可以出山。爲絕子弟念，范鳳翼作了《耕陽客問》，歷數自己在官場中的遭際。特別是在吏部這一年，他對「淮揚之墨吏」不徇鄉情，「非處以貪，則處以不謹」；〔註9〕「聯江北鄉紳上公疏保淮撫（李三才）以破邪謀」；力推東林正人，諸如「涇陽先生之起光少，丁長孺、田東明之起禮曹，江南司官之破格而推高景逸、於中甫，江北繼予者之破格而推鮑中素，諸廢棄忤時者之時時入啓事，雖未必多得旨，然於林泉頗亦有光。又如外計舉卓異之多正人，後皆大有所建樹。又如庚戌考選，姦人欲阻諸賢當路，予在選司力排邪說，各得臺省，周綿眞爲朱一桂所訐，予當堂力爭，不爲所害，同僚皆詫異予」。〔註10〕一年之中有如此多的政績，足見范鳳翼的嘔心瀝血、大膽任事了。

但這些成績並沒有帶給他多少安慰，令其感受更深的反而是「一年之中瀝盡心血，有萬萬難處者。而所最苦者有六：『其時臺省大半邪黨，一也；同僚十九皆趨時調，二也；以富平（陝西富平人孫丕揚，吏部尚書）正人爲堂翁而性小偏，三也；以福清師爲首輔稱相知，而不肯做一切破格事，四也；自予入銓，而從前仇予之人無不耽耽於予，予何能展布，五也；舊例吏部自員外而下不敢向選君開一字口，而予性不能依阿緘默以負其官易，至以戇直開罪，六也。予雖有此六苦，而所獨幸者以富平爲冢宰，以朱玉槎爲選君功郎，然玉槎或不能得之富平，而予能得之耀州（陝西耀州人王圖，吏部侍郎）。蓋耀州於予無不深相信，而富平於耀州之言大都見諸行也。」原來是通過耀州與富平的同鄉關係，范鳳翼「時時借耀州以調富平」，方才「以難處之地，值難處之時，得稍稍效職，一官已度外置之。同僚及言路邪人見予不當事權而有任事之實，且所行正忤時趨，

〔註9〕 范鳳翼：《耕陽客問》／《南通范氏詩文世家・范鳳翼卷・文》，第196頁。

〔註10〕范鳳翼：《耕陽客問》／《南通范氏詩文世家・范鳳翼卷・文》，第197頁。

又相率仇予，謀所以逐之矣。」〔註11〕范鳳翼屢屢提及「時趨」、「時調」，筆者揣測文意，大概是指小人的結黨營私之風和同僚的明哲保身之術，而范鳳翼皆與之背道。

　　在孫丕揚與王圖打算升范鳳翼爲考功副郎時，終於有人忌恨而聯手彈劾他了。雖然孫丕揚和王圖都定意要留他，上疏力辯「范某板曹久著賢聲，銓署方稱拔萃」、「科臣言事多屬風聞，鳳翼生平自有定論」，但范鳳翼還是選擇了「飄然長往」，從此不復出山。他當時的心境在明亡後的一些書信中才有所表露。如《候朱明老書》，言其「從三十三歲自北京歸里，已與先君立言：『國家不過五十年必陷於敵。想是時我必先亡，只子孫之所遭不可言矣』」，原來他「之所以四十年雖屢起京卿不肯出山一步，已先知有今日耳。」〔註12〕《復蒼雪師》中亦言：「因憶早歲登朝，見時局大壞，加以剛腸疾惡，不容於姦邪小人，遂奉身而退，樂是閒居，中間雖屢起京卿，然未出里門一步，則天下事非自今日始知之也。」〔註13〕一年吏部生涯，所見所經官場的黑暗、人心的叵測已令他身心俱疲。官員都只顧爭權奪利，邪勢壓正，正人且不能無偏頗，叫他怎能不對明朝的前途抱完全悲觀的看法呢？

　　在《祭高忠憲先生》文中，范鳳翼有言：「予每於時事之大者獨謂諸君子之過激爲非。是此語不可聞於諸君子之耳，而先生書來，獨是予言，曰：『諸君子過激，使公論反出於小人，而私情反出於君子。如來教所謂君子之公論也，可見天下事有一定而不可移之理。』云云。先生非知我之深，予何敢以此語進，而先生亦豈能獨許予言之不謬也？」〔註14〕可見他當日雖護祐許多正人君子，但對正邪黨

〔註11〕范鳳翼：《耕陽客問》／《南通范氏詩文世家·范鳳翼卷·文》，第197頁。
〔註12〕范鳳翼：《候朱明老》／《南通范氏詩文世家·范鳳翼卷·文》，第127頁。
〔註13〕范鳳翼：《復蒼雪師》／《南通范氏詩文世家·范鳳翼卷·文》，第112頁。
〔註14〕范鳳翼：《祭高忠憲先生》／《南通范氏詩文世家·范鳳翼卷·文》，

爭、不遺餘力排除異己之事還是有所保留的。這一點與當時君子的
歧見或許也是他不願再在朝堂任事的原因。

　　雖然數十年安心在野，但范鳳翼對國家政局的關心並沒有就此
淡漠，所謂「避地介居，無意人世久矣。然憂天哭世，未冷熱腸」
〔註15〕也。明亡之前，他在與友人的書信中還常常對政局發表意見、
指點一二，哪怕到了南明，也大力捐金助餉，具見《答陳旻昭》、《復
史大司馬》等書信中。陳旻昭大概因左右掣肘而出師不利，范鳳翼
又有《寄陳旻昭書》，感歎「不意滿朝皆爭官爭利，而且不知有為先
帝爭功爭能之心」，指斥南明朝廷的亂敗之象，建議陳旻昭「足下若
在臺中，誰許出口剩語？轉不若暫任郡城，仁恩加於億姓，而漸施
霖雨於四海蒼生」──與其在小朝廷裏纏夾不清，不如外放一州，
還可施展拳腳，保一方太平。接著自謙道：「此草野賤臣不宜如此狂
妄，想知己不過責之也。若弟雖苦時事非常，安心孤冷，全無出山
一念，而憂國有懷，今亦聽之，無可奈何耳」，〔註16〕可見其熱心未
熄。當金陵傳言左良玉將自湖北南下劫餉、「亦如流賊」時，范鳳翼
又作《與熊大司馬壇石》建言道：「左兵不過要助餉而未同流賊。況
有明公妙策，不難擁衛金陵，恩全淮海，而且有一路勤王之師可用
成大功者」〔註17〕──與其自相殘殺、玉石俱焚，不如助餉接納，
共保山河，滿紙具見其「不忘朝廷者，則忠孝之心」〔註18〕也。

　　直到南都覆亡，范鳳翼才徹底不談政治了。如《候朱明老書》中
所言，「弟數年前已造墳買棺，求離亂時為地下南面王，樂勝於為人。

　　　　第 188 頁。
〔註15〕范鳳翼：《與鄭道尊書》／《南通范氏詩文世家・范鳳翼卷・文》，
　　　　第 100 頁。
〔註16〕范鳳翼：《寄陳旻昭》／《南通范氏詩文世家・范鳳翼卷・文》，第
　　　　125 頁。
〔註17〕范鳳翼：《與熊大司馬壇石》／《南通范氏詩文世家・范鳳翼卷・文》，
　　　　第 115 頁。
〔註18〕范鳳翼：《與陳旻昭》／《南通范氏詩文世家・范鳳翼卷・文》，第
　　　　118 頁。

今猶苟生可恥，然吾兩人多在山林，尚可無愧先朝」。亦如《復薛更生》書中言：「吾輩皆老憊之時遭奇慘之運，何以爲生？只猛發學道禪心，求無愧於三生而已。」這時他才眞的息心遁世了，此後的書信中便只剩談詩論禪的內容了。

范鳳翼與人無爭、飄然遠去的選擇，雖有史可法《范公論》中「范公以氣節爲天下倡，其功甚巨，其不仕固賢於仕也」爲其張目，但在常人看來，和高攀龍、史可法、吳應箕、陳子龍等知其不可爲而爲之的殉國之士比較，似乎還是差那麼一點壯烈。那麼，對於先祖的這一人生選擇，范伯子又是如何看待的呢？

范伯子「八九歲時，聞父老之言黨錮，問何以爲黨？則曰：『若子之先太蒙先生與顧憲成、高攀龍講學，赫然稱東林黨人者是也。』」他「不忘其言，久之，乃得竊從人家窺《明史》諸傳，未嘗有先人之名，私謂此父老誇耳。及至十五六歲，讀先公之書，究觀其本末，然後乃知其進不枉道而退不徇於時名，彼固不以東林自居，其不傳要無足怪。」〔註19〕「進不枉道」應是指范鳳翼棄濼州知州和甘任儒學教授十年不遷事，而「退不徇於時名」、「不以東林自居」則說明范鳳翼雖然與東林黨人交好，但並不追求清流的名聲。清流誤國古來有，無論是明末的東林黨還是清末的同光清流，都不乏剛愎自用、政治能力不足、徒以禮教氣節矜傲之人，未必對國家有實際益處。在「文死諫、武死戰」觀念的影響之下，明朝甚至形成了一種以頂撞皇帝受杖刑爲榮的風氣，有些爲清名而做作了。

明亡入清後，錢謙益痛定思痛，在爲范鳳翼詩文集作序時發議論云：「蓋國家之黨禍醞釀日久，至庚戌而大作，當其時，一二憸人以閒曹冷局衡操宮府之柄，媒孽正人，剪除異己。號爲君子者，分清濁之流，爭玄黃之戰，疊勝疊負，堅壘不相下。久之，而稼人當國，皇綱解紐，衣冠塗炭，廉恥凌夷，於是元氣傷殘，兵燹交作，

〔註19〕《秋浦雙忠錄序》／《詩文集》，第 556 頁。

土崩瓦解，而天下遂至於不可救藥」〔註20〕。無論君子還是小人，汲汲於黨爭都只會斫傷國家元氣，誤盡天下蒼生，這一點東林黨人後來都有反思〔註21〕。庚戌正是萬曆三十八年，范鳳翼在吏部風頭浪尖的一年，而他當時就已經認識到「諸君子之過激爲非」了。

范伯子在《秋浦雙忠錄序》〔註22〕中比較吳應箕和宋代華子西的出處選擇時，又談到了范鳳翼。吳在明亡次年，「以諸生受唐王署即家起兵，被執，不屈而死」，伯子論道：「人國之既亡，則其勢有若飄風斷蓬之不可控追，賢豪長者亦明知之，猶欲殫其心而畢其命，以爲吾不以捨君父而事仇敵爲爾，此其事雖愚而實智」。吳應箕的選擇就跟史可法、陳子龍一樣，明知大勢已去，國運已竭，還是鞠躬盡瘁直至一死以全君國大義。而南宋的華子西「以卑官謀去丞相史彌遠，杖死東市，《宋史》列之忠義」，伯子則論道：「乃若其國實介乎存亡之間，用此一人爲則亡，去此一人爲則立可以興。而此一人者，乃遂若崇山大陵之不可拔，一天下奉之，下士不量而攖其鋒，則舉而滅死之如螻蟻然，無足稍措意也。吾故以爲其謀若智而其實乃可謂大愚」。

華子西與范鳳翼的處境較相似，明萬曆後期以來逆黨當道，正直之士的進諫往往是螳臂當車、徒取滅亡而已，縱博得清直之名也

〔註20〕 錢謙益：《范勳卿詩文集序》／《南通范氏詩文世家・范鳳翼卷》，第244～245頁。

〔註21〕 如吳應箕《東林本末》中言東林之始源於鄒元標彈劾張居正奪情一事，但後來鄒元標自己也有悔意，說「江陵之不受制罪也，予往時不得不論；由今思之，則江陵未嘗無功，諡亦不可不復。」而吳應箕自己也發議云：「江陵敗，而後之秉國者如吳如夔，又一異矣：無江陵之橫，而有其擅；非江陵之才，而多其妒，起而角之者，非黜則錮。於是林岩之間，賢哲相望，其諸君子進不得用，退而有明道聚徒之樂，此誰使之，而又黨之？噫，甚矣！天啓間耆老僅存者尚秉用，未幾，黨錮興，而實發難于吉水，則君以此始亦以此終者，其是之謂歟？」可見縱然是清流君子，後來也認識到了黨錮之禍實在是兩敗俱傷。

〔註22〕 《秋浦雙忠錄序》／《詩文集》，第557頁。

不過是成全一己小義，伯子以爲作此無謂犧牲並不算眞正的有識之士。「是以先公有鑒於此，立朝無幾，彈一奸相不果，以爲吾不可以復苟祿，遂去而還其鄉，專以教化風俗自任，而冥心時局者四五十年。啓禎之間，削奪遷擢，如弗聞也者，人號之爲眞隱，公其樂以隱終乎哉？其有所傷心於此矣。」范伯子遍讀先祖之書，不難體會到范鳳翼的歸隱終究是因爲對明末政局的清醒判斷和深深失望。

在范鳳翼的生平中，崇禎三年與順治二年的兩次民變是十分敏感的問題，爭議頗大，但又是判斷其立身品節所不可迴避之處。崇禎三年，天罡黨人率領鹽民衝入城內官紳舉人的宅第，燒殺搶掠。這次事件後來被美化成人民的反封建起義，但在當時的士紳階層看來自然是亂民暴動。所以范鳳翼作爲通州官紳之首，「挺身上疏討賊」，不料溫體仁借機報復，反說范鳳翼等人不應該「觸亂民之怒」、「俱以小釁橫罹奇禍」〔註 23〕，差點反遭殺身之禍，「賴都御史廷爭乃免」〔註 24〕。這件事在《留都聞見錄》中亦有記載。

《聞見錄》言「崇禎庚午（三年）以來，而南直有民變，於是宜興、溧陽、通州三處之薦紳有奔徙者。」〔註 25〕可見這場民變並不僅限於南通一地，各地縉紳士族都有不少人至金陵避難。吳應箕稱「通州范異羽尚寶〔註 26〕以民變居南，好客不倦而工書善詩，談吐有蘊藉，所謂風流儒雅，亦吾師也。南中清客貧士嘗傍以資給，又嘗作高會召致賓客，凡號爲書畫之士皆在偶聞。余至即自駕迎之，欲分題賦詩，余笑曰：『此先生作養濟功德而欲某廁名其間乎？』公爲大笑，

〔註 23〕《亂案》，清光緒刻本，原件藏南通圖書館。第 18、19 頁。轉引自陸仰淵：《明末清初明萬里率南通民眾兩次暴動稽考》／《學海》，2000 年 2 月，第 131 頁。
〔註 24〕見前引《通州范氏詩鈔序》。
〔註 25〕〔明〕吳應箕：《留都聞見錄》，民國三十七年，金陵秘笈微獻樓刊本，第 15 頁。
〔註 26〕吳應箕這裡稱范鳳翼爲尚寶，這是天啓年間給范鳳翼的官職，但范鳳翼並未就任。

未幾病歸，故鄉人咸爲歎息。」〔註27〕范伯子說這段記載「足以見公之丰采耳」〔註28〕，不僅文采蘊藉，而且樂善好施。方震孺也曾言在范鳳翼避亂南京之時，「里中父老數千人群持牛酒，詣江南北，敦請公還故里，道路絡繹不絕」，「則公之爲德於鄉可知矣。」〔註29〕范鳳翼《復諸公祖書》中亦有「自庚午遭亂民之變，鉗網橫加，衣冠削色，無復人理。數年後士民出公論鳴冤，千人走白下擁不肖歸里」〔註30〕之言，可相參證。

　　順治二年那次更事關民族大節。當時亦是天罡黨明萬里、蘇如轍等人爲首，率民眾反剃頭令，衝入州府殺了清軍派來的第一任州官。而關於范鳳翼如何自處則頗有疑雲。有人說范鳳翼爲保全全州百姓性命，冒著生命危險親赴清營力勸多爾袞，最後只處死了爲首數人，又有人說當清軍壓境、百姓恐慌之時，「明某挺身出，願認亂首歸法，爲州人解此劫，自縛投營，支解而死」，渾與范鳳翼無干。第二種說法是張謇所記「故老口口相傳之事」，但同時他又說「《五山耆舊前集》注有『順治初，亂民蘇如轍、明萬里等劫殺知州李喬，清兵至，走死』之事。所謂明萬里者或即其人，顧何以亂民稱之？異矣。」〔註31〕可見兩三百年前的這件事實在是撲朔迷離。

　　當代學者管勁丞《南通歷史札記》的說法對范鳳翼更不利──「當

<hr />

〔註27〕〔明〕吳應箕：《留都聞見錄》，第 16 頁。

〔註28〕《秋浦雙忠錄序》／《詩文集》，第 556 頁。

〔註29〕顧友澤論文：《范鳳翼的家族意識》，第 114 頁。文中還列舉了范鳳翼爲鄉人所作的一些貢獻，如「明政府當年東征關白，加徵江北四府軍餉，然事畢而軍餉之費未減達十餘年之久，范鳳翼上書總河署劉漕撫，最終蠲免；南通知州福文明爲增加賦稅收入，下令南通百姓購買食鹽，而南通即爲產鹽之地，范鳳翼以爲此無疑如江邊買水一般荒唐，據理力爭，上書鹽道袁世振，又得以蠲免；當政欲以南通現有之沙田而核定賦稅，范鳳翼又上書，論述沙田坍漲不定之理，而使方案未能實施，保護了當地百姓的利益。除此而外，范鳳翼還爲南通本地百姓請求酌減商稅，復位差徭」，這些都是有奏疏爲證的，但未必爲老百姓所知。

〔註30〕《南通范氏詩文世家・范鳳翼卷・文》，第 103 頁。

〔註31〕《張謇全集》卷五（上），南京：江蘇古籍出版社，1995 年版，第 184～185 頁。

明之際，范鳳翼爲州中巨紳老輩。清兵下南京，錢謙益移書州官誘降。
范與錢稔，率先赴揚州納款。適明萬里因市民殺清知州李翹，范又遣
其甥與子奔清兵。」〔註32〕今人甚者認爲這是向清營報信，說「范鳳
翼等跑到揚州去招引清軍到南通來，封建統治階級總是站在一起的」
〔註33〕等等，如此階級色彩濃厚的說法不禁令人瞠目。張謇日記中也
有言：「相傳大清兵至揚，通之官紳初納款，石圃、范異羽並與焉。」
〔註34〕但如此大事僅憑近代人的口耳相傳恐怕難下定論。

　　如前所敘，爲了滅闖、獻，范鳳翼不惜破家助軍，作爲一個在野
舊吏，他對明王朝的忠誠是明明可見的。但到了清兵難下之際，南都
投降士紳皆有納款之舉，如《柳南隨筆》記道：「乙酉五月豫王兵渡
江，弘光主暨大學士馬士英俱出走。僞太子王之明、忻城伯趙之龍、
大學士王鐸、禮部尙書錢謙益、都督越其傑等，以南京迎降。王引兵
入城，諸臣咸致禮幣，有至萬金者，錢獨致禮甚薄」〔註35〕。錢謙益
自己納款都是表面敷衍，眞會移書揚州州官勸降、並勸范鳳翼納款
嗎？恐怕是「君子惡居下流，天下之惡皆歸焉」（《論語‧子張》），人
言何其可畏！

　　關於此事，范鳳翼集中的《回劉刑廳書》一文或可供查究。信
中起首即言：「不肖重荷知己，尙未盡地主之情，擬買棹候謁，不意
數日之後遂有逆賊蘇如轍、明萬里借剃頭爲名慘殺李州尊一事。概
州本皆從順良民，無不人人驚死」，點出百姓無辜之情。接著解釋：
「譚、趙兩公祖共督王師，按臨下邑，雖欲壺漿遙迓，而待斃之軀
動作爲艱也。又大軍返旌甚速，並不及投叩轅門，切恐兩公祖未識
某之眞情，或且以爲假託。不知清朝師行仁義，普天伫屬王臣」。這

〔註32〕陸仰淵：《明末清初明萬里率南通民眾兩次暴動稽考》／《學海》，
　　　　2000 年 2 月，第 132 頁。
〔註33〕陸仰淵：《明末清初明萬里率南通民眾兩次暴動稽考》／《學海》，
　　　　2000 年 2 月，第 133 頁。
〔註34〕《張謇全集》卷六《日記》，第 469 頁。
〔註35〕〔清〕王應奎：《清代史料筆記叢刊‧柳南隨筆續筆》，北京：中華
　　　　書局，1983 年版，第 27 頁。

幾句話乍看起來確實有些刺眼，但細想卻是范鳳翼當時不得不表的態度。下文才點出他寫此信的目的所在：「矧預荷仁臺非常大德，使洪恩汪渥，開活通邑蒼生，草木銜知，欣聲載道，眞盛世法外之施也。某豈有胸無心而不戴二天之慶？茲已蒙唐公恩意，實所以仰體仁臺。某並闔州士民感刻之極」，可見范鳳翼這封信確是以代表全州百姓的身份而寫的。

試想若沒有發生這樣的事，他作爲一個退隱多年的舊吏，原本並不需要跟清朝官吏有任何沾染，所以之前他也並未有迎候清軍之事，直到暴亂發生，才不得不低聲下氣地爲此前的怠慢做出解釋。再從另一個角度來想，通州城內發生了這麼大的暴動，清軍又剛經過了揚州十日，正是殺得性起，豈會因爲幾個人的自首就放過明明參與了暴動的民眾呢？若是沒有中間人的奔走、沒有錢帛上的補償，恐怕也是說不過去。

范鳳翼與包壯行（石圃）入清後都甘做遺民、並不仕清，甚至其子范國祿在明代只是秀才，也終生不應清試。包石圃崇禎十六年剛中進士，但到順治九年尙「自稱前進士。白眼看世人，石公作知己」〔註36〕，「把後半生寄託在製燈和盆景的片峰隻石間」〔註37〕。范鳳翼的一首《答周江左》也是毫不避諱地表達了其亡國之痛：「先帝誰忘德廣覃，傷民哭主共如惔。義熙莫負陶元亮，詩史何殊鄭所南。依舊山河安有恙，美新臣子豈無慚？野夫浩氣空悲壯，治亂興懷捫虱談。」〔註38〕他以野夫自居，仰慕不忘故國正統的陶淵明、鄭思肖，對美新臣子更是不無指責。所以，筆者以爲，其當日縱有納款降清之舉動，心曲深處亦可亮然，後人又何必定要在文字之間塗抹出「率先」之醜態呢？

《柳如是與絳雲峰》一書的序言便是如此解釋范鳳翼的「降清」

〔註36〕 錢兆鵬：《五君詠》，轉引自《包石圃與南通盆景》，2008 年 7 月 11日，南通圖書館網站。
〔註37〕 《包石圃與南通盆景》，2008 年 7 月 11 日，南通圖書館網站。
〔註38〕 《南通范氏詩文世家》第一冊，河北教育出版社，2004 年，第 323 頁。

之舉的——「明清易代之際，當南通被清軍圍攻，危如累卵，生死繫於一發之時，為保古城生靈免遭塗炭，不計一己之生死榮辱、千秋功罪，秉彌天大勇，力勸清軍統帥多爾袞。因此，南通得以免遭浩劫，未蹈揚州屠城十日之厄。亦為此故，他曾有鬻產或集資輸解清營之舉動。然則以一己之名節而免一城之塗炭，非大丈夫莫為，而更況鳳翼公。《清史紀事》評為東林眉目，又豈是畏斧鉞而圖苟活亂世之輩。故而史乘語焉不詳或意存諱隱，亦於時代風雲震蕩之際，不得不耳。」〔註39〕綜觀范鳳翼一生立身品節，再參以《回劉刑廳書》，筆者也認為范鳳翼忍辱負重、棄名節以保百姓，實是大仁大勇之舉，也合乎其不徇時名的人生準則。

那麼，對於這樁爭議，范伯子又是如何面對的呢？作為范家子孫，范伯子「遇明清之際名家著述，間有語及先公者，心固未嘗不喜」，除了《留都聞見錄》以外，他還在《東林本末》中發現了有關范鳳翼的記載。萬曆時當逆黨攻擊淮撫李三才時，吳應箕「以問通州范璽卿，曰：『淮撫固不貪，然豪俠人也。不善自匿飾，又揮金如土，以故來饞慝之口耳！』」〔註40〕短短的一句評價，遠不如《留都聞見錄》中的描寫細緻，但范伯子卻認為「此最足見公平生之大概，吾故尤寶其書」〔註41〕，這又是為何呢？

從捐款之資可想見范家當時在南通也算是富家大族，難免遭人非議。但范鳳翼一生並未專任地方，不可能有「三年清知府，十萬雪花銀」之事。《江南通志》也記其在戶部主事任上兩年，「監南新濟陽二倉，酌放軍糧，清核所積米計六十萬，得免浥爛」〔註42〕，

〔註39〕羅文華：《千秋知己何人在——跋〈柳如是與絳雲峰〉兼談范鳳翼》／張傳倫：《柳如是與絳雲峰》，天津：天津人民出版社，2010 年，第 195 頁。

〔註40〕〔明〕吳應箕：《東林本末（外七種）》，北京：北京古籍出版社，2002年，第 27 頁。

〔註41〕《秋浦雙忠錄序》／《詩文集》，第 556 頁。

〔註42〕《欽定四庫全書·江南通志》卷一百四十五。

在吏部考功任上「汰墨吏，進名臣顧憲成、高攀龍等」〔註43〕，與其自述同，不可能是貪官污吏。今人稱「第一次南通民眾暴動是竈民與封建統治階級的一場鬥爭」，而范鳳翼「是一方惡霸，竈民恨之如骨」〔註44〕，未免太以人民爲中心來敘述，對范鳳翼則不顧事實地發揮想像了。

范鳳翼在《分家要說》中曾自述家底：「自先王父、先大夫以來，詩書之澤已歷四世，大率敦倫篤行，有萬石風，而務本勤約，家用日饒。我大夫自諸生時業能以食饘束脩之餘鬱起千金，及爲廉吏以歸，尤能致能散，然自贍族賙貧一切禮節檀波之外，治家實以務本勤約爲本，曾不見以兒子成進士沾祿朝家而稍稍登枝捐本忘其素風」。〔註45〕《復史大司馬書》中也是說「奉先君遺產墾災四十年」〔註46〕，可以范家的財富應是前幾代逐漸累積起來的，特別是在范應龍這一代，否則慶雲公又以何築尊腰館呢？但普通百姓或不作此想，勳卿公又不善藏富，多豪俠之舉，爲人爲國都不惜傾囊相助，市井間恐不無貪之傳言，所以伯子才說其對李三才的評價可作自表。可見范伯子對范鳳翼身上存在的爭議是知情的。他亦深知事實與傳言之間常有距離，如清咸豐年間安徽學政、南通人孫銘恩在太平軍來襲時誓與城共存亡，被執不屈死，范伯子言「文節公之死，雖公論大定，而鄉人謠諑至今未休」〔註47〕。幾十年前的事尚且說不清楚，何況是三百年前呢？

對於范鳳翼的理解，伯子也是隨著年齡、閱歷的增長而日益加深的。光緒四年，范伯子隨父祭墓，在勳卿公墓前與弟侍父聯句云：

〔註43〕《欽定四庫全書・江南通志》卷一百四十五。

〔註44〕陸仰淵：《明末清初明萬里率南通民眾兩次暴動稽考》／《學海》，2000年2月，第133頁。

〔註45〕范鳳翼：《分家要說》／《南通范氏詩文世家・范鳳翼卷・文》，第156頁。

〔註46〕范鳳翼：《復史大司馬書》／《南通范氏詩文世家・范鳳翼卷・文》，第124頁。

〔註47〕《爲鶴亭題孫文節公遺墨》／《詩文集》，第338頁。

「一盂麥飯奠東郊，宰樹蔥蒼風怒號。曠代清流歸草莽，至今白日
走魖魖。墓門零落豐碑誌，別墅淒涼懶艇橋。步向十山樓上望，雲
巒鬱鬱海天高」，不過是說勳卿公的歸隱是因爲姦臣當道，今日政局
依然如是，意思較直白陳舊。但到了光緒二十七年，范伯子閱世已
深，其和范鳳翼的八十自壽詩就頗耐人尋味了。詩云：

　　亢宗裕後有同情，骨自榮枯氣自行。
　　意澹每尋閒處過，才高不向治朝生。
　　風行地上塵埃淨，雨至山中草木亨。
　　身嗜豈於人寂寞，道同何取黨分明。
　　滔滔叔世無完質，耿耿幽人有素貞。
　　安得畊陽田二頃，再攜兄弟永躬耕。〔註48〕

「亢宗裕後」即伯子自述其編撰《通州范氏詩鈔》的用心所在，
非爲今世、後世之名，而是「學者歸於有以怡其心，而又能保有不
盡以貽其子孫，爲人子孫轉相貽以不沒其祖，人事莫大於此，則吾
斯集之撰也，豈但以授吾徒友，明吾先人有是學而已，亦俾范氏之
子孫簡而易誦，知昔人之藝如此其精，而名聲利祿之際乃有如彼其
澹然者也。不怨不懼，前修之從，則吾范氏之澤未艾乎？」〔註49〕
可見「亢宗裕後」實是范伯子與范鳳翼曠代相通的志願所在。一般
人家多重視亢宗，而范家將保有元氣以貽子孫，使之不墜家風看得
似乎比光宗耀祖更爲重要，或許這也是范家能夠歷經十三代詩文不
絕的重要原因之一。勳卿公之骨雖早已化爲塵土，但其元氣卻得以
爲後人傳承不沒。

范鳳翼歸隱數十年，讀其詩，確實多清澹閒冷之意。「才高不向
治朝生」也是遺憾其生不逢時，卻比二十多年前「曠代清流歸草莽，
至今白日走魖魖」的直斥無餘顯得委婉曲折。「風行地上塵埃淨，雨
至山中草木亨」一句似乎是比擬范鳳翼一生行事不留痕迹，不重立

〔註48〕《先勳卿公手書八十自壽詩幅失而復還，敬和以志永守》／《詩文
　　　　集》，第339頁。
〔註49〕《通州范氏詩鈔序》／《詩文集》，第489頁。

名，卻如春雨潤物般發生著實際的作用，正是「道同何取黨分明」的詩意表達。筆者以爲，此句用意之妙頗有蘇軾「人生到處知何似，應似飛鴻踏雪泥」之神。

而「滔滔叔世無完質，耿耿幽人有素貞」一句更可謂一篇之魂！它再次表明對於范鳳翼的說法不一，范伯子其實心中有數——試想連張謇都有微詞，他又豈會全然不聞呢？可是正如前言，無論如何，范鳳翼逃禪八年而卒，其子范國祿「自國變三十餘年不履金陵」〔註50〕，二人皆未仕清。事實勝於雄辯，滾滾紅塵、末世風雲之中或難以保全「純白無過之體」〔註51〕，但取道幽隱，依然可保有一顆耿耿忠忱的正直清潔之心。特別是降清一節，其忍痛「無完質」正是爲了成全「有素貞」。《易·履》言：「履道坦坦，幽人貞吉」，孔穎達疏云：「幽人貞吉者，既無險難，故在幽隱之人守正得吉。」幽人可避險，可守正，方是范鳳翼深心所在。是以范伯子感慨「安得畎陽田二頃，再攜兄弟永躬耕」，直欲追隨先祖足迹而行！

他眞的讀懂了這位先祖。

第二節　范國祿：沖夷不流俗，矯亢不詭時

范鳳翼的幽人貞素之心在范國祿身上依然可尋。光緒《通州直隸州志》卷一三《文苑》中記：「范國祿，字汝受，諸生。家多藏書，竭十年力，通貫大義。以詩文名震一時。過通者得見祿則無憂東道主，四方名士及琴弈篆刻諸藝術士莫不願遊五山，以祿在也。王士禛有句云：『翩翩濁世佳公子，只屬揚州范十山。』傾倒如此。」這只是稱其文采高華，風流蘊藉。而范伯子記「十山公生於天啓四年，崇禎末爲諸生，入國朝不應舉。長老言，十山公嘗修州志，構奇禍，破家逃亡於外」〔註52〕，則是著重於其立身品節。

〔註50〕《通州范氏詩鈔序》／《詩文集》，第 487 頁。
〔註51〕范伯子：《草堂先生墓誌銘》／《詩文集》，第 533 頁。
〔註52〕《通州范氏詩鈔序》／《詩文集》，第 487 頁。

　　相傳范國祿是因修《通州志》時不肯給當時的狼山總兵諾邁（滿族人）歌功頌德而遭禍，逃亡十年，直到諾邁調任才得以還鄉。他詩中有「踏遍江淮茹苦辛，經年流客黯傷神」、「悔爲著書時一吐」之句〔註53〕，可知確與著書有關。范國祿與揚州、如皋一帶的明遺民詩人都多有交往，其集中《寄邵徵君潛》、《哭姚咸》、《哭淩先生世第》等詩也可作證。范伯子稱：「冒之先曰巢民先生，與吾先人十山公同時以文采相尙，稱邦國間二百年弗衰。余自幼而樂聞之」〔註54〕，《同人集》中還有范國祿爲冒妾蔡含所作的祝壽詞《沁園春·壽蔡少君》。

　　范伯子對十山公的瞭解也是通過「讀其詩」，方知其「自國變三十餘年不履金陵，有《渡江》及《丙辰元日》諸作，而送陳其年入都應召，則曰『生平不識京華路』，此其能自全也信矣」。康熙十八年，陳維崧應博學鴻詞考試，以第一等第十名授職翰林院檢討，參修《明史》，范國祿、冒襄等在水繪園爲其餞行，范國祿以《送陳維崧應召入都》〔註55〕六首贈之。筆者以爲，其中不只表明了他的「自全」之道，更重要的是委婉地表達了他對陳維崧的勸誡與勉勵，自然流露出了遺民詩人的沖夷與矯抗之氣。

　　第一首云：「夢卜勤求事若何，近來破格已加多。更教痌瘝勞當寧，特舉宏詞博學科」，只是引入之辭，表面上稱讚當今聖上痌瘝思賢，破格錄賢。第二首「聖主臨軒召上書，一時名士赴公車。懸知宣室虛前席，肯使先生賦索居？」寫出所謂的「名士」見有進身之路，一時趨之若鶩之態，但正和李商隱對賈誼命運的哀歎一樣〔註56〕，康熙汲汲求賢，眞是爲了用這些人治國嗎？范國祿此句表面上雖是說皇上如此虛心求賢，應該不會令你在朝堂之上煢煢獨行、備感孤寂吧？

〔註53〕范國祿：《酬蕉園主人》／《南通范氏詩文世家·范國祿卷·詩》，第280頁。

〔註54〕《冒伯棠六十壽序》／《詩文集》，第508頁。

〔註55〕《南通范氏詩文世家·范國祿卷·詩》，第393頁。

〔註56〕李商隱《賈生》詩：「宣室求賢訪逐臣，賈生才調更無倫。可憐夜半虛前席，不問蒼生問鬼神」。

但這其實是一種寬慰之辭，或許陳維崧自己也有所擔心，所以范國祿以疑問句出之，「懸知」、「肯使」的虛詞使用充滿了一種不確定的感覺。

第三首「生平不識京華路，隔絕燕臺眼底塵。今日長安都市上，碎琴還是姓陳人」若是不與范國祿的另一首詩「傲睨長安聲價易，少年無賴碎胡琴」聯繫起來看，則很容易讓人誤以爲「范國祿認爲，陳維崧同陳子昂一樣，器宇軒昂，有碎琴的骨力、神力、氣力，有朝一日，一定也會名滿天下」，是「對其繁華似錦的前程給予了美好展望」。〔註57〕表面上看確實如此，但若僅是如此，又何必與其自表傲骨絕塵、不識京華路對照起來寫呢？范伯子特別讚賞范國祿「傲睨」句中對陳子昂碎琴的翻案解讀，說「名者，蓋衆人之爲之，驚衆人而取之，志士有所不屑也」〔註58〕，爲此「一日二日驚愚炫俗之計」〔註59〕以博名聲，在陳子昂當日或屬無奈，但范家人還是堅持有所不爲。

第四首「羊車何處託知音，想見長門賣賦心。共許書成動當世，國門一字重千金」用司馬相如長門賣賦和《呂氏春秋》一字千金的故事，贊許陳維崧文才高妙。但第五首「梁園詞客數鄒枚，不及長沙哭盡哀。何惜草衣見天子，痛將時事奏平臺」則過渡到不要辜負了這滿腹詩書，滿足於只做個梁園詞客，而是要像賈誼一樣關心國家大事，爲百姓立言。第六首「滿載薰風入帝京，無人不願識陳生。會看藜火光天祿，豈止文章飾太平」則是勉勵陳維崧要像西漢劉向一樣，在天祿閣中勤奮創作，爲明朝留下一代信史，而不要只爲清朝寫些歌頌盛世太平的文章，委婉地提醒他不要被青雲直上、衆人追捧的暖風所薰醉、迷失了。

〔註57〕史薇：《交盡天下士，門庭無雜賓──范國祿詩文的交遊情況略論》／《蘇州科技學院學報（社科版）》，2009 年 11 月，第 51～52 頁。

〔註58〕《通州范氏詩鈔序》／《詩文集》，第 489 頁。

〔註59〕范伯子：《家書四》／《近代中國史料叢刊·范伯子先生文集·文附》，臺北：文海出版社，第 331 頁。

范國祿有一封《與王阮亭書》，其中寫道：「某以汩汩老生，無入世之具，空疏抱愧，今且五十餘年，負老師文字之知，非甘暴棄，命實不猶，安已久，惟自顧汗顏，無以報知己，此衷徒自茹耳……雖奉教於令兄先生之左右者皆先後凡二年，極承教愛，實皆推老師之誼。方擬決計入都援一例以希結局，不謂以文字之禍竟至破家，僅從二三故人糊口於外……」〔註60〕。單從此信字面來看，似乎范國祿也有出仕之意。但中國古代文人之間的書信往來多有婉轉託辭，欲得其真意恐怕還是得用孔子「聽其言而觀其行」（《論語・公冶長》）的方法，兩相結合來看才較為妥當。

明清易代的敏感時期，文人拒絕徵召總不免要找些藉口，如冒襄也是以「親老」為辭。范國祿縱想拒絕王士禛的勸進好意，也不能直說不願仕清，否則將王士禛置於何地呢？「入都援一例」乃捐官之意，並非正途出身，范國祿並不曾應過清試，何至於就要捐官了呢？他既有「生平不識京華路」的幽隱之志，又怎可能真的入都援例呢？

再考王士禛在揚州任推官是在順治十七年至康熙三年之間，與范國祿相識應在此時。而據《清實錄・康熙朝實錄》，康熙十九年九月「升江南狼山總兵官諾邁、為福建提督」，范國祿寫給友人的書信中又有「遭文字之禍，流浪十年，歸返故園，家業盡廢」語，所以往前倒推十年，則范國祿大約是在康熙九年得罪諾邁、離家逃亡的。彼時已入清二十多年了，范國祿才「方擬決計」，可見此前的漫長歲月裏他都是猶豫不絕，或者就是不願的。范國祿卒於康熙三十六年，享年七十三，若他真有出山「以希結局」之意，在康熙十九年之後也不是不可以嘗試，但並未見他採取過什麼實質行動。可見「無入世之具」、「命實不猶」，甚至破家之禍等等都不過是他婉拒的託辭而已。

對於文人立身行世難免需要曲線以全節的情況，范伯子是知之甚深的，觀其對《晉書・殷浩傳》中殷浩心態的琢磨就可見一斑。

〔註60〕范國祿：《與王阮亭書》／《南通范氏詩文世家》第五冊，第 291 頁。

其言：「吾觀殷浩既身廢罪徙，桓溫遺之書，將以爲尙書令，浩苟爲眾人，猶將恥之，是故報之空函，以絕溫。而『開閉數十』云云者，乃浩之必當自謬於人，使溫聞之而鄙其無用，而又無甚戾以保其身。」〔註61〕殷浩對桓溫「報之空函」，伯子認爲其不欲與之一語的決絕態度已經明白無疑。這與倪雲林的「一說即俗」如出一轍，乃清高之至，對對方鄙夷之至也。但《晉書》卻記其收到桓溫信函後「欣然許焉。將答書，慮有謬誤，開閉者數十，竟達空函。大忤溫意，由是遂絕」，描繪成一個無心之失，似乎殷浩還有迎合桓溫之意。而以意逆志，伯子深知以殷浩與桓溫的恩怨情仇，縱是普通人也「猶將恥之」，不可能還願意在其下求生活的。「開閉數十」之事縱有，也是殷浩有意爲之，以掩其高傲本色而求保身計也。情態可以妄作增添，一紙空函卻是無法抹殺的事實。而范伯子之所以對殷浩能有這樣深曲的理解，恐怕也得益于他對「勳卿公與十山公皆不汲汲於當時之名，故其得禍亦不烈，而亦未能竟免於禍也」〔註62〕的生平思考。

康熙二十八年，孔尙任作《賦答范汝受》二首，第一首正是讚美其幽潔自守的品性。詩云：「東南有佳人，姱好復頻浴。老大臥空閨，媒來遭其辱。早作夜何思，孤懷如明燭。門外登徒繁，悠悠莫投玉。投玉不成婚，獨吟不成曲。」仿唐代張籍《節婦吟》的手法，以好女守貞來比喻士人的出處大節。天性好潔的東南佳人就是范國祿，他此時已經六十五歲了，所以是「老大臥空閨」。饒是如此，還是避不開媒人的騷擾，這自然是指各種徵召和舉薦了，范國祿幾視之爲辱。是以寄語那些「登徒浪子」不要再白費心機，他斷不會改節而適。

有意思的是，這個佳人處子之喻並不只是別人賦予他的，就在寫給王士禛的詩中，范國祿自己也用過這個比喻。其詩云：「春老平

〔註61〕《書殷浩傳後》／《詩文集》，第 431 頁。
〔註62〕《通州范氏詩鈔序》／《詩文集》，第 487 頁。

—84—

山花欲燃，東風楊柳萬家煙。秩宗拜詔登車日，才子歌詩入洛年。卿月漸依薇省近，恩波遙挹御池邊。若憐處女無膏燭，還借餘光四壁懸。」〔註63〕前六句都是鋪陳王士禛在清朝的風光無限、飽受聖恩，最後兩句則以「處女無膏燭」自喻固窮隱居的身份。雖然「借餘光」之語表面上有希求照顧之意，但背後其實頗幽微曲折。試問若范國祿是閉門守貞的處子，那王士禛是什麼呢？而且縱使借來餘光，也是四壁空空，暗藏他其實並不需要之意。由此回想，那封《與王阮亭書》中所言自然不是他的真實心意。

　　范國祿集中倒是有不少懷念明朝的情真意摯的詩，如《追憶東林有懷前太僕何公棟如》、《貴池憶吳太學應箕、劉徵君城因寄兩家賢胤》、《懷閻爾梅》、《史相墓》、《彰德城北遇先朝內監楊公》、《高座寺訪方太史以智》、《烏龍潭看鍾山倒影》、《贈錢大宗伯謙益》、《秋柳》十六首等等。和它們一比，這首《寄王大司寇士禛》就顯得全是官樣文章了。

　　《追憶東林有懷前太僕何公棟如》寫范鳳翼與東林黨人的交誼，也見出范國祿自小便受到了與東林氣節有關的教育。詩中云：「少小烏龍潭，趨庭聆家訓。先君謂太僕，氣節最高峻。由於講學多，生與端文（顧憲成）近。忠憲（高攀龍）又父執，朝夕親證印。先君佐文選，端文已歸隱，忠憲亦林下，願以推轂任。黨人雖不容，丰采則已僅。安劉且彈冠，太僕適蹈刃。以礦稅觸璫徵，下獄十年。紛紛時態變，彼此獨相信。道義益以深，門戶益以釁。哲人罹患難，從來關氣運。國家且不惜，臣子何足愁？顧高竟成仁，太僕殊感憤。先君激切勸，終諒其忠藎」〔註64〕云云，具見范鳳翼與東林黨人相交相契、力推顧高之迹，而范國祿對這些東林長輩也懷有深厚的感情。

〔註63〕范國祿：《寄王大司寇士禛》/《南通范氏詩文世家‧范國祿卷‧詩》，第 231 頁。

〔註64〕《南通范氏詩文世家‧范國祿卷‧詩》，第 207 頁。

《貴池憶吳太學應箕、劉徵君城因寄兩家賢胤》中追憶吳應箕「處士在當日，聲名動華軒。有時感世務，上書輒萬言。天下不可為，痛哭聲自吞」〔註65〕的情景。《懷閻爾梅》云閻古古「廿年蹤迹被人疑，只為傷時幾首詩。到底狂生狂不了，尚云舌在是便宜」〔註66〕，閻古古為反清復明奔走數十年，其行迹可不止於寫詩傷時而已，范國祿不會不知。他如此說只不過是為其淡化，而語言白描的寫法也活畫出了閻古古的狂狷傲氣。《彰德城北遇先朝內監楊公》記楊公語道：「王安與我稱同年，二曹後輩高隨肩。只今誰在誰不在，外廷亦有愚與賢」，范國祿「嗟哉老僧淚如雨，皮裏春秋不多語」〔註67〕。不難想到，言語謹慎而自有皮裏春秋的恐怕並不只是這位前朝太監。

在這些感傷憶舊的詩中，筆者以為意味最為幽微深長的還屬這首《高座寺訪方太史以智》。高座寺即南京雨花臺甘露寺，方以智在明亡後閉關於此寺看竹軒潛心著作。可見范國祿稱自己國變後三十年不履金陵也只是粗略概說，並不包括一些潛行密迹，而方以智在斷絕塵緣之後還願意見他，也足見世交之厚、相許之深了。詩云：

> 高庭閒倚碧琅玕，毛髮森然佛火寒。
> 十笏可容天地大，寸心猶在古今寬。
> 繁華六代風前過，絕壁三山雨後看。
> 彈指似聞公喚我，夕陽回首夢闌珊。〔註68〕

首聯描寫高座寺看竹軒竹影青碧、燭火幽微的環境。頷聯「十笏」極言其地之狹窄，卻不妨礙他們談論天下大事，「寸心」雖小，卻能窮究古今之浩瀚綿邈。頸聯言金陵作為帝都的繁華已經煙消雲散，只剩下蔥蘢青山歷經風雨依然挺立。最後兩句最是神來之筆，竟如電影一般，彷彿看見詩人立在窗前眺望雨後放晴之景，已經沉

〔註65〕 《南通范氏詩文世家・范國祿卷・詩》，第 173 頁。
〔註66〕 《南通范氏詩文世家・范國祿卷・詩》，第 375 頁。
〔註67〕 《南通范氏詩文世家・范國祿卷・詩》，第 70 頁。
〔註68〕 《南通范氏詩文世家・范國祿卷・詩》，第 139 頁。

浸其中了，忽然聽到方以智喚他，於是回過頭來，但神志還未醒轉，像在做夢一般，眼神迷離惝恍，背後彌漫著一片夕陽的柔光。那即將落下山頭的斜日餘光，那將殘已盡的舊日夢想，是多麼含蓄而又幽微地表達了詩人的亡國之痛啊。

范伯子的弟子王守恂在《范肯堂師賜書冊，賦此感謝兼呈范夫人得二十六韻》中陳述其師的詩法教導，特別推重其家學淵源。詩中有云：「登山有圖弈有譜，導我先路誰能欺。上溯所宗曰四世，義取古哲無偏陂。十山大節更昭著，詩格能使新城卑。銅駝涕淚灑秋柳，阮亭初唱成妖姿。旁及群季兩詩伯，雖異格調同襟期。就中秋門尤卓絕，奇氣來往天風吹」〔註69〕。筆者最初以為此「四世」是指李杜蘇黃或李杜、韓孟、蘇黃、元遺山之類，因為他們都是范伯子有所取法的古人。但從下文直接過渡到十山，又旁及范鍾、范鎧來看，這個「四世」應該是指范氏先人中有詩集傳世的四代人。「其猶有專集者曰《勳卿詩集》，曰《十山樓稿》，曰《陶園存今詩選》，曰《懶牛詩鈔》」〔註70〕，恰好四位。

四代之中王守恂特別拈出了范國祿，且將其與王士禎對舉而言。王士禎的《秋柳》詩在當時傳遍大江南北，殊不知范國祿也有《秋柳》十六首與之相應相抗。王士禎的《秋柳》意蘊朦朧，很難落到實處。嚴迪昌先生曾將歷代對《秋柳》詩的解讀歸納為兩種：一是悼念明亡，一是為福藩故妓、秦淮名媛鄭妥娘所作，特別是「可與《板橋雜記》參看」〔註71〕的第二首更為明顯。嚴先生比較認同第二種說法，因「《秋柳詩》本事由鄭妥娘之類女子身世起興而諷責福王朱由崧禍國，自取覆亡，似最妥切題旨。如此地託物以詠南明史事，既不違礙新朝，因為弘光荒淫，天人共怒，理當譴責；而又能兼得遺逸野老們共鳴：太祖艱辛開業，不意後裔昏聵不能持守

〔註69〕王守恂：《范肯堂師賜書冊賦此感謝兼呈范夫人得二十六韻》／《王仁安集》，民國辛酉刻本／《資料集》，第56頁。
〔註70〕《通州范氏詩鈔序》，《詩文集》，第488頁。
〔註71〕嚴迪昌：《清詩史》，第396頁。

神器，焉能不爲之一慟」〔註72〕。

王士禛如此用心可謂良苦，而王守恂說其「初唱成妖姿」應該也是取了詠妓一說，不滿其迂迴掩飾、兩頭討好的態度。而范國祿的《秋柳》十六首前面雖也是文字清麗，風格與王士禛類似，但讀到最後一首卻不禁讓人心裏一驚。詩云：「商飈相妒不相憐，摘月梳花伴草煙。悴態恰宜穿弱線，薄寒誰與試新綿？香飄金谷蒼荒日，雨濺銅駝涕淚年。漏泄到今竟如此，斂容長對唾壺邊。」〔註73〕特別是後兩聯，金谷荒涼、銅駝涕淚、敲殘唾壺之典皆毫不掩飾地指向亡國之痛。王守恂的「十山大節更昭著」、「銅駝涕淚濺秋柳」之句原來根據在此。

同爲明遺民之後，王漁洋官運亨通，既不願直接歌頌清朝統治，又懼怕文字構禍，便繼承了從鍾嶸、司空圖、嚴羽以來超功利、遠政治的詩歌美學傳統，以朦朧淡遠的神韻論詩。他點出嚴羽所用佛家偈語「羚羊掛角，無迹可求」背後之意是「羚羊無些子氣味，虎豹再尋他不著，九淵潛龍，千仞翔鳳乎」，曰「不獨喻詩，亦可爲士君子居身涉世之法」〔註74〕，可見作詩與做人在他實有一致的難言之隱。

而這種態度與范氏家教似乎有些牴牾。范鳳翼在爲冒起宗的《拙存堂逸稿》作序時言：「詩品與人品大關風化，吾夫子所謂『有德者必有言，有言者不必有德』，而因以『思無邪』一言爲刪《詩》主張，豈非以正人正志望之學詩者耶？」還特別針對「嚴儀卿論詩，『有別才尤必多讀書，有別趣尤必多窮理』」的理論，說冒起宗「之詩學，本於有經有史有道有禪，有性情之眞境，有道義之純修。余誠服其無書不讀，無理不窮，書中有書材，理中有理趣，彼別才別趣之說，尚非以正人正志所望於學詩者。」可見在范鳳翼看來，一味強調「別才

〔註72〕嚴迪昌：《清詩史》，第396頁。
〔註73〕《南通范氏詩文世家·范國祿卷·詩》，第171頁。
〔註74〕劉世南：《清詩流派史》，第182頁。

別趣」，而忽視了「正人正志」，並非詩歌的正途。

王漁洋既是嚴羽詩論的異代繼承者，范鳳翼的批評其實也適用於他。神韻說五十年領袖詩壇客觀上確實幫助了康乾盛世營造雍容優游的氛圍，如陳維崧所言，其詩「溫而能麗，嫻雅多則，覽其意者，沖融懿美，如在成周極盛之時焉。……先生既振興詩教於上，而變風變雅之音漸以不做。」〔註75〕這正是范國祿所不願的「文章飾太平」，可見他們的人生選擇實是大相徑庭，甚至可說是背道而馳的。

范伯子亦曾自述「徑須直接元遺山，不得下與吳王班」，對梅村和阮亭都不屑一顧。除了因其後來受到桐城詩派以杜韓爲正宗的詩論影響以外，恐怕與家族情感也有些淵源。范伯子愛將范國祿與冒辟疆相提並論，如言「巢民先生與吾先人之所爲，所以逮今思之而卒未有以易焉者也。夫名愈高則身愈危，二公之初，亦幾不免於世禍，然其卒也，竟能以貞悔自全。鄉人徒豔其文采耳，抑其孝悌敦睦之行，父老傳之有不可誣者，斯足則也」〔註76〕。冒辟疆與范國祿皆是在國變之後艱難求存的——既求存身，更求存志，其用心深處恐怕還是那句「滔滔叔世無完質，耿耿幽人有素貞」能夠道盡。在亂世之中欲保身全節實屬不易，范伯子既然視冒辟疆與范國祿爲同道，自然視吳、王二人與祖上爲異趣了。

范國祿的好友李漁曾對其品性有過精闢的評價，稱「小范爲人沖夷而不流於俗，矯亢而不詭於時」〔註77〕。顏延之的《陶徵士誄》中有「依世尚同，詭時則異」語，李善注云：「言爲人之道，依俗而行，必譏之以尚同；詭違於時，必譏之以好異；有一於身，必被譏論」〔註78〕，過執一端都難以處身立世。而范國祿爲人雖淡泊平和，

〔註75〕劉世南：《清詩流派史》，第195頁。
〔註76〕《冒伯棠六十壽序》／《詩文集》，第508～509頁。
〔註77〕史薇：《交盡天下士，門庭無雜賓——范國祿詩文的交遊情況略論》，第54頁。
〔註78〕《文選》，長沙：嶽麓書社，2002年版，第1713頁。

卻不隨波逐流，心氣雖高潔自守，卻不咄咄逼人，頗有乃父之風。其一生雖未必能說「亢宗」，但其辛苦保存的純正元氣卻實足以「裕後」。

第三節　范伯子：懷貞履道勿須疑

從范鳳翼、范國祿的行世之風與范伯子對他們的解讀之中，可以看出南通范氏漸漸形成了其獨特的家風：一則不追求虛名，二則重視保全純正元氣，三則若遇挽救或造福鄉國百姓的時機，也會不辭辛勞、不憚危險地迎難而上，具有勇氣和實幹的精神。簡言之，浮名與實事在范家人心中佔據著輕重兩極。

范氏家風在范國祿之後的數代一直平靜地傳承著，未能遇機迸發光彩。正如范伯子談張氏墓園風水時所言，「山川之氣有時而不至則寥絕無人，及乎氣至而人興，則昔之人所謂奇怪殊異者，一旦瑰然成就於其間，又烏知其所以然者乎？」〔註79〕不只山川之氣如此，家風之蔚然而興其實也有賴於天時地利人和的風雲際會。而范伯子恰逢近代這個三千年未有之大變局，輾轉於津、滬、漢這幾個政經樞紐城市，在范家三子中又生來最爲聰穎、胸懷大志，還遇到了一位慧眼識才的伯樂吳汝綸，種種遇合使其成爲繼范鳳翼、范國祿之後，使南通范氏第二次顯於世的關鍵人物。

伯子言其「十四歲出而試有司輒合」——指中州試第二名，「其後當世稍恥竊浮譽，讀書求古聖人賢人之用心，無復得所以媚有司者，有司亦頗厭棄，天下亦輕當世矣。」〔註80〕在《祭貞懿先生文》中也有「自我好修，乃爲眾棄，無慚無好，則亦無忌」〔註81〕的類似表達。說明少年時代的范伯子已經萌生出不願爲時文、科舉所囿，而以古聖賢之用心爲依歸的高遠之志。

〔註79〕《題張氏墓園》／《詩文集》，第444頁。
〔註80〕《王母陳太孺人哀辭》／《詩文集》，第420頁。
〔註81〕《祭貞懿先生文》／《詩文集》，第425頁。

　　光緒四年，范伯子在歐家坊做私塾老師，為學生們立《功過格》，中有言：「文章詩字，今人卻拿它取出富貴來，其實可笑得很。些兒機關，當不起人用一年心思氣力，就不怕不通。別人家靠幾本臭時文大呼小叫，尚且了不得，我教你們認真讀書，處處佔了個上上著，這些事再弄不來，就不可解了。」〔註82〕同一年，其與朱銘盤信中亦言：「我豈迂闊不近人情者，徒謂天下與急於此者甚多，不得不保全性命耳。同一自愛，而豪傑與庸眾所見天壤，則足下宜高自位置矣。」〔註83〕「急於此」指汲汲於科舉功名，「保全性命」並非講肉身，而是宋儒理學的概念，指身心性命秉受天地靈氣而來，不願為世俗逐漸侵奪，「自愛」與少年時的「好修」一義相通。范伯子此時還未攻擊科舉，只是覺得文士儒生的境界應該要遠遠高過這點虛榮與利祿之心。

　　同年，在與友人書信中他論文人之窮達，言「貴盛富厚不足謂達，己所學而人必知之之謂達」。但若成名太早，「一善必有述，一奇必有賞，聲色之交遍於海內，令聞廣譽，鮮可倫比」，則又患「將使名浮而實不至，馳騖於外而荒於內，伸於一時遊揚之口而屈於千古擇識之目，貿然自信，曾不能畢世，而嚮之隆隆者固已盡矣」，反而有一鼓氣而竭、才乎難為繼之虞。但「若夫豪傑之士當之，則因而集益，以獎為勸，名盛乃懼，終其身欲然若不足」，則不會「以人知而自病」了。〔註84〕原來這就是范伯子「吾昔山中年，恐懼畏人識」〔註85〕、「三十已防浮譽起，四十欲將高隱成」〔註86〕等詩句的深意所在。

〔註82〕《南通范氏詩文世家・范伯子卷・日記》（光緒四年二月十五日），第250頁。
〔註83〕《南通范氏詩文世家・范伯子卷・日記・光緒四年三月二十五日》，第262頁。
〔註84〕《集外文・與袁生書》／《資料集》，第331頁。
〔註85〕《成婚有日，內子為詩三十韻……》／《詩文集》，第73頁。
〔註86〕《驟暖出眺，還復同外舅登閣次韻一篇》／《詩文集》，第78頁。

　　雖然如第一章所言，通州文人在此之前都未曾參與文壇主流，但伯子嘗「觀先人之所爲，其在勝國之際與康雍間者，皆嘗有意乎千世之文，不屑屑於當時之毀譽，而世亦莫有能稱之者也。」〔註87〕勝國之際與康雍間者正是范鳳翼、范國祿和范遇祖孫三人。伯子「以吾先人詩之至精者，與夫當時之盛名者校，或且過之」，但「名顧不顯，謂其爲之不以自喜不得也」〔註88〕，體會到了先祖皆有不以物喜、寵辱不驚的澹泊之心。李漁曾評范國祿「交盡天下士而門無雜賓。括發著書，恒有欿然不自滿之色」〔註89〕，這正是伯子所嚮往的境界。

　　九次參加鄉試敗北以後，范伯子對於科舉漸漸有了一種「久於其事中，表裏洞如照」的透徹認識。所謂「群人之所爭，機數從而妙。得者常得之，失者驟難剷。操持予奪人，喜惡在一眺。當時各有繇（古同由），彼亦孰肯僄。終於授受間，大小必同調。凡吾所以窮，機凝內弗肖」〔註90〕。他曾經認爲只要認眞讀書、通古人消息就能在考場上佔據先機，但漸漸發現現實並非如此。時文自有一套規矩，不只是格式，就連思想也要與「操持予奪人」緊緊相隨，按照上層的喜好來改變自己。曾經各具性情、思想的人，在經過科舉考試以後都變成千人一面了。而他之所以機運閉塞，正是因其不願做所謂的靈活改變，削足適履以迎合考官的喜好。

　　除了對科舉考試本身「又知博戲理，洞見得失竅」〔註91〕以外，隨著入世愈深，范伯子對於功名的華而不實、味同雞肋和官場的腐敗也有了更深的認識。例如，六部進士實授官職前都需要觀政，但「有終身不至者矣，有歲一至以爲戲者矣」，凡是不認眞觀政的人都是非富即貴，並不靠此爲生的。而「必賴此以爲生者乃月數至焉。

〔註87〕《顧醴泉先生壽序》，《詩文集》，第 491 頁。
〔註88〕《通州范氏詩鈔序》／《詩文集》，第 489 頁。
〔註89〕史薇：《交盡天下士，門庭無雜賓——范國祿詩文的交遊情況略論》，第 54 頁。
〔註90〕《雜感二十八首廬陵道中作》／《詩文集》，第 67 頁。
〔註91〕《雜感二十八首廬陵道中作》／《詩文集》，第 67 頁。

假使日日而至，窮年而不休，則尙書侍郎亦終能別異之，而當其始
也，顧莫不非笑之」〔註92〕。要如此忍辱負重方能授職，心高氣傲
如范伯子，恐怕是無法接受的。所以當送朋友之子入都鄉試時，其
贈詩竟然言「且令受璧不與城，空手歸來又奚喜。君不見如今告身
換酒難，謀生無術冠虛彈」〔註93〕，哪怕中舉了也很可能無官可做，
利祿養親都成虛願。後來在李鴻章府中，他看到朋友蔡燕生中舉後
「頻年奔走及去京窘狀」，亦感歎「想功名到手況味亦不過爾爾，不
若得一盛館爲糊口計」〔註94〕。其同鄉世交「顧氏獨利於科舉」，一
榜三進士曾轟動一時，但「顧其爲藝也，專務奇崛詭異，不知有所
謂玉堂清貴之業，又無相知有氣力在勢位者以相援引，故其成進士
者多爲冷曹閒官」，〔註95〕終其一生也未能一展抱負。所謂玉堂清貴
之業即粉飾太平的文章，伯子也是不屑爲之的。

　　范伯子游蹤遍南北，最後總結出「北方之爲吏者，無所謂政也，
弇陋而偷安。南方之爲吏者，無所謂政也，文飾而自便」，堪稱循吏
者「僅僅百有一二焉」。〔註96〕他瞭解岳丈姚濬昌的整個仕宦經歷，
早年得曾國藩、劉坤一愛護才有安舒日子，中年歸隱，晚年爲養母計
再出山，但因不肯行賄而被分派至貧瘠之地，又遭紈絝長官嫉恨侮
辱，終至飲恨而終。再想到姻伯陳寶箴初榮而終毀，改革成果也大半
被廢，「事之對待也無終」〔註97〕的憾恨經歷，不由得感慨道：「悲夫！
以君之早日退居山中，及莫年而反出，壓於上官，不俾稍行其意，而
猶不得歸，及若中丞公之於世也，方且得志行道矣，乃反湮闕偓仰病

〔註92〕《顧師母王太恭人八十壽序》，《范伯子詩文集》，第471頁。
〔註93〕《香海之子錦孫入都鄉試而過我，初不謂其能詩也，一夕乃發興，
　　　　用前韻疊五篇，意氣都好，余雖興盡，亦不得不酬，乃再次一首以
　　　　送其行》，《范伯子詩文集》，第136頁。
〔註94〕孫建：《范伯子年譜》中引用范如松來信，見《資料集》第377頁。
〔註95〕《顧醴泉先生壽序》／《詩文集》，第492頁。
〔註96〕《黃愛堂刺史壽序》／《詩文集》，第495頁。
〔註97〕《故湖南巡撫義寧陳公墓誌銘》／《詩文集》，第524頁。

死於茲廬，二者迹弗類而其實相因，皆非一人一家之可爲悼痛者也。」
〔註98〕雖未詳言，但可見出他已深知士人遭遇之慘酷非常，並非「一
人一家」之特例，而是整個朝政、官場已腐爛入骨所致。陳三立曾問
他：「竹山君何如人也？」伯子答道：「守其學，性澹然，不知有世害
人也」〔註99〕，「有世害人」四字堪稱精闢。

　　所以，范伯子早已漸漸看清自己並不適合在官場的體制裏生
存。當其姻親姚錫九來信「盛誇近日以宦術傳授叔節」，且「亦將
有以授余」時，他哭笑不得，作詩回道：「宦術豈將吾道濟，人才
終數故家清。三郎拜倒門牆日，恨不聞吾屢歎聲」〔註100〕。感慨
姚叔節也是舊家子弟，骨子裏應有些清傲之氣，不該爲所謂的「宦
術」吸引啊。

　　不過，在落筆寫作《與張幼樵論不應舉書》時，范伯子將這些眞
實想法大都隱藏了起來，隻字不提官場的腐敗，只是表達了一些對八
股時文已不敷國用、日後將廢的想法，而把放棄的主要原因推到了「病
幾沒身，不能不懼」〔註101〕和欲整理家集「不得不自惜精力，而不
肯浪費時日」〔註102〕之上。筆者一開始也差點爲其蒙蔽，但後來貫
通其生平一想，編選范氏詩鈔不過「連六旬日，廢百事爲之」〔註103〕
就成了，何至於爲此放棄科舉？而光緒二十九、三十年間，伯子已肺
病深沉，但爲創辦通州小學堂依然嘔心瀝血、傾力爲之，即使遭遇挫
折也毫無退縮之意。兩相比較，其眞實心意也就不難明白了。

　　所以，當他反駁說那些「頗知我者，不謂其高，即疑其憤，都非

〔註98〕　《外舅竹山君傳》／《詩文集》，第 527 頁。
〔註99〕　《外舅竹山君傳》／《詩文集》，第 526 頁。
〔註100〕　《錫九在保定，得余詩欣然更作，並告我以不日道天津署青縣，當
　　　　　助汪貞女白金四十。而盛誇近日以宦術傳授叔節，慫恿更和其詩，
　　　　　而亦將有以授余也。余覽書竟，即笑疊二首以待之》／《詩文集》，
　　　　　第 137 頁。
〔註101〕　《與張幼樵論不應舉書》／《詩文集》，第 457 頁。
〔註102〕　《與張幼樵論不應舉書》／《詩文集》，第 458 頁。
〔註103〕　《通州范氏詩鈔序》／《詩文集》，第 486 頁。

鄙心耳」〔註104〕，其實就跟范國祿的「矯亢而不詭於時」一樣，只是不欲孤標清高，招人排擠而已。其知交所言的「高」與「憤」其實正是他放棄科舉的深層與眞實原因，而「惟獨病幾沒身，不能不懼，而因此廢試，亦不以爲高」〔註105〕的說辭不過是面對張佩綸這樣相交不深者的場面話罷了，和范國祿的《與王阮亭書》性質類似。

　　但在與人當面交談的時候，范伯子便不能掩飾他的清高與驕傲了。例如，他曾就科舉與李鴻章有過一次直接的交鋒。李鴻章說范家兄弟才高運蹇，「豈果有祖墳風水不佳須改造邪？」涉及先祖，范伯子立馬反擊道：「不然。謂老墳風水不佳，則寒家十餘世舉秀才，五六代有文集，亦復差強人意，通州境內求如此風水亦不多」，言下頗爲家族的文章成就自豪。接著更道：「天之愛文章，不敵其愛天倫之樂事。此亦燕生所羨慕欣歎，至謂寒家爲海內無雙而屬其撙節享之者也」，范氏不僅詩文佳，而且孝友親睦，頗有古風，非先祖福澤蔭蔽，何能至此？「由是觀之，假令風水一改，而忽然使孝友風微、文章減色，但出無數舉人、進士，而勳業、福澤之際並不能及中堂之毫釐，徒然鬧饑荒、喪廉恥，其爲一日二日驚愚炫俗之計則善矣，其奈百年何哉？」伯子此言明白是輕視那些只抱著幾本時文、一門心思求中舉，而無大關懷、大志向的利祿之士。李鴻章大笑：「了不得！了不得！如此醞法，必醞出曾文正、李中堂矣！」〔註106〕雖不無自詡之意，但驚賞之情也是溢於言表。

　　不過，范家並非人人皆如伯子這般見識，所以其言「家大人平生絕不望兒輩以此事跨越祖宗，而但望其弗矸喪元氣，愚兄弟安之有素，故不必有十分品德而已能杜絕私營也」也不免有幾分強撐場面。范伯子三十八歲決意棄考時，其父歎道：「前兩科當李（文田）、

〔註104〕　《與張幼樵論不應舉書》／《詩文集》，第456頁。
〔註105〕　《與張幼樵論不應舉書》／《詩文集》，第457頁。
〔註106〕　范伯子：《家書四》／《近代中國史料叢刊・范伯子先生文集・文附》，臺北：文海出版社，第331頁。

王（仁堪）二公放差之時，可謂極大省之選。兒文雖劣，應不至出落，而竟不出房」，實在是無科舉之運了，所以「嗣後決不作汝科第想也」，再加上心疼他「病軀未瘞，何堪吃此辛苦」，所以安慰伯子「留有用之身爲將來計，保身全孝，吾甚歡喜。」〔註107〕

　　但此後全家就將中舉的希望放在了次子范鍾身上。范鎧家信中云：「京師『三范』之名頗盛，男與諸人言及科名，不得不故爲淡泊。然使二哥不中一舉，男心大悲矣。」〔註108〕後來又向伯子詢問給范鍾捐官一事。但伯子本就有「區區入貲以爲令，此世之所謂雜流者」〔註109〕的想法，覆信便云：「我家此時從何處集此鉅款，以千金捐中書哉？」又循循善誘范鎧要有澹然知足之心：「大凡我及父親於名利兩途皆迂緩不善謀，看是失卻無窮機會，然又安知不培成幾許元氣？總之，照現局面，心安理得，平平走去，於人世所享用之數，亦算中上矣，毋汲汲也……人總要將未來日月看得舒長，不必十分迫促，亦不必十分打算，方是壽者相。」〔註110〕「邱軻要有從容意，不逐奔潮日夕流」〔註111〕，正是范伯子「逐物閒閒」〔註112〕、善養元氣的態度。

　　後來范鍾、范鎧同科中舉，一爲進士，一爲優貢，派往河南、山東做官，范如松寫《作吏十規》相戒。序言中有「家貧親老，難言養志，實有毛義捧檄之歡」語，可見做父親的自然是盼望兒子出仕的。只是同時也擔心他們在官場中迷失本性，以致「造福少而造禍多」，所幸「汝兄弟自幼至長熟聞祖父遺訓，必能藉此造福，保養元氣，則寒門百世可延矣」。其十規第一條就是「爲民父母，不

〔註107〕　孫建：《范伯子年譜》中引用范如松來信，見《資料集》第377頁。
〔註108〕　《南通范氏詩文世家·范鎧卷·家書》，第304頁。
〔註109〕　《書傳忠錄後》／《詩文集》，第427頁。
〔註110〕　《與范鎧書》（光緒十九年三月初一）／《南通范氏詩文世家·范伯子卷·書信》，第206頁。
〔註111〕　《贈何眉孫》／《詩文集》，第238頁。
〔註112〕　《同州主及管榷諸公遊山，因訪余黃泥山讀書處，感次壁間朱石甫韻》／《詩文集》，第373頁。

能培養元氣以遺子孫，最可恥」，心心念念於家族元氣的保養傳承，
諄諄囑咐「戒之，愼之，今吾親書作吏十規以示之，亦防微杜漸之
苦心云耳」，〔註113〕可見范氏依然保存了淳厚的家風。但論到繼承
范鳳翼、范國祿之智慧與心氣，眞正看穿名利場之不可戀而決絕而
去的，恐怕還是只有范伯子一人。

　　令人惋惜的是，雖然伯子早就認爲科舉當廢而不願將生命耗費
其上，但直到光緒二十八年清廷發詔建新式學堂，他才有了可以揮
灑生命、實踐理想的地方，又不到兩年就離世了。《次韻旭莊太守
郊行十二首》詳細描述了他彼時的心境。「昏昏病肺藥爐邊，墮落
荒蕪近一年」的范伯子，當「籌議學費初集」之時，「病困不能多
言」，但還是「臥聽磬碩季直二君談，默然贊之」。〔註114〕第三首
「炎方卑濕朔揚沙，客粵留燕鎭憶家。試聽吳趨論山水，吾鄉風土
實清嘉」和第五首「營目愁心萬倍多，愛鄉情切又如何」等都表達
了他對家鄉的一片摯愛和憂心忡忡。第九首「西海滔滔萬溜東，臨
江一望歎聲同。凡民救死無如學，何必皇天不誘衷」和第十一首「絃
歌有味試牛刀，入室澹臺敢告勞。只把芳蘭盈路植，等閒蕭艾不須
薅」〔註115〕明確表示他決意以發展教育來造福鄉里。第六首「謗
議前時忽滿城，欲從老范構心兵。矢心獨有張元伯，不死須與盡邁
徵」和第七首「人心總爲懷疑弱，強勉造端無是非。一自文翁〔註
116〕化日進，何嘗必賴長官威」〔註117〕應是爲其初創學堂時遭一些
鄉人詆毀，「一日而得匿名書盈寸，紛嘵所在成聚，皆集矢於余身」
〔註118〕所發。可見范伯子當日爲行其志，實承受了身心的雙重壓

〔註113〕　《南通范氏詩文世家》正編第七冊范如松卷，第 224 頁。
〔註114〕　《籌議學費初集，余病困不能多言，臥聽磬碩季直二君談，默然贊
　　　　　之》／《詩文集》，第 393 頁。
〔註115〕　澹臺滅明是孔子弟子中成就頗大的教育家。
〔註116〕　文翁是漢景帝時作興教育的官吏，名黨，字仲翁。
〔註117〕　《次韻旭莊太守郊行十二首》／《詩文集》，第 403 頁。
〔註118〕　《余以經營學堂啓告鄉人……》／《詩文集》，第 377 頁。

力。

後人多以《落照》一詩爲其絕命辭,「可憐步步爲深黑,始信
蒼茫有不歸」〔註 119〕之句不單暮氣深沉,而且隱喻家國,蕩人心
旌。但單看此詩,范伯子似乎被塑造成了一個軟弱的人。筆者以爲
在其離世前不久所作的《自諦》一詩,懇摯之誠力更加令人動容。
姚倚雲當年一見此詩,「不語者久之」〔註 120〕,是多少傷懷意,盡
在不言中啊。《清稗類鈔》云此篇「語語飛動,如天馬行空,長鯨
跋浪」〔註 121〕,可見確是一篇值得細讀的好詩。

這是一首長詩,不久於人世的范伯子如神魂出竅,在仙、禪、
儒道之間優游一番,但一念癡心至終不能滅絕。全詩按意蘊可分爲
五個段落,首段云:「吾嘗一日思安禪,又嘗一念遊於仙。仙者意高
廣,六合廓落然。求其歸宿處,但冀形神全。禪意向枯寂,厥功彌
靜專。靜中有眞覺,願力至大千。」范伯子意中學仙即神遊,學禪
即神定,但「我於二道皆未學,只以病體圖安便。久病眞如檻囚陷,
頗設遐想無窮邊。霞外珠宮那可得,雲中鶴架無由傳。十洲三島盡
虛妄,徒見下有深深泉」。他只是受病痛折磨之時想借仙、禪虛幻之
道減輕一點痛苦罷了,但任其努力遐想,無論是禪家的「霞外諸宮」,
還是仙家的「雲中鶴架」、「十洲三島」,都無法眞的去相信。這說明
其前一首《自諭》當中「居則樂吾樂,去亦疑於仙。一氣浩如海,
駕言備鞍韉」之言只是故作曠達而已,仙禪之道終究無法成爲他心
靈的寄託,無法遮掩橫在他前面的沈泉之路。

第三、四段則細緻入微地描寫了他凝神靜氣的感覺體驗,先是
「神魂散落百骸弛,欲保性命何有焉。收拾殘餘自將息,呼吸驟若
遊絲牽。徐引生氣布滿腹,群腑得職無大愆。此時諧和與物共,有
日世界純陽天」,似乎平心靜氣,漸漸臻於一種天人合一、物我兩忘

〔註 119〕 《落照》/《詩文集》,第 416 頁。
〔註 120〕 《次韻內子見慰之作》/《詩文集》,第 414 頁。
〔註 121〕 徐珂:《清稗類鈔・文學類二》/《資料集》,第 122 頁。

的境界。但「誰何機來萬念起，俄頃乃有億變遷。我與眾生實同道，以次現出諸因緣。不如動植物，得性能自堅。人為萬靈最，何術能綿綿。所以如來得自度，而目一世生悲憐。虎狼猶可道，蟲豸未忍捐。陳諸割斷法，以制人繞纏」。他終究無法做到物我兩忘，因心中牽掛實在太多了啊，一念牽引，萬念發動，綿綿不絕，心神糾纏，不由感歎如來自度、度人之法乃是割斷一切世緣，但又何忍如此？

最後一段是全篇的高潮：「我以哀鳴當定慧，可知於佛霄壤懸。愚僧撞鐘諒可法，長抱此念無迴旋。口亦不辭瘁，手亦不辭胼。血氣終能愛，肺肝無俾鑴。正得一私淨，斯為萬覺先。」〔註 122〕曾子有疾時曾言：「鳥之將死，其鳴也哀」（《論語‧泰伯》），伯子終於承認自己與佛家割斷世緣之道實在不是一路，他決定要勇敢鎮定地面對自己將不久於人世的事實，以生命最後的哀鳴為他的禪定，決意要像愚僧撞鐘一樣，但活一天就無怨無悔、絕不回頭地繼續他手中的事業，不辭苦口婆心、胼手胝足。這是一種春蠶到死絲方盡的大愛與決心。《禮記‧三年問》中有「凡生天地之間者，有血氣之屬，必有知；有知之屬，莫不知愛其類」之語，伯子意謂自己如此盡心竭力也不過是盡到「愛其類」的本分而已，其知交密友必能與之肺腑相照，無待多言。

「私淨」即去淨私我之意。清中葉的經學大家劉沅在《大學恒解》卷一中將「物格而後知至，知至而後意誠，意誠而後心正，心正而後身修，身修而後家齊，家齊而後國治，國治而後天下平」一句中的「物格」解釋為捍御物欲的侵擾，去除私我，因「私淨而後理明，故知至。知至而後不肯為惡，故意誠。誠於為善而後漸化其氣質之偏，故心正。心者，身之主。身者，家之主也。家之教通於國，國通於天下，理一而功用不同耳。」伯子此詩末句即是此理，但求保有一顆純淨無私的冰雪之心，因國與身皆通於此心，此乃治國平天下的根本、起點，乃萬覺之先。

〔註 122〕　《自諦》／《詩文集》，第 413 頁。

　　光緒二十八年朝廷開經濟特科，時任漕運總督的陳夔龍舉薦了范伯子。其《讀范肯堂詩集題後》有「終身北面愧稱師」、「焚香深悔薦賢遲」之句，小注云：「余抗疏薦君經濟特科，君來函有終身北面於舉主之語」〔註123〕。看起來似乎伯子非常感激他的舉薦，而且樂於應徵。但在同年七月十九日伯子在《與三弟范鎧書》中卻說：「特科之舉，乃陳小帥即入奏，屬愛滄函告明言借招牌者。假若先聞此，決不當此名。先師語我謂『世間無經濟一門之學』言在耳，豈當信之！」〔註124〕不樂意之情溢於言表！

　　又是一次互相矛盾的說法，到底哪一個為眞呢？觀范伯子在《課鄉子弟約》中曾言「學無所謂經濟也，識時務耳。不達於當時之務，不能窺古人之迹，其不學猶可也」，將「經濟」與「識時務」區分開來，前者是經世濟民的實用才幹，後者是通達古今的治學眼光。伯子如此區分是擔心有人「既充然有以自負，而謬爲一切之論，以概無窮之變，釋褐而仕，病國家矣」。高舉經濟之學無疑是當時的風潮，但伯子卻以清醒眼觀之，試圖將其放置在合宜的位置。「君子之道，不談非分之事，而有通人之識」〔註125〕才是其心所嚮。

　　到第二年五月，經濟特科開考，伯子果然未去應徵。恰逢母喪丁憂確實是一個很好的理由，但筆者以爲，他當年在李鴻章處尙且不肯以李爲座主而「一側於薦牘」〔註126〕，怎麼可能願意師事並不如李鴻章的陳小石呢？那封信函縱使眞有，也不過是場面上的客套話罷了。其時伯子有詩記「小石漕帥言於滄園種芍藥，遲余往觀，余方籌議通州學堂事，未得行也，疊韻寄答」，末句云：「且與乘春作春事，好花留共倦餘看」〔註127〕。辦學堂是爲國家耕植芳蘭的園丁事業，

〔註123〕　陳夔龍：《讀范肯堂詩集題後》／《資料集》，第248頁。
〔註124〕　《南通范氏詩文世家・范伯子卷・書信・與三弟范鎧書》（光緒二十八年七月十九日），第222頁。
〔註125〕　《課鄉子弟約》／《詩文集》，第494頁。
〔註126〕　范鎧：《范季子文集》卷三《上胡鼎臣方伯書》／《資料集》，第457頁。
〔註127〕　《小石漕帥以人日有事淮城，〈舟中見懷〉有「題詩春到草堂寒」

伯子以「春事」喻之。他此時自惜精力，一點一滴都不願耗費在學堂
事務之外。

　　陳夔龍對范伯子是一見心賞的，贈詩有「舊聞一范軍中有，淮
浦相逢倦眼開。且為桐城留正派，獨慚湖海是粗才」〔註128〕、「我
愛通州范光祿，著書日與古人歡。江湖滿地容高隱，風雨扁舟發浩
歎」〔註129〕等，對其人品、才學都大為傾心。但伯子回贈了一首《次
韻答小石漕帥》，卻沒有這般直白露骨的回應，而是借多日景色婉轉
地表達了自己的心曲和對官長的期待，顯得矜持有度。詩云：

　　　　萬樹雪霜皆老物，一枝梅萼向人開。

　　　　能令歲序初驚眼，已覺皇天不負才。

　　　　寒日憪憪風作暴，長淮蕩蕩水流哀。

　　　　何當遍與陽和澤，更泛春江錦浪來。〔註130〕

　　首兩聯以冰天雪地、萬物枯敗中綻放的第一朵梅花來比擬他剛
剛起步的學堂事業。在伯子看來，其間蘊藏著無限生機，正是打破
國家沉睡惰性狀態的切入點。能夠將畢生才學投入其中，他已覺此
生無憾。後兩聯也可說是委婉的套話，希望作為漕運總督的陳夔龍
能夠多做實事，使其治下土地呈現出如凍土逢春般的新氣象。

　　范伯子是以心繫國家的關懷和視野來投入鄉邦教育的，其自表
心聲道：「彼士大夫皆務以教養一族為事，則族亦不散，而黨友親故
之連結遂有其不容已者，然後乃推其愛於一鄉，士大夫之能力，推
及於一鄉而亦止矣。令天下之賢士大夫，皆不出鄉而化成於家族、
愛及於鄉人，學校之興又足以整齊而通一之，群何為而不合？國何

　　之句，且言於澹園種芍藥，遲余往觀，余方籌議通州學堂事，未得
　　行也，疊韻寄答》／《詩文集》，第367頁。

〔註128〕　陳夔龍：《淮上喜晤范肯堂光祿依韻奉酬》／《松壽堂詩鈔》，《資
　　料集》，第49頁。

〔註129〕　陳夔龍：《接肯堂泰州見懷詩即用其韻，時值人日，維舟淮郡，先
　　二日於淮園西偏植芍藥、梅花數種，故有末句》／《松壽堂詩鈔》，
　　《資料集》，第49頁。

〔註130〕　《次韻答小石漕帥》／《詩文集》，第365頁。

爲而不興哉？」〔註131〕可見他的愛鄉之情並不狹隘。

當時籌議學費公所就設在通州城內的文昌宮中，堂上懸掛的匾額恰是勳卿公范鳳翼所書。面對此，范伯子不由得百感交集，題詩云：「去日曷以積，峨峨三百年。墨痕餘劫外，朝局忽當前。誼重鄉難捨，名微身望全。瞻言此來意，低首念吾先」〔註132〕。時隔三百年，勳卿公墨迹猶存。伯子雖然沒有出仕，但關心時局之心卻比許多在位官僚更加迫切。與先祖相比，他雖然自慚名聲低微，但所幸身心之純粹尚得以保全。

南通范氏從范鳳翼、范國祿到范伯子，都既是惜命之人——珍惜生命之謂，又非惜命之人——貪生怕死之謂，端看將一腔熱血捨在何處，捨得值與不值。人言范伯子詩「用意幽眇，造語深至，多激宕之音」〔註133〕、「涕淚中皆天地民物」〔註134〕、「其所造詣，皆有混茫之元氣吐納其間」〔註135〕，又說「其詩震蕩開闔，變化無方，讀者雖未能全喻精微，無不知愛而好之」〔註136〕、「君詩雖至工，眞知其意者無幾人。數世以後，又孰能測君所用心乎」〔註137〕，皆觸到其詩心的深厚與要眇。

筆者以爲，伯子詩既不故作大言，毫無方東樹批評時人最狠的「客氣假象」，又「可見懷抱，與喟感身世者區以別矣」〔註138〕，不囿於一己之隅，像窮酸書生般小家子氣。讀其詩，如尋覓桃花源，從那「彷彿若有光」的小口而入，「初極狹，才通人。復行數十步，

〔註131〕 這句《詩文集》斷句爲「皆不出鄉而化成於家族愛及於鄉人學校之興，又足以整齊而通一之」，文意不通。《豐利徐氏族譜序》，第564頁。

〔註132〕 《就文昌宮設籌議學費公所，其堂中有先勳卿公所書額，同人初集感題一詩》／《詩文集》，第392頁。

〔註133〕 徐世昌：《晚晴簃詩彙》／《詩文集》，第598頁。

〔註134〕 金天羽：《答蘇堪先生書》／《詩文集》，第599頁。

〔註135〕 陳道量：《單雲閣詩話》／《詩文集》，第606頁。

〔註136〕 姚永概：《范肯堂墓誌銘》／《詩文集》，第601頁。

〔註137〕 姚永概：《范肯堂墓誌銘》／《詩文集》，第601頁。

〔註138〕 袁行雲：《清人詩集敘錄》卷八十／《詩文集》，第99頁。

豁然開朗」，漸漸爲一顆博大的靈魂所吸引、包圍、融化。此等境界實非單純的詩藝所能致，而是其下湧動著一顆如冰雪天般清淨高曠的詩心。如徐一士所言，范伯子是「爲詩而詩，人格與詩格，大致不遠」〔註139〕，又如費行簡所歎，伯子「標格清峻，唯天際孤雲，絕嶺喬松，差足擬之。自其既歿，而浮薄文人競作，肥遁堅貞之誼遂不復見於國中矣」〔註140〕。

如此詩心是如何醞成的呢？如果說南通的地理、文化環境還只是一種間接、被動的潛移默化的話，那麼對范氏家風的傳承則無疑是范伯子主動自覺的追求。南通范氏綿延三百年來輕浮名、重實事、保元氣的醇厚家風實是滋養詩人成長的重要環境。尤其是同處叔世風雲之中，范伯子對范鳳翼、范國祿這兩位傑出先祖的行世之風有著更深刻的理解。雖出於對先祖的崇敬之情，他不會像冒鶴亭那樣「頗自傅會以辟疆復生」〔註141〕，但其詩心之博大、深沉與清曠很大一部分確實是遙接三百年前的勳卿公與十山公。將其一義貫串來看，這條血脈相連的暗線便漸漸浮出紙面了。

伯子祖父范持信曾言：「（詩）道關一鄉之風氣而存乎人之性情，貞淫雅俗於斯見焉，非性分之所有，不能學也。念自高曾三世以來，累葉以詩名，昔人所謂詩是吾家事者也。」〔註142〕本於性情之正，期化風俗之醇，「貞淫雅俗」之辨正是范氏家風在詩與詩學上的體現。在甲午戰敗之後，范伯子作詩有「明時家國方憂患，歷劫文章有陸離。再見飄搖定何處，懷貞履道勿須疑」〔註143〕之語。無論境遇如何，「懷貞履道」是他繼承先祖之風、行世爲文終生不易的立身根本。

〔註139〕　徐一士：《一士類稿》／《詩文集》，第 602 頁。

〔註140〕　費行簡：《近代名人小傳》／《詩文集》，第 601 頁。

〔註141〕　《冒鶴亭以江建霞所贈辟疆先生菊飲倡和詩卷屬題，即用辟疆韻題二首》／《詩文集》，第 337 頁。

〔註142〕　徐宗幹：《〈懷舊瑣言〉序》／《資料集》，第 317 頁。

〔註143〕　《內人有詩別女，吾亦不可無以詒師曾也，遂次其韻》／《詩文集》，第 189 頁。

中　篇
游學生涯：詩藝的錘鍊

第三章　從劉熙載受《藝概》

　　在《通州范氏詩鈔序》中，范伯子稱其自「甫冠」便有「發憤游學」之志，「初聞《藝概》於興化劉融齋先生，既受詩古文法於武昌張廉卿先生，而北遊冀州，則桐城吳摯父先生實爲之主」〔註1〕。他一直尊劉熙載和張裕釗爲師，與吳摯甫則在亦師亦友之間。

　　劉熙載是范伯子初出南通拜的第一位老師，他曾在光緒四年二月、光緒五年秋八月兩度登門請益。有詩云：「游子初辭家，尋師卻至滬。師說萬餘言，先入以爲主。後來饑困餘，仙家乞麟脯。當時卻不然，初若嬰啼乳。乳脯味敢岐，恩勤有獨苦。風夜培成心，千秋淚如雨。」〔註2〕他將親聆劉熙載的教誨形容爲如不解事的嬰孩初得母乳的滋養，「仙家乞麟脯」則大概是泛指後來眼界開張後接觸的各種資源，包括與張吳的師友關係、桐城姚氏之學等等。

　　來自母親的乳汁，與來自仙人的珍貴食品，是兩種截然不同的營養。前者是每天須臾不可離的食糧，後者是溫飽之後追求長生的奢望；前者是靈根的厚植，後者是境界的翻新。古人強調入門須正，伯子如此比較，也是看重從劉熙載初學第一階的價值。龍門書院的雨夜傾談，更是他心中難以忘懷的拳拳深情。

〔註1〕　《通州范氏詩鈔序》／《詩文集》，第 485 頁。
〔註2〕　《龍門雨夜》／《詩文集》，第 111 頁。

第一節　兩訪劉熙載的師生情誼

　　范伯子二十歲那年從好友顧錫爵（字延卿）處得聞融齋先生之名，但「錫爵初不欲當世之驟見也。以爲退一鄉一國而友天下，必其識足以觀天下之善士，苟尚非其人，則寧姑捨是」，擔心范伯子的學養積累還不足以得到劉熙載的讚賞，於是伯子「懷願見之誠五年」。他「二十叢書史，發憤忘饗餉」、「自二十歲不與於學政之試，則不復致力於時文」〔註3〕恐怕都與這份對劉熙載的仰慕之誠有關係。

　　光緒四年，范伯子與顧延卿之弟顧仁卿結伴赴劉熙載的家鄉江蘇興化拜謁。〔註4〕途中共作了三首聯句詩，除了第一首是敘述出發前與友人縱飲暢談之樂外，後兩首都不但與劉熙載有關，且能見出范伯子與顧仁卿在詩藝上的高下之分。第二首《往謁融齋先生宿河垛與仁卿聯句》寫他們未見之前的心情，伯子是「不求文字富，而懷綱常憂。斯人不復見，曠世誰吾儔？」在伯子眼中，劉熙載是一個不單以文事爲念、心懷天下憂的儒者，所以他引爲同道。「歌罷重太息，鬼語聲啾啾。陰霾塞天地」，既是寫時已入夜的實景，「天地」之歎也雙關社會現實的陰暗濃重。而顧仁卿接以「壯士行何愁？夜黑不見掌，獨立下壩頭。雨雹如隕石」，眼光所及似乎只是眼前實景，對於伯子爲之憂愁太息的「綱常」似乎並不是太理解，「隕

〔註3〕《與張幼樵論不應舉書》／《詩文集》，第456頁。

〔註4〕這裡《資料集》中的范伯子年譜寫作與顧延卿同往，想是因顧延卿紹介而想當然耳，其實誤矣。范伯子戊寅日記中明明寫著「正月二十三日，以興化之行偕仁卿買舟」，且途中至海安、宿河垛、辭別劉熙載共有三首聯句詩，皆是伯子與仁卿二人唱和，回程「至海安換舟，與仁卿鬥詩牌」，二月三日「偕仁卿登舟至林梓」，直到二月四日才有「延卿聞信而來，纏綿不已，遂再留一日」之言，可見興化沿途之行伯子只與顧仁卿作伴，顧延卿並未同行。在《祭劉先生文》中，伯子開篇稱顧延卿爲「其門人」。延卿長伯子六歲，初見之時，伯子「才髫齡，跳蕩歡喜」，延卿說「比君少壯，先後從學於興化劉先生」，所以應是顧延卿先在龍門書院就學，然後向伯子說起對劉熙載的崇敬之情，許諾待他年紀漸長、學問漸有根底之時爲之引見。五年後自然也是通過他的聯繫，伯子和仁卿才能一同前去拜謁。

石」之喻也有些凝滯呆板。伯子續以「揮手化爲柔」頓時又將風雨夾雹之重消弭散盡，「去去莫瞻顧，何者爲石尤？買舟更行役，一葉聊可浮」，以豪邁之氣超越了現實中風雨交加和小舟逼仄的困境，營造出扁舟一葉的灑脫風流。如曾國藩《日記》中所云，「奇辭大句，須得瑰瑋飛騰之氣驅之以行。凡堆重處皆化爲空虛，乃能爲大篇，所謂氣力有餘於文之外也」，伯子早年已有此等舉重若輕之眞氣。而顧仁卿以「斯時七尺體，屈曲如泥鰍。焉當忽相助，飛入龍門遊」接上爲終。這一句既是對「風雨夜晦，倉猝買小舟，舟僅受一人者，一日夜中肢體大困」〔註5〕的實情描寫，也似乎隱喻了暫時蟄伏，期待飛入龍門出人頭地之意，龍門又雙關龍門書院，但總是顯得胸襟、境界不夠高遠廣闊。

　　第一次見劉熙載，連頭帶尾匆匆三日，頭一日他們以弟子禮贄見，末一日上門辭行，劉熙載賜書一副。只有第二日劉熙載來舟，招午飯，才得以暢敘一番。范伯子呈上日記〔註6〕，其凡例中第六條「授徒爲窮居事業，既應聘受贄，食人之食，雖蒙必忠」極得劉氏讚賞，稱「終身持之可也」，伯子「竊意先生旨甚博，敬錄於此，以誌不忘。」可見他體悟到劉熙載所許的並不只是以忠心授徒，而是在一切事上都要有忠心。《聖經·路加福音》上說：「人在最小的事上忠心，在大事上也忠心」〔註7〕，這個「忠心」似乎與宋儒對事的誠敬之心頗相通，劉熙載的「旨甚博」也正在此。范伯子又說「先生語甚多，有曰：『學須體認出自己來，然後擇古人而從』，昌黎所謂『學焉而得其性之所近者』，我於先生言頗覺無所不說，眞我

〔註5〕《南通范氏詩文世家·范伯子卷·日記》，第243頁。
〔註6〕孫建年譜中有「上所爲文數十篇」之語，黃氏與季氏年譜中均不見。依據應是《祭劉先生文》中伯子「懷願見之誠五年，然後乃見於先生之里，退而上所爲文數十篇」。但所謂「退而上」應是返鄉後再託人轉交，並非當面呈上，且戊寅日記中只有「呈日記」的記載，若有獻文應不至遺漏。
〔註7〕《聖經·路加福音》（和合本）16章11節。

師也」〔註8〕。伯子已有范氏家學的根底，而劉熙載儒者本位的教導又與其家學相合，所以更感投契。

從《辭別融齋先生與仁卿聯句》中大概能推測出當時的言談，「徒聆眄我語，可爲千秋資。堯舜孝悌者，語孟文章師。持此懋所學，誠正毋自欺」，「吁嗟今之世，學術日益岐。不有偉人作，大道終凌夷。允矣我夫子，斯文將在茲」。可見在這次短暫的會面中，劉熙載主要是以孔孟正統相勉，如其門人馮明馨所云，「先生始游學受業於融齋劉先生之門，得其傳，乃知文以載道，詎沾沾科舉制藝爲耶？」〔註9〕所以伯子能夠在《祭劉先生文》中說出「先生之學，獨爲乎程朱之難而深求乎孔孟之際」〔註10〕的話來，確實是對劉熙載儒家學問的知解。

光緒五年，劉熙載在龍門書院的弟子孫點寄書伯子曰：「先生念子，子不能來，先生就子矣」，對一個相處僅兩三日的後輩如此掛念，難怪伯子要感激「視炙無多日，師恩自覺偏」〔註11〕了。於是他「以秋八月往」，這次會面兩人關係就親密多了，伯子住在劉熙載家中，「先生窮日夜之力而與之言，於其將行也，而改定所謂親炙記言者七紙」。有一個小細節令他終生難忘，「是時大風雨，夜過半，渴而思飲，當世執燭，先生挈茶具之竈下而火之。飲而旨，先生喟然而歎曰：『此樂豈易得乎！吾老矣，逾明年將寓食於汝所謂黃泥山者，以鄰於汝，以遂吾之志』。」「此樂」乃是與心愛的學生相談甚歡之樂，「得天下英才而教育之」一直是所有爲人師者的理想。有「此樂」相伴，大風雨中亦不覺孤寒，一杯清茶也有無限溫暖。他們不只是談詩文、談學問，也必大談人生。伯子曾在南通遠郊的黃泥山新綠軒養病讀書，寄住了數月，那一直是他心目中的歸隱聖地。而劉熙

〔註8〕 《南通范氏詩文世家・范伯子卷・日記》，第244頁。
〔註9〕 馮明馨：《范師伯子先生文集後敍》／《資料集》，第76頁。
〔註10〕 《祭劉先生文》／《詩文集》，第422頁。
〔註11〕 《與同學者共祀興化劉先生於龍門書院，哀感成詩》／《詩文集》，第8頁。

載也有歸隱之志，聽了范伯子的動情描繪，遂生出終老此地之願，「以
鄰於汝」見出二人何等親厚的師生情誼。

伯子多年後在《哀袁爽秋》中回憶老師當時對他們兩人的評價：
「昔我遊龍門，言從興化師。師曰及門中，雋者汝知誰。適來有袁
生，燦爛多文辭。其人亦靜美，與汝能相資。已聞師謂彼，亦曰范
生宜」，文辭燦爛、人品靜美是劉熙載獨獨偏愛這兩名學生的原因。
伯子與袁昶雖只在劉熙載殯禮上見過一面，並無深交，但袁昶還是
因伯子的緣故而對其一位作縣令的姜姓弟子多有照顧。伯子後來在
《近代諸家詩評》中也是稱「爽秋吾同學，其人已不朽，其詩亦可
傳也」。他們雖未曾同學一日，但同為劉門弟子的情誼卻是既淡泊又
深沉的，這自是因為老師對彼此的格外器重而引起的惺惺相惜。

多年後徐昂初投范伯子門下，伯子贈詩數首，其中之一「行藏
欲語千年叟，忽復如嬰望乳啼。麟角未成甘苦共，回頭雨夜夢黃泥」
〔註12〕似乎也是觸景傷情，憶起了自己與劉熙載的師生情。

第二節　沾惠於《藝概》

然而，范伯子從劉熙載處獲得的並不只是道德教誨。當劉熙載
逝世後，伯子以為「先生之歿，天下皆歎息，以為德人。究其所以
狀先生者，或萬言而不得其似」。「德人」二字並不足以概括劉熙載，
因為劉氏之真都存其書中，「意其更數十年或百年，而必顯於世，
而當世之於先生，則不能不以萬一自任而求所謂繼」〔註13〕。這「萬
一自任而求所謂繼」究竟何指呢？劉熙載當日將自己的三種著作
《持志塾言》、《昨非集》、《藝概》都贈予了伯子，《藝概》後來果
實大顯於世。筆者細究其與范伯子的詩與詩學，發現確實多有暗合
之處。

〔註12〕《答徐昂秀才》／《詩文集》，第 332 頁。
〔註13〕《祭劉先生文》／《詩文集》，第 422 頁。

一、胎息於太白詩風

范伯子首先得益於融齋老人對李白詩的獨到心得。在《通州范氏詩鈔序》中，伯子自述「初聞《藝概》於興化劉融齋先生，既受詩古文法於武昌張廉卿先生，而北遊冀州，則桐城吳摯父先生實爲之主。從討論既久，頗因窺見李杜韓蘇黃之所以爲詩，非夫世之所能盡爲也。而於李詩獨嘗三復」，吳汝綸「且屬爲論定李詩以貽其子」，可見伯子對李白詩確有偏呢之情和獨門見解，而且並非得於張吳。只是因教務繁忙，體又多病，其妻姚倚雲勸他「與論古人，何如論家集乎？」〔註14〕所以其論定李詩之作始終未成。

但《詩概》中對李白確有許多會心超然之論。第一如「太白詩言俠、言仙、言女、言酒，特借用樂府形體耳。讀者或認作眞身，豈非皮相。學太白詩當學其體氣高妙，不當襲其陳意。若言仙、言酒、言俠、言女亦要學之，此僧皎然所謂『鈍賊』者也」〔註15〕。而我們若不能從范伯子那些「氣盛言宜，如長江大河，一瀉而下，滋蔓委曲，咸納其間」〔註16〕的長詩中看出太白體氣高妙的影子，也不得不自愧眼拙了。

吳汝綸、闓生父子對伯子的取法太白非常清楚。在《晚清四十家詩鈔》中，他們說肯堂「詩胎息太白爲多」、「跌宕自喜，大似太白」、「肯堂此等境界得之太白，其倏忽變轉亦似之」，其它諸如「跌宕奇偉，洸洋恣肆」、「起落飄忽，自有奇氣」、「肯堂縱橫突兀處最可愛，他人所無」等評價也與太白詩風相類。

吳汝綸評《以保生鼇東薦之伯謙》一首「一起極似太白」。該詩起句云：「李白韓愈浪得名，子瞻山谷皆平平。不然嶔崎歷落如我者，焉得置之世上鴻毛輕？」一下子就讓人聯想到李白的「王逸少，張伯英，古來幾許浪得名」(《草書歌行》)、「我本楚狂人，鳳歌笑孔丘」

〔註14〕《通州范氏詩鈔序》，《詩文集》，第 485 頁。
〔註15〕劉熙載：《藝概》，上海：上海古籍出版社，1978 年版，第 59 頁。
〔註16〕夏敬觀：《忍古樓詩話》／《詩文集》，第 600 頁。

（《廬山謠寄盧侍御虛舟》）等凌駕前人、自傲於世的句子。這是詩歌藝術的一種跌宕自喜，正見伯子善學太白之處，不必當作認真的人物評論來看。

杜甫《簡薛華醉歌》云：「近來海內爲長句，汝與山東李白好」，李白的長句慷慨任氣，磊落使才，仙乎仙乎之氣後人實難望其項背。劉熙載說「學太白者，常曰『天然去雕飾』足矣。余曰：此得手處，非下手處也。必取太白句意以爲祈嚮，蓋云『獵微窮至精』乎？」〔註 17〕。「天然去雕飾」只是結果，並非刪去雕琢語就能臻至天然的，而是要從揣摩太白的句意、句法入手。比如「『有時白雲起，天際自舒卷』，『卻顧所來徑，蒼蒼橫翠微』，即此四語，想見太白詩境」〔註 18〕，這四句詩不僅音節、句意如行雲流水般流暢、自然、綿邈，又有左顧右盼、由近即遠、由具體而空茫之美。劉熙載說：「海上三山，方以爲近，忽又是遠。太白詩言在口頭，想出天外，殆亦如是」〔註 19〕，像「美人如花隔雲端，上有青冥之長天，下有綠水之波瀾」這樣的句子確實就是琅琅上口，又思緒飛天的。

錢仲聯先生說伯子詩起調多「奇橫無匹」，轉接處「往往突兀崢嶸，不墮恒蹊」，「奇峰聳天，倏忽轉變」，此等處「晚清學宋諸家，皆不能及」，又說「時賢學山谷，但得其清瘦之致，肯堂獨得其莽蒼之態」〔註 20〕。殊不知其莽蒼之態或許並非襲於山谷，而是源於太白，所以才能超出單純的學宋諸家。

陳三立稱伯子「蒼然塊放之氣，更往復盤紆以留之。蓋於太白、魯直二家通郵置驛，別營都聚，以成偉觀」〔註 21〕，蒼然即詩仙，盤紆即山谷，打通兩者，最是范伯子本領。言敦源亦言「先生詩得力於

〔註 17〕劉熙載：《藝概》，第 59 頁。
〔註 18〕劉熙載：《藝概》，第 58 頁。
〔註 19〕劉熙載：《藝概》，第 58 頁。
〔註 20〕錢仲聯：《夢苕庵詩話》／《詩文集》，第 605 頁。
〔註 21〕陳三立：《三百止遺識語》／《資料集》，第 120 頁。

太白、山谷爲最多」〔註22〕，姚倚雲贊夫君「千篇佳句抗蘇黃，健筆雄辭追盛唐」〔註23〕，伯子自言：「得失惟與蘇黃爭，淵源或向杜李討」〔註24〕，可見優游於太白與山谷之間確是其瓣香所在。特別是在甲午之前，是他長篇創作的高峰期，其風格與超逸豪邁的太白詩更爲接近。

至於到了光緒二十六年，范伯子在《除夕詩狂自遣》中有言參之於蘇軾的「放」與山谷的「煉」之間，廣被引用爲其自述所宗。「放煉相濟」屬桐城詩學的範疇，在下一章會有詳論，這裡只略作解析。一則「詩有仙氣者，太白而下，唯子瞻有之」〔註25〕，李、蘇二人都可稱曠放，但論到健筆雄詞、蒼然塊放之氣，恐怕蘇還是略遜於李。蘇詩歷來就有曠達至於粗放的批評，如「北宋詩壇晚得蘇，聲情豪健也嫌粗」〔註26〕，「偶然放手近直率，往往遂爲人所掊」〔註27〕等，而李詩則無此流弊。二是如錢基博所言，「桐城自海峰以詩學開宗，錯綜震蕩，其源出李太白。惜抱承之，參以黃涪翁之生嶄，開闔動宕，尙風力而杜妍靡，遂開曾湘鄉以來詩派」〔註28〕，桐城詩派從劉海峰到姚惜抱，本就經歷了一個由太白再引入山谷的發展路徑。范伯子在接觸桐城詩學以後也吸收了黃庭堅的生新、錘鍊之法，但他與劉海峰一樣，能以雄才大氣駕馭太白詩風，這與姚鼐之後的桐城諸子「氣清體潔」的風格並不一樣。

光緒十七年，范伯子在天津時，吳汝綸來詩云：「謫仙雄筆乞與君，問君久假何當還？遺我新詩十七紙，使我置身開寶間」〔註29〕。

〔註22〕言敦源：《范伯子先生遺墨再跋》／《資料集》，第 80 頁。
〔註23〕姚倚云：《悼亡二十首》／《蘊素軒詩集》卷七，《詩文集》，第 701 頁。
〔註24〕《叔節行有日矣，爲吾來展十日期，閒伯喜而爲詩，吾次其韻》／《詩文集》，第 102 頁。
〔註25〕劉世南：《清詩流派史》，第 185 頁。
〔註26〕黃侃：《詠蘇詩兼評元好問》／《近代詩鈔》，第 2025 頁。
〔註27〕冒廣生：《讀蘇詩》／《近代詩鈔》，第 1604 頁。
〔註28〕錢仲聯：《夢苕庵詩話》／《民國詩話叢編》第六冊，第 285 頁。
〔註29〕吳汝綸：《前韻和范肯堂》／《資料集》，第 28 頁。

桐城詩學以杜、韓爲宗，雖然對李白並無微詞，但太白詩風在他們的詩學體系中並不重要，比如方東樹《昭昧詹言》中專論李白的內容，五古和七古加起來也不過十來頁。而范伯子哪怕已經跟桐城詩派有了深厚的關係，依然未脫太白詩風的雄健之氣。

　　爲何桐城詩派並不重視李白呢？筆者以爲並非他們不欣賞李白，而是因爲杜、韓可學，李白不可學。桐城派擅長以古文之法通於詩，無論如何，這是一種偏技術性的做法，可以施之於杜、韓、蘇、黃，卻難施之於李白。例如，方東樹解讀李白的《梁園吟》，雖然也讀出了「太白亦自沉痛如此。其言神仙語，乃其高情所寄，實實有見。小兒子強欲學之，便有令人嘔吐之意」，知道「莊子、太白皆憤激，痛哭流涕，嬉笑怒罵，但人皆被他瞞過，以爲放達，非也」〔註30〕。但他無法對李白的章法施以他所擅長的庖丁解牛般的分析。他曾試圖呈現李白的寫作方法：「因見梁園有阮公、信陵、梁王諸迹，今皆不見，足爲憑弔感慨。他人萬手，同知如此用意，而不解如此做法。此卻從自己遊歷多愁說入，又自解不必如此。所謂借他人酒杯，澆自己壘塊。死活仙凡，全在如此。尋常俗士，但知正衍故實，以爲詠古炫博，或敘後入議論，炫才識，而不知此凡筆也。此卻以自己爲經，偶觸此地之事，借作指點慨歎，以發泄我之懷抱，全不專爲此地考古迹發議論起見。所謂以題爲賓爲緯，於是賓者全虛，憑空御風，飛行絕迹，超超乎仙界矣，脫離一切凡夫心胸識見矣。」〔註31〕他清楚面對這種懷古題材，凡筆會怎樣寫，但李白的寫法卻很難以敘、寫、議這些文法來分述，而是一氣橫行，渾然一體，可意會而不可言傳。

　　方東樹也對太白詩的神妙發表了許多感歎，如「太白詩與莊子文同妙：意接詞不接，發想無端，如天上白雲，卷舒滅現，無有定形」〔註32〕；「太白當希其發想超曠，落筆天縱，章法承接，變化無端，

〔註30〕方東樹：《昭昧詹言》卷一・五四，第 20 頁。
〔註31〕方東樹：《昭昧詹言》卷十二・四二，第 252 頁。
〔註32〕《昭昧詹言》卷十二・三0，第 249 頁。

不可以尋常胸臆摸測；如列子御風而行，如龍跳天門，虎臥鳳閣，威鳳九苞，祥麟獨角，日五彩，月重華，瑤臺絳闕，有非尋常地上凡民所能夢想及者。至其詞貌，則萬不容襲，蹈襲則凡兒矣。」〔註33〕貌似說了很多，其實並沒有什麼實際內容。一言以蔽之，太白詩風如同神龍見首不見尾，無法摸測，難以學習，全在天才胸襟，所以桐城詩學沒有將他作爲主要的效法對象。

相比之下，劉熙載對李白詩的分析則顯得要深入和切實得多。除了體氣高妙之外，劉熙載的第二點重要見解是：「太白詩雖若昇天乘雲，無所不之，然自不離本位。故放言實是法言」〔註34〕。劉熙載認爲李白的本位與杜甫相同，「太白云『日爲蒼生憂』，即少陵『窮年憂黎元』之志也；『天地至廣大，何惜逐物情』，即少陵『盤饗老夫食，分減及溪魚』之志也」〔註35〕，皆是憂心黎庶、兼愛自然萬物之博大胸懷。「太白與少陵同一志在經世，而太白詩中多出世語者，有爲言之也。屈子遠遊曰：『悲時俗之迫阨兮，願輕舉而遠遊。』使疑太白誠欲出世，亦將疑屈子誠欲輕舉耶！」〔註36〕

方東樹也提到太白詩有「法度」，他說王漁洋的《古詩鈔》「皆取其繩尺井然者，俾令後學知太白實未嘗不有法度」〔註37〕，但這個「法度」是就章法而言，並不像劉熙載的「法言」是從知人言志的角度來看李白的。太白之志掩藏在「言俠、言仙、言女、言酒」的「樂府形體」之下，很少爲人所注意，但范伯子也看到了這一點，這很可能是受到了劉熙載的啓發。

伯子有詩言：「李杜詩才且莫論，彼有黑夜孤光存。微茫便似初三月，泯默還如六四坤。逮其胸中芒角出，遂使筆下風雲奔。此皆隨

〔註33〕《昭昧詹言》卷十二·二九，第249頁。
〔註34〕劉熙載：《藝概》，第58頁。
〔註35〕劉熙載：《藝概》，第58頁。
〔註36〕劉熙載：《藝概》，第58頁。
〔註37〕《昭昧詹言》卷十二·二六，第248頁。

宜作生事，豈有要妙成專門」〔註38〕。他認為李白與杜甫不僅詩才卓越，而且一樣都懷有經世濟民之志，在黑暗的現實世界中，彷彿一點孤光，雖然微弱如新月，卻又如同坤德載物一般，泯默無言而深沉厚重。因其胸中藏有星辰之光，下筆方能令風雲變色。這都是胸襟志氣的自然流露，而非以匠人技巧刻意為之。

在寫詩與歐陽修對話時，范伯子又言：「君不見李白猖狂不自疑，語語金丹綠玉卮。臨路悲歌懷仲尼，君於其誕或笑之，無怪不能為若辭」〔註39〕。「悲歌懷仲尼」應是指李白在《古風》中感慨「大雅久不作」，抒發「我志在刪述，垂輝映千春。希聖如有立，絕筆於獲麟」的上追孔聖之心。歐陽修的《答梅聖俞莫飲酒詩》是勸梅聖俞莫作詩，因為他認為作詩不如行善和寫文章可以立德立言，傳世不朽。所以伯子才舉李白為反例，說李白從不懷疑、貶低詩歌的價值，所以才能寫出如「金丹綠玉卮」般的不朽之作。

范伯子還有詩言：「少陵憂憤辭，見者歎婀娜。他人輒效顰，不覺眇且跛。太白佞丹砂，子瞻說因果。兩皆有至味，互易且不可。」〔註40〕少陵的憂憤辭、太白的求仙語、子瞻的見道語，彷彿是為各人量身定做的一般，天機、性情、才氣皆與之渾然一體，各自可登峰造極，卻不可改弦易轍。可見伯子對李、杜、蘇知解之深。在他寫詩恰好滿了一千首時以詩為記，寫到詩歌創作「有挾飛仙姿，字字駕鸞翔。有與元氣會，吐吞入渾茫」〔註41〕，飛仙指李，元氣謂杜，可見李杜皆是他深心所慕。

劉熙載指出的第三點是「太白詩以莊、騷為大源」〔註42〕。而

〔註38〕《正月二十一日盆花落，東家老叟為言節氣，笑而深感其言》／《詩文集》，第 273 頁。
〔註39〕《戲書歐公答梅聖俞莫飲酒詩後即效其體》／《詩文集》，第 98 頁。
〔註40〕《雜感二十八首廬陵道中作》／《詩文集》，第 69 頁。
〔註41〕《吾詩遂得以九百九十九首，五疊前韻以足之，示潛之夢湘》／《詩文集》，第 374 頁。
〔註42〕劉熙載：《藝概》，第 57 頁。

范伯子詩中的莊、騷意象也可謂夥矣，其由太白而上溯源流之心甚明。如《徐椒岑先生壽詩》、《吾所植荷既開盡而風雨頻至坐見其萎謝慰別以詩》、《叔節在安福盼我久矣，我欲山行而病不能強，遲風又不可耐，誦其詩依其憶昔行韻爲思叔節一篇》等篇，太白遺韻、莊騷風骨都至爲純厚。茲引一首略作解析，以期鼎嘗一臠也。

　　《徐椒岑壽詩》在《晚清四十家詩鈔》中被許爲「情詞深美，全集中壓卷之作」。吳闓生爲嚴復作六十壽詩時還提到此詩，說「近世爲壽詩者，類泛爲頌禱之詞而已。獨范伯子所作壽徐椒岑六十詩，高挹群言，最爲精詣……其詞汲汲顧影，又欿然若不足，蓋詠退士則然。」〔註43〕詩大致可分爲四個段落，起云：

　　　　雷霆震山嶽，不能驚浮漚。臨深莫不懼，湛鱗獨不憂。
　　　　融風拂膏壤，草木青紅稠。樓臺遞歌吹，惜晚又驚秋。
　　　　崇高若政徹，極縱復何求？一言不死藥，墮淚東海頭。

　　不難看出，一、二句與三、四句內部都有一層轉折，雷霆震山嶽是極響極重，水面之浮漚卻是至輕至柔、懵然不覺一般，如臨深淵對人來說是極可怕之事，但身處其中的魚兒卻優游自在。音節、情感都是由重而輕，極富跌宕之美。融風與樓臺兩句又形成了一重轉折，由春天的生機勃勃到秋日的萬物蕭索，但因是兩句一轉，音韻上比開頭的四句顯得舒緩了一些。地位崇高如秦皇漢武，人世之享用已到極致，還有什麼是他們得不到的嗎？但是言及不死之藥，他們也只能望海而泣，雖然派出了一批一批的人去東海尋找，還是徒勞無功。

　　　　流光卷人去，大智莫能廋。切身有多寡，苦樂斯不侔。
　　　　豪門金玉海，旦暮恐見收。園傭販水賣，弛擔東西遊。
　　　　以茲悟生理，萬金買無愁。含靈媚天則，冥漠亦不羞。
　　　　曷況一身外，仍有幾希留。

　　前一段都可說是起興，以「流光卷人去」收束，而「大智莫能廋」

〔註43〕吳闓生：《侯官嚴先生覆六十壽詩並序》/《北江先生集》，《資料集》，第267頁。

則開啓下章。《論語・爲政》篇有言：「視其所以，觀其所由，察其所安，人焉廋哉！人焉廋哉！」不只是人的品性不可隱藏，人生的大智慧同樣也可以通過對生活的觀察體現出來。生人在世，痛苦與快樂和擁有財富的多寡往往並不是成正比的關係。「豪門」與「園傭」兩句乃對舉，但范伯子此處並不像大多數人那樣，強調財富易散，不可倚靠。他對比的重點乃在於「恐」和「無愁」，尤其「園傭販水賣，弛擔東西遊」一句完全是寫他日常所見，窮人因一無所有而自由自在，富人卻因擁有得多、患得患失而終日生活在憂懼之中。所以他感慨萬金難買無愁之心，人秉天地靈氣，應鍾愛天道自然之法則，將自己像浮漚、湛麟一般融入自然之中，順應變化而寵辱不驚。

有限生命的不可主宰，與苦樂相對之可以自主，便逼出了道家式的「自由」。然而儒家亦是天地間的一大價值，《孟子・離婁下》言：「人之所以異於禽獸者幾希」，這「幾希」之差便是人之所以爲人的精魂所在了，也是范伯子「曷況一身外，仍有幾希留」的所本。於是轉入下一段：

> 皉皉徐夫子，達識高其儔。行藏入迂叟，亦復通王侯。
> 有文之萬世，不與命爲讐。家貧任子債，老至無身謀。
> 親朋惜情話，忽聚天一陬。城根菊花酒，上壽爭眷眷。
> 賤子亦何語，但用平生投。

伯子看爲珍貴的當然不是物質，而是像徐椒岑這般性情剛直、見識通達高出時流，既遠離世事，又爲王侯貴人所尊重，文章足以傳世不朽，對生命、錢財、祿位都淡泊視之。在這首詩的小序中，范伯子描述徐椒岑是「先生無所請，屈於世而泛泛焉。與之湛浮，不迂不隨，嚮其文，取暫給而止，無久計，亦無多求焉」，正是「老至無身謀」的澹然，范伯子早就讚賞道：「若此足矣！」此時不過「本昔意成章」，發知音之言：

> 公毋再拒我，謂子奚湛浮。憂端太無際，生人當自由。
> 古之適性者，龜鶴寓蜉蝣。六十化理遂，四十疑圍休。
> 但悲吾道細，天地良悠悠。

「湛浮」是隨波逐流之意，吳闓生解爲「猶徇俗也，言子何必以俗例壽我」。伯子解釋說自己之所以要爲其祝壽，是因爲看到天地之間憂愁之事無邊無際，人如果爲憂慮纏繞，就失去了心靈的自由。「適性」是自由的另一個說法，如曾國藩解「適」字爲「心境兩閒，無營無待」〔註44〕也。「龜鶴寓蜉蝣」，即從容長壽的生命正寓於渺小、適性而逍遙的人生當中。蘇軾的「寄蜉蝣於天地，渺滄海之一粟」和前面的「浮漚」、「湛麟」之喻一樣，都不只是感歎生命的渺小、短暫，而是散發出一種融於自然、化於自然的坦蕩和恬靜。萬物不言而有大美，人若與天地自然合一，則心境不受外物影響，自然有了一種寵辱不驚的平安。

所以范伯子說徐椒岑六十已諳事物變化之理，而自己正當四十也已盡釋人生疑惑——在前不久他拒絕吳汝綸勸其鄉試的詩中，就有「四十眞當生死關，要從人海收身還」〔註45〕之語。末句雖云「但悲吾道細」，但正如蘇軾的《前赤壁賦》從「哀吾生之須臾，羨長江之無窮」轉到「自其變者而觀之，則天地曾不能以一瞬；自其不變者而觀之，則物與我皆無盡也，而又何羨乎」一樣，表面是自嘲與眾人不同，內心實是自喜能與悠悠天地的混茫之氣相安相契。

這首詩的佳處正在義理精醇，所謂「高挹群言，最爲精詣」，並且「情詞深美」。曾國藩語：「深美者，吞吐而出之」〔註46〕，吞吐即「往復盤紆」（前引陳三立語）之態。范伯子此詩將莊騷慷慨之意化爲盤旋蒼莽之態，正是合詩仙與山谷爲一爐的佳作。

二、對孟郊詩的接受

對孟郊詩的接受大概是范伯子受於《藝概》的另一個重要內容

〔註44〕曾國藩：《曾國藩全集・日記（2）》（同治四年正月廿二日），長沙：嶽麓書社，1988年版，第1105頁。
〔註45〕《摯父先生來書勸鄉試……》／《詩文集》，第132頁。
〔註46〕曾國藩：《曾國藩全集・日記（1）》（咸豐十年三月十七日），長沙：嶽麓書社，1987年版，第475頁。

了。對孟郊詩的評價歷來褒貶不一，韓愈自然是推尊孟郊的第一人，他們都尚古好奇，並稱「韓孟詩派」；蘇軾、元好問則是貶損孟郊最不遺餘力之人，蘇軾的「郊寒島瘦」將其限於清寒枯槁一格，元好問的「東野窮愁死不休，高天厚地一詩囚。江山萬古潮陽筆，合在元龍百尺樓」更是不屑於孟郊悲愁鬱結之詩情，認為他不配與韓愈並列。

雖然蘇、元二人的論調對後世影響甚大，但也不時有替孟郊抱屈的聲音。如《養一齋詩話》云：「郊、島並稱，島非郊匹。人謂寒瘦，郊並不寒也。如『天地入胸臆，吁嗟生風雷。文章得其微，物象由我裁』，論詩至此，胚胎造化矣，寒乎哉？……每讀東野詩，至『南山塞天地，日月石上生。山中人自正，路險心亦平』、『短松鶴不巢，高石雲始棲。君今瀟湘去，意與雲鶴齊』、『江與湖相通，二水洗高空。定知一日帆，使得千里風』、『天台山最高，動躡赤城霞。何以靜雙目？掃山除妄花。靈境物皆直，萬松無一斜』諸句，頓覺心境空闊，萬緣退聽，豈可以寒儉目之！……其《送別崔寅亮》云：『天地唯一氣，用之自偏頗，優人成苦吟，達士為高歌』，詞意圓到，豈專於愁苦者哉！」〔註47〕《載酒園詩話》也引：「《贈鄭鈁》：『天地入胸臆，吁嗟生風雷。文章得其微，物象由我裁。宋玉逞大句，李白飛狂才。苟非聖賢心，孰與造化該。勉矣鄭夫子，驪珠今始胎』，《自述》則有『此外有餘暇，鋤荒出幽蘭』，此公胸中眼底，大是不可方物，烏得舉其飢寒失聲之語而訾之？」〔註48〕都是以詩為例來證明寒儉、愁苦並不能概括孟郊詩的風格，其清曠、正直之聲足以動人。

胡壽之《東目館詩見》云：「東野清峭、意新、音脆、最不凡，亦少疲薾語。烏得以『寒』概之，殆以退之雄崛相形耳」。這即是《詩

〔註47〕〔清〕潘德輿：《養一齋詩話》／韓泉欣校注：《孟郊集校注·附錄·詩評》，杭州：浙江古籍出版社，1995 年版，第 502～503 頁。

〔註48〕〔清〕賀裳：《載酒園詩話》／華忱之，喻學才校注：《孟郊詩集注·附錄·歷代孟郊詩評》，北京：人民文學出版社，1995 年版，第 663 頁。

源辨體》中「東野詩云：『詩骨聳東野，詩濤湧退之。』以濤歸韓，以骨自許，不謬」〔註49〕的意見，孟詩雖不像韓詩那樣有波濤洶湧的氣概，但也奇骨聳立，正合韓愈贊其的「盤空出硬語」。筆者特別喜歡孟郊的一首《長安羈旅行》：「直木有恬翼，靜流無躁鱗。始知喧競場，莫處君子身」，《唐詩別裁》稱「『直木』一聯，傳出君子之品」〔註50〕，《精選評注五朝詩學津梁》稱其「古奧」，前引范伯子詩中「臨深莫不懼，湛鱗獨不憂」等句似也吸收了孟詩的古奧之氣。

在如何看待孟郊詩上，桐城詩派與劉熙載的態度恰好相反。桐城詩派宗杜、韓卻不講韓孟，因爲他們雖也講究「惟陳言之務去」，但更爲看重大家興象。如「姜塢先生曰：『筆瘦多奇，然自是小。如《穀梁》、孟郊詩是也。大家不然。』」〔註51〕姚範曾比較韓愈的《南山》詩和孟郊的《遊終南山》，說韓詩「似《上林》、《子虛》賦，才力小者不可到也」，話鋒一轉，又說：「余謂才力小者固不能，然如東野詩僅十句，卻奇出意表耳」，〔註52〕可見他雖認爲東野不能與昌黎比大，但也並未完全抹煞其奇氣。可是到了方東樹這裡，就只剩下「東野思深而才小，篇幅枯隘，氣促節短，苦多而甘少」〔註53〕了，繼承似乎發生了偏差，而且越走越遠了。

劉熙載卻不同，他一直很重視韓愈對孟郊的推崇：「昌黎送孟東野序稱其詩以附於古之作者。薦士詩以『橫空盤硬語，妥帖力排奡』目之。又醉贈張秘書云：『東野動驚俗，天葩吐奇芬。』韓之推孟也至矣。後人尊韓抑孟，恐非韓意。」〔註54〕又說：「昌黎、東野兩家

〔註49〕許學夷：《詩源辨體》／《孟郊詩集注·附錄·歷代孟郊詩評》，第659頁。
〔註50〕〔清〕沈德潛：《唐詩別裁集》，北京：中華書局，1975年版，第64頁。
〔註51〕《昭昧詹言》卷一·一二八，第42頁。
〔註52〕〔清〕姚範：《援鶉堂筆記》卷三十三／《孟郊詩集注·附錄·歷代孟郊詩評》，第679頁。
〔註53〕《昭昧詹言》卷一·一二九，第42頁。
〔註54〕劉熙載：《藝概》，第63頁。

詩，雖雄富清苦不同，而同一好難爭險。惟中有質實深固者存，故較李長吉爲老成家數」，他不只看到了「好難爭險」下的「思深」，還看到孟郊清苦之音背後「質實深固」的心氣積澱，「老成家數」雖非大家興象，但也不可以枯隘促短嘲之了。這「質實深固者」大概就是「（韓愈）《寄盧仝》云：『先生事業不可量，惟用法律自繩己』，《薦孟郊》云：『行身踐規矩，甘辱恥媚竈』。以盧、孟之詩名，而韓所盛推乃在人品，眞千古論詩之極則也哉！」〔註55〕這自是劉熙載「詩品出於人品」〔註56〕之論的放射，但也可見孟郊人品高潔，並非戚戚於寒儉。

《贈別崔純亮》中「食薺腸亦苦，強歌聲無歡。出門如有礙，誰謂天地寬」這幾句詩好像是鄙薄孟郊者所最常引用的。蘇轍的《詩病五事》就以此爲據說「唐人工於詩，而陋於聞道……郊耿介之士，雖天地之大，無以安其身。起居飲食，有戚戚之憂」，不如顏子之在陋巷矣。但筆者往下讀則是：「有礙非遐方，長安大道傍。小人智慮險，平地生太行。鏡破不改光，蘭死不改香。始知君子心，交久道益彰」，方知原來「出門如有礙」並不只是簡單的抱怨上進無路，而是小人充斥世道，設置障礙艱險，以致君子欲守潔，則無路可行矣。饒是如此，孟郊還是寧爲玉碎不爲瓦全。蘇氏兄弟曠達近道，對於孟郊這樣「耿介之士」的「不平則鳴」似乎少了點「瞭解之同情」。其實讀孟郊詩，感受到的大多並非呻吟軟弱的「戚戚之憂」，而是韓愈《送孟東野序》中所倡的「物不得其平則鳴」的尖銳與憤懣。

劉克莊在《後村詩話》中引了孟郊的許多詩，其中就有與《贈別崔純亮》蘊意相似的《長安旅情》：「盡說青雲路，有足皆可至。我馬亦四蹄，出門似無地」，評論道：「當舉世競趨浮豔之時，雖豪傑不能自拔；孟生獨爲一種苦淡不經人道之語，固退之所深喜，何謬敬之

〔註55〕劉熙載：《藝概》，第63頁。
〔註56〕劉熙載：《藝概》，第82頁。

有！」〔註57〕將孟郊的耿介放到中唐的浮華文場和黑暗官場的風氣中去觀照，自是知人論世之正解。如胡震亨《唐音癸籤》中所云，「以時事入詩，自杜少陵始；以名場事入詩，自孟東野始」〔註58〕，郊詩自有其斠力所在。

范伯子後來作《究觀東野之文辭，頗有合於西哲之言公德矣，感歎再題》，從孟郊的《弔元魯山》一詩中看出其「嶽嶽如大山。飽與萬物飽，教化還天然。灑血泣君昧，矢心躬堯年」的胸懷與志向，其眼光所及也與劉熙載相似，而異於桐城詩派。這首詩因涉及「西哲之言公德」，在本書第五章中會再作細論。

除了從思想、人品上為孟郊辯護以外，劉熙載還指出：「孟東野詩好處，黃山谷得之，無一軟熟句；梅聖俞得之，無一熱俗句」〔註59〕，又說「梅聖俞出於東野」〔註60〕。看來，桐城詩派所好的黃庭堅，同光體詩人所好的梅堯臣都曾取法孟郊。這一點桐城派人或許還未有足夠認識，但同光體詩人如鄭孝胥、陳三立、夏敬觀等對孟郊卻是相當推崇的。尤其是夏敬觀，他詩宗孟、梅，作了《孟郊詩選注》，還在《唐詩說》中分八篇論唐代詩人（李白、杜甫、王孟韋柳、韓愈、孟郊、元白、李商隱、韓偓），認為孟郊之功力足以自立門戶。

香港學者吳淑鈿曾總結了近人、特別是夏敬觀如何從文學史的高度來看孟郊詩的，其文云：「30、40 年代，陳衍和聞一多已對孟郊詩的風格、精神和藝術性多所稱道。聞氏注意到孟郊詩句法對宋詩的影響，和其寫實精神在中國詩歌整體發展中的意義。夏氏則強調孟郊詩在共時上的獨特性，即與韓詩比較，亦絕不相類。郊詩的好處是出於真摯性行，久讀有味，在創作上具高度自覺精神：『無一字無來歷，卻亦無一字蹈襲古人。』高妙簡古，力追漢魏。夏書枚

〔註57〕〔宋〕劉克莊：《後村詩話》／《孟郊集校注・附錄・詩評》，第 484 頁。
〔註58〕〔明〕胡震亨：《唐音癸籤》／《孟郊集校注・附錄・詩評》，第 491 頁。
〔註59〕〔清〕劉熙載：《藝概》，第 64 頁。
〔註60〕〔清〕劉熙載：《藝概》，第 66 頁。

引夏氏語云：『人謂郊詩蹇澀窮僻，琢削不暇，不知蹇澀可以醫淺，琢削可以怯俗，率爾著筆，與苦吟成章，其詩迥然不同，郊詩可貴在此，昌黎所以盛推之者亦在此。』可見夏氏是在中唐詩歌發展的大背景中看出郊詩的價值，欲爲宋以來各詩話對郊詩的評論翻案，故云：『曰褊隘、曰寒澀、曰窮僻、曰憔悴枯槁、曰局促不伸，凡持此見解者，豈足以知東野之詩耶？』其後曾氏（曾克耑）列孟郊於『被遺忘詩人』，用意亦在重新肯定郊詩於唐詩中的重要性。」
〔註61〕

　　曾克耑在講范伯子身後名黯然不彰時也語及同光諸老與孟、梅、柳、王的接受問題道：「吾以爲相知之事，非獨眾人難之也，即大師亦有所蔽焉。陶、杜、孟、蘇，世所稱詩壇魁碩也，然杜目陶爲枯槁，蘇誚孟以寒苦，斯豈其學有所不逮邪？抑亦其性情各異乃不相喻邪？非有知言之彥出而別白之，則眾論何由定？然非歷時久，宅心公，用力勤，其識足以窺見其性情之眞，感發之微，則論定亦非易易也。陶、杜之卓然並峙，蘇黃所表章也；黃、元之足嗣少陵，姚、曾所揚闡也；至若孟、柳、梅、王之爲世重，則又同光諸老所倡導也。」〔註62〕他認爲「蘇之攻孟，韓黃尊孟，恐怕還是各人個性關係，蘇是灑脫豪放的人，所以對鑽刻太深的作品，不會體會到它的好處，而韓黃兩位都是以矜練見長的，所以倒懂得這位雕鑽造化巨手的本領。」〔註63〕其實紀曉嵐早已說過：「蘇尙俊邁，元尙高華。門徑不同，故是丹非素，究之郊詩不以二人之論減色也」〔註64〕，而曾克耑從詩學宗尙到性情稟賦，從詩的風格氣象到下筆的匠心技巧，又進一步發揮了紀說。

〔註61〕吳淑鈿：《從夏敬觀〈唐詩說〉看同光體後期詩人的詩史觀》／《文學遺產》，2004年，03期，第119～120頁。
〔註62〕曾克耑：《范伯子詩集序》／《詩文集》，第613頁。
〔註63〕曾克耑：《論同光體詩》／《香港中國古典文學研究論文選粹·詩詞曲篇》，第7頁。
〔註64〕紀昀：《四庫全書總目提要》／《孟郊詩集注·附錄·歷代孟郊詩評》，第679頁。

　　曾克耑還提到陳散原有「郊詩肺腑造萬象」的句子，鄭海藏也有《題東野集》五古云：「誇厚含陶詩，超異同謝規，誰言中唐聲，此是小雅遺」，極爲推尊。但他卻以爲范伯子《適與季直論友，歸讀東野集，遂題其端》一詩中的表述與陳鄭二人「所見不同，各行其是」〔註65〕，這就可能是對范伯子的誤解了。

　　范伯子這首詩其實正集中描述了韓孟在「共時上的獨特性」，不但並無軒輊，而且還有更進一步的熔煉之意。詩中有云：「昌黎下筆天光完，滋有意外呈毫端。東野琢句多斷殘，湮鬱不發埋心肝。以茲論文百不合，而彼二士相波瀾。惟恐人間有離析，欲把形影搓成團。」韓愈的風格是天光完滿，溢出爲奇，佳處在氣體整全，而東野深思刻骨，善於雕肝鏤腎，抒發鬱結不散之寒士情懷──「詩骨聳東野，詩濤湧退之」（孟郊《戲贈無本》）確是不刊之論。

　　韓孟二人風格迥異，卻能互相欣賞，前人亦多注意到他們各自的獨特性，如李綱的《讀孟郊詩》就是將兩人的特點對舉而出〔註66〕。但卻未有人像范伯子這樣說這兩種風格可以融爲一體，所謂「郊亦滔滔挾愈勢，愈有矗矗資郊寒」。後人若能領會到這一點，就彷彿「列鼎調酸鹹」，又如「龍鸞合奏曲」，「剛克柔克」、「相成相反」，既鋒芒畢露、神采飛揚，又骨重神寒，寶光內斂，臻至合韓孟爲一手的境界。所以他說若「一倡百聲和」，反而會「吾道愁孤單」，而「形影搓成團」則是在「一」中包含了至少兩種風格。〔註67〕

　　劉熙載對孟郊詩的翻案之論要早於范伯子和同光諸老，伯子又直接受到《藝概》的影響，夏敬觀與伯子交往頗深，對《藝概》也

〔註65〕曾克耑：《論同光體詩》／《香港中國古典文學研究論文選粹・詩詞曲篇》，第 11 頁。

〔註66〕李綱《梁溪先生文集》卷九《讀孟郊詩》有云：「韓豪如春風，百草開芳林。郊窮如秋露，候蟲寒自吟。韓如鏘金石，中作韶濩音。郊如擊土鼓，淡薄意亦深。學韓如可樂，學郊愁同侵」。見《孟郊詩集校注・附錄・歷代孟郊詩評》，第 636 頁。

〔註67〕《適與季直論友，歸讀東野集，遂題其端》／《詩文集》，第 392 頁。

相當欽服，謂「其精博之處，究非通儒不能爲」〔註68〕。所以在如何看待孟郊詩這一點上劉熙載不無披荊斬棘的先導之功，而伯子後來思理之進境似又超出乃師了。

范伯子光緒二十四年在廣東時，對友人裴伯謙說「吾兄昔懶吟，與我共郊島」〔註69〕，可見他曾用力於孟郊的深思苦吟；光緒二十九年在南京時，「過梁公約寓廬索贈」，有「故家書研餘膏活，殘臘江湖客感平。更肯低回送襟抱，千春再得孟郊鳴」〔註70〕之句，不但以孟郊許梁公約之詩風，而且自己這首詩亦有郊詩的清苦之味。在他創作恰好滿了一千首時作詩爲記，寫到李白是「有挾飛仙姿，字字駕鸞翔」，杜甫是「有與元氣會，吐吞入渾茫」，而「嗟余亦何有？山蔬貧家糧。比君百尺樓，只合臥下牀」，似也有以孟郊自比之意，因元好問正是用「元龍百尺樓」的典故來形容韓愈與孟郊的差距的。伯子作此詩時已是去世前兩年了，回顧一生所就，不免心情鬱悶，「昨來足千詩，夜中起彷徨。一世只如此，鬢毛眞已霜」，是以有此一境。〔註71〕

後人對范伯子的評價也有一些注意到了他與孟郊的聯繫。如陳冰如《鞠儷庵詩話》云：「（范伯子）爲詩，一以古文之筆以作之，力摹郊、島，佳則佳矣，惜非盡人所能解。」錢仲聯說伯子的《大橋墓下》一首「五、六深摯，尤不易到，是蓋以孟郊的古詩意境骨力爲七律者」〔註72〕。《大橋墓下》五六兩句是「樹木有生還自長，草根無淚不能肥」，歷來多受人讚賞。這兩句雖是七律，卻頗有孟郊思深有理致、善於格物、深摯拙樸的五古意境。這兩句的直接意思是抱愧不能常到亡妻墳上一哭，但不能去正是因爲長年在外漂泊謀

〔註68〕夏敬觀：《學山詩話》／《民國詩話叢編》第三冊，第41頁。

〔註69〕《留別伯謙仲若二十四韻》／《詩文集》，第218頁。

〔註70〕《過梁公約寓廬索贈》／《詩文集》，第397頁。

〔註71〕《吾詩遂以九百九十九首，五疊前韻以足之，示潛之夢湘》／《詩文集》，第374頁。

〔註72〕錢仲聯：《清詩三百首》／《資料集》，第112頁。

生，所以「草根」之枯萎也在不經意間道出了底層士人的艱辛與掙扎，道盡了范伯子一生的苦痛——縱然成就幾首好詩，也不過是吞淚自肥的小草而已。這自然會讓人聯想到孟郊的寒士情結。

而另一些人則因爲對孟郊本就有偏見，投射到范伯子身上也就不盡公允了。如陳衍的「詩境幾於荊天棘地，不啻東野之詩囚也」在緒論中已經辨正。又如錢基博說：「《范伯子詩集》，功力甚深，下語不肯猶人，峻峭與（陳）三立同。而三立筆勢壯險，彷彿韓愈、黃庭堅。當世意思牢愁依稀孟郊、陳師道」，只以「意思牢愁」概括孟郊，本就有失偏頗；只以孟郊、陳師道比附伯子，對其「兼雄渾與沉摯，其今代之蘇陸歟」〔註73〕的風格完全忽視，也是一葉障目。錢基博曾在札記中謚伯子以「文囚」，引發了一椿文壇辨訟，下章有專節論述，可見他對范伯子的認識並不太可靠。

筆者以爲，范伯子詩的風格是多樣的，孟郊無疑是其中的一元。由雲龍《定庵詩話》中引了姚鵷鶵對近代詩人的一些評語，對李越縵、樊樊山、王湘綺、鄭彌之、易實甫、鄭太夷、陳散原、陳石遺、曾環夫、譚壯飛等人都是一句定評，如「鄭太夷詩如空谷幽蘭，雖乏富麗，殊饒馨逸。陳散原詩如金碧樓臺，莊而愈麗。陳石遺詩如著花老樹，醜中見妍」等等。但說到范伯子詩時卻云：「伯子詩，如饑鳳悲時，孤麟泣遇，至其力能扛鼎處，又如垓下項王，時歌徵羽」，〔註74〕無法對范伯子身上存在的兩種截然不同的風格視而不見。

汪辟疆說范伯子「晚歲抑塞無俚，身世之感，家國之痛，悉發於詩，苦語高詞，光氣外溢，蓋東野之窮者也。然天骨開張，盤空硬語，實得諸太白、昌黎、東野、東坡、山谷爲多」〔註75〕，這也

〔註73〕程滄波：《影印范伯子先生詩文集小序》／《詩文集》，第620頁。
〔註74〕由雲龍：《定庵詩話》／《資料集》，第127頁。
〔註75〕汪辟疆：《近代詩派與地域》之二《閩贛派》／《資料集》，第130頁。

是深切知言。伯子多年浸淫於李、杜、蘇、黃、韓之中，大家興象、混茫元氣已是深入骨髓，雖晚歲遭遇坎坷，家國兩痛，不無東野之苦情，但發爲歌詩，依然光氣不滅。

　　在范伯子的詩學思想中，「深寒」是個非常重要的概念，而這兩個字看起來似乎就與孟郊脫不了關係。劉熙載既將孟郊詩與「軟熟」、「熱俗」相對，可見其詩好處在硬、生、寒、雅。鍾惺在《唐詩歸》中云：「東野詩有孤峰峻壑之氣，其云郊寒者，高則寒，深則寒也。勿作貧寒一例看」〔註76〕，認爲孟郊之寒應是高處不勝之寒、深澈冰水之寒，而非寒儉凄苦之意。沈德潛《唐詩別裁》中也說：「東坡目爲『郊寒島瘦』，島瘦固然，郊之寒過求高深，鄰於刻削，其實從眞性情流出，未可與島並論也」〔註77〕，也是試圖重新詮釋蘇軾的判斷，以「高深」之寒替代貧寒之寒。南宋曾季貍的《艇齋詩話》云：「孟郊、張籍，一等詩也。唐人詩有古樂府氣象者，惟此二人。但張籍詩簡古易讀，孟郊詩精深難窺耳」、「東坡性痛快，故不喜郊之詞艱深」等〔註78〕，清施補華《峴傭說詩》也說：「賈萬不及孟，孟堅賈脆，孟深賈淺故也」〔註79〕，可見歷來對郊詩都有「深」與「寒」之許。

　　筆者考察下來，發覺范伯子的「深寒」說既有得於孟郊之處，更具其自身獨創的新意，還與近代的時代特點頗有些關聯，實在是值得認眞探索的重要關節。

三、「深寒」說的內涵與意義

　　范伯子第一次提出「深寒」說是在光緒十四年就婚姚氏之後，有

〔註76〕〔明〕鍾惺、譚元春：《唐詩歸》／《孟郊詩集注・附錄・歷代孟郊詩評》，第 659 頁。
〔註77〕〔清〕沈德潛：《唐詩別裁集》／《孟郊集校注・附錄・詩評》，第 491 頁。
〔註78〕〔南宋〕曾季貍：《艇齋詩話》／《孟郊集校注・附錄・詩評》，第 481 頁。
〔註79〕〔清〕施補華：《峴傭說詩》／《孟郊集校注・附錄・詩評》，第 492 頁。

《與仲實論詩境三次前韻》詩云：

> 詩家王氣必深寒，秘鑰誰能拔數關。
> 龍虎相遭風過水，鸞皇自舞雪盈山。
> 眼光料得千年在，心事無由百道閒。
> 與子婆娑見眞意，公然一蹴杜歐間。〔註80〕

在范伯子看來，「深寒」是一種氣質，既屬詩，也屬詩人。如劉熙載的「有混茫之人，而後有混茫之詩，故莊子云：『古之人在混茫之中』」〔註81〕一樣，也是有深寒之人，方能有深寒之詩。「龍虎」兩句連用了四個意象描寫詩境，筆者原以爲是並列關係，但那樣未免過於普通。細思之，伯子既云「拔數關」，則四境似爲遞進關係。

「龍虎相遭」、風雲際會乃霸氣外露之象，而「風過水」語出《易經》：「風行水上，渙」，是一種自然流暢、毫不使勁的文風。蘇洵曾對此有透徹的闡釋：「風行水上渙，此亦天下之至文也。然而此二物豈有求乎文哉？無意乎相求，不期而相遭，而文生焉。是其爲文也，非水之文也，非風之文也，二物者非能爲文，而不能不爲文也，物之相使而文出於其間也。故曰：此天下之至文也。今夫玉非不溫然美矣，而不得以爲文，刻鏤組繡，非不文矣，而不可與論乎自然。故夫天下之無營而文生之者，惟水與風而已。」〔註82〕蘇軾也是繼承家學，而有「行於所當行，止於所不可不止」（《答謝民師書》）之論。范伯子也曾說：「凡不使勁之作，最見身份耳」〔註83〕，可見無意相求、不期相遭的從容自然比「龍虎相遭」的刻意爲之勝出一籌。

龍虎和鸞皇都可用來形容文采的彪炳燦爛，但「鸞皇自舞」更具一種高貴沉著的氣質，而「雪盈山」乃高寒之象，孟郊有「一卷冰雪文，避俗常自攜」之句，伯子也最喜歡以冰雪喻詩。「鸞皇自舞雪盈

〔註80〕《與仲實論詩境三次前韻》／《詩文集》，第76頁。
〔註81〕劉熙載：《藝概》，第60頁。
〔註82〕蘇洵：《仲兄字文甫說》／〔宋〕蘇洵著，曾棗莊、金成禮箋注：《嘉祐集箋注》，上海：上海古籍出版社，1993年，第412頁。
〔註83〕《與三弟范鎧書》之二十／《范伯子詩文選集》，第449頁。

山」似乎正是詩學話語「骨重神寒」的意象表達。「骨重神寒」最早見於李賀《唐兒歌》：「骨重神寒天廟器，一雙瞳人剪秋水」，原本是形容人的體態舉止穩重，氣質沉靜，後來引入詩文論領域，描寫一種既有深厚沉著的積澱，又出之以清澈澄靜的氣質。

「眼光料得千年在」是一種通達古今的歷史眼光。在學術上，范伯子認爲「《語》、《孟》、六經，莫非文也。文之盛者不可以猝爲，由其近者通之，變而爲《莊》、《騷》，博而爲《史》、《漢》，泛濫淫溢而爲《選》，狷潔自喜而爲八家，八家往而經義興焉」。而今人不是只讀點四書五經「即爲舉業，是猶地天之不可以接」，眼光太過狹窄，就是「高明卓見之士文語周秦、詩稱漢魏，厭薄近古文字以爲無足觀焉者」，他「又以爲非是也」。伯子觀點乃是：「凡文無遠近，皆豪傑之士乘於運會而爲之，學者務觀其通，弗狃於近，亦弗務爲高遠，只自拔於流俗以同歸於雅正而已」，若「不達於當時之務，不能窺古人之迹，則不學可也」。〔註 84〕在與俞明震討論詩文的復古問題時，他也說：「文章有世代爲之限，賢豪之興，心氣萬古一源，皮色判別殊絕。五六百年間，薄近代之所爲而力求復古者，未有不流於僞俗者也」，所以「無爲尊唐薄宋，蹈明人之陋習」。〔註 85〕范伯子還曾說過：「觀於今日之勢，蓋不特時文之末流處於當廢，即士大夫間所傳之古學，亦必且有中曠之一日而更待百年而後興，此在深心遠測者，類能言之」。〔註 86〕所以，筆者以爲，他的「眼光料得千年在」既是往前，也是往後，是一種建立在對歷史充分把握基礎上的前瞻性眼光，所謂「深心遠測」也。「深寒」之「深」就是建立在深厚學養積澱上的深刻見識與深遠眼光。

「心事無由百道閒」則是指心思專一單純，不像世俗人那般爲名爲利百道營求，這正是「深寒」之「寒」的內涵。在范伯子的語

〔註 84〕《課鄉子弟約》／《詩文集》，第 493 頁。
〔註 85〕《與俞恪士書》／《范伯子詩文選集》，第 446 頁。
〔註 86〕《與張幼樵論不應舉書》／《詩文集》，第 456 頁。

境中，「寒」一直是指真正的詩人要有一顆不熱中名利的心。在李鴻章府上時，他詠梔子花「朱欄火炙衣塵滿，惜此淵淵抱凍心」〔註87〕以託物言志——期間他堅決拒絕了從東家到友人頻頻勸其應舉入仕的好意。他稱李鴻章長子李伯行是「頡頑古人豈在貌，肺腑淨潔心肝芳」、「豈知金碧樓臺下，也有寒人抱雪霜」〔註88〕，這個「寒人」當然不是貧寒之意，而是指心若冰雪般清淨冷寂。他眼中的中秋月是「一片寒冰照人世，卻有功用無求貪」，映射出自己於人世無欲無求之心。他贊友人裴伯謙的詩是「骨底寒深氣益高」，也是因為「伯謙為詩故不伐，閒心偶共春華髮」〔註89〕、「堂上天人姿，惟我識淵抱」〔註90〕，也是個淡泊閒冷的君子。他看到張裕釗寫給朱銘盤的詩冊時，感慨道：「一卷天人冷澹姿，摩挲重為昔言悲。薄冰未即寒於水，已到人間徹骨時」〔註91〕，張裕釗詩文透露出的寒澹氣質與他感受到的世態炎涼似乎也已融為一體。在這些詩句中，寒、凍、閒相似，都指向一顆清冷脫俗之心。所謂「熱趨名場之人，豈有好詩好文哉？」〔註92〕以及「意貴閒冷，閒冷便雋永」〔註93〕，心思冷寂方能態度安閒。總之，「心事無由百道閒」正表達了「深寒」之「寒」意。

伯子評裴伯謙詩「骨底寒深氣益高」時，接之以「積水一輪秋後月」〔註94〕的意象；評李月湖詩時亦云：「積水一輪秋後月，因風百變海東雲」〔註95〕。這個意象的內涵也能夠幫助理解其「深寒」說。

〔註87〕 《梔子花》／《詩文集》，第 123 頁。
〔註88〕 《伯行不喜烘開牡丹，為詩道其意，依韻和之》／《詩文集》，第 123 頁。
〔註89〕 《讀裴伯謙兄詩卒業題句》／《詩文集》，第 216 頁。
〔註90〕 《留別伯謙仲若二十四韻》／《詩文集》，第 218 頁。
〔註91〕 《題項晴軒所藏先師寫與朱曼君詩冊》／《詩文集》，第 353 頁。
〔註92〕 薛雪：《一瓢詩話》／《清詩話》，第 693 頁。
〔註93〕 吳雷發：《說詩菅蒯》／《清詩話》，第 901 頁。
〔註94〕 《讀裴伯謙兄詩卒業題句》／《詩文集》，第 216 頁。
〔註95〕 《李月湖投贈所刻詩，屬為題詞……》／《詩文集》，第 357 頁。

此意象應源於寒山偈語：「吾心似秋月，碧潭清皎潔」，伯子借用來指詩心、詩境如秋月碧水般清淨空明。但他特意用了「積水」而非秋水、碧水之類，則又包含了「浩如積水千倍餘，千之一放流成渠」〔註96〕之意，也是遵從其師張裕釗在《贈范生當世序》中「積之無垠，出之無窮」〔註97〕的教導，所露雖只是冰山一角，底下卻有寒冰十丈，是內蘊深厚之意。如莊子語：「水之積也不厚，則其負大舟也無力」，深厚自然就會有力量，伯子論詩強調「深思大力」〔註98〕，「深寒」之「深」也應有此意。

　　言謇博曾以詩記伯子教誨云：「我聞詩境貴深寒，三起三眠夜未安」〔註99〕，可見范伯子將「深寒」視爲獨家秘訣傳授給弟子，而弟子亦感「深寒」之境高深莫測，以吳蠶三次蛻皮方得成蛹來比擬其層層深入的領悟過程。蔡觀明《讀范伯子詩集》有「大范詩千首，深寒闢異光」〔註100〕之句，可見後人也注意到了伯子詩學思想中的「深寒」概念。而「異光」一詞亦讓人聯想到伯子與蔡燕生論文時說「著字數百而旁見側出之虛影不啻數千，空明澄澈而萬怪惶惑於其間」〔註101〕，又聯想到其與言謇博書箚中論作詩時云：「第一韻味勝，而氣勢乃次之，典實文雅或居其三。公前二詩在二三之間，亦似意理之間未得空明澄澈者。至此四詩乃清極生映，而故實亦不礙氣，鄙見直謂高出前詩者數倍。」〔註102〕

　　「韻味」與「氣勢」彷彿就是「鸞皇自舞」與「龍虎相遭」的

〔註96〕《謇博用山谷送范慶州韻，謝餘評其詩，因自陳其夙好義山爲之已久不能驟改，願以吾說劑之……》／《詩文集》，第143頁。

〔註97〕張裕釗：《張裕釗詩文集》，第32頁。

〔註98〕范伯子在《近代諸家詩評》中評冒廣生「近作要無深思大力」／《范伯子詩文選集》，第452頁。

〔註99〕言謇博：《憶肯堂師兼寄摯甫師、姚慕庭先生、賀松坡、鬍子威、俞恪士》／《資料集》，第58頁。

〔註100〕蔡觀明：《讀范伯子詩集》／《資料集》，第252頁。

〔註101〕《與蔡燕生論文第一書》／《詩文集》，第455頁。

〔註102〕《南通范氏詩文世家‧范伯子卷‧書信》，第151頁。

軒輊高低。惲子居《與紉之論文書》云：「古文從入之途有要焉：曰其氣澄而無滓也，積之則無滓而厚也」〔註 103〕；方望溪《古文約選序例》云：「古文氣體，所貴澄清無滓。澄清之極，自然而發其光精，則《左傳》、《史記》之瑰麗濃鬱是也」〔註 104〕；劉大櫆亦言：「不著脂粉而精彩濃麗，自《左傳》、《莊子》、《史記》而外，其妙不傳」〔註 105〕。姚永樸總結道是「以清潔為始境，並不以為止境」〔註 106〕，澄澈厚積而發異光，伯子之論正與此相似。

嚴滄浪語「意貴透徹，不可隔靴搔癢」〔註 107〕，似乎可解意理之間的「澄澈」一詞，即立意、理致要深切見骨。而「空明」又彷彿蕩漾開去茫無邊際，「清極生映」即「旁見側出之虛影」和「萬怪惶惑於其間」之意——作者雖只寥寥數語，但中心義理清明透徹，還能引發人生出無限聯想與情感的漣漪，如此方是詩文的高明極境。

「萬怪惶惑」之說初見於蘇洵《上歐陽內翰第一書》，形容「韓子之文，如長江大河，渾浩流轉，魚黿蛟龍，萬怪惶惑，而遏抑蔽掩，不使自露，而人望見其淵然之光，蒼然之色，亦自畏避不敢迫視」〔註 108〕，劉海峰《論文偶記》中亦言：「宋人文雖佳，而奇怪惶惑處少矣」。〔註 109〕「淵然之光」寫深，「蒼然之色」寫遠，可見伯子心儀的「深寒」也是如韓文般，在波濤裏挾之中有著富厚深遠的內涵和華光四射的外貌。

那麼，這與劉熙載之教是否有什麼淵源呢？范伯子在光緒十四

〔註 103〕　《姚永樸文史講義》，第 104 頁。
〔註 104〕　《姚永樸文史講義》，第 108 頁。
〔註 105〕　〔清〕劉大櫆：《論文偶記》／《論文偶記・初月樓古文緒論・春覺齋論文》，北京：人民文學出版社，1959 年版，第 9 頁。
〔註 106〕　《姚永樸文史講義》，第 108 頁。
〔註 107〕　嚴羽：《滄浪詩話》／《歷代詩話》，第 694 頁。
〔註 108〕　〔宋〕蘇洵著，曾棗莊、金成禮箋注：《嘉祐集箋注》，上海：上海古籍出版社，1993 年，第 328 頁。
〔註 109〕　〔清〕劉大櫆：《論文偶記》／《論文偶記・初月樓古文緒論・春覺齋論文》，北京：人民文學出版社，1959 年，第 10 頁。

年提出「深寒」說時雖已與吳汝綸相交三年，但對桐城姚氏的詩學
還不太熟悉，與姚永樸論詩，自是以自家本領相見，可見「深寒」
之說是他在桐城詩學以外的領受，則多半得之於《藝概》。筆者考察
下來，覺得這種淵源關係主要不是得於郊寒，而是對劉熙載慣常的
一種思維方式的轉化，《藝概》中「富貴氣象」、「厚而清」等理論與
「深寒」說在學理上似乎更可相通。

　　譬如：「或問詩何爲富貴氣象？曰：大抵富如昔人所謂『函蓋乾
坤』，貴如所謂『截斷眾流』便是。」〔註110〕原來「詩格，一爲品格
之格，如人之有智愚賢不肖也；一爲格式之格，如人之有貧富貴賤也」
〔註111〕之「富」與「貴」應如此解。「涵蓋乾坤」與「截斷眾流」乃
雲門宗三關之二，以之論詩起於葉夢得《石林詩話》：「禪宗論雲門有
三種語：其一爲隨波逐浪句，謂隨物應機，不主故常；其二爲截斷眾
流句，謂超出言外，非情識所到；其三爲函蓋乾坤句，謂泯然皆契，
無間可伺。其深淺以是爲序。」〔註112〕葉夢得還從杜詩中尋出詩句
來分別對應這三種境界。但劉熙載只提到後兩境，在他看來，富乃豐
富，靈蠢畢集，鉅細無遺；貴即貴重，在一片泯然混茫之中以高情卓
識而崛立。當他評論「王、孟及大曆十子詩皆尚清雅，惟格止於此而
不能變，故猶未足籠罩一切」〔註113〕時，正是心中已橫了一個「富」
的標準。

　　劉熙載論詞亦有「厚而清」之說，如「黃魯直跋東坡《卜算子·
缺月掛疏桐》一闋云：『語意高妙，似非吃煙火食人語。非胸中有萬
卷書，筆下無一點塵俗氣，孰能至此！』余案，詞之大要，不外厚
而清。厚，包諸所有；清，空諸所有也」〔註114〕。這與「函蓋乾坤」、

〔註110〕　劉熙載：《藝概》，第 62 頁。
〔註111〕　劉熙載：《藝概》，第 82 頁。
〔註112〕　葉夢得：《石林詩話》／〔清〕何文煥輯：《歷代詩話》，北京：中
　　　　　華書局，1981 年，第 406 頁。
〔註113〕　劉熙載：《藝概》，第 62 頁。
〔註114〕　劉熙載：《藝概·詞曲概》，第 120 頁。

「截斷眾流」豈非內在相通？他論文時言：「善文者滿紙用事，未嘗不空諸所有；滿紙不用事，未嘗不包諸所有」〔註115〕，也與前兩種言說頗相似。可見在劉氏身上，同一種文學理念能夠透射到詩、詞、文這三種文體上。而范伯子提出「深寒」二字為詩境之極致，「深」與「富」、「厚」，「寒」與「貴」、「清」，其內涵亦可相通。所以，從他提出「深寒」說的時機和他的師承淵源來看，范伯子奠定其學理基礎還是在劉熙載潛移默化的影響之下。

范伯子的「深寒」說對於近代詩學又有什麼意義呢？有學者在論到「骨重神寒」這一傳統詩論在近代宋詩派和同光體中的繼承時，遍及沈曾植、陳衍、鄭孝胥、陳三立，但這幾位都並未直接提到「骨重神寒」，只是從詩學內涵上可引申附會而已。如沈曾植的「字重光堅」、「雅人深致」說強調詩人主體精神的高揚，陳衍的「學人之詩與詩人之詩合」強調詩人要以學養為根底，興會發於性情，陳三立強調政治關懷和「眞而不俗」等等。〔註116〕但終究與「骨重神寒」略隔，不如范伯子的「深寒」說更為直接，更似嫡傳。

而且無論是劉熙載的「詩品出於人品」，還是沈曾植的「雅人深致」、陳衍的「學人之詩」，都偏重於經史涵養、詩教精神一流，還是停留在傳統詩文論的範疇。而范伯子以「眼光料得千年在」說「深」，不再重複對經史學養的強調，而為詩人修養注入了新的屬於近代的品格，即一種通達古今、不廢新舊、前瞻未來的眼光。其弟子王守恂有詩云：「自事通州范夫子，全無南北古今分」〔註117〕、「我今論學無今古，以得是處為折衷」〔註118〕，可見乃師之教何等通達。范伯子去世後，鄉人、學生私諡之「孝通」，這個「通」字確是他在詩文、學術、中西之道上都表現出的特點。

〔註115〕 劉熙載：《藝概・文概》，第46頁。
〔註116〕 孫虎：《「骨重神寒」——宋詩派的美學認同取向》／《蘇州科技學院學報（社科版）》，2009年11月，第48～49頁。
〔註117〕 王守恂：《自述六首》之一／《王仁安集》，《資料集》，第303頁。
〔註118〕 王守恂：《漫興》／《王仁安集》，《資料集》，第303頁。

　　今人多將劉熙載的「文之道，時爲大」、文要「與時爲消息」、「詩不可有我而無古，更不可有古而無我。典雅、精神，兼之斯善」〔註119〕等語與范伯子的詩須「有我有當時」〔註120〕加以比附。〔註121〕其相似之處自不待言，但強調文學與時代和性情的關係、學古與獨創的辯證關係的論述在歷代詩話中可謂層出不窮。尤其是在由清入近代這個被稱爲舊體詩殿軍的時代，總結前人更容易發現時代與詩文的對應關係。

　　有清一代，從獨尊盛唐、貶抑宋詩到漸漸開始有人爲宋詩鳴不平，理論依據就是「運會日移，詩亦隨時而變」〔註122〕，如葉燮云：「天道十年而一變，無事無物不然，豈獨詩乎？」〔註123〕而重性情則如「在善學者不論何代，皆能採其菁華；惟能運一己之性靈，便覺我自爲我」〔註124〕，論學古則如「夫人自有性情，原不必摹效前人。然善射者不能捨的，良匠不能捨規矩；師心自用，謂古不足法，非狂則愚也」〔註125〕等等，類似論述不勝枚舉。姚永概論詩也有「我思文字貴，在切時與己。要使眞面目，留與千載視。時爲何等時，士爲何等士」〔註126〕之語，可見桐城詩學亦講究切合時代與性情，這些思想並沒有什麼區分度。所以范伯子說劉熙載「曰：『學須體認出自己來，然後擇古人而從』，昌黎所謂『學焉而得其性之所近者』，我於先生言頗覺無所不說，眞我師也」〔註127〕，透露出他喜悅劉熙載的「有己有古」之說是因其與韓愈所論相同，與他本有的認識一拍即

〔註119〕　劉熙載：《藝概‧詩概》，第 84 頁。
〔註120〕　《范伯子近代諸家詩評》／《范伯子詩文選集》，第 452 頁。
〔註121〕　侯長生：《范當世與清代宋詩學》／《河北師範大學學報》，2008 年 7 月，第 119 頁。
〔註122〕　薛雪：《一瓢詩話》／《清詩話》，第 687 頁。
〔註123〕　薛雪：《一瓢詩話》／《清詩話》，第 686 頁。
〔註124〕　吳雷發：《說詩菅蒯》／《清詩話》，第 900 頁。
〔註125〕　李沂：《秋星閣詩話》／《清詩話》，第 914 頁。
〔註126〕　吳孟復：《桐城文派述論》，第 39 頁。
〔註127〕　《南通范氏詩文世家‧范伯子卷‧日記》，第 244 頁。

合，而並非在這一點上受到了多少新的啓發。哪怕劉熙載的諄諄教誨又加深了這些認識，這也並非他從劉所學而得到的最大收穫。

　　伯子長子范罕在《蝸牛舍說詩新語》的末尾單獨引了《詩概》中的十七則「以志平生之私淑」。其中先生曰「佳章中必有獨得之句，佳句中必有獨得之字。如『清風明月不用一錢買』，上四字共知也，下五字獨得也」，范罕稱「此說自先生發明，予幼即聞之」〔註128〕。可見在其年幼時，范伯子就以《藝概》相授了。在《祭劉先生文》中，范伯子有言「先生之學，獨爲乎程朱之難而深求乎孔孟之際，當世自度終身不敢望，而亦不敢自以爲不智」〔註129〕，說得不卑不亢，可見他亦自知並未繼承劉熙載的儒家學術。又自言「初聞《藝概》於興化劉融齋先生」而不及其餘，可見哪怕經過了多年的反思和沉澱，《藝概》中這些獨到的藝術見解依然對他影響甚深。

〔註128〕　《蝸牛舍說詩新語》／《民國詩話叢編》第二冊，第 571 頁。
〔註129〕　《祭劉先生文》／《詩文集》，第 422 頁。

第四章　桐城詩學之淵源與化合

第一節　從一場爭論看范伯子與桐城學的淵源

　　1934 年，錢基博在《青鶴》雜誌第十四期上發表了一篇《後東塾讀書雜記》，讀的是盧前借給他的《范伯子文集》十二卷。他「粗讀一過」就對之橫加指斥、品頭論足，結果激起了一場軒然大波。范伯子的再傳弟子馮靜伯首先發難，一批南通文人與錢氏辯訟「首尾數月，報章亦競相轉載」〔註1〕。後來大江北商報館編輯部將相關文字整理成單行本《論范伯子先生文與桐城學駁錢基博》發行，彙集了錢基博、馮靜伯、徐昂、曹君覺、陳瀬一等人的十五封書信及詩。

　　筆者以為，從這些爭論文字來看，錢氏確有理虧之處，其言「范氏文議論未能茂暢，敘事亦無神采，獨以瘦硬之筆作呻吟之語，高天厚地，拘局不舒，胡為者邪？吾欲諡以文囚」，范詩「能入而不能出，其能矯平熟以此，而僅能矯平熟亦以此」，「范氏力推桐城，而文章蹊徑實不與桐城相同」、「其門人徐昂後序遽稱其為傳桐城之學，何啻皮相之談」等等。如此「不暇細繹」〔註2〕就菲薄先賢，「未窺一家詩旨

〔註1〕 徐一瓢：《記通州范伯子先生》／《資料集》，第 205 頁。
〔註2〕 《曹君覺先生與馮靜伯書》／《資料集》，第 280 頁。

之精微而僅以不著邊際語軒輊人」〔註3〕，會遭到群起而攻之其實也無足爲怪。

馮靜伯年少氣盛，與錢氏雙方你來我往都下筆不能自休，互相譏刺不遺餘力，錢基博的有些言語甚至刻薄到近乎謾罵，更不可取。而曹君覺、徐昂這兩位南通老輩文人雖各自只寫了一封短信，且並未與錢基博正面交接，但文字之中表現出淡定的胸懷和學理上的澄澈，卻更切中肯綮，有四兩撥千斤之力。

曹君覺向馮靜伯點出錢氏自言「粗讀一過」，已與其《後東塾堂讀書札記序》中所言之「發微抉奧」相左，其文中多現成引用徐昂和陳三立序中的話，更證明其確爲粗讀。「錢君負江南重譽二十年，興會所至，不暇細繹而著爲說，蹈近人整理國故者之常失，吾輩當以爲戒。輕薄之言，施諸鄉里先哲，其自損實厚，更應舉例以戒生徒」。曹先生意謂在明眼人看來，錢說錯失自顯，所以勸馮靜伯不必「視爲重大事，必齗齗辯也」〔註4〕。

這番文字官司范罕是知道的，但他並未出面，只對徐昂說：「先君傳桐城學，亦何待言，不必辯也」。徐昂也深以爲然，所以說「文章精彩內斂而不外暢，白賁無色，不能強人盡喻，無庸置議」，沒有爲師門高下而辯的意思。只是因爲「傳學與文之蹊徑、輕柔與陽剛皆有關於學術之分析，須循公例，匪容私見」，就在覆曹君覺書中發表了一番關於學理是非的見解。

徐昂首先指出：「文之蹊徑同否爲一事，傳學爲一事。孟子之文不與孔子、子思同，不得謂孟子不傳孔門之學。桐城陰柔之文與陽剛不同，此最著之蹊徑，成於稟賦者也。姚氏論文乃陽剛與陰柔並重，此桐城學之一端也。先師之文，即謂其蹊徑不同，能否據此斷爲不傳桐城之學？此可商者一也」〔註5〕。正是馮靜伯所言「桐城之學，觀

〔註3〕《馮靜伯再與錢子泉書》／《資料集》，第279頁。
〔註4〕《曹君覺先生與馮靜伯書》／《資料集》，第280頁。
〔註5〕《徐益修先生覆曹君覺書》／《資料集》，第280頁。

於姚氏之選古文辭可知，後世必襲方姚之貌而始謂合桐城之轍，此學桐城者之狹也」〔註6〕之意，即不能以姚氏之文代替桐城的古文之學。

接著徐昂又指出錢基博對范伯子文體貌特徵的判斷存在自相矛盾之處。「錢君謂蹊徑不同，意以爲先師陽剛別乎桐城陰柔耳，而稱散原老人評先師長於控搏旋盤綿邈而往復，以爲知言。控者，操制；搏者，索持，屬於陰柔之動作，與縱放成相對性。旋盤往復，性皆陰柔，與直達之邁往陽剛對待。至於綿邈二字，錢君則以先師之綿邈與張嗇公之橫恣對列，謂其稟賦不同。如以綿邈爲陽剛而橫恣爲陰柔，錢君當必不然，是則先師之文，其尤足貴者，固在乎陰柔之美。貌異而神合，能否謂其蹊徑不同，此可商者，又其一也」〔註7〕。邏輯推理清楚明白，錢氏的一時興會之辭在如此嚴謹的條分縷析之下，眞有轟然倒塌之感。

筆者查陳三立序，原文乃是「蓋君之文斂肆不一體，往往雜瑰異之氣，而長於控搏旋盤，綿邈而往復，終以出熙甫上，毗習之子固者爲尤美，此可久而竢論定者矣」〔註8〕。「斂肆不一體」正是文善變化、陽剛陰柔之貌皆備之謂，錢氏卻略過不提，斷章取義又理解錯誤，確實不妥。

面對這些批評，錢基博也自知理虧，承認「范伯子先生風流文采，照映一世」，但觀其「不以僕一言而減其聲色」之語似乎並沒有眞誠歉意。尙喋喋言「今僕之不自量以論范伯子，猶（譚）復堂之譏曾文正也。人不以復堂一言而輕曾文正，豈遽以僕之一論而抹殺伯子？而馮君斷斷焉急言竭論，若眞以僕之論爲足輕重於伯子者，則豈僕之所及料哉？」這種對言論不負責任的態度實難贏得後人尊重。

意氣之爭勿論，單從學理上來說，錢基博又抓住「僕推大南通，以別出於桐城而獨樹一幟，而馮君必欲卑之無高論，以附庸桐城爲

〔註6〕　馮靜伯：《與錢子泉書》／《資料集》，第 277 頁。
〔註7〕　《徐益修先生覆曹君覺書》／《資料集》，第 280 頁。
〔註8〕　陳三立：《范伯子文集序》／《詩文集》，第 617 頁。

榮」一點再起波瀾，譏諷馮靜伯抱著桐城不放，是「欲限其鄉先生之所造詣，以不得越雷池一步。」錢氏引以爲據的是吳汝綸《與姚仲實》書中的一段話，「桐城諸老，氣清體潔，海內所宗，獨雄奇瑰瑋之境尚少。蓋韓公得揚馬之長，字字造出奇崛。歐陽公變爲平易，而奇崛乃在平易之中。後儒但能平易，不能奇崛，則才氣薄弱，不能復振，此一失也。曾文正公出而矯之，以漢賦之氣運之，而文體一變，故卓然爲一代大家。近時張廉卿又獨得於史記之譎怪，蓋文氣雄俊不及曾，而意思之詼詭，辭句之廉勁，亦能自成一家。是皆由桐城而推廣，以自爲開宗之一祖，所謂有所變而後大者也。」〔註9〕但吳汝綸所論只是桐城諸老之文，並非桐城之學。如馮靜伯所言，「姚氏《古文辭類纂》一書，採及《國策》、賈生、揚雄、韓柳之文，其《復魯絜非書》論陰陽剛柔而無或偏重」〔註10〕，豈可因個人天機稟賦有異，而將桐城之學局限在陰柔一體呢？錢氏進而推論出「吳冀州已不安於桐城之學」，這眞是只能起摯甫於地下來爲自己辯護了。可見錢氏還是未能理解徐昂將創作與理論、文與學兩分的學術眼光。

馮靜伯則承徐昂之教，把視野擴大到「有清一代學術統系」來看。史學本於餘姚黃宗羲，考證學以休寧戴震爲源，「博洽尊聞之學」——即古文經學流衍自吳縣惠棟，今文經學則承常州莊氏之緒，而「桐城之有古文學，亦猶餘姚、休寧、吳縣、常州之各有其學耳」。「自桐城之學興而古文之奧竅盡泄」，「湘鄉圖畫聖哲，殿以姚氏，豈特以其文集已哉？」曾國藩推重姚鼐，乃在《古文辭類纂》一書，在其對歷代古文的理論研究，並非自作文上。「然亦或有一二君子焉，能卓然自樹一幟，類皆聰明才智過絕人人，而其醇而無〔註11〕者，亦鮮不與桐城之學合矣」，馮靜伯解釋曾國藩、張裕釗等創作上

〔註9〕 吳汝綸：《與姚仲實》／《吳汝綸全集（三）》，第51頁。
〔註10〕《馮靜伯再與錢子泉書》／《資料集》，第279頁。
〔註11〕 此處原缺一字，或是「醇而無華」等。

的突出成就，並未溢出桐城之學的範圍，進而指責錢基博「必就文章體貌而區曰某派某派，豈先哲之志耶？」〔註12〕

錢基博與如皋蔡觀明、南通費范九為友，認為他們「為文章深切喜往復，其蹊徑皆同范氏，風氣鼓蕩，不期而然。吾嘗戲名之曰南通派。南通派之以瘦硬盤屈取勁，猶桐城之文以紆徐澹蕩取妍也」。且不說他「既諡范曰文囚，則列其他（南通）諸賢於何等耶？」而且以一種風格分門別派「意固狹隘」〔註13〕，結果只能是使其格局越來越小。「先哲之志」乃在窮極文章正源，這一點桐城派人心裏都如明鏡似的，所以對於曾國藩引程魚門、周書昌的話，以「天下之文章，其在桐城乎」一語令「桐城派」大顯於世，似乎也沒有太多感激之情。因為「學無所謂派，惟其是耳。稱桐城為派，猶不免世之譏訕，遑論其他」〔註14〕，桐城方氏後人舒蕪就曾說過「曾國藩不是重振桐城派，而是篡奪桐城派」，而姚永樸的弟子吳孟復也認同這一見解。〔註15〕

姚永樸的《文學研究法》中專門有《派別》一節，其精義在於將文與道通、詩與文通，認為駢與散「其流異，其源同，彼此訾謷，亦屬寡味」〔註16〕，對於古文之中分門別派更是認為不妥。因「大抵方、姚諸家論文諸語，無非本之前賢，固未嘗標幟以自異」，「宗派之說，乃起於鄉曲競名者之私，播於流俗之口，而淺學者據以自便，有所作弗協於軌，乃謂吾文派別焉耳」〔註17〕。王先謙在《續古文辭類纂序》中也是此意：「立言之道，義各有當而已……姚氏見之真，守之嚴，其撰述有以入乎人人之心，如規矩準繩不可逾越，乃古今天下之公言，非姚氏私言也」。〔註18〕所謂「不可逾越」，乃

〔註12〕《馮靜伯答陳灝一書》／《資料集》，第286頁。
〔註13〕楊臨：《致錢子泉書》／《資料集》，第289頁。
〔註14〕楊臨：《致錢子泉書》／《資料集》，第288頁。
〔註15〕吳孟復：《桐城文派述論》，第48頁。
〔註16〕《姚永樸文史講義》，第46頁。
〔註17〕《姚永樸文史講義》，第47頁。
〔註18〕《姚永樸文史講義》，第47頁。

是因其已包攬盡括，既重正宗，也不廢變化，並非固守一隅之論。

姚永樸還論及「陽湖之古文，其源實出桐城，諸先輩亦未嘗有角立門戶之見也」。范伯子在《題茗柯文集》中也說：「皐文先生之爲古文也，不知後世有所謂陽湖派也」，但他更以寥寥數語點出了張惠言之學與姚惜抱之學的差別所在。因張惠言乃是通過友人錢魯斯間接受古文法於劉海峰，其淵源桐城乃在海峰，而非惜抱。所以范伯子說其「法桐城劉氏之所爲而已，則亦不知桐城姚氏有《類篆》之行乎天下也」，「方其始也，致力於文事，由辭賦而通，於姚氏有合焉」，但「姚氏之意，以謂自《高唐》、《神女》至於蘇氏之《赤壁》皆一物也，此則非先生之所及知，故其爲《七十家賦鈔》至六朝而止矣」〔註19〕。在伯子看來，張皐文的見解不及桐城姚氏將辭賦與古文打通一氣來得博大。伯子醉心桐城之學，於此也可見一斑。

那麼，范伯子與桐城派的淵源究竟有多深、受影響有多大呢？徐昂如此簡述道：「先師范伯子先生治詩古文辭，始師張廉卿，既得吳冀州上下其議論，造詣由是大進，後婿於姚氏，故益得規惜抱之遺緒，故夫異之、伯嚴而後，江蘇傳古文學者，當巨擘先生焉」〔註20〕。可見張、吳、姚是引領范伯子一步步從接近到融入桐城派的三個階段。

伯子雖然親炙張裕釗的時間不長，但書信往來一直不絕。張裕釗給他的指導可見於《贈范生當世序》一文，以雲爲喻，講「文必有本」和「一變化於自然」的道理，以及伯子以《辨柳子厚八駿圖說》呈教，裕釗「覆書論矯強自然之分與眞僞雅俗之所判，其端甚微，其流斯遠」，伯子「當時悚然聽之」〔註21〕。

張裕釗早年爲文求雄奇，中年以後轉爲淡遠，其光緒四年所爲詩「少日苦求言語工，九天九地極溟鴻。豈知無限精奇境，盡在蕭疏闇

〔註19〕《題茗柯文集手寫本》／《詩文集》，第504頁。
〔註20〕徐昂：《范伯子文集序》／《資料集》，第71頁。
〔註21〕《辨柳子厚八駿圖說》／《詩文集》，第440頁。

淡中」〔註22〕可以爲證，其後還屢勸吳汝綸「遏抑雄奇，歸之平淡」〔註23〕，所以伯子說其「作此等文（《辨柳子厚八駿圖說》）時，摯父先生特欣喜過當，而吾師不謂然」〔註24〕。張裕釗最稱許他的《題張氏墓園》一篇，或也是因其化用了姚氏「黃、舒之間，山川奇節之氣，蘊蓄且千年，宜有儒士興於今」〔註25〕之意，將雄奇與平淡鍛鍊於一手。應該說，這些話對當時「眼中不羈人，天賦實宏放。高步騁天衢，逸氣淩蒼莽。迴翔翎翮勁，決起風雲壯」〔註26〕的范伯子來說，確是極有益的規箴。

　　而在冀州三年，范伯子與吳汝綸朝夕相處，切磋學問、詩文，所得自是最多。其與張采南詩中云：「君知桐城否，所學一身創。我來三載餘，眼中失煙莽。久住方自然，聰明祇能強。應須白髮生，始附青雲上。堅留願學心，勿與身俱往」〔註27〕。可見在冀州書院的三載，彷彿散盡了他詩文道路上的迷霧煙莽，漸得眞源。「始附青雲上」並非青雲直上之意，而是自許爲文豪之追隨者，如王安石《葛興祖挽辭》「憶隨諸彥附青雲」之辭。這三年堅定了他的嚮學桐城之心。後來他願意破除不再娶的誓言，與姚氏聯姻，一方面固然是因吳汝綸致信其父以挾之，另一方面也確是內心仰慕桐城姚氏文學世家的深厚積累。

　　據姚永樸回憶，范伯子「既至，獻五言古詩一篇，媵以舊作。府君覽之大喜，自是吟詠無虛日」。〔註28〕這首令姚濬昌大悅的詩開篇

〔註22〕張裕釗：《偶書》，《濂亭遺詩》卷一／王達敏校點：《張裕釗詩文集》，上海：上海古籍出版社，2007年，第318頁。
〔註23〕張裕釗：《致吳摯甫》其五十一／《張裕釗詩文集》，第483頁。
〔註24〕《辨柳子厚八駿圖說》／《詩文集》，第440頁。
〔註25〕張裕釗：《吳育泉先生暨馬太宜人六十壽序》／《張裕釗詩文集》，第71頁。
〔註26〕吳汝綸：《范君大作弟侄皆有和章，老夫亦不能再嗶，勉成一首》／《資料集》，第27頁。
〔註27〕《采南爲詩專贈我，新奇無窮，傾倒益甚，再倒前韻奉酬，以其愛好也，亦稍爲戲語調之》／《詩文集》，第60頁。
〔註28〕姚永樸：《蛻私軒集》卷五《鬥影圖記》，《資料集》，第367頁。

最爲有名，「順康元老家，乾嘉大儒系。道咸名公孫，同光詩人子。藹藹敦詩媛，持以配當世」，有人贊其「詼奇條暢，首起尤雄峻，是其本色」〔註29〕。這六句所用之詞確實切當不可移易，無怪乎伯子得意，自詡寫出了「自石甫先生而上，姚氏之道德文章、勳名氣節，皆天下所共聞」〔註30〕的氣象。

桐城姚氏在清代文名最盛的當推姚範與姚鼐兩叔侄〔註31〕，「乾嘉大儒」之名二人當之無愧。往前追溯，「順康元老」應是指姚範曾祖姚文然〔註32〕，「道咸名公」則是姚範曾孫姚瑩〔註33〕。姚瑩有文名，有政聲，負經濟之學，尤長於論兵，伯子以「名公」許之眞是恰如其分。「同光詩人」則終於落到姚濬昌自己身上了。他是姚瑩之子，受曾國藩奏薦，初補江西湖口知縣，調安福，繼爲湖北竹山、南漳知縣，著有《愼終舉要》、《鄉俗糾繆》、《鄉賢續錄》各1卷，自訂詩集12卷、詩續集9卷。曾國藩稱他爲「名父之子，名子之父」，夾在姚瑩和姚永樸、姚永概中間，姚濬昌的才名不算出眾，但稱其爲「詩人」還是合適的，或許也是最契合他心意的一個身份。

姚倚雲身爲「道咸名公」之女孫，「同光詩人」之次女，伯子以「藹藹敦詩媛」許之，因他對姚倚雲的瞭解正是通過其閨中詩集。

〔註29〕陳聲聰：《兼於閣詩話》／《資料集》，第133頁。

〔註30〕范伯子：《辛餘求定稿序》／《資料集》，第83頁。

〔註31〕姚範，字南青，號姜塢，乾隆七年進士，授翰林，任三禮館纂修，先後主講天津、揚州等地書院，著有《援鶉堂詩文集》、《援鶉堂筆記》等。姚鼐，字姬傳，世稱惜抱先生，乾隆二十八年中進士，任禮部主事、四庫全書纂修官等，年才四十就辭官南歸，先後主講於揚州梅花、江南紫陽、南京鍾山等書院四十多年，親授弟子甚多，直到嘉慶十五年八十五歲才去世，是桐城派集大成的人物。

〔註32〕姚文然，明崇禎進士，清順治三年任國史院庶吉士，轉任各科給事中，康熙十五年任刑部尚書，以疏言敢諫、寬平刑律著稱。歷順康兩代，又位高權重，確實當得起「元老」之稱。

〔註33〕姚瑩，字石甫，於嘉慶十二年中舉，次年爲進士。此後曾遊幕廣東，在福建、江蘇任州縣地方官。鴉片戰爭爆發時，他正在臺灣道任上，與鎮將協力同心保衛國土。清王朝向英國屈辱議和後，以知州分發四川。咸豐初年，奉旨赴廣西贊理軍務，先後任廣西、湖南按察使。

讀其詩而想見其人，心性溫和如藹藹春風，又敦於詩書，堪稱賢德才女。如此六句鋪陳下來，既表達了對姚門家世的敬仰，也表達了對姚倚雲的愛慕，姚濬昌能不撚鬚大樂嗎？再加上伯子此前已與其子姚永樸、姚永概相交，「金陵逢諸昆，玉樹得相倚」，又奉承姚家子弟佳美。接著誠懇地解釋雜事繁多、路途遙遠坎坷等原因，最後以「韓公詩萬篇，翱也數十紙。培塿附泰山，不爾將安恃。伐肝取新作，急索勿令徙」爲辭，自謙高攀姚家，所恃惟有詩篇而已。雖屬謙遜之言，但與韓愈、李翱爲比，其自負文才的傲氣也已經躍然紙上了，算是不卑不亢。

　　成婚之後，范伯子在安福姚家住了七八個月，然後因病勢沉重而回通州將養。在通州時作了《叔節在安福盼我久矣，我欲山行而病不能強，遲風又不可耐，誦其詩，依其憶昔行韻爲思叔節一篇》，中有「君家世世皆有聲，天下舉目姚桐城。摩挲先澤與人共，豈是尋常伐木情」之句，可見在安福之時姚永概曾以先祖手澤與之共享，范伯子對姚範、姚鼐、姚瑩的詩文應有一番發憤研讀。同時他與姚氏父子唱和不輟，還作了一首《與仲實論詩境》，第一次提出「詩家王氣必深寒」之說。其《去影圖·安成玩月》一首「繪丈人署中景」，詩云：「吾翁非常人，平生與鳳麟。咸同聖賢際，了然皆所親。以茲厚詩力，迴出千家屯。……生雖託名父，德由自苦辛。小子所深願，乃公父師倫」，亦表其瓣香姚氏先賢之情。

　　除了范家先祖以外，范伯子在文章中提及最多的就是桐城姚氏了。如「五六百年仕學相承之世家，近代所稀有也。以余所見，獨桐城姚氏先德傳則亦自明以來綿綿延延至於今不絕，差爲近之。姚氏之先達，大率以難進易退爲立身之本，故其科目雖盛，而利祿之際常不取盈焉」，是「以文學道義爲世範」〔註34〕；以及「惟我外舅之先，出自姜塢，姜塢之學，傳之惜抱而歸於石甫。其在當時，皆爲實大於厥聲，才豐於所遇，彼其所爲抑遏掩蔽、愀然不欲盡取

〔註34〕《題正定王氏家傳》／《詩文集》，第 546 頁。

者，蓋有所謂德以爲之聚，而宜爲天道之所必昌。」〔註35〕可見其與姚氏投契之深處也在文心道義的相許相合，詩力之厚亦出於此。

通過梳理范伯子與張、吳、姚這番層層遞進的淵源關係，不難看出伯子與桐城之學可謂因緣夙定。而且他不但自己浸淫多年，還以之授徒，擴大了桐城學的影響。自拜見張裕釗後，他「歸益肆力於八家之書……將歸、方所評定者而研究之，丹黃不去手。因評點惜抱所纂之古文辭，以爲生徒範，而先生之古文名大噪一時，同郡如孫君儆、金君鉽、保君釐東皆從遊焉。又得季弟鎧所寫之姚、張評點《前漢書》而讀之（此乃皐文手訂之書，益以姬傳所評點者），益知惜抱心得之所在。」到冀州以後，伯子「舉曩昔所定惜抱之文重釐定焉」，以授吳鎧、李剛己，自言：「余在冀州，歲莫無事，取姚先生所纂《古文辭》，憶張吳兩先生所嘗說者，畢錄以告季馴而歸之」〔註36〕。在還未與姚氏聯姻之前，他赴金陵省試，「馬通伯、姚閒伯、仲實、叔節諸君子來謁，均袖文一卷，與先生商榷」。在天津李鴻章府上時，伯子「又將惜抱所纂者三加釐訂焉，分五色筆以識先後，桐城之法乳至此乃益昌明」。〔註37〕

范鎧之子范毓言：「姬傳先生之道，嘗一至於湘鄉、武昌間，先伯子挾以俱東，而吾通預於守之役者，不唯一人也」，馮靜伯亦言：「鄙邑今日守范先生之緒論，朝夕孜孜以求桐城之所以者不一，其人率皆艱勤自勵，甘於韜晦。」可見范伯子確是將桐城古文之學輸入南通的津梁。馮明馨說：「先生之文，其意象筆勢皆蟠際於奧曠之區，文派中又增一勝境」，人之天機稟賦不同，發爲文章自然境界有異，但不必亟稱開宗立派。所以錢基博語「近是風氣鼓蕩，有開必先，而就南通言南通，不得不溯伯子爲河源岱宗，以開一地之文運，猶之方望溪之開桐城，曾文正之開湘鄉，而文章利鈍又一問題，故僕推而大之，

〔註35〕《祭蕭太恭人文》／《詩文集》，第 465 頁。
〔註36〕《壽言贈李季馴》／《詩文集》，第 449 頁。
〔註37〕馮明馨：《范師伯子先生文集後敘》／《資料集》，第 76 頁。

以異軍特起於桐城之外而則名爲派，猶之李審言之題目曾文正爲湘鄉派，而謂是非桐城所得限」〔註38〕。前面一半南通文人是認可的，後面一半則並不領情了。何況錢氏還將「文章利鈍」撇開不論，試問若屬鈍文，開派又有何益呢？

淵源桐城而成的派別可謂多矣，湘鄉、陽湖、蓮池等等，但都是後人、外人賦予，身在其中者未必有開派之意。在他們看來，這並非畫地自限，如范伯子所言，「凡姚先生所錄，自屈子至於本朝劉才甫，九十有六人，蓋二千年之文略盡於此」〔註39〕，又何必外求呢？錢基博「寧爲典史衙門之典史，不爲總督衙門之擔水夫」的謔語是著眼於地位之尊，因「典史雖小，尚爲朝廷命官，擔水夫衙門雖尊，與他無涉」〔註40〕。但若從眼界、胸襟的開闊來說，則是寧在通都大邑爲民，而不願在窮鄉僻壤居官了，因格局大小自是不可同日而語。這大概就是南通諸人不願接受南通派封號的原因了。范毓說：「不必天下之文在南通，而南通之文在天下矣」〔註41〕，爲文但求盡源流正變，合是與當，則自是天下好文，何必以派別自矜，進而自隘呢？

在民國時期出現這個關於桐城派的爭論，其本質其實是文學觀的典範與新變之爭。文學觀從來都不是單獨存在的，而是與時代風氣、歷史觀相互呼應。近代當進化論思潮湧入之後，不但極大衝擊了中國人傳統的復古史觀、循環史觀，也進而波及了對文學史的看法。「一代有一代之文學」正是在此時提出，當時看來是抓住了主線的理論，嗣後卻漸漸發現它對歷史真實的遮蔽也後果不輕。這就好像英國革命和法國革命的差異一樣，激進主義者總是高唱一個新的時代開始了，而保守主義者則是強調一切原本就是如此，傳統之中已經有了。這樣迥然相異的歷史觀投射到文學觀上，自然就形成了典範與新變之爭。

〔註38〕《錢子泉與陳灝一書》／《資料集》，第283頁。
〔註39〕《壽言贈李季馴》／《詩文集》，第449頁。
〔註40〕《錢子泉與陳灝一書》／《資料集》，第282頁。
〔註41〕范毓：《答外舅方子和先生書》／《資料集》，第288頁。

從錢基博「近是風氣鼓蕩，有開必先」的話中，可以感受到他正是從「新時代開始了」的歷史觀出發來看待文學的，所以對突破與新變特別敏感，也更看重特殊性的價值。而南通諸文人或因僻處一隅，思想上持守正統，文學上也恪守傳統的典範，是以堅持桐城派的雅正之道。林紓當時言：「夫桐城豈真有派？惜抱先生亦力追古學，得經史之腴，裁以韓、歐之軌範，發言既清，析理復粹，自然成為惜抱之文，非有意立派也。學者能淵源於古，多讀書，多閱歷，范以聖賢之言，成為堅確之論，韓、歐之法程自在，何必桐城？即桐城一派，亦豈能超乎韓、歐而獨立耶？」〔註42〕信古而繼承韓、歐，正是傳統文人支持桐城派的原因。

第二節 「一詩落人間，遂為吳公得」考

吳闓生的弟子曾克耑（字履川）接續乃師一脈，將范伯子詩推為「接迹李杜，平視坡谷，縱橫七百年來無與敵焉」〔註43〕，可說是揄揚范伯子最不遺餘力的近現代文人了。但同樣是他，又發出另一種平心之論：「肯堂的詩誠然大家，但當時若沒有吳摯甫的提倡，陳散原、姚叔節、俞恪士、夏劍丞的鼓吹，恐怕還是沒人知道。因為社會是盲目的，如果一大師之作，沒有另一大師宣揚，一般社會是不知道的啊」〔註44〕。范伯子早年拜劉熙載、張裕釗為師，「劉張兩先生對他固然不錯，但是能把這位九次鄉試未能取得一個舉人的通州窮秀才范肯堂先生提挈起來，完全是靠桐城派最後的一位大師吳摯父先生的一手造成」，與姚氏聯姻，為李鴻章教子，范伯子生命中這兩個非常重要的上昇點，都是吳汝綸的功勞。但伯子最初是如何受知於吳汝綸的，卻

〔註42〕汪春泓：《論劉師培、黃侃與姚永樸之〈文選〉派與桐城派的紛爭》／《文學遺產》，2002 年第 4 期，第 25 頁。

〔註43〕曾克耑：《晚清四十家詩鈔序》，杭州：浙江古籍出版社，2006，第 27 頁。

〔註44〕曾克耑：《頌橘廬叢稿》／《資料集》，第 92 頁。

還有些撲朔迷離的地方。探究發覆其中細節，對於理解范伯子與桐城
派的契合所在也是有所幫助的。

一、究竟是哪首詩

范伯子有詩言：「吾昔山中年，恐懼畏人識。一詩落人間，遂爲
吳公得」〔註45〕，吳汝綸《依韻送范肯堂南歸》也稱「一詩初北走，
三載悵南睎」，其子吳北江按道：「先公初知范君，因見其一詩，屬
張濂翁招致，三年而范君始至」〔註46〕。但打動吳汝綸的究竟是哪
首詩，他們都未明言。姚永概在《范肯堂墓誌銘》中說：「吳先生汝
綸官冀州，見君與謇、銘盤唱和詩，貽書鉤致，君亦樂依吳先生」，
指明爲與張謇、朱銘盤的唱和詩。而范伯子弟子言謇博的弟弟言敦
源又在《〈范伯子先生遺墨〉再跋》中云：「（先生）光緒壬午嘗應試
白下，與泰興朱曼君銘盤、同里張季直謇泛於秦淮，有聯句排律，
流佈遠近。摯甫先生聞之，殷勤招致，先生始北遊。」〔註47〕《資
料集》所附年譜也援引了這幾處材料，並加按語：「秦淮聯句詩不見
先生詩集」〔註48〕，但對材料的眞實性未做進一步考據。

光緒壬午即光緒八年，這年范伯子確是赴南京應試，但查《桂之
華軒遺集》中的《曼君先生紀年錄》和《張謇日記》中的《嗇翁自訂
年譜》，都可證光緒七、八年間張謇與朱銘盤皆在登州吳長慶的軍幕
之中。光緒八年更是平定朝鮮李罡應政亂之時，張謇清楚記著：「時
同人率歸應鄉試散去，余丁內艱獨留，而措置前敵事，手書口說，晝
作夜繼，苦不給」〔註49〕。他們都不可能有與范伯子泛舟秦淮之事，
自然也就沒有什麼秦淮聯句詩了。

〔註45〕吳闓生：《吳汝綸全集（一）》，第403頁。
〔註46〕吳汝綸：《依韻送范肯堂南歸》／《吳汝綸全集（一）》，第403頁。
〔註47〕言敦源：《范伯子先生遺墨再跋》／《資料集》，第80頁。
〔註48〕孫建：《范伯子年譜》／《資料集》，第343頁。
〔註49〕《張謇全集》第六卷，南京：江蘇古籍出版社，1994年版，第844
　　　　頁。

　　伯子曾託畫友爲其繪人生快事十二件曰去影圖，並一一賦詩，其
中確有《泛舟秦淮》一章。但那是「張先生在鳳池書院，每攜當世及
其子島岷、會叔泛舟秦淮，光緒六七年之際也」〔註50〕，與張、朱二
人無涉。言敦源之誤或是因本就聞於乃兄，又年久模糊所致。但他所
說的「聯句排律」卻又比姚永概的「唱和詩」更爲可靠。因范、張、
朱的詩集中並無所謂三人唱和詩，倒是光緒六年他們一連作了四首聯
句。《嗇翁自訂年譜》中記載：「光緒六年庚辰，三月二十日，與肯堂、
曼君同舟至浦口。」〔註51〕《曼君先生紀年錄》也以此爲據，更點出
「舟行聯句」〔註52〕的事實。

　　《范伯子詩集》與《張季子九錄・詩錄》中都收錄了三人所作的
《舟中聯句倒押五物全韻》、《諸葛忠武侯畫像聯句》、《哀雙鳳詩聯
句》、《儀徵道中聯句》四首詩，《桂之華軒遺集》中也收錄了前三首，
其中《舟中聯句倒押五物全韻》和《哀雙鳳詩聯句》屬排律。《嗇翁
自撰年譜》中記有「光緒八年三月，薦肯堂於冀州知州吳摯甫先生汝
綸」〔註53〕一筆。張謇成名較早，吳汝綸早已對他十分賞識，曾先薦
與李鴻章，再薦與薛福成，但張謇念及吳長慶恩義，不願改轍易主。
所以筆者推想或許是吳汝綸有羅致之誠，而張謇已不能行，就轉而推
薦摯友范伯子。所以這封推薦信中附有聯句詩篇最爲自然，因可看出
二人才力相若。而《哀雙鳳詩聯句》畢竟是言情之作，不如《舟中聯
句倒押五物全韻》以排律而兼倒押，格難韻險，才情、學識、志氣皆
能浮出紙面。

　　筆者逐步將此詩鎖定爲《舟中聯句倒押五物全韻》尚屬推演，不
能確鑿言之。直到發現曾克耑在臺灣《幼獅學誌》上發表的《論范伯
子詩》一文，方證此推測結果是正確的。文中說「摯父先生和范肯堂

〔註50〕《泛舟秦淮》／《詩文集》，第 111 頁。
〔註51〕《張謇全集》第六卷，第 842 頁。
〔註52〕鄭肇經：《曼君先生紀年錄》／朱銘盤：《近代中國史料叢刊・桂之
　　　　華軒遺集》，臺北：文海出版社，第 33 頁。
〔註53〕《張謇全集》第六卷，第 843 頁。

本來素不相識，後來不知道在什麼地方看見了肯堂先生同張季直、朱曼君二先生在船上唱和的長詩一首，詩是很古拙，用許多難字怪韻」〔註54〕，並將原詩抄錄了下來，正是《舟中聯句倒押五物全韻》。曾克耑此說乃得之於吳闓生，可信度自是極高。但他對全詩並未細加分析，只簡單說「大概摯父先生所以賞識他，一來是識字多，二來是成詩速。因爲他們三人在船上所作，大約並無時間去查書」〔註55〕。

　　從當時人作詩時多查類書、韻書的習慣來看，我們不能取笑曾氏的推論太過浮淺，因「多識草木鳥獸之名」也確實是學詩作詩的本領之一。今人生活太粗糙，不像古人那樣對各種動植物甄別精細，已失去多積字使表達更精準的追求。而桐城派本就很重視字句功夫，如方東樹云：「選字固非剿剝餖飣，換用生僻，求助於外，然亦不可不精擇。但讀書不博，縱欲擇之而無可擇，如寠人居室，什器無多，不得不將就用故物矣」〔註56〕。劉大櫆《論文偶記》云：「神氣者，文之最精處也；音節者，文之稍粗處也；字句者，文之最粗處也。然論文而至於字句，則文之能事盡矣。蓋音節者，神氣之迹也；字句者，音節之矩也。神氣不可見，於音節見之；音節無可準，以字句準之」〔註57〕，文之最精乃以文之最粗爲基礎。曾國藩授徒亦云：「古人用字，不主故常，初無定例，要之各有精意運乎其間」，建議門人「就《通鑑》異詁之字，偶一鈔記，他人視爲常語，而己心以爲異，則且鈔之；或明日視爲常語，而今日以爲異，亦姑鈔之。久之多識雅馴」（《復李眉生書》）〔註58〕。可見從用字之多與精的確可以看出一個人是否博學雅識。

　　而范伯子此詩也確有以字句顯精神之美。李猷《近代詩介》中總

〔註54〕曾克耑：《論范伯子詩》，《幼獅學誌》第八卷第三期，1969 年，第 6 頁。
〔註55〕曾克耑：《論范伯子詩》，《幼獅學誌》第八卷第三期，1969 年，第 7 頁。
〔註56〕方東樹：《昭昧詹言》，第 221 頁。
〔註57〕劉大櫆：《論文偶記》／《論文偶記·初月樓古文緒論·春覺齋論文》，第 6 頁。
〔註58〕《姚永樸文史講義》，第 98 頁。

結道:「范先生詩於經史植基深厚,故雖平凡之語,亦用字不同,詩雖不爲雕飾,而其句法奧衍,迴環曲折。著力處如拗鋼鐵,密栗處如琢古玉,且不假一二詞藻以增其色彩,亦不故作倔強以示堅挺」,也正是以此詩爲據,稱「觀其集中與張季直、朱曼君舟中聯句倒押五物全韻,即可覘其功力,無慚昌黎之石鼎詩也。」〔註59〕吳汝綸一讀此詩,即將范伯子視爲異寶,而「輕薄朱曼君等人一錢不值」〔註60〕,此中道理更加令人好奇,不發不快。

二、《舟中聯句倒押五物全韻》詳讀

　　這首排律詩追步韓愈、孟郊一派奇崛險怪的詩風,用字極意避俗避熟,典故亦繁且僻,意蘊甚是難解,因此在三人的詩集中也頗有異文,有的意思甚至完全齟齬不合。筆者試互相參證以糾繆存正,並表露其深意。析之如次:

　　　　晨曦逭滯霖,遼原寢蒙蔚。
　　　　離尊祖膺泰,朋簪盍孫尉。
　　　　悲風激飀飀,　季直

　　詩從破曉時分寫起,江南的三月還頗有幾分薄寒,雨下了一夜,剛停不久,詩人們在清新的初日晨霧中醒來,擡眼望去,是一片遼遠廣闊迷迷濛濛。趕早來餞行的都是如李膺、郭泰般的俊爽之士,而相與爲朋的也都是像孫尉一樣的文采風流之人〔註61〕。

　　　　晴漪散凓汥。枕聲三老歡,
　　　　扇勍五兩偃。馴禽尾沿緣,　當世

　　張謇的上句還是寒風凜冽,伯子下句則陡然一轉,以陽光在水面上跳蕩的晴朗之氣將初春清晨的寒意一掃而空——凓汥即風寒之氣。五兩是古代的候風器,用雞毛五兩系於高竿頂上而成,《文選·郭璞〈江賦〉》中就有「覘五兩之動靜」之辭。勍讀擎,強有力之意,

〔註59〕李猷:《近代詩介》/《詩文集》,第 608 頁。
〔註60〕范伯子:《與三弟范鎧書》/《資料集》,第 386 頁。
〔註61〕唐楊炯《送東海孫尉詩序》:「東川孫尉,文章動俗,符采射人。」

這句是描寫風力強勁，高竿上的五兩雞毛一下子就被吹得立了起來。聽著水聲嘩嘩，看著五兩高揚，順風順水，難怪他們心情愉悅了。

　　　　湛麟震談嗷。披髮淩鄷〔註62〕琅，睞眼怊垢坲。

　　　　征役阻況修，偃仰嗟以哱。季直

　　馴禽本多指鸚鵡，但此時他們應未隨身攜帶此物，只是愉悅的心情投射到自然界，看天空中的飛鳥都是溫馴可愛，似乎追隨著他們的小船而行，水中的魚兒也爲他們的談鋒所震。張謇的接句顯得意氣風發，鄷琅是形容聲音宏大之貌，馬融《長笛賦》有「鄷琅磊落，駢田磅唐」之語，李善注云：「眾聲宏大四布之貌」〔註63〕，怊是悵然若失之意，垢坲是塵埃揚起貌。詩人披髮睞眼，全身心地去感受大自然的天籟之音和「野馬也，塵埃也，生物之以息相吹也」的自然氣息。想到迢迢行役路，多有險阻，無奈隨世俗而浮沉進退，不免嗟歎。這「征役阻況」並非只指舟車之路，而是暗喻了世途的險惡，因爲就在去年，張謇與朱銘盤就「爲束畏皇被辱於白塔河鹽卡，揭訟於總督」〔註64〕，結果「幾顛而躓，賴吳公而免於危」〔註65〕，否則他又何至於嗟歎偃仰呢？

　　　　顧念詜腹腸，寧畏走砰砵。

　　　　飲口蘗疑餹，敏膺槁想菀。曼君

　　這份憂懼之感朱銘盤自然是心有戚戚的。詜是「叫」的異體字，「詜腹腸」即腹饑之意；砰是岩石突兀貌，砵是堤壩。朱銘盤意謂爲了糊口果腹，他們才不得不冒著艱難險阻離鄉謀生的。蘗乃樹木嫩芽，這裡應指新茶，敏是叩的異體字。喝口清茶味道似苦又回味甘甜，叩問心胸本已如槁木死灰，卻又盼望生發出「菀彼桑柔」（《詩·大雅·桑柔》）的茂盛新機。

〔註62〕《范伯子詩文集》中此字左邊作豐，不可解，《桂之華軒遺集》和《張季子九錄·詩錄》皆作鄷，據以改。

〔註63〕《文選》，長沙：嶽麓書社，2002年版，第557頁。

〔註64〕《張謇全集·日記·嗇翁自訂年譜》，第841頁。

〔註65〕朱銘盤：《桂之華軒遺集》，第32頁。

> 褐珠養不肥，弁玉悽忽黗。
>
> 踽踧肩辭鑱，窸察脛捲裾。當世

褐珠即被褐懷珠之意，《老子》第七十章云：「知我者希，則我者貴，是以聖人被褐懷玉」。伯子雖是自謙才德不足以比玉之潤澤，就連帽子上的玉飾都變得黃黑黯淡了──黗即黃黑色，但其被褐懷珠之志已於焉可見。「踽踧」形容迫急，「肩辭鑱」即放下肩上的鋤頭，捲同掩，是短衣，即穿著只蓋過小腿的短衣，走動間還發出窸窸窣窣的聲音。這兩句更是謙言，說自己原不過是鄉土農人，突然與一群長衫文士相間，不免張惶局促。

> 跚跚屨屬穿，望望屺岵岰。
>
> 霣芘槃〔註66〕泣薆，痛衰〔註67〕杖耘〔註68〕芎。季直

張謇也接續此鄉野口吻──屨屬即草鞋，卻轉入了對親恩的感念。「屺岵」語出《詩·魏風·陟岵》，是顯而易見的思念雙親之典，岰更極言山高，望不可見。霣通「隕」，墜落之意，芘、芎都是花草名。薆是樹木細枝，折薆本是教子之典，「慈母之怒子也，雖折薆笞之，其惠存焉」（《揚子·方言》第二），泣薆則言打在兒身，痛在娘心。痛衰之「衰」指衰親──年邁父母，「植杖而耘籽」（陶淵明《歸去來兮辭》）也早已從最初的農業領域引申到了教育領域，此處指父母辛勤教子。

> 昔窆吾悲防，今椪靈臭〔註69〕胮。
>
> 眣霄崩雲騫，泫絛宰樹屹。
>
> 盤也感斯摯，鑄乎遊可不？曼君

朱銘盤十歲喪母，廿三歲又丁父憂，早嘗孤兒之苦，念及親恩自

〔註66〕《范伯子詩文集》中此字作盤，《桂之華軒遺集》和《張季子九錄·詩錄》皆作槃，據以改。

〔註67〕《張季子九錄·詩錄》此字作哀，而《范伯子詩文集》和《桂之華軒遺集》中此字皆作衰。

〔註68〕《范伯子詩文集》中此字作芸，意不適，《桂之華軒遺集》和《張季子九錄·詩錄》皆作耘，據以改。

〔註69〕《范伯子詩文集》中此字作具，不可解，《桂之華軒遺集》和《張季子九錄·詩錄》皆作臭，據以改。

然倍覺沉痛。窆，下葬之意，《禮記·檀弓上》記孔子合葬父母於防，後「防墓」就特指父母的墓地；桮是一種曲木飲器，肸，散佈之意，《漢書·司馬相如傳上》有「眾香發越，肸蝁布寫」之辭。朱曼君回憶昔年安葬父母時的悲愴，今日以酒澆奠，祈願父母之慈魂馨德將如香芬流佈久遠。「眅」乃眼向上望之意，失怙失恃之痛真有如天塌了一般。「泫」即眼淚，「條」乃樹木枝條，「宰樹」專指墳墓上的樹木，意即自己終日垂淚已使墓木長大矣。范伯子有悼亡名句：「草根無淚不能肥」，也是以親人之淚滋養墓草的意思。念此深痛，朱銘盤悲不可抑，不禁問伯子：「父母在，不遠遊，你真的可以離開父母嗎？」伯子原名鑄。

伯子接著回答道：

> 仲米趣煎憂，歐鐔奮剸制。
> 疲觳支遠勞，遨嬉制怒䭬。
> 身西心固東，朝娛旴乃怫。〔當世〕

「仲米」即仲由負米養親的故事，伯子解釋離親遠遊也是為了養親。歐鐔即寶劍，歐冶子乃鑄劍名匠。詩意或許是欲揮慧劍斬斷戀父母之情思，但恰似抽刀斷水水更流一般，無論是故意讓自己勞累疲乏，還是試圖嬉笑玩樂以忘情，結果都是心不隨身在，始終思念著家鄉，方才還在玩樂，一念及父母親人馬上又黯然神傷了。

> 伏聞皇帝聖，下閔泉府汔。
> 盂盤昨〔註70〕毛氎，騫賈輩瞬迄。〔曼君〕

泉府是國家儲備錢財的府庫，盤盂即盛水和盛食物的器皿，古代常將銘言或功績刻於其上。釁，是血祭的意思。大意是說敬聞今上聖明，擔憂國庫空虛，立志解決，派出了像張騫那樣的通商隊伍。

> 詔邊謹土斷，飾乘減玉釳。
> 雞鹿築塞牢，虓虎屯土仡。〔季直〕

〔註70〕《范伯子詩文集》中此字作昨，《桂之華軒遺集》和《張季子九錄·詩錄》皆作乍，但下句第三字「輩」為仄音，「昨」平音較適，是以改。

　　土斷是東晉、南朝故事，當時由於戰亂，中原地區豪族多遷居江南，但仍稱原來郡籍，形成諸僑郡縣，流亡士民不向朝廷繳納捐稅，利益都爲士族獨吞。及至東晉哀帝時，桓溫推行土斷法，以地域爲斷，裁併僑置郡縣，整頓戶籍，史稱「庚戌土斷」。後南朝各代又多次推行土斷，作爲加強王朝統治，與豪門爭奪勞動力，擴大賦役和兵源的一種手段。此典也與國家財政有關，表示朝廷有統計百姓、增加國庫收入的舉措。「飾乘減玉釳」指兵車也除去那些華而不實的裝飾，意即縮減開支。雖然如此，但邊境安全並沒有放鬆，依然牢築堅城，派猛將把守。雞鹿塞乃西北關口，虓虎亦作「哮虎」，《詩·大雅·常武》有「進厥虎臣，闞如虓虎」之語，仡也是形容壯勇，《書·秦誓》有「仡仡勇夫」之語，都是形容猛將。張謇自光緒二年閏五月入吳長慶軍幕，此時已近四年，已經習慣於關心國家軍政事務。

　　　　懸節新窮岩，規餉競理沏。宛馬萬諜馳，鬼刀四盤刷。
　　　　隱中抗辛有，茲患浮突厥。當世

　　這一節的重點在「辛有」之典。宛馬、鬼刀都是異族武力進攻之物，而「隱中抗辛有」則透露出另一層擔心。白居易曾有《時世妝》一詩，諷刺京城中流行一種「妍媸黑白失本態」的悲啼妝，感歎「昔聞被髮伊川中，辛有見之知有戎」。辛有是周大夫，平王東遷時，他在伊川「見披髮而祭於野者，曰：『不及百年，此其戎乎？其禮先亡矣！』」到魯僖公二十二年，秦、晉果然遷陸渾之戎於伊川。「隱中」在《桂之華軒遺集》中又作「隱衷」，意思更明白了，范伯子自比辛有，他已經隱隱開始擔心中國的傳統禮教和文化會受到西方文化的影響、侵蝕，最終至於消亡，並認爲這是比武力征服更爲可怕的事。聯繫後章中辨析其在西學與儒學之間有變化有持守的態度來看，對傳統文化的重視確是他一以貫之的安身立命所在。

　　　　劫棋局孔午，燥炭熾剡欻。大車轟如蕘，炎勢手可熨。
　　　　瀕謀戲笑當，衡行噲語勿。曼君

　　劫棋即棋劫，以棋局喻戰爭形勢，「孔午」是盜賊的別稱。朱銘

盤認為看起來局勢雖如火如荼，其實只如火光欻忽一現便會熄滅，充分表達了他對侵略者的鄙視和盲目樂觀的態度。毳通「脆」，脆弱不堅之意，高談「炎勢手可熨」也是一種不明敵情的自大自信，還以曹劌論戰和樊噲阻行的典故來自詡有軍事智慧。

　　　薪火憁憪慄，蓬累窘魁崛。寡喙孤莫張，術道邎而詘。
　　　伊和瞿武刖，懷仲受威被。季直

　　張謇則不像朱銘盤那般託大了。他為國家處在抱火寢薪的危機之下而深深憂慮，為自己如飛蓬般飄轉遊移，一事無成，卻被稱為魁傑而抱愧。但無奈人微言輕、孤掌難鳴，當今朝廷的治國之道也是彎曲悖謬，希望渺茫。再想到春秋時楚國的卞和懷璧而獻，卻連遭厲王、武王施以刖刑，誣為誑人，更覺舉步維艱了。

　　　蹇修焉可徠，珍髢自加鬠。欽丕貌長離，留夷婢荒茀。
　　　覽代騷衰糸舒，怨賦瘳瘥弗。當世

　　范伯子這幾句頗有屈騷韻味。蹇修是媒妁之使，珍髢是古人的假髮，鬠是首飾，意謂不必寄望於接引上昇之人，而要自珍自重。欽丕是一種傳說中的神鳥——《桂之華軒遺集》中的丕字帶鳥旁，就更清楚了，長離則是鳳凰；留夷是一種香草，而荒茀即荒蕪之地。意謂其他鳥也能冒充鳳凰，香草竟淪落到荒蕪之地。流覽前代不免憂思百轉，怨情屈抑，好像久病不愈般胸懷難紓。

　　　誓將買地肺，那更豔天紼。若龜甘行淖，詎牛一蔽軷。
　　　曼君

　　地肺是山名，道家所謂土良水清、華陽洞天之地。紼同紼，指大繩索，意謂不再豔羨攀天的繩索，而要買地而隱。寧做《莊子‧秋水》中那只「曳尾塗中」的泥龜，而不要像牛一樣，死了以後，皮被製成祭服的蔽膝。

　　　入潁把許瓢，封留〔註71〕棄炎歊。

〔註71〕此處《桂之華軒遺集》作「封瓢」，應不確。《張季子九錄‧詩錄》亦作「封留」。

亮哉十年書，愈彼三百紱。

迹與招隱往，口嘗草玄〔註72〕吃。季直

許瓢也是隱逸典故，堯以天下讓許由，他堅辭不受，「退而遁於中嶽潁水之陽、箕山之下隱」。許由身無一物，因常到潁河邊用手掬水喝，有人就送他一隻瓢，讓他喝水方便些。他用後就將瓢掛在樹上，但風吹時發出的噓噓響聲讓許由聽了心煩，於是乾脆把瓢也扔掉了，表示完全不依外物。封留是漢高祖封張良為留侯之事，《史記·留侯世家》載：「漢六年正月，封功臣。良未嘗有戰鬥功，高帝曰：『運籌策帷帳中，決勝千里外，子房功也。自擇齊三萬戶。』良曰：『始臣起下邳，與上會留，此天以臣授陛下。陛下用臣計，幸而時中，臣願封留足矣，不敢當三萬戶。』乃封張良為留侯，與蕭何等俱封。」後便以「封留」喻功成身退。炎黻就是品級高貴、刺繡華美的官服。

張謇大概是擔心范伯子和朱銘盤二人以為自己是追求仕途富貴，所以表明自己雖有用世之心，但並非為一己私利，功成身退是他的心願。他認為諸葛亮耕讀十年所獲得的對天下大勢的了然，大大勝過滿朝尸位素餐的文武百官。「三百紱」典出《詩經·曹風·候人》：「彼其之子，三百赤紱」，赤紱是繫官印的繩子，代指做官。這句詩是「刺曹君遠君子而近小人」〔註73〕，嘲諷朝堂之上充斥著只會溜鬚拍馬卻無真才實學之人。

所以，張謇並不願意現在就隱居起來，而是有出應朝廷招隱之心。既然「丈夫才策合匡君」，就「早攜書劍離岩谷，莫待蒲輪輾白雲」（唐汪遵《招隱》詩），不必等人來三顧茅廬了。對於揚雄草《太玄》以表自守泊如之心，他也略加嘲諷。末句的「吃」字應念機，蹇澀不流暢之意，如孟郊《冬日》詩有「凍馬四蹄吃」之句。

黶粟長艙消，煮雨破缸詑。怪思摹鼎鑊，椎險勇埋掘。

〔註72〕此處《桂之華軒遺集》和《張季子九錄·詩錄》皆作「草太」，不可解，應是「草玄」。

〔註73〕〔清〕方玉潤：《詩經原始》，北京：中華書局，1986年版，第299頁。

　　腦鹽楚晉搏，馥餕愈郊乞。當世

　　這一節開始收束，從各言其志的高談闊論回到眼前的現狀，屢粟、煮雨兩句將舟中客行的日常飲食寫得頗有幾分文人情趣。尾句中「餕」乃食之餘，向愈郊乞食明言這首詩是傚韓孟詩風，「怪思」、「椎險」等詞也才有了著落。鼎鑱是刻有姓名事迹永傳後世的鼎，「怪思摹鼎鑱」即以詩文字流傳後世之意，只是這個詩文字是韓孟奇崛險怪的風格。椎埋有發冢之意，沈約《齊故安陸昭王碑文》有「椎埋穿掘之黨，阡陌成群」的表達，范伯子藉以指他們努力挖掘韓孟的險怪詩風。「腦鹽」句典出《左傳‧僖公二十八年》：「晉侯夢與楚子搏，楚子伏己而鹽其腦」，鹽是吸飲之意。韓孟詩風不易學，要避俗避熟，句式也刻意求拗折險怪，確實令他們絞盡了腦汁。范伯子一邊寫詩，一邊表達他們創作的宗祈所在，也是頗有意思的事。

　　晚犬投啼呼，老烏墮陰鬱。
　　著閣半睡飴，板低群頭屈。曼君

　　朱銘盤的最後兩句有點力盡拼湊的意思了。晚犬吠聲，烏鴉歸巢，天色漸暗只是寫出時間的進程，「板低群頭屈」的描寫更是詩意缺缺。

　　生拙僕疑語，志違夢攖拂。
　　嘲弄桃土偶，慰諷紙泥佛。季直

　　生拙即拙生，就寢後僕人偷偷地發牢騷，議論主人拙於生計。志違即違志，因白日所為乃違背志向之事，入夜做夢也還是夢見諸事拂逆不順，不由得嘲笑自己不過是像桃木、泥土做的神鬼偶像一樣，過著身不由己的傀儡生活。不過紙泥佛與桃土偶兩句就對偶而言，似難免合掌之譏。

　　沒燭禪大月，軒篷照瑰物。當世

　　所幸范伯子的結句卻是有混茫之氣的。燭火已滅，整個世界都沐浴在滿月清光之中。同樣的一條船，在朱銘盤看來是「板低群頭屈」的逼仄壓抑，在范伯子看來卻是軒敞開闊，幾有幕天席地之樂，如此

差異自是其心胸曠達所致。「瑰物」在張、朱二人集中皆作「塊物」，但無論是從意境還是平仄來看都應作瑰爲好。伯子意氣風發，自命朋輩三人皆爲奇偉珍異之才，也並不爲過。

「大月」是後來陳三立詩中頻出的意象，今人也頗欲解其內涵，但若只稱「冷冷孤寂的大月，暗示生命的寂滅。月之『大』，更顯出生命的空洞、寂寞」〔註74〕，以及「就連被歷來詩人認同的、溫柔寧靜的明月也成爲詩人的壓迫，變得孤冷逼人」〔註75〕等等似乎尙未發掘出陳三立詩中，大月與孤月、冷月的區別所在。因爲「深杯猶惜長談地，大月難窺徹骨憂」、「臥看大月吐峰頭，湖水空明一片秋」這樣的句子裏人與月之間也並非沒有柔情。而伯子這裡的「禪」一字似乎爲我們理解「大月」打開了另一條禪學的途徑。

滿月爲大，《金剛經》上言：「涅槃者，菩薩心無取捨，如大月輪，圓滿寂靜」〔註76〕。《五燈會元》記盤山寶積禪師語：「夫心月孤圓，光吞萬象。光非照境，境亦非存。光境俱亡，復是何物？禪德譬如擲劍揮空，莫論及之不及，斯乃空輪無迹，劍刃無虧。若能如是，心心無知。全心即佛，全佛即人。人佛無異，始爲道矣。」〔註77〕又記：「或問百丈懷海禪師：『如何得自由分？』師曰：『如日月在空，不緣而照。心心如木石，念念如救頭……能照破一切有無諸境，是金剛慧，即有自由獨立分。』〔註78〕金剛慧取意「剛生金中，百鍊不消，取此堅利，能斷壞萬物。譬如智慧，能斷一切煩惱，轉爲妙用」〔註79〕。百丈懷海所說的「自由獨立」等於佛門的「解脫」，「但歇一切攀援，貪嗔愛取，垢淨情盡。對五欲八風不動，不被見聞覺知所縛，不被諸境所惑，自然具足神通妙用，是解脫人」

〔註74〕孫老虎、胡曉明：《孤兒‧殘陽‧遊魂：陳三立詩歌的悲情人格》，《浙江社會科學》，2005 年第 1 期，第 178 頁。
〔註75〕同上。
〔註76〕〔明〕韓岩集解：《金剛般若波羅蜜經補注》大乘正宗分第三。
〔註77〕《五燈會元（上）》，第 149 頁。
〔註78〕《五燈會元（上）》，第 135 頁。
〔註79〕〔明〕韓岩集解：《金剛般若波羅蜜經補注》。

也。

所以，伯子詩中的「禪大月」與沈曾植筆下的「解脫月」其實意蘊相通。錢仲聯先生曾找出《大方廣佛華嚴經》中「我唯知此一解脫門，猶如淨月，能為眾生放福德光」〔註80〕一句是沈曾植語所本。沈將山水、莊老打並一氣，不取一法、不捨一法，「看得牛皮穿」等正是神遊往來無滯礙之境。王蘧常《沈曾植年譜》釋「解脫月」則取證於《華嚴經・行願品》卷二十一：「此解脫者猶如滿月，滿足廣大福智海故」〔註81〕，更證其即是大月。

大月普照，光華圓滿，以之喻心，心也如月般能涵容萬物，表達了一種順任自然、隨遇而安、心無掛礙、自由往還的禪境。所以范伯子才能視小舟為「軒篷」，因其心不為皮囊所限。而陳三立的「大月難窺徹骨憂」則是反用之，與伯子後來的「平生思之但負月」（《中秋次韻高季迪張校理宅玩月》）類似，都是表達自己為現實纏累，難以臻至大月的超脫禪境之意。

當我們逐字逐句地解讀完這首聯句詩，再來看吳汝綸第一次送范伯子南歸時所作的詩，更會明白那些讚譽之辭並非無的放矢，而是切合其人的。其詩云：「道適前無古，才橫空所依。心知非力強，目接似君稀。巨海收清淑，幽靈餇苾馣。聳身蹈霄漢，落筆有天機。鬼物窮艱怪，煙雲炫是非。一詩初北走，三載悵南睎」〔註82〕。「非力強」、「空所依」、「蹈霄漢」、「有天機」、「幽靈苾馣」、「鬼物艱怪」等等在這首聯句詩中都一一展現了出來，難怪吳汝綸一睹此詩，便渴想其人，積念三載了。

其中可圈可點的如「隱中抗辛有，茲患浮突厥」表現出斯文傳承和保護者的自覺，「蹇修焉可徠，珍髶自加髶」的以詩文自尊自重的

〔註80〕錢仲聯：《論同光體》／《夢苕庵清代文學論集》，濟南：齊魯書社，第 122 頁。
〔註81〕李瑞明：《雅人深致》，第 102 頁。
〔註82〕吳汝綸：《依韻送范肯堂南歸》／《吳汝綸全集（一）》，第 403 頁。

身份感,「怪思摹鼎鑊」、「馥餕愈郊乞」的磨礪文才的苦心孤詣,「沒燭禪大月,軒篷照瑰物」的居高視下、自由豁達的胸懷等,皆與吳汝綸的人生態度若相符節。他們都放棄了仕途上的進取,曾共享發覆古代典籍艱深文字之樂〔註83〕,又曾一起爲國家民族的命運而轉而後悔「以深文爲教」〔註84〕,最後更是都加入了新式教育的事業,爲國家作育人才。

吳汝綸在勉強接受京師大學堂總教習的任命後,要求先去日本考察,回國後即給范伯子去信,言:「來示謂僕宜早北上,無使外人絕望吾國。所見極是。僕此遊,日本人屬望甚至;雖不敢冒居總教習之任,固不能徑臥歸家,使方外輕藐吾國。但北去亦止委蛇數月,徐謀奉身而退,誠不宜自忘己量,強所不能,貽羞知己。」〔註85〕他們都是不圖虛名,只望能爲國家、鄉里做些實事的儒士君子。從范伯子最初受知於吳汝綸的這首排律聯句詩中,我們已能發見他們互引爲知己的根基所在了。

第三節　對桐城詩學的吸納與變化

毫無疑問,桐城派的古文之學在整個清代中後期影響最大,但在吳孟復的《桐城文派述論》和王鎭遠的《桐城派》書中卻仍有專節講桐城詩派與詩學。桐城大家如姚範、劉大櫆、姚鼐、方東樹等也都愛談詩、作詩,姚鼐編選了《五七言今體詩鈔》,方東樹的《昭昧詹言》更是專門的詩學著作,可見錢鍾書「桐城亦有詩派」之言不虛。但筆者以爲,與其說桐城詩派,不如說桐城詩學,因爲跟古文之學一樣,桐城派人的詩學似乎也比詩功更勝一籌。

方東樹言:「近代眞知詩文,無如鄉先輩劉海峰、姚姜塢、惜抱

〔註83〕《聚學軒叢書序》中記伯子與吳汝綸共讀「號爲至深」的揚雄文,「至兩皆釋於心,則相視而笑」。
〔註84〕《聚學軒叢書序》／《詩文集》,第559頁。
〔註85〕《答范肯堂》／《吳汝綸全集(三)》,第472頁。

三先生者。姜塢所論，極超詣深微，可謂得三昧眞詮，直與古作者通魂授意。但其所自造，猶是凡響塵境。惜翁才不逮海峰，故其奇恣縱橫，鋒刃雄健，皆不能及；而清深諧則，無客氣假象，能造古人之室，而得其潔韻眞意，轉在海峰之上。海峰能得古人超妙，但本源不深，徒恃才敏，輕心以掉，速化剽襲，不免有詩無人，故不能成家開宗，衣被百世也」〔註86〕。姚惜抱與劉海峰之詩可謂各有擅場，張裕釗選《國朝三家詩鈔》，只選三家，眼光不可謂不苛，而其中七律一格就是以姚惜抱爲代表的。但惜抱詩乏雄才大氣，偏於孱弱，而劉海峰又才大於學，不免輕浮，都有不盡人意之處。

　　桐城詩學可說是清中期在姚鼐、方東樹的手中漸漸成形的，主旨是糾正當時詩壇流行的神韻說、性靈派等，回歸雅正、元氣、大家興象的詩歌正源。而到了清後期，范伯子作爲外來者，其詩歌成就反而超過了許多桐城籍詩人，成爲桐城詩派的代表人物了。吳孟復論桐城詩派，稱「道咸而後，程恩澤、何紹基、曾國藩，承風而起，流衍及全國。張裕釗、范當世尤爲巨擘」〔註87〕；王鎮遠亦言「桐城派文人中能詩者不少，如劉大櫆、姚範、姚鼐、方東樹、朱琦、曾國藩、范當世、陳三立等人在詩歌理論與創作上的建樹都爲人重視」〔註88〕，吳闓生說「先大夫垂教北方三十餘年，文章之傳則武強賀先生，詩則通州范先生」〔註89〕。雖然范伯子對《古文辭類篆》的研究也很多，但後人蓋棺論定，還是認爲他的詩功勝於文事，恐也是天分所致。

　　范伯子並沒有成系統的詩學著作，但他多年浸淫在桐城詩文學中，詩學思想確實受桐城派影響甚深。有的研究者一味撇清他與桐城

〔註86〕方東樹：《昭昧詹言》卷一・一四四，北京：人民出版社，1961年版，第46頁。
〔註87〕吳孟復：《桐城文派述論》，第39頁。
〔註88〕王鎮遠：《桐城派》，上海：上海古籍出版，1990年，第157頁。
〔註89〕吳闓生：《晚清四十家詩鈔・自序》／《晚清四十家詩鈔》，第24頁。

派的關係，說「在桐城派、同光體的範圍內糾纏，未能凸顯其『獨樹一幟非羞顏』的詩學主旨」，「是一種以偏概全的做法，也將陷入『都是隨人說短長』的窠臼」〔註90〕，貌似尊賢，其實並不符合事實。因為就連「唯有參之放煉間，獨樹一幟非羞顏」的理論都並非伯子首創，「得失惟與蘇黃爭，淵源或向杜李討」〔註91〕等詩學思想的形成也是淵源有自的。另一種研究則是簡單斷定范伯子對姚鼐理論的繼承和發展「集中體現在『雅正』說和『陰陽剛柔』說上」〔註92〕，這是以姚鼐為主來照映伯子，因為陽剛、陰柔的問題在范伯子的詩學思想中並不突出。所以，只有從范伯子自身的詩學論述出發，再放到桐城詩學的背景下來考察，才能看出哪些是他繼承學習的，哪些是他隨世運之變、依性情之異而有所增進、發展、創新的。

　　而且，在范伯子身上，詩學與詩功恰如硬幣的兩面。他不像有的人那樣詩學深而詩功淺，他研究詩學不是空談，而是從創作中來的甘苦之言，又再用來指導創作，所以其詩學思想的發展演變與詩歌創作的發展演變是相互呼應的。瞭解他的詩學思想，能夠幫助我們從藝術的層面，有更敏銳的眼光去理解和剖析他的詩，這也是研究其詩學思想的重要意義。接下來會從幾個方面來展開論述。

一、正宗論：宗杜韓而反吳王

　　范伯子有一首《既讀外舅一年所為詩，因發篋出大人及兩弟及罕兒諸作，遍與外舅觀之，外舅愛鍾鐓詩，至仿傚其體。爰詢當世以外間所見詩派之異，而喟然有感於斯文也，疊韻見示，當世謹次其韻，略誌當時所云云》，是解讀他對桐城詩學認識的重要線索，也頻頻被

〔註90〕黃偉：《范伯子詩學理論平議》／《徐州師範大學學報（哲社版）》，2009年9月，第29頁。
〔註91〕《叔節行有日矣為吾來展十日開伯喜而為詩吾次其韻》／《詩文集》，第102頁。
〔註92〕汪朝勇：《姚鼐與范當世詩文理論之關係》，《阜陽師範學院學報（社科版）》，2007年第3期，第31頁。

人引用。詩云：

> 滔滔江漢古來並，判作支流勢亦平。
> 直到山深出泉處，翻疑河伯望洋情。
> 泥蛙鼓吹喧家弄，蠟鳳聲華滿帝城。
> 太息風塵姚惜抱，駒蚋乘鷺獨孤征。

　　有研究者將這首詩理解為「范當世認為以姚鼐為代表的桐城派不僅是當時各『支流』詩派『山深出泉處』的源泉，而且認為桐城詩文是一座高峰，在這博大精深的源頭面前，各詩派就猶如河伯望洋興歎一般，只好望源興歎，難以企及」〔註93〕。這只是拈出支流、源泉、望洋幾個關鍵詞加以想像連綴而成，完全沒有顧及整首詩有如文章般的起承轉合、意脈曲折而貫通之處，也沒有一點背景知識，顯得桐城派人如此託大，恐非其本意。

　　筆者以為，這首詩其實是在表達桐城派中人對詩分派別的看法。「滔滔江漢」既云「古來並」，就並不是指桐城派，而是桐城派視為詩文正源的詩、騷、漢、魏、李、杜、韓這一脈貫通下來，這些古人並未分門別派，而是彙聚成為大流。而「判作支流勢亦平」則是說後人各起派別紛爭，從浩蕩的主脈中分裂出來，變成小支流，反而氣象狹隘了。其實這是桐城派從誕生之初到清末一直面對的現實狀況，姚鼐之時所謂「支流」是袁枚的性靈派與王士禛的神韻派，而范伯子此時則有漢魏六朝派、尊唐派等，都是排除異己、唯我獨尊型的派別。所以姚濬昌才會聽伯子講述「外間詩派之異」而「喟然有感於斯文也」。

　　以江水源頭來比擬文脈並非伯子首創。《孟子·離婁下》有云：「源泉混混，不捨晝夜，盈科而後進，放乎四海，有本者如是，是之取爾。苟為無本，七八月之間雨集，溝澮皆盈，其涸也，可立而待也。故聲聞過情，君子恥之」。姚永樸曾引申其言道：「是豈獨為

〔註93〕謝遂聯：《范當世的詩學主張及其對詩壇的影響》，《和田師範專科學校學報》，2004 年第 4 期，第 98 頁。

立身行己言之哉！苟欲文之工，亦非此不辦耳」〔註94〕，強調詩文如四海壯闊的外觀也必須源於根本之正，才能不絕不匱。黃庭堅《與斌老書》云：「書不用求多，但要涓涓不廢。江出岷山，源若甕口；及其至於楚國，橫絕千里，非方舟不可濟。惟其有源而不息，受下流多，故也」，〔註95〕《答洪駒父書》亦云：「凡作一文，皆須有宗有趣，始終關鍵，有開有闔，如四瀆雖納百川，或彙而爲廣澤，汪洋千里，要自發源注海耳。」〔註96〕可見有源不息、廣納下流、直注滄海方是詩文修習的正道。所以頷聯沒有襲用望洋興歎的常見意，而是以「翻疑」轉折，對河伯望洋之情表示質疑，因爲大海雖廣闊無邊，但若沒有源泉之水、百川之歸，何以成其大呢？是以范伯子將注目的焦點轉離大海，跨越千里萬里的距離，回到「山深出泉處」。

若結合姚鼐、方東樹、姚永樸等人的言論來看，這個道理就更加清楚了。姚鼐的「雅正」說早已是耳熟能詳，《詩序》曰：「雅者，正也」，所以研究中常見雅正並提，卻很少有人將它們分開來看。其實雅和正是各有意蘊的。「雅」從思想上來講，是繼承詩經大雅之精神，從字句上而言，則是不用俚俗語之意；而「正」則隱含了一個詩源正宗的譜系，與偏稗相對。所謂「雅者，正也」說明這個正宗譜系是以雅爲標準的。

姚鼐曾致信姚瑩云：「近人不知詩有正體，但讀後人集，體格卑卑，務求新而入纖俗，斯固可憎厭。而守正不知變者，則亦不免於隘也。」〔註97〕這正可爲他受於程魚門、周書昌的「有所法而後能，有所變而後大」的思想下一注腳。「有所法」乃根基所在，所以姚鼐在編撰《五七言今體詩鈔》時，強調「存古人之正軌，以正雅祛邪」，「正

〔註94〕《姚永樸文史講義》，第 10 頁。
〔註95〕《姚永樸文史講義》，第 126 頁。
〔註96〕《姚永樸文史講義》，第 127 頁。
〔註97〕姚鼐：《姚惜抱尺牘》，上海：上海新文化書社，民國廿四年（1935年）版，第 82 頁。

軌」就包含了雅的意蘊。

　　但這並不意味著桐城詩學食古不化，只是因爲「合可言也，變不可言也」，若「未嘗至合，而輒矜求變」，不免會像「近世有一二庸妄巨子」，「其所以爲變，但糅以市井諧諢，優伶科白，童孺婦媼淺鄙凡近惡劣之言，而濟之以雜博、餖飣故事，蕩滅典則，欺誣後生，遂令古法全亡，大雅殄絕。則又不如且求合之，爲猶存古法也。」〔註98〕姚鼐《與伯昂從孫書》云：「大抵作詩平易，則苦無味，求奇，則患不穩。去此兩病，乃可言佳」〔註99〕，可見他並不反對求奇，只是正可尋迹，奇則變化無窮，在於個人的天賦領悟，「文之出奇怪，惟功深以待其自至」〔註100〕。

　　姚永樸也有詩云：「湘水文瀾皖水來，百年宗派後先開。一源斷續歸眞賞，六籍萌芽發異才」〔註101〕，點出從桐城派到湘鄉派，百年間雖是前後相繼，但源頭都是儒家六籍，一脈相承的。所以陳夒龍贈伯子詩亦稱其「直爲桐城留正派」〔註102〕，既是桐城之正派，亦是正派之桐城。可見正宗、正體之說在桐城派人心中實是無時或忘的重要前提。

　　那他們究竟以何爲正宗呢？《昭昧詹言》中言：「杜公如佛，韓、蘇是祖，歐、黃諸家五宗也。此一燈相傳」〔註103〕，又云：「韓、蘇並稱，然蘇公如祖師禪，入佛入魔，無不可者，吾不敢以爲宗，而獨取杜、韓」〔註104〕，「學黃必須探源於杜、韓，而學杜、韓必以經、騷、漢、魏、阮、陶、謝、鮑爲之源」〔註105〕，「杜、韓之

〔註98〕　方東樹：《昭昧詹言》卷一・九八，第33頁。
〔註99〕　姚鼐：《姚惜抱尺牘・與伯昂從侄孫》，第79頁。
〔註100〕　姚鼐：《姚惜抱尺牘・與陳碩士》，第62頁。
〔註101〕　姚永樸：《將應江南鄉試肯堂先行詩以贈之》／《資料集》，第55頁。
〔註102〕　陳夒龍：《淮上喜晤范肯堂光祿依韻奉酬》／《資料集》，第49頁。
〔註103〕　方東樹：《昭昧詹言》卷十一・二〇，第237頁。
〔註104〕　方東樹：《昭昧詹言》卷九・六，第119頁。
〔註105〕　方東樹：《昭昧詹言》卷十・一〇，第227頁。

真氣脈作用，在讀聖賢古人書，義理、志氣、胸襟源頭本領上」〔註106〕，「杜、韓盡讀萬卷書，其志氣以稷、契、周、孔爲心，又於古人詩文變態萬方，無不融會於胸中，而以其不世出之筆力，變化出之，此豈尋常齷齪之士所能辨哉」〔註107〕等等。從這些零亂紛繁的說法中我們至少可以抓出「杜韓」是桐城詩學沒有異議的正宗所在，因其承源正，又變化奇。

韓愈詩如李南紀《昌黎集序》中所言，是既「汗瀾卓踔，顏泫澄深，詭然而蛟龍翔，蔚然而虎鳳躍，鏘然而韶鈞鳴」，藻麗奇怪；又「日光玉潔，周情孔思，千態萬貌，卒澤於道德仁義，炳如也」，〔註108〕心正氣充，堪稱「奇而法，正而葩」〔註109〕。而黃庭堅稱杜詩韓文「無一字無來歷」，可見其正，但「有來歷，皆陳言也」，又何以出新出奇呢？黃庭堅只大而化之言道：「古之能爲文章者，眞能陶冶萬物，雖取古人之陳言入於翰墨，如靈丹一粒，點鐵成金也」（《答洪駒父書》），而方東樹則明確指出技法精髓「全在於反用翻用，故著手成新，化朽腐爲神奇也」。好比范伯子的河伯之典，就是反用。可見杜、韓的奇正相成正是桐城詩人的理想境界。

但現實往往與理想相去甚遠，姚鼐諸人之所以如此強調正宗、正體，正是因爲現實中僞體、偏稗、別傳的流行。這就是范伯子詩中「泥蛙鼓吹喧家弄，蠟鳳聲華滿帝城」兩句所言了。蛙鳴鼓吹乃喧鬧之聲，聽之並不令人愉悅，所以多用來形容拙劣的詩文。而「蠟鳳」並非眞鳳，徒敷油彩而無生氣。《文心雕龍·風骨篇》有云：「若風骨乏采，則鷙集翰林；采乏風骨，則雉竄文囿。唯藻耀而高翔，固文筆之鳴鳳也」，死氣沉沉的「蠟鳳」恐怕還不如「采乏風骨」的雉雞吧。方東樹云：「古人各道其胸臆，今人無其胸臆，而強學其詞，所以爲客氣假象。漢、魏最高而難知，而其詞又學者所共習誦。以

〔註106〕 方東樹：《昭昧詹言》卷八·六，第211頁。
〔註107〕 方東樹：《昭昧詹言》卷八·七，第212頁。
〔註108〕 《姚永樸文史講義》，第106頁。
〔註109〕 韓愈《進學解》中有語：「《易》奇而法，《詩》正而葩」。

易襲之熟詞，步難知之高境，欲不爲客氣假象也得乎？」〔註110〕這種「客氣假象」即「蠟鳳」之喻的本體了。

有趣的是，方東樹所譏學漢魏之人的短處恰好又應在光緒年間以王闓運爲首的漢魏六朝派身上了。柳亞子曾諷刺王闓運詩是「古色斑斕眞意少」〔註111〕的假古董，汪辟疆也說其作詩「一意摹擬」，「如高髻雲鬟，美而非時」，「爲世詬病久矣」〔註112〕。雖然譏刺之聲不少，但王闓運在當時卻風頭甚健，跟隨者眾多，伯子既云「滿帝城」，則更可能是針對他而言的了。

范伯子從桐城詩學中吸收的正宗觀並不只是施於同時詩派，也幫助他更新了對當時依然未衰的吳王詩風的認識。光緒二十年，范伯子在天津時，給姚倚雲寫信，說到勳卿公詩「大抵樸而古，與梅村、漁洋異趣。昔至父推夫人詩云：『確似我家梅村。』梅村尙非吾意之所靨，故喜得夫人進境而急奪至父之語，以爲酷似我家勳卿也」〔註113〕。在他於光緒二十六年除夕所作的《除夕詩狂自遣》中，更是直言：「徑須直接元遺山，不得下與吳王班」，毅然摒棄吳王詩風。他之所以說「徑須直接元遺山」，或也是因「金元遺山詩兼杜、韓、蘇、黃之勝，儼有集大成之意」〔註114〕也。但我們若看范伯子早年的資料，可知這並非他從起初就有的見解。

據其光緒四年日記，范伯子曾有一段愛讀梅村詩的經歷。當年正月十七日他在顧延卿家得觀梅村詩，念念不忘，於次月四日「遣使至延卿處取書，借《世說》、梅村詩」〔註115〕。十八日記下「吳三桂、圓圓之事，他無徵，惟梅村《圓圓曲》有『衝冠一怒爲紅顏』之句」

〔註110〕　方東樹：《昭昧詹言》卷二・三，第 52 頁。
〔註111〕　柳亞子：《論詩六絕句》／《近代詩鈔》。
〔註112〕　汪辟疆撰，王培軍箋證：《光宣詩壇點將錄箋證》，北京：中華書局，2008 年版，第 10 頁。
〔註113〕　《范伯子詩文選集》，第 447 頁。
〔註114〕　劉熙載：《藝概・詞概》，第 113 頁。
〔註115〕　范伯子：《南通范氏詩文世家・范伯子卷・日記》，第 246 頁。

〔註116〕，略表詩史之許。三月六日又有「觀梅村詩、《壯悔堂文》」的記載，且「書侯朝宗《與吳駿公書》後」〔註117〕，雖其抒發何感已不得而知，但他對明清易代之際文人的特別關注卻是顯而易見的。如前文所述，這是因爲伯子少時即從父老處聽聞了勳卿公事迹，是以對「明清之際名家著述」〔註118〕格外留心。

這年的三月十四、十五兩日他都是在雨中觀《梅村集》，得詩二首，日記中只載其一曰：「春夢千番雨未休，海棠庭院盡驚秋。爐香讀罷熹懷紀，起看門前川水流」〔註119〕。原來此前兩日他正在讀《明懷宗全紀》和《熹宗紀》，而作詩這一日只讀了梅村詩，所以我們不妨推測他是將梅村詩與《熹懷紀》互相參看，從中體會明末叔世文人之心史。一月後復有觀梅村詩的記載，且「和梅村《雜感》詩六之一」〔註120〕，雖和作不存，但吳梅村的《雜感六首》之一正是寫吳三桂、陳圓圓事的，可見范伯子對明末風雲確實頗用心。

范伯子曾說年少時讀先輩詩，「往往讀不終卷，輒懵然莫辨其微遠所在，孰爲高下，以此發憤游學」〔註121〕，可見當時的他詩學思想尚未成型，所以在范鳳翼與吳梅村之間還未作高下之論。錢謙益言范鳳翼「爲詩中和，且平穩如清風，有忠君憂國之思而不比於怨，有及時假日之樂而不流於荒」，「清妍深穩，有風有雅」〔註122〕。范鳳翼雖經歷了萬曆、天啓、崇禎三朝，入清又逃禪八載，晚明的鈎黨之爭、國事日非、山河易主、生靈塗炭都是親眼所見，但因其守高不出、嘯詠山林、光明坦蕩的心懷，所以其詩並不像有的明遺民——尤其是吳偉業這樣的仕清文人那樣，以清詞麗句來婉轉掩抑地

〔註116〕 范伯子：《南通范氏詩文世家‧范伯子卷‧日記》，第 252 頁。
〔註117〕 范伯子：《南通范氏詩文世家‧范伯子卷‧日記》，第 256 頁。
〔註118〕 《秋浦雙忠錄序》／《詩文集》，第 556 頁。
〔註119〕 《南通范氏詩文世家‧范伯子卷‧日記》，第 259 頁。
〔註120〕 范伯子：《通州范氏詩文世家‧范伯子卷‧日記》，第 267 頁。
〔註121〕 《通州范氏詩鈔序》／《詩文集》，第 485 頁。
〔註122〕 錢謙益：《南通范氏詩文世家》第一冊第 237 頁。

抒寫一種哀怨之情。清代女詩人汪端曾比較吳梅村與高啓的詩，曰「梅村濃而無骨，不若青邱淡而有品」〔註123〕，「淡而有品」與范伯子稱許其家祖的「樸而古」相近，似也可移評梅村與勳卿公的「異趣」了。

　　桐城詩學針對吳梅村的內容尚不多，大概是因為和王士禛在清代主持壇坫的地位比起來，吳梅村的影響力是大大不如的。而姚鼐之時距離王士禛的鼎盛期尚不遠，所以在《五七言今體詩鈔序》中，他對王還是比較尊重的，只是微詞異議已經略露。姚鼐稱：「論詩如漁洋之《古詩鈔》，可謂當人心之公者也。吾惜其論止古體，而不及今體。至今日而為今體者，紛紜歧出，多趨偽謬，風雅之道日衰。從吾遊者，或請為補漁洋之闕編，因取唐以來詩人之作，採錄論之，分為二集十八卷，以盡漁洋之遺志」。接著就筆鋒一轉：「雖然，漁洋有漁洋之意，吾有吾之意。吾觀漁洋所取捨，亦時有不盡當吾心者，要其大體雅正，足以維持詩學，導啓後進，則亦足矣。其小小異同，嗜好之情，雖公者不能無偏也。今吾亦自奮室中之說，前未必盡合於漁洋，後未必盡當於學者，然而存古人之正軌，以正雅袪邪，則吾說有必不可易者。」既云「未必盡合於漁洋」，又云「存古人之正軌」、「有必不可易者」，則二人詩論有所齟齬已是呼之欲出了。

　　到了方東樹的時代，對王士禛的批駁就變得無所顧忌了。《昭昧詹言》主要從三個方面來批評王漁洋。一是批神韻說格局狹隘、氣骨孱弱。方東樹雖也認同「讀古人詩，須觀其氣韻」，但「氣韻分雅俗，意象分大小高下，筆勢分強弱」，像「王阮亭專標神韻，此又非也。導人作偽詩懦詞，終生不見大家筆力、興象氣脈矣。如山水清音，園中林下之秀，豈足盡天地之奇觀乎？」〔註124〕再如「阮亭標舉神韻，固為雅音，然亦由才氣局拘，不能包羅，故不喜中州集。

〔註123〕　《清代閨閣詩人徵略》卷八，轉引自《清詩流派史》，第108頁。
〔註124〕　《昭昧詹言》卷一・八五，第29頁。

此杜公所譏「未掣鯨魚碧海中」者也〔註125〕，是譏其只有「或看翡翠蘭苕上」這一格。

第二則是點出阮亭格局狹小的原因乃在胸中無志。如言「韋公之學陶，多得其興象秀傑之句，而其中無物也，譬如空華禪悅而已。故阮亭獨喜之。陶公豈僅如是而已哉！」〔註126〕譏阮亭只得淵明之皮相，未得其神。又如說阮亭論詩，不顧孟子知人論世、以意逆志之「學詩最初之本事」，「止於掇章稱詠而已，徒賞其一二佳篇佳句，不論其人為何如，又安問其志為何如也？此何與於詩教也？」〔註127〕

第三則針對阮亭的字句章法而發。桐城詩學特別講究「去陳言」和以古文之法通詩，所以方東樹批評起來更是連篇累牘了。字句方面如「阮亭多料語，不免向人藉口，隸事殊多不切。所取情景語象，多與題之所指人地時物不相應。既乏性情，是亦僞詩。不關痛癢，即是陳言。以自名家亦可，以爲足與古今文事則未也」〔註128〕；「阮亭、竹垞，多用料語襯貼門面，膚爛不精，苟以炫博而已。乍看已無過人處，入而索之，了無眞情勝槪，所謂『使君肥如瓠而內實粗』者也。大約其用心浮淺，氣骨實輕。」〔註129〕所謂「料語」，大概就是「作詩必用本題故典及字句作料」之意，方東樹云此「乃是鈍根，王阮亭乃一生不悟」〔註130〕，「阮亭用事，多出餖飣，與讀書有得，溢出為奇者迥不侔」〔註131〕也是此意。用法方面則如漁洋「於章句文法又復無所究明」〔註132〕，古人如「李、杜、韓、蘇皆渾成無迹，不異漢、魏，惟歐公、介甫，以古文法行之，其迹稍顯，然皆工妙。近人

〔註125〕《昭昧詹言》卷一‧一三九，第45頁。
〔註126〕《昭昧詹言》卷一‧一三一，第42頁。
〔註127〕《昭昧詹言》卷一‧一六，第6頁。
〔註128〕《昭昧詹言》卷一‧一四〇，第45頁。
〔註129〕《昭昧詹言》卷一‧一四一，第45頁。
〔註130〕《昭昧詹言》卷一‧一四二，第46頁。
〔註131〕《昭昧詹言》卷一‧一四三，第46頁。
〔註132〕《昭昧詹言》卷一‧一六，第6頁。

於用法一事全不講，如朱彝尊、王阮亭、錢牧翁輩，皆於此概乎未有所知也。」〔註133〕

王士禛在方東樹眼中就是如此一無是處嗎？其實也未盡然。方東樹曾講論當日詩壇狀況云：「山谷立意求與人遠，奈何今人動好自詡，吾詩似某代某家，而冒與爲近。又有一種儈父野士，亦不肯學人，而隨口謳俗，眾陋畢集，以此傾動一世，坐使大雅淪亡。然後一二中人，又奉阮亭爲正法眼藏，以其學古而意思格律猶有本也。」〔註134〕可見阮亭尚不至於偏悖太甚，只是阮亭四法之「諧」「非至教也」，因「諧則易弱，又阮亭愛用好字求工，流弊不免入於俗矣。世士眞知此意者少，將誰語乎！」〔註135〕看來方東樹也受到了趙執信「朱貪多，王愛好」的影響，而他認爲「諧」與「好」容易墮入流俗，以黃山谷的「求與人遠」、「寧律不諧而不使句弱，寧用字不工而不使語俗」〔註136〕救之，背後其實已經暗含了捨唐取宋的選擇。

方東樹並非全然目無神韻之人。他曾言「李太白言他人之語，爲春無草木，山無煙霞。可悟西崑諸公之句，即洞山禪所云「十成死句」也。郭景純云：『林無靜樹，川無停流』，可悟死句之無味。」可見他亦深知詩要有生氣、靈動、遠韻，但「專講之，又恐纖佻，爲鍾、譚惡習」〔註137〕，是以不敢強調，只略微提一提，讓慧心人自去領悟。這種輕重詳略間的處理其實體現了他對詩壇現狀的回應。

總之，方氏認爲「學詩之正軌」乃在「求通其辭，求通其意也。求通其意，必論世以知其懷抱。然後再研其語句之工拙得失所在，及其所以然，以別高下，決從違。而其所以學之之功，則在講求文、

〔註133〕　《昭昧詹言》卷一・一〇七，第 35 頁。
〔註134〕　《昭昧詹言》卷十・三，第 225 頁。
〔註135〕　《昭昧詹言》卷十・二，第 225 頁。
〔註136〕　《昭昧詹言》卷十・二，第 225 頁。
〔註137〕　《昭昧詹言》卷一・五八，第 21 頁。

理、義」，但「又有文、理、義皆得，而不必求其意，論其世，第如
鳥獸好音之過耳，亦爲人所愛賞而不欲廢者，如齊、梁人及唐韋、
柳、王維是也。此禪家別傳，無關志持者耳。」〔註138〕在他看來，
詩文蘊含的「意」與「懷抱」──即「詩者，志也，持也」，是比講
求文、理、義所來的語句之工拙得失更爲重要的。詩並不是匠人的
工藝，而是儒者生命的流露。而王漁洋的詩及其神韻說和「齊、梁
人及唐韋、柳、王維」相似，至多只能算「禪家別傳」，非儒家詩教
正宗也。

　　所以，方東樹雖然認可「阮亭頗有功力」，但因其「自處大曆，
不敢一窺李杜韓，無論經、騷矣」〔註139〕，是以造詣未臻第一流。
但正如本書第二章中談到的，漁洋神韻說的提出與流行實與清初的政
治狀況有關，他「自處大曆」也是時勢爲之，方東樹若論其世，或許
可對其多一點理解。但到了嘉道年間，政治形勢已大不同，不關痛癢、
粉飾盛世的詩歌確實已不相宜，所以姚鼐、方東樹等人開始發出異
議。再到范伯子所處的光緒年間，國事日非，外患日劇，其胸中壯志、
悲情更非迷離神韻所能表達。所以，桐城詩學在清代中後期開始力勸
回歸詩教正統，以杜、韓爲宗，范伯子也樂於接受此學說，從深層來
看也是時世造之。

　　吳汝綸盛讚范伯子「昨日示新作，對案來杜韓」〔註140〕，對其
《舟中聯句詩》的宗韓之風高度讚賞，都表現出了桐城宗旨所在。吳
闓生「示其門人學詩文之門徑」，亦曰：「凡事皆有奉原，六經、子、
史，大家之本原也；文則兩司馬、班、揚、韓、柳、歐、蘇、曾，詩
則曹（植）、阮、陶、謝、李、杜、韓、小李、杜、李長吉、蘇、黃、
陸、元而已。彼其根底，亦皆植於六經、子、史，而發揮其才力，蔚
然爲一代之宗。吾人於各家之精神、意氣、淵源、宗派肆力研求，必

〔註138〕《昭昧詹言》卷一・一八，第 7 頁。
〔註139〕《昭昧詹言》卷一・一四七，第 47 頁。
〔註140〕 吳汝綸：《答范肯堂四首》／《資料集》，第 27 頁。

有所得矣」〔註141〕，可見桐城派溯源正宗、廣納支流以成其大的詩文觀一直傳承不墜。

　　再回到前面那首詩，范伯子末句「太息風塵姚惜抱，駟虯乘鷖獨孤征」點出姚鼐之名，又用了《文心雕龍・辨騷》中「駟虯乘鷖，則時乘六龍」之語。「駟虯乘鷖」本就是駕龍乘鳳之意，《易・乾》曰：「大明終始，六位時成，時乘六龍以御天」，「六龍」乃天子車駕專稱。范伯子藉以喻詩，則姚鼐在其意中自是詩壇之眞命天子。

　　可惜，這位詩壇眞龍卻一直在風塵之中獨步前行。姚鼐在《與鮑雙五書》中云：「今日詩家大爲榛塞，雖通人不能具正見。吾斷謂樊樹、簡齋，皆詩家之惡派。此論出必大爲世怨怒，然理不可易，非大才不足發明吾說，以服天下」〔註142〕。他大膽批評屬鶉的浙派詩和袁枚的性靈詩之時，也知道並不能爲當時的大多數人所接受，可見其獨行之志。這一如曾克耑對吳闓生的評價：「先生雖以韓歐之才倡李杜之學，非更數十百年之久，其孰有篤信其說者邪？然苟得其人，感寤於意言之表，嬗傳於精微之際，安知其不相喻於旦暮間邪？君子獨行其是已耳！縱環天下無解人，亦何足憾？而況斯道之未必遽絕邪！」〔註143〕

　　總之，桐城中人一直懷抱著堅守正宗的志意，不以派別自矜，只求直接源泉。若源流正，則如滔滔江漢，與古人並，一旦分門別派，則難免固執一隅，久而弊生勢弱。但到了吳闓生的時代，新詩、西學風起雲湧、強勢來襲，傳統舊學都已有搖搖欲墜之勢，桐城「君子獨行其是」就顯得更加蒼涼悲壯了。

二、放煉相濟論：超出蘇黃，獨樹一幟

　　范伯子光緒十四年在冀州時，「與（張）采南、（李）和度論文章生造之法」，以蜘蛛「容身必自創」和「蠶死匵圄中」相比較。同樣

〔註141〕　趙元禮：《藏齋詩話》／《民國詩話叢編》第二冊，第230頁。
〔註142〕　姚鼐：《姚惜抱尺牘・與鮑雙五》，第33頁。
〔註143〕　曾克耑：《晚清四十家詩鈔序》，第28頁。

是吐絲，一個能別開生面，一個卻作繭自縛，也是「愚智」有差了。范伯子從中受到啓發，「哀今識字流，舉目皆塵障。焉知上古前，高下盡裸壤」〔註 144〕，以塵土飛揚、障目不見比喻文人縛手縛腳的創作，大概和方東樹所謂的「多料語」差不多。而「裸壤」即裸身之國，所謂「表龍章於裸壤……固難以取貴矣」〔註 145〕，就是說裸壤之國不需要衣服，無謂多此一舉。可是轉念一想，裸壤之國一片空白，不也給「龍章」之文提供了無限可能嗎？原來「高下盡裸壤」是喻指一種不受前人限制、自由創作的環境，所謂「生造之法」也。梁簡文帝蕭綱曾訓誡其子「文章且須放蕩」，亦是不主故常、不拘成法之意，所以伯子接著揚言「此事天難量，欲放徑須放。安能徇二蟲，郊遊即莽蒼」〔註 146〕，有一種不可一世的豪邁之情。此時他剛接觸桐城派不久，正爲「君知桐城否，所學一身創」〔註 147〕而激動不已，心中是只有這一個「放」字的。

可是到了光緒二十六年除夕，范伯子在上海度歲，寫下《除夕詩狂自遣》二首，其二云：

> 我與子瞻爲曠蕩，子瞻比我多一放。
> 我學山谷作遒健，山谷比我多一煉。
> 惟有參之放煉間，獨樹一幟非羞顏。
> 徑須直接元遺山，不得下與吳王班。

比起十二年前，「放」之外又多出了一個「煉」來。幾乎每一位范伯子詩學理論的研究者都會引用這首詩，但若只看到伯子「認爲詩歌既要如蘇軾詩那樣雄放豪邁……又要如黃庭堅詩那樣整飭精練，嚴

〔註 144〕 《稍與采南和度論文章生造之法，再疊前韻奉詒》／《詩文集》，第 59 頁。

〔註 145〕 趙至：《與嵇茂齊書》／（梁）蕭統編、（唐）李善注：《文選》，長沙：嶽麓書社，2002 年版，第 1335 頁。

〔註 146〕 《稍與采南和度論文章生造之法，再疊前韻奉詒》／《詩文集》，第 59 頁。

〔註 147〕 《采南爲詩專贈我，新奇無窮，傾倒益甚，再倒前韻奉酬，以其愛好也，亦稍爲戲語調之》／《詩文集》，第 60 頁。

格遵循法度，二者不能偏執一途」〔註148〕，則未免有些浮於表面，
也難以把握其實質內涵到底是什麼。〔註149〕筆者細味詩意，范伯子
對蘇軾的「放」和山谷的「煉」似乎並不是一種頂禮膜拜的態度，如
若多出的「一放」和「一煉」都是好的，他又何必要「參之放煉間」
以求「獨樹一幟」呢？這一點若結合桐城詩學的背景來看便更加清楚
了。范伯子與吳汝綸、姚氏昆仲多年切磋琢磨，深得桐城詩學的浸潤，
是以可互相參證。

　　《昭昧詹言》是桐城詩學的代表作，方東樹對「放」就多有糾
偏。其言：「詩文貴有雄直之氣，但又恐太放，故當深求古法，倒
折逆挽，截止橫空，斷續離合諸勢。惟有得於經，則自臻其勝」
〔註150〕，「詩文以豪宕奇偉有氣勢爲上，然又恐入於粗獷猛屬，骨
節粗硬。故當深研詞理，務極精純，不得矜張，妄使客氣，庶不至
氣骨粗浮而成儉俗」〔註151〕等。而蘇軾往往就是「太放」的典型。
姚範語：「凡文字貴持重，不可太近颯灑，恐流於輕便快利之習。
故文字輕便快利，便不入古。才說仙才，便有此病。太白、東坡，
皆有此患」〔註152〕。方東樹亦屢言：「以詩言之，東坡則是氣勢緊
健，鋒刃快利，但失之流易不厚重，以此不及杜、韓。在彼自得超
妙，而陋才崽士，以猥庸才識學之，則但得其流易之失矣」〔註153〕；
「東坡下筆，擺脫一切，空諸依傍，直是前無古人，後無來者，所以
能爲一大宗；然滑易之病，末流不可處。故今須以韓、黃藥之」〔註
154〕；「宋人流易，不及漢唐人厚重，東坡尤甚，如所云『筆所未到

〔註148〕 謝遂聯：《范當世的詩學主張及其對詩壇的影響》／《和田師範專
　　　　科學校學報》（漢文綜合版），2004 年第 4 期，第 99 頁。
〔註149〕 可參黃偉的《范伯子詩學淵源考論》、《范伯子詩學理論平議》，謝
　　　　遂聯的《范當世的詩學主張及其對詩壇的影響》。
〔註150〕 《昭昧詹言》卷九‧一六，第 222 頁。
〔註151〕 《昭昧詹言》卷九‧一五，第 221 頁。
〔註152〕 《昭昧詹言》卷一‧四三，第 15 頁。
〔註153〕 《昭昧詹言》卷一‧六八，第 24 頁。
〔註154〕 《昭昧詹言》卷一‧一三二，第 43 頁。

氣已吞』，『高屋建瓴』，『懸河泄海』，皆其所擅場；但嫌太盡，一往無餘，故當濟以頓挫之法」〔註155〕等等，可謂不厭其煩，反覆陳說。

　　而對於如何矯「太放」之失，方東樹也已提出「深求古法，倒折逆挽，截止橫空，斷續離合諸勢」、「深研詞理」、「濟以頓挫之法」、「須以韓、黃藥之」等。因「涪翁以驚創爲奇，意、格、境、句、選字、隸事、音節著意與人遠，此即恪守韓公『去陳言』、『詞必己出』之教也。故不惟凡、近、淺、俗、氣骨輕浮不涉毫端句下，凡前人勝境，世所程序效慕者，尤不許一毫近似之，所以避陳言，羞雷同也。而於音節，尤別創一種兀傲奇崛之響，其神氣即隨此以見。杜、韓後，眞用功深造，而自成一家，遂開古今一大法門，亦百世之師也」〔註156〕。主要是在句法、字法、立意、用事、音節這些實在之處下功夫，以求避熟、遠俗。姚鼐弟子梅曾亮曾自述學詩經過云：「我初學此無檢束，虞初九百恣荒唐。稍參涪翁變詩派，意氣結約無飛揚」〔註157〕，可見從黃庭堅那裡吸收斂勁、精鍊之法，以救縱恣之弊乃是桐城派的自覺。方東樹雖未明言「煉」，但既云句法、詞理、音節等，則「煉」字已是呼之欲出了，所以范伯子的「煉」應是概括黃庭堅對章法、句法、字法、音節的推敲考究。

　　然而，「煉」也跟「放」一樣，會有過猶不及之失。方東樹亦云：「山谷則止可學其句法奇創，全不由人。凡一切庸常境句，洗脫淨盡，此可爲法；至其用意則淺近，無深遠富潤之境，久之令人才思短縮，不可多讀，不可久學。取其長處，便移入韓，由韓再入太白、坡公，再杜公也。」〔註158〕可見過於錘鍊字句、泥於其中而不能超

〔註155〕　《昭昧詹言》卷一・六九，第 24 頁。
〔註156〕　《昭昧詹言》卷十・一，第 225 頁。
〔註157〕　梅曾亮：《澄齋來，訝久不出，因作此，並呈石生、明叔》／梅曾亮著，彭國忠、胡曉明校點：《柏梘山房詩文集》，上海：上海古籍出版社，2012 年版，第 534 頁。
〔註158〕　《昭昧詹言》卷十一・二一，第 237 頁。

脫，則又可能缺失「深遠富潤」的思想境界，有匠氣之嫌。如「山谷隸事間，不免有強拉硬入，按之本處語勢文理，否隔無情，非但語不安，亦使文氣與意磊礫不合」。黃山谷之所以如此，乃是因其「但解取生避熟與人遠，故寧不工不諧而不顧，致此大病……乃知韓公『排奡』而必曰『妥帖』，方爲無病」。〔註159〕所以在方東樹看來，「坡公每於終篇之外，恒有遠境，匪人所測。於篇中又各有不測之遠境，其一段忽從天外插來，爲尋常胸臆中所無有。不似山谷於句上求遠也」〔註160〕，在意境深遠這一點上，黃庭堅是不及東坡的。

　　綜上可知，在桐城詩派看來，「不放」與「太放」、「不煉」與「太煉」皆不可取。那麼，范伯子所謂的「參之放煉間」究竟是怎樣一種境界呢？桐城諸大家對此的探索大概可以用「頓挫」一詞來表達。姚鼐《與姚瑩書》云：「大抵文章之妙，在馳驟中有頓挫，頓挫處有馳驟。若但有馳驟，即成剽滑，非眞馳驟也。」〔註161〕姚範解釋「頓挫」是「欲出而不遽出，字字句句，持重不流。」(《援鶉堂筆記》)〔註162〕方東樹說得最妙：「頓挫之說，如所云『有往必收，無垂不縮』，『將軍欲以巧勝人，盤馬彎弓惜不發』，此惟杜詩、韓文最絕，太史公書亦如此，六經、周、秦諸子亦如此。」〔註163〕「盤馬彎弓惜不發」乃韓愈詩句，近人程學恂《韓詩臆說》評此「二句寫射之妙處，全在未射時，是能於空處得神。」所謂空處得神，即不在實處作窮形盡相的描繪，反而給人以豐富的想像和感受空間。方東樹又云：「杜公詩境，盡於自序公孫劍器數語，學者於此求之，思過半矣。」杜甫「自序公孫劍器數語」應是「開元三載，余尚童稚，記於郾城，觀公孫氏舞劍器渾脫，瀏灕頓挫，獨出冠時」〔註164〕幾句，

〔註159〕　《昭昧詹言》卷八‧一五，第214頁。
〔註160〕　《昭昧詹言》卷十二。
〔註161〕　姚鼐：《姚惜抱尺牘‧與石甫任孫瑩》，第81頁。
〔註162〕　《姚永樸文史講義》，第66頁。
〔註163〕　《昭昧詹言》卷一‧六九，第24頁。
〔註164〕　杜甫：《觀公孫大娘弟子舞劍器行並序》／〔清〕楊倫箋注：《杜詩

是既「瀏漓」酣暢，又「頓挫」分明，整體「渾脫」無迹，妙手天成。

這種箭在弦上、引而待發的狀態之所以神妙在乎其蘊含的力量、醞釀的情感都是最飽滿的。如方東樹言：「思積而滿，乃有異觀，溢出為奇。若第強索為之，終不得滿量。所謂滿者，非意滿、情滿即景滿。否則有得於古作家，文法變化滿。」〔註165〕需要滿量才有放的可能，勉強為之只會流於枯澀、叫囂，「滿」就有了「放」的資本；但即使滿量也只能溢出，不能傾倒，方有凝「煉」的含蓄頓挫之美。

范伯子也有一處論文詩云：「語子瑰文猛如虎，伏而不出如處女。浩如積水千倍餘，千一之放流成渠」〔註166〕。「瑰文猛如虎」即氣勢奔放，但這頭猛虎卻是伏低身子，欲躍而未躍，這一瞬間像處子般守靜，力量卻是充盈；表面上看到的只是溢出之淺渠，其下卻是浩瀚深水的積蘊。這首詩恰可做方東樹「滿量溢出，乃有異觀」之論的形象表達。

伯子直言要取法蘇軾的「曠蕩」和黃庭堅的「遒健」，又說「參之放煉間」，可見「曠蕩」與「放」、「遒健」與「煉」並不完全等同。如果說「曠蕩」區別於滑易、輕便快利的話，應是側重一種精神世界的浩瀚開闊，即方東樹贊許的「深遠富潤之境」；而「遒健」也區別於一味「於句上求遠」的錘鍊，而是看到「魯直換字對句法，於當下平字處以仄字易之，欲其氣挺然不群」〔註167〕，字句之法只是表象，借著字句之法乃是要鍛鍊出一種「挺然不群」的氣質來，但同時又要避免「磊磋不合」。

鏡詮》，1998 年版，第 881 頁。

〔註165〕 《昭昧詹言》卷一・二，第 1 頁。

〔註166〕 《睪博用山谷送范慶州韻謝余評詩，因自陳其凤好義山，為之已久，不能驟改，願以吾說劑之而盛畏古文之難，曰形迹易求神明難測，余既面與之諍又次其詩罄余意，亦盛誇其辭以為戲也》／《詩文集》，第 143 頁。

〔註167〕 《苕溪漁隱叢話》前集卷四十七。

借用布魯姆《影響的焦慮》一書所論，後來詩人與前驅詩人之間有一種強烈的雙重情感，從這種情感中派生出一種挽救和救贖的模式。前驅詩人已經被後來詩人吸收進去，變成了一種無意識，詩人追求創造而拒絕重複，自我從前驅中「分離」出來，創作出僅憑對前驅的簡單重複所無法產生的詩篇。所以說每個詩人的存在都已經陷入到和另一個或者幾個詩人的辯證關係中了，既有內化合一，也有分離獨立。從范伯子的這首詩中我們明顯可以感受到他對蘇黃的吸收，以及自覺地修正與追求超越。如此，「獨樹一幟非羞顏」也就順理成章了，「詩狂」二字也才更有著落。

三、「聲音之道」與「因聲求氣」

在滯留上海度歲的這段日子，范伯子不僅作了《除夕詩狂自遣》以表達「參之放煉間」的詩學觀，幾天後他又作了《與義門論詩文久之，書二絕句》，集中表達了他對「聲氣說」的重視，而這亦是桐城詩學的重要內容。詩云：

> 六籍英靈葬死灰，憑虛喚得幾聲回。
> 絃歌已落伶人手，豈憶尼山學道來。
> 最有空詞定樂哀，網羅故實定非才。
> 請看燈雨簷花句，便值高歌餓死來。

詩後有小字注道：「二詩蓋不佞之常談，以為工部當時若作『簷前細雨燈花落』便不成語言，更值不得高歌餓死也，聲音之道，亦莫知其所以然。高才若從此悟入，豈尚有死法可循哉？」[註 168] 這兩首詩其實是從兩個方面來詮釋「聲音之道」的，第一首是詩樂同源的教化理論，第二首則指向詩詞中聲音韻律的藝術。

范伯子早前寫過一篇《況簫字說》[註 169]，吳汝綸說這篇文章「發明聲音之故，推本韶夏而究極言之，特為奇妙」[註 170]，其內

〔註 168〕　《與義門論詩文久之，書二絕句》／《詩文集》，第 265 頁。
〔註 169〕　《況簫字說》／《詩文集》，第 436 頁。
〔註 170〕　吳汝綸：《答張廉卿》，《吳汝綸全集（三）》，第 36 頁。

容與這兩首詩也可參讀。如「惟獨聲音之道，則吾亦惡夫無本而嘵嘵若俳伎者，而其爲道也至大，則六經百氏之所有，莫不於是乎要其成，不則堯舜兩聖人賡續百五十年，而贊之以禹、皋陶、稷、契二十二人之賢，何其德之彌綸乎天地而區區乎必《韶》以傳也。」正是從「聲音之道，與政通矣」的意義上來講的，俳伎、伶人所爲都是無本之音。接著說：「前聖莫大於舜，後聖莫大於夫子，此兩聖人之相遇一在乎聲音之中。武王之德之遜，夫子不散斥言，而未嘗不取斷於《韶》《武》。季札來觀，陳四代之聲而殿最其人，無一失者。惟我夫子有聖人之德，而無其位，不敢作樂，然後金聲玉振之事一存乎其文，而匹夫聞道者，百世承焉。」孔子從韶、武之樂識舜與武王之心，季札觀樂等等，都是詩樂理論的常例，但點出「相遇一在乎聲音之中」最妙，已隱含了桐城詩派「因聲求氣」之法的淵源所在。

相遇的是什麼呢？范伯子接著論述：

> 先王之道莫大乎禮樂兩端，禮至今不可謂遂亡，而樂之事竟絕於天壤者，何也？古之所謂大禮者，蓋取兆人之心德爲之，而其所謂大樂者，獨取聖人之心德爲之，聖人不在上，而此事乃廢，而屬之伶人。然而聲之爲物也至神，而其感人也至深，如之何而可絕也。是故身不爲樂而宣諸文者，聖人之有以自樂也。天下之無樂，而聖人當之以文，則使天下之人樂其樂而興於善也，此自古作者莫不皆然，而豈能苟焉以傳乎？

原來「聖人之心德」才是堯舜音樂和孔子詩文中最寶貴的東西，也是藉著聲音的外型可以觸摸、可以遇見、可以體悟、如水澆灌心靈之物。「聲之爲物也至神，而其感人也至深」緣故在此，令人感動的並不是聲音本身，而是它傳達出來的一種高貴優美的情操，讓人內心如沐清泉的「聖人之心德」。

所以筆者以爲，范伯子的這段論述並不是對孟子「仁言不如仁聲之入人深也」（《孟子·盡心上》）的簡單重複，他至少有兩點新見：

一是聲音之所以感人，在乎它蘊含的情操；二是詩文能夠代替音樂，成爲傳承禮樂之道的渠道，將詩文的音樂性一下子擡到很高的位置。

　　桐城派從姚鼐、曾國藩、張裕釗以來，雖然也講「因聲求氣」，但多是在實際操練的技術層面上講得較多，並沒有像范伯子這樣追根溯源、窮其本相，所以吳汝綸稱「肯堂此文，特爲奇妙」。在奠定了這些理論基礎之後，范伯子才轉入詩文的聲氣問題：

　　　是故人之身不足存也，而存其道；道無所寄也，而寄諸言；言可聞者，僞之也。而有不可僞之氣，氣行乎幽而不可識也。揚其聲而求之，聲之至者謂之樂。聲出於口而未有不合焉者，自然之奏也，文之而改矣。然自口者不可以久留，而亦非聲之至也，必也文之而盡如其口，則至矣乎，猶之乎人也。人之初未有不善焉者，自然之性也，學焉而汩矣。然是初者不可以久留，而亦非人之至也，必也學之而盡復其初，則至矣乎，惟聖人之作樂亦然。

　　這一段其實是分析「聲成文」的過程，但與傳統的說法不同。以往的描述多是單向度的，如《樂記》云：「聲相應故生變，變成方謂之音」，注曰：「雜比曰音，單出曰聲」，是一個從單一到交錯複雜的過程，最終成爲「方」，即文章；另如「聲變乃成音，音和乃成樂」也是同樣的道理。而范伯子的論述則不同。他認爲聲出於口是自然節奏、自然之氣，跟這個人的道是相匹配的。「文」有兩個意思，一是雕琢修飾以後改變了自然原初、合乎其道的聲音，即「文之而改」；另一則是雖經錘鍊卻復歸本原、自然合道的聲音，即「文之而盡如其口」，所謂「雕琢何曾礙性靈」〔註171〕也。范伯子以人性作比：人之初，性本善，但這種良善是脆弱的，「學」也有兩個意思，「學焉而汩」就如同「文之而改」一樣，指人在成長過程中習染世俗，本性漸漸被擾亂和汩沒了；而儒家的學習不同於世俗的習染，《詩經》、《論語》、《禮記》皆有「如琢如磨」一語，即通過學習、修身，以成其道德人格，復其良善初心。

〔註171〕　《賀李草堂丈七十自壽即用書懷》／《詩文集》，第209頁。

范伯子便是這樣來理解「聲之至」與「文之至」的：

> 凡物可觸而鳴者，莫不有聲，而莫不可聽也，然而非樂之至也，必也群天下之物而和之節之，沒其所眾有而成其大而傳之可以久，則至矣乎。是故文字者，八器之待鳴者也；喜怒哀樂者，五聲之情也；辨之毫釐而差以黍米者，十二律之精也。精通於鬼神，又視其德爲大成小成，是故夫子之文比於《韶》，而孟子之文方於《大夏》，取札所論者論此而罔不合焉，《詩》不入樂者亦鮮矣。夫子之言：「興於《詩》，而成於《樂》」，蓋是道也，遂終身矣夫。

其子范罕在《蝸牛舍說詩新語》中云：「樂肖人聲者，非盡人之聲而肖之也，肖其至精至美者傳之器而已」、「文字亦器也，精於文字者乃可以文爲器，而因以肖其聲」〔註172〕，必得之乃父，亦可與伯子此文參看以助理解。

在范伯子看來，文字爲其次，表現喜怒哀樂之情的五聲在文字之上（如商聲乃哀音），讓情感差別更加細微的十二律又在五聲之上，而最上或者說最核心、最深層、能感通鬼神的則是詩人之「德」。所以說文字只是一種工具，運用這種工具的表面上看起來是情感，其實最深層的推動力還是道德境界之廣狹。這就是前詩「絃歌已落伶人手，豈憶尼山學道來」的豐富含義，從音樂之聲發展到詩文之聲，從聲情之表領悟到德性之裏，也即是從聲追尋到了氣。可見桐城派崇尚的「因聲求氣」不只是一種吟誦方法，更有其理論內涵。

將這篇文章和第一首詩結合起來，可見范伯子已經建立了聲與氣的直接聯繫。但這個「文之而盡如其口」的過程又究當如何？范伯子並未放過，第二首絕句就是以杜詩爲例，試圖道出詩中聲音藝術的精深玄妙所在。當他說「聲音之道，亦莫知其所以然，高才若從此悟入，豈尚有死法可循哉」就是欲求其所以然了。

「最有空詞定樂哀，網羅故實定非才」，首句直接反對網羅故實、泛濫用典，「空詞」可能是將詞義看空，只剩下聲音節奏，范伯

〔註172〕范罕：《蝸牛舍說詩新語》／《民國詩話叢編》第二冊，第568頁。

子認為這最能表達喜怒哀樂之情。為什麼呢？「請看燈雨簷花句，便值高歌餓死來」。以杜甫《醉時歌》為例，其中「燈前細雨簷花落」一句歷來為人稱頌，但含義卻是眾說紛紜。宋代趙次公最早解作「簷邊之花」〔註173〕，明代楊慎解作：「簷前雨映燈花為花爾」〔註174〕，清初王嗣奭又解作「簷水落而燈光映之如銀花」〔註175〕，今人甚至有解作是一種西域進口花種「簷蔔花」〔註176〕簡稱的。筆者細究之，似乎新解皆有可疑之處，恐怕還是最初的解釋比較可靠。但前人還都只是從字面來解釋，未及從聲音的角度來闡釋這句詩的美。

全詩較長，是杜甫寫給年長他二十多歲的好友鄭虔的，抒發二人懷才不遇、窮困潦倒的焦灼苦悶與感慨憤懣。最有名的幾句就是「清夜沉沉動春酌，燈前細雨簷花落。但覺高歌有鬼神，焉知餓死填溝壑？」這四句前面是「忘形到爾汝，痛飲真吾師」，可見當時他們已經醉到放浪形骸、稱兄道弟的程度了，所謂「春酌」並非淺嘗輒止，因此，下面這四句也得放到醉眼、醉話的情境中去理解。

「清夜沉沉」不只指夜深，夜的黑暗和寧靜彷彿有重量一般，沉甸甸地壓在詩人的心上，而燈前微光弱弱，窗外細雨沙沙，簷花輕輕飄落，則又是輕至無聲、柔若無骨的感受。詩人的心真是七竅玲瓏啊！在如此沉重的心情和沉醉的神智之下，還能捕捉到那細雨簷花的輕柔之美。而這種輕柔的美卻挾帶著一重更深更劇烈的悲痛高潮向他湧來，幾乎壓得他喘不過氣，這又是為何呢？

魯迅先生曾說：「悲劇就是把最美好的東西撕碎了給你看」。簷際之花乾淨柔弱，卻在深夜的微風細雨中默默飄落，陷在泥水之中，雨

〔註173〕　李漢超：《杜甫〈醉時歌〉「簷花」考辨》，《社會科學輯刊》，1985
　　　　　年第 4 期，第 96 頁。

〔註174〕　李漢超：《杜甫〈醉時歌〉「簷花」考辨》，《社會科學輯刊》，1985
　　　　　年第 4 期，第 96 頁。

〔註175〕　劉開揚：《關於〈杜臆〉的一條解釋—杜甫〈醉時歌〉句「燈前細
　　　　　雨簷花落」》，《文史哲》，1981 年第 6 期，第 38 頁。

〔註176〕　李漢超：《杜甫〈醉時歌〉「簷花」考辨》，《社會科學輯刊》，1985
　　　　　年第 4 期。

打肆虐，逐漸失去了原來的模樣。詩人原以為自己是「筆落驚風雨，詩成泣鬼神」的天才，結果卻落得「焉知餓死填溝壑」。由那泥水中的簷花詩人自然地聯想到了自己的命運，也是如此的備受蹂躪，結局也將是如此默默無聞的慘烈。詩末云「儒術於我何有哉，孔丘盜跖俱塵埃。不須聞此意慘愴，生前相遇且銜杯！」就淋漓盡致地表現了詩人難得展露人前的悲憤情懷。

可是，如果沒有清夜簷花這四句，這首詩恐怕就會顯得有些直露和單調了。而且，「細雨簷花」一句一定要呈現出一種極致的輕柔和軟弱才能與其他詩句形成足夠大的跌宕，就像「高歌有鬼神」與「餓死填溝壑」的強烈反差一樣。所以范伯子說「工部當時若作『簷前細雨燈花落』便不成語言，更值不得高歌餓死也，聲音之道，亦莫知其所以然。高才若從此悟入，豈尚有死法可循哉？」他的品讀也深得桐城派人心賞，吳闓生在《古今詩苑》卷十中評《醉時歌》時也提到：「一作「簷前細雨燈花落」，范無錯云：『果爾，則亦不值為之高歌忘死矣。』」〔註177〕究竟為何呢？

筆者反覆咀嚼，雖然這兩種寫法的平仄都是一樣的，但正如李清照《詞論》所言，音律之細又豈是平仄足證的呢？「簷前」二字皆屬陽平，「燈花」二字又皆是陰平，讀起來便不若「燈前」、「簷花」起伏婉轉；而且「燈花」二字連續陰平以後氣會有所不足，到「落」字則無力拖長了，而「落」字又一定要拖得長方才能營造出輕柔迷離的感覺，若是「簷花」便不會有此問題。我們不妨想像，縱然杜甫真要表達「簷前」的意思，恐怕也會改作「簷邊」才會音律協和一些。更何況如前所析，燈花之落怎能像簷花之落那樣在詩人心境上激起那麼大的震動呢？又怎能隱喻「高歌」與「餓死」之間的落差呢？所以范伯子首先就說其「不成語言」。

桐城派對聲音之道一直非常看重。姚範《援鶉堂筆記》云：「朱

〔註177〕 李漢超：《杜甫〈醉時歌〉「簷花」考辨》，《社會科學輯刊》，1985年第 4 期，第 97 頁。

子謂『韓昌黎、蘇明允作文，敝一生之精力，皆從古人聲響處學』，
此眞知文之深者。」〔註178〕姚鼐《與陳碩士書》云：「詩、古文，各
要從聲音證入。不知聲音，總爲門外漢耳。」〔註179〕梅曾亮《聞存
詩草跋》云：「今世之聞樂者，肅然穆然，其聲動人心，非皆能辨其
詞也。取《清廟》、《生民》之詞，而佶屈誦之，未有不聽而思臥者。
故詩之道，聲而已矣。」〔註180〕都將詩文的聲音提到很高的位置。
但張裕釗卻說：「似姚氏於聲音之道，尙未能究極其妙。昔朱子謂韓
退之用盡一生精力，全在聲響上著工夫。匪獨退之，自六經、諸子、
《史》、《漢》，以至唐、宋諸大家，無不皆然。近惟我文正師深識秘
耳。」〔註181〕

　　曾國藩的秘識是什麼呢？他曾說：「讀韓文《柳州羅池廟碑》，
覺情韻不匱，聲調鏗鏘，乃文章中第一妙境。情以生文，文亦以生
情；文以引聲，聲亦以引文。循環互發，油然不能自己，庶漸漸可
入佳境。」〔註182〕這又是一種別開生面的說法了，詩人之情作用於
文章，而閱讀文章又能催生讀者的情感體驗；讀文時好像是因文字
而發聲，聲完全受限於字，但讀著讀著，聲韻之流暢連貫、鏗鏘有
力，彷彿要飛揚起來，而文字亦隨著這抑揚頓挫的音調列隊而出，
文與聲乃是「循環互發」的關係。

　　因此，張裕釗才對吳汝綸「才無論剛柔，氣之既昌，則無之而
不合」〔註183〕的言論表示異議。吳汝綸的原話是：「竊嘗以意求之，
才無論剛柔，苟其氣之既昌，則所爲抗墜、曲折、斷續、斂侈、緩
急、長短、申縮、抑揚、頓挫之節，一皆循乎機勢之自然，非必有

〔註178〕　《姚永樸文史講義》，第 93 頁。
〔註179〕　姚鼐：《姚惜抱尺牘》，第 71 頁。
〔註180〕　梅曾亮著，彭國忠、胡曉明校點：《柏梘山房詩文集》，上海：上海
　　　　　古籍出版社，2012 年版，第 105 頁。
〔註181〕　張裕釗：《與吳汝綸書》／《張裕釗詩文集》，第 476 頁。
〔註182〕　曾國藩：《曾國藩全集・日記（1）》（咸豐九年九月十七日），長沙：
　　　　　嶽麓書社，1987 年版，第 420 頁。
〔註183〕　張裕釗：《與吳汝綸書》／《張裕釗詩文集》，第 477 頁。

意於其間，而故無之而不合，其不合者，必其氣之未充者也」〔註184〕，以氣爲絕對的第一因。而張裕釗則認爲「果盡得古人音節抗墜抑揚之妙，則其氣亦未有不昌者也」〔註185〕，遵循的正是曾國藩「文以引聲，聲亦以引文」的「循環互發」之理。

筆者以爲甚是，因氣盛未必言宜，若不講究音節，恐有淪爲叫囂傖俗的危險。所以曾文正在日記中又云：「溫蘇詩朗誦頗久，有聲出金石之樂。因思古人文章，所以與天地不敝者，實賴氣以昌之，聲以永之。故讀書不能求之聲氣二者之間，徒糟粕耳。」〔註186〕聲與氣，似乎有先後，又似乎是一齊湧至的，個中微妙極難言。所以張裕釗又言：「聲調一事，世俗人以爲至淺，不知文之精微要眇，悉寓於其中。」〔註187〕（《復朱萊香書》）

桐城派特別看重諷誦之功，范伯子也深諳此道。其《僕誠》詩稱其坐轎經過揚州街面時，在轎中吟誦不絕，以致「路旁笑者眾，謂此成書癡」，僕人勸他不要吟誦了，他才自疑「我果抗聲否，恍惚不自知」〔註188〕。姚慕庭形容這位東床快婿是「閣前胡床客，不絕吟哦聲。眼底穎西水，滿紙歐蘇情。」〔註189〕王守恂回憶當年跟范伯子學詩，老師「云詩有法貴自得，以聲鼓蕩空中思」，〔註190〕教導他要從聲音切入，聲音彷彿氣流鼓蕩，能夠編織那如「晴空百萬絲」〔註191〕般紛紜的思緒。

所以當范伯子聽到其子范況諷誦其文時喜慰不已，作詩云：「能譜吾文作歌吹，汝從何處得眞詮。行多磊落拋人外，氣有瀠洄在道

〔註184〕 吳汝綸：《答張廉卿》／《吳汝綸全集（三）》，第 36 頁。
〔註185〕 張裕釗：《與吳汝綸書》／《張裕釗詩文集》，第 477 頁。
〔註186〕 曾國藩：《曾國藩全集・日記（1）》（咸豐十一年十二月廿四日），第 698 頁。
〔註187〕 《姚永樸文史講義》，第 93 頁。
〔註188〕 《僕誠》／《詩文集》，第 323 頁。
〔註189〕 姚濬昌：《幸餘求定稿》／《資料集》，第 22 頁。
〔註190〕 王守恂：《范肯堂師賜書冊賦此感謝兼呈范夫人得二十六韻》／《資料集》，第 56 頁。
〔註191〕 《窮十宵之力讀竟義山詩，用外舅偶成韻》／《詩文集》，第 148 頁。

先。筆下聊浪三數處，弦中高下五千年。要令事少文無累，此妙空空竟不傳。」〔註192〕點出聲與氣迴旋往復、筆勢之放蕩與聲音之道的厚重之間貼合無間的關係。范罕則進一步闡明其父觀點道：「煉聲乃作詩之最上乘工夫也。人皆知意與聲皆出於字，而不知聲可以召字，意更可以隨聲造字。死者活之，舊者新之，惟意所使，亦惟聲所轉」〔註193〕，又說「字從聲出，則氣自調」〔註194〕。「以聲召字」、「字從聲出氣自調」眞是創作過程中的甘苦之言，原來聲音果能反作用於詩篇氣體。葉嘉瑩先生在強調吟誦之效時也提到「清朝有名的詩人范伯子」曾經說過作詩的時候要「『字從音出，字從韻出』，就是說你要吟誦得很熟，你的文字是跟著聲音出來的。這是非常奇妙的事」〔註195〕，可見范伯子論聲音之道確有獨到之處，影響及於後世。

除了理論表述以外，從創作層面上也可見出范伯子善於「因聲求氣」，表現在他的和韻之作甚多。在天津時，其岳父姚濬昌欲以姚範主講過的問津書院爲題賦詩，「但茫茫處從何說起？」伯子即言「此必須用韻，因隨手翻得《武昌松風閣》詩，以爲此即可用也」，然後詩興勃然，「煮茶一開而即就」，一氣呵成，「丈人誦琅琅至十餘過」，愛不釋手。〔註196〕吳汝綸評此詩道：「吾嘗論山谷七古，推松風閣爲第一，氣骨高邈，杳然難攀，此詩殆欲追而與之並」〔註197〕，可見伯子眞由聲韻而求得了山谷之氣。他還「發宏願欲遍和此老（山谷）七古」〔註198〕，可見對和韻以及山谷詩氣體的愛好。

和韻本就是宋詩的一個特點，但前人對它的評價一直是負面居

〔註192〕　《喜聞況兒誦吾文因示之要》／《詩文集》，第 328 頁。
〔註193〕　范罕：《蝸牛舍說詩新語》／《民國詩話叢編》第二冊，第 567 頁。
〔註194〕　范罕：《蝸牛舍說詩新語》／《民國詩話叢編》第二冊，第 566 頁。
〔註195〕　葉嘉瑩：《詩歌吟誦的古老傳統》／《風景舊曾諳——葉嘉瑩談詩論詞》，桂林：廣西師範大學出版社，2008 年版，第 102 頁。
〔註196〕　《南通范氏詩文世家·范伯子卷·書信·與言謇博書》，第 155 頁。
〔註197〕　吳闓生：《晚清四十家詩鈔》，第 39 頁。
〔註198〕　《南通范氏詩文世家·范伯子卷·書信·與言謇博書》，第 160 頁。

多，認為其有礙性靈〔註 199〕。哪怕有人從自身的創作經驗出發，感受到：「和韻人皆為難，我獨為易。就韻構思，先有倚藉，小弄新巧，即可壓眾」──「就韻構思」其實與「以聲召字」相似；但還是不敢推翻前人，批評道：「然究不能成大器，聊一為之可也。嚴滄浪云：『和韻最害人詩』，信然，此風盛於元、白、皮、陸，本朝諸賢，乃以此而鬥工，抑又何與？」〔註 200〕可見嚴羽貶低和韻之說影響深遠。清李重華的《貞一齋詩說》也說次韻一道雖有「因難見巧」之功力，但「亦多勉強湊合處。宋則眉山最擅其能，至有七古長篇押至數十韻者，特以示才氣過人可耳……次韻隨人起倒，其遣詞運意，終非一一自然，較平時自出機杼者，工拙正自判然也。」〔註 201〕

　　細看這些負面評價，似乎往往都是因為創作成就不高而發。如若才大如蘇，則「東坡《水龍吟》詠楊花，和韻而似元唱。章質夫詞，元唱而似和韻」，又該如何說呢？真是「才之不可強也如是」。〔註 202〕當代大家饒宗頤先生也偏愛和韻，並對客人「詞貴新造，韻當自我，畫地為牢，屢校滅趾」的質疑嗤之以鼻道：「才難而已」，「若虎變獸擾、龍見鳥瀾之士，籠天地於形內，挫萬物於筆端，大毫末而小泰山，以無厚入有間，則何難之有乎？……是知積厚之水，堪負大舟，追電之駒，無視銜轡，形雖摹古，實則維新」〔註 203〕，真具一種「會當凌絕頂，一覽眾山小」的大才氣。可見和韻本身並沒有什麼缺陷，全賴創作者的才情大小而已。胡曉明師說次韻的詩學「甚至要保留前輩的生命痕迹，求得一種生命能量與美學品質增

〔註 199〕　如〔清〕李沂的《秋星閣詩話》稱步韻是陋習，「步韻尤今日通病，此例宋人作俑，前此未有也」，《清詩話》，第 914 頁。

〔註 200〕　〔清〕黃子云：《野鴻詩的》／《清詩話》，第 858 頁。

〔註 201〕　李重華：《貞一齋詩說》／《清詩話》，第 929 頁。

〔註 202〕　佛雛校輯：《新訂〈人間詞話〉‧廣〈人間詞話〉》，上海：華東師範大學出版社，1990 年版，第 111 頁。

〔註 203〕　《選堂詩詞選‧晞周詞序》／胡曉明師：《古典今義札記》，深圳：海天出版社，2013 年版，第 112 頁。

色的共榮效果」〔註 204〕，似也是「因聲求氣」之理。從桐城派和
范伯子的觀點看來，和韻詩就有了更正當的地位，不只是「因難見
巧」的技術較量，而是要韻和、氣亦和，以上接古人之氣體爲鵠的。

四、「赤膊子打架」：白描與思力

除了堅守源頭正宗、參於放煉之間、講究因聲求氣這些明顯淵源
於桐城詩學的思想以外，范伯子的「赤膊子打架」喻詩說似乎也跟桐
城詩學有些關係，但更具其自身面目，也更見出近代特色。

光緒十八年（1892），范伯子在天津李鴻章府上時，其仲弟范鍾
來住，二人爲詩藝「爭論便有三十夜」，恰逢吳汝綸稍後亦來，范鍾
與其（爭論）「亦有十來天」。在范伯子寫給范鎧的信中，講述這「三
十夜所云云，無非說是先要赤膊子打架，然後錦衣繡裳。摯父所發大
難之端，乃莫甚於輕薄朱曼君等人一錢不值，二哥經此一番懲創，眞
乃光著脊梁看肌理，又能相體裁衣矣。」伯子既能與范鍾相爭三十夜，
可見「先要赤膊子打架，然後錦衣繡裳」實是他心中極重要的獨得之
密。

曾克耑曾總結范伯子詩的五個特點，其中之一便是善於白描。
〔註 205〕曾氏言：「白描即是『白戰不許持寸鐵』（蘇軾語）的意思」，
並說：「我們所以討厭駢文，就是因爲駢文太沒有內容，只用些字眼
典故塗飾堆砌。按之實際，毫無東西」。這個「我們」大概就是桐城
派古文家們，可見吳汝綸之所以「輕薄朱曼君等人一錢不值」，或也
是因爲朱氏以駢文名，空有辭采，而乏內容之故。曾氏言：「他（范
伯子）主張白描，即是將所有不相干的堆砌字面故實的句子，完全
洗得乾乾淨淨。……所以他詩裏有『天仙化人妙肌理，墮馬嗁妝百
不須』；『糞土塵沙不教入，金泥玉屑也難容』；以及『網羅故實定非

〔註 204〕　胡曉明師：《古典今義札記》，深圳：海天出版社，2013 年版，第
　　　　　　113 頁。
〔註 205〕　曾克耑：《論范伯子詩》／《幼獅學誌》第八卷第三期，民國五十
　　　　　　八年（1969）9 月，臺北出版，第 18 頁。

才』，這些句子，可見此老宗旨所在了」。

　　曾氏還特別指出白描並不是反對用典，「用典以古人的事來比擬現在的事，不是不許用。但如死板板去用，或者僅僅為的是字面好看，對仗工整，而全沒有別的寄託，那就所謂『典用人』，也即一般所謂『用典』。這是要不得的。如果能把古事反過原來意思來用，或深一層高一層去用，或者斷章取義去用，人們讀下去，只覺其生其新，不見其陳其腐。這便叫『人用典』，也就是我們所說的『用事』」。《顏氏家訓‧文章》中說：「沈侯文章用事，不使人覺，若胸臆語也。」《齊東野語‧詩用事》中也云：「天下書雖不可不讀，然慎不可有意於用事。」可見用事的秘訣乃在自然貼切，熔裁自出胸臆，而不是「網羅故實」以炫博。而范伯子特別善於用事，尤其是在寫時事心態的七律中，可參看本書第六章中的詩例。

　　關於白描，方東樹也有言：「杜、韓有一種真率樸直白道，不煩繩削而自合者。此必須先從艱苦怪變過來，然後乃得造此。若未曾用力，便擬此種，則枯短淺率而已。如（韓）公《南溪始泛》三篇、《寄元協律》四篇、《送李翱》、《寄鄂岳李大夫》等，皆是文體白道，但序事，而一往清切，愈樸愈真，耐人吟諷。山谷、後山專推此種，昔人譏其捨百牢而取一欒。余謂此詩實佳，但未有其道腴，而專學其貌，則必成流病，失之樸率陋淺，又開偽體矣。」〔註206〕范伯子亦說其弟子王賓基、王雋基兩兄弟是「詩有不煩繩削成，胸襟所懷益奇詭」〔註207〕。可見樸直白道需要以學養胸襟為底，方能給人以貌臒而實腴之感。

　　我們試以范伯子的《南康城下作》為例，來品味這種白描之美：

　　　　雪裏乘舟出江渚，維舟忽被南風阻。
　　　　日日登高望北風，北風夜至狂無主。
　　　　似挾全湖撲我舟，更吹山石當空舞。

〔註206〕　《昭昧詹言》卷九‧八，第220頁。
〔註207〕　《贈王賓基雋基兩生》／《詩文集》，第197頁。

微命區區在布衾，浮漂覆壓皆由汝。
連宵達晝無人聲，臥中已失南康城。
眯眼驚窺斷纜處，惟餘廢塔猶崢嶸。
老僕顛隮強爲飯，慰我風微得遠行。
嗟爾何曾當大險，一風十日天無情。
吾有光明十捆燭，甕有殘醪缽有肉。
新硯能容一斗墨，兔毫蠻紙堆盈簏。
爲吾遍塞窗中明，早晚澄清煮麋粥。
吾欲偷閒疾著書，誰能更待山中屋。

這首詩從「似挾全湖撲我舟」到「惟餘廢塔猶崢嶸」八句將白描的功力可謂發揮到了極致，眼中所見「山石當空舞」是風浪翻湧之勢產生的幻覺；身上所感「浮漂覆壓」是風高浪急的觸壓之力；在震天響的風浪之聲中，人聲細弱幾不可聞；眼中只餘高處的廢塔，可見風浪之高已超過了平地景觀，「眯眼」的動作更讓人感到狂風挾沙勢之急。但若僅止於此也未免單調，從「吾有光明十捆燭」起詩人以定力振起全篇，繼續以白描手法依次描寫舟中所有，卻給人以溫暖自適之感，最後「誰能更待山中屋」以反問語氣盡顯其豪邁之氣。

錢仲聯先生評此詩：「全於『風』上落筆，激盪迴旋，繪聲繪影，抒寫了行旅之艱辛。最後八句卻又峰回路轉，倏忽轉變，表現了自己鎮靜自如、偷閒著書的情懷。」〔註208〕這是僅就此次行旅而言，但筆者以爲這首詩已經超越了一次行旅，而是顯示出了伯子的眞實懷抱、眞實本領。蓋人於大困苦、大艱難之中能慨然承受，能化解，能隨遇而安，能有精神的享樂，皆爲超人之本領，惟大智大勇者有之，如東坡先生然。范伯子一生遭際不可謂不坎坷，而每於坎坷之中能自我超越，自我振奮，不爲自憐情緒所縛，〔註209〕是以能成就

〔註208〕　錢仲聯：《近代詩三百首》（浙江古籍出版社 1990 年版）／《資料集》，第 114 頁。
〔註209〕　如甲午離開天津直隸總督府後，范伯子陷入謀生困境，其時所作的《疊韻速內子和章》中有「人生所遭有忤午，正足吟詩相勞苦」、「事

「兼雄渾與沉摯，其今代之蘇陸歟」〔註210〕的大氣。這首詩後半以老僕之嘲和自己的反嘲抑揚而出，天雖無情人有志，全詩有如長江大河，渾浩流轉，萬類駭怪，而終歸於淵渟嶽峙之美。

范伯子無疑是善用白描的，但筆者以爲，「赤膊子打架」的內涵尚不止於「白戰不許持寸鐵」。因他是說「先要赤膊子打架，然後錦衣繡裳」，而不是說「先要赤膊子打架，然後舞刀弄槍」，所以重點不在於「不許持寸鐵」，而是以骨幹結實、血脈暢通的人體來喻詩文，要言之有物、有力、有生氣之謂。

伯子此說並非無的放矢地重複古已有之的文質之辯，而是對當時詩壇狀況的回應。舉目晚清詩壇，同屬於宋詩一脈的桐城派、同光體並未獨領風騷，以王闓運、樊樊山、易順鼎等人爲首的中晚唐派、漢魏六朝派似乎追隨者更多。從伯子向外舅姚濬昌言「外間所見詩派之異」的「泥蛙鼓吹喧家弄，蠟鳳聲華滿帝城。太息風塵姚惜抱，駟虯乘鷖獨孤征」就可見他們孤軍奮戰的情形了。他之所以與范鍾爭得面紅耳赤，也是因爲范鍾詩「帶二分脂粉氣」〔註211〕爲其所不取。

當言謇博說自己「夙好義山，爲之已久，不能驟改，願以吾說劑之」時，伯子以詩「罄余意」云：「天仙化人妙肌理，墮馬啼妝百不須。莫學世間小丈夫，容光滑膩心神枯」〔註212〕，以天生麗質則骨肉停勻，無需梳墮馬鬢、畫啼哭妝來增色爲喻，說明就像人的心神豐富勝過塗脂抹粉一樣，詩的內涵充盈也勝於形式的華美。但范

雖未易一二言，氣亦何妨再三鼓」、「問君胡爲不自喜？冒此靈秀天所鍾。觴有薄醪可以酌，池有蓄墨方酣濃。天南地北愁無限，火速成詩慰兩翁」，句法、詩情皆可與《南康城下作》參看。有意思的是，《蘊素軒詩集》中並無此首和韻詩，可見各人本領不同，姚倚雲當時尚無法自我開解。

〔註210〕 程滄波：《影印范伯子先生詩文集小序》／《詩文集》，第620頁。
〔註211〕 《南通范氏詩文世家·范伯子書信卷》，第204頁。
〔註212〕 《謇博用山谷送范慶州韻謝余評其詩……》／《詩文集》，第143頁。

伯子並不認爲李商隱詩就是「榮光滑膩心神枯」的小丈夫，爲了避免這種誤解——因爲言謇博在來詩中以「西崑獺祭終閨餘」〔註213〕自謙，所以他特意寫了另一首詩來抒發己見。

詩起首云：「手攬晴空百萬絲，化爲霞綺趁波斯。風輕霧軟鶯花笑，海大山深日月知」。前三句寫義山詩綺麗輕飄、風鬟霧鬢的色象之美勝過波斯異國之寶，第四句則筆鋒一轉，點出其繁華表象之下蘊有深意，那就是「書劍從軍古如此，衣冠來夢子爲誰」〔註214〕的志士不遇情懷了。其實從首句的絲、思諧音，已知伯子是深知道義山心中那紛亂綿密的思緒的。所以他並不苟同前人以獺祭魚之稱來嘲笑李商隱只知羅列典故、堆砌成文。

明清以還，自朱長孺注《李義山集》以來，義山詩的形象已經相當正面。正如《一瓢詩話》中所云，義山詩「是一副不遇血淚，雙手掬出，何嘗是豔作？」其自云「楚雨含情俱有託」也早將此意明告後人〔註215〕。義山詩或許正是伯子心中既有血肉骨幹又有錦衣繡裳的佳作，並非需要改變之事，所以伯子以此詩糾言謇博之偏。謇博若徒以徵事奧博、擷采妍華來看義山，則是他自己不察本末、只得皮毛了。

范伯子如此重視詩歌的實質內容或許跟桐城派也有關係。自姚鼐爲矯正乾嘉學派偏重考據、輕視程朱理學之弊而提出「義理、考據、辭章缺一不可」之後，桐城之學對義理日益看重。但筆者以爲，范伯子意中詩的實質內容卻並非程朱義理。他曾針對歐陽修的《答聖俞莫飲酒詩》直諫道：「莫談道，談道能令詩不好」。方東樹亦曾言：「作詩切忌議論，此最易近腐，近絮，近學究。」〔註216〕吳汝綸曾詳論此事：「通白與執事（姚永概）皆講宋儒之學，此吾縣前

〔註213〕　言有章：《堅白室詩草》／《資料集》，第58頁。
〔註214〕　《窮十宵之力讀竟義山詩，用外舅偶成韻》／《詩文集》，第 148頁。
〔註215〕　薛雪：《一瓢詩話》／《清詩話》，第 689頁。
〔註216〕　方東樹：《昭昧詹言》卷一・五六，第 20頁。

輩家法，我豈敢不心折氣奪？但必欲以義理之說施之文章，則其事至難，不善爲之，但墮理障。程朱之文，尚不能盡饜眾心，況餘人乎！方侍郎學行程朱，文章韓歐，此兩事也，欲併入文章之一途，志雖高而力不易赴，此不佞所親聞之達人者。今以貢之左右，俾定爲文之歸趣，冀不入歧途也。」〔註217〕可見桐城派發展到後期，也漸漸明白理尙正、文尙奇的道理。但是范伯子說「莫談道」也並非反對文以載道。從他許多充滿思想性的詩作中可以看出，他並不反對如鹽溶於水的「載道」，只是反對「平典似道德論」（鍾嶸《詩品》）般寡然無味的直白論道。如其子范罕所言，「可以思考而不落言詮」〔註218〕方才是詩，詩可有理致，而不可爲理障。

　　那麼，范伯子意中的「赤膊子」既非程朱義理，究竟所指爲何呢？筆者以爲乃是「意」。在《與蔡燕生論文第一書》中，他說爲文之道：「第一求意雅不求字雅」，並說蔡燕生「積學多年，不患無意，輀轅萬里，不患無題。苟意有所動，便放膽爲之」，可見意並非生造強求，而是有所觸動，自然生發，行萬里路和讀萬卷書都有助於產生新意、奇意。范罕在《蝸牛舍說詩新語》中說「意雅是大雅，詞雅是小雅」，聯繫伯子對饒智元《十國雜事詩》的批評——「既無我在，亦無當時在，不過選詞結調小雅之所爲而已」，可見「無我無當時」即是無意，「選詞結調小雅之所爲」即是沒有骨幹血肉的「錦衣繡裳」。范伯子認爲詩要既能展現自身性情、思想，又能反映時代特色，免於人云亦云、與古人同一面目的窠臼，方才稱得上大雅、意雅。王守恂作有《次韻范肯堂師論詩之作兼呈俞君恪士》，開篇「文章貴達意，末流乃尙辭」〔註219〕也再現乃師觀點。從師徒、父子間的傳承可見范伯子所看重的詩的實質內容應該就是「意」了，而且

〔註217〕　吳汝綸：《答姚叔節》／《吳汝綸全集（三）》，第 138 頁。
〔註218〕　范罕：《蝸牛舍說詩新語》／《民國詩話叢編》第二冊，第 561 頁。
〔註219〕　王守恂：《次韻范肯堂師論詩之作兼呈俞君恪士》／《資料集》，第
　　　　　55 頁。

立意是要以學養、歷練、性情和時代爲根基的。

　　除了「赤膊子」一詞代表的骨肉豐滿、不假外飾以外，「打架」一詞也若有意若無意地透射出了近代思想搏激、思力交鋒的特點。如上章結尾所云，強調文學隨時代而變的觀點在歷代詩話中並不鮮見，但范伯子此語的生新之處在於抓住了近代的特點。蔡寅在《變雅樓三十年詩徵序》中云：「上下五千年，縱橫廿四史，蚌鷸爭衡，魚龍曼衍，離奇變幻之局，孰有甚於近三十年者。不見夫潮流之搏激乎？」〔註220〕黃人在《清文匯序》中亦云：「中興垂五十年，中外一家，梯航四達，歐、和文化，灌輸腦界，異質化合，乃孳新種，學術思想，大生變革。故其文光怪瑰軼，汪洋恣肆，如披王會之圖，如觀楚廟之壁，如登喜馬拉山絕頂，邁天帝釋與阿修羅鏖戰，不可方物。」〔註221〕詩與文所面臨的世界一樣也是中西、新舊相遭，思想潮流之搏激、化合、出新正是近代空前之處。顧錫爵詩「環球道術牛毛起，麟角由來在此中」〔註222〕也反映了當時思潮湧動之勢。

　　所以，范伯子既能「與范鍾相手三十夜」，所談似不該止於傳統的文質之辯和針對其他詩派這樣簡單。跳出傳統詩壇內部的分野，我們可以看到包括舊體詩在內的整個華夏文化，當時都面臨著一個重大的挑戰，即時代的未有之變、西方的未見之學。究竟是以表面的聲華、傳統的勢力、古典的迷魅或貴族的架子來驕人，還是以眞實本領、眞正問題、眞誠態度來回應，這是一個近代之痛。就詩而論，無論唐宋漢魏，都不能迴避寫詩的人有沒有眞實本領、眞切痛感的問題，即魯迅所說「直面慘淡的人生，正視淋漓的鮮血」的意思。所以眼光更爲宏通的范伯子、吳汝綸不免會與尙斤斤於舊體詩藝的范鍾爭執不下，他們所觸及的其實已是一個很具有現代性的命

〔註220〕　蔡寅：《變雅樓三十年詩徵序》／舒蕪等編選：《近代文論選》，上
　　　　　海：人民文學出版社，2006年，第481頁。
〔註221〕　黃人：《清文匯序》／《近代文論選》，第493頁。
〔註222〕　顧錫爵：《申君寱言》／《資料集》，第261頁。

題。

范伯子天性本就好辯論，據張謇日記中記載，二十一歲的范伯子與朋友燈下縱談，「最健於詞辯」，雖然「失者不少」，但不妨其「抗手談論」，不似他人「傴僂有學究氣」，〔註223〕是一派後生無畏。在與朋友們「小酌」時，二十五歲的范伯子發「百姓富產之論」，張謇以爲「大暢」。〔註224〕陳三立在《范伯子文集序》中也說他「雖若文士，好言經世，究中外之務，……歲時會金陵，稍喜接乘時之彥及號『尸新學者』，下上其議論」，還曾以梅聖俞「談兵究弊又何益，萬口不謂儒者知」之句謔之，伯子「撫掌爲笑也」。〔註225〕在伯子去世以後，顧錫爵回憶他道：「識解超然有肯公（伯子字肯堂），當時快論若清風」〔註226〕，頗見其熱衷思想較量之風采，張謇也承認伯子「大段明白公理，尚非他文人所能及也」〔註227〕。

詩史之說雖早已有之，但到了近代已不該止於記載「眞性情之流露」與「眞事實之證明」〔註228〕了。若僅僅是描寫社會動蕩、揭露官場腐敗、同情民生疾苦，那與晚唐、南宋、明末又有何分別呢？而范伯子詩「洪流激極知何似？海色天光日日新」就描繪出了一幅時代激流中天地一新的光景，這才是近代迥異於過去所有朝代的特點。正如伯子鼓勵後學時所說：「處今日之勢，年至四五十以往若子培者，多憂多懼，而並不見以爲可喜者也。若夫年裁二三十以來如振民之留心於君國，亦憂亦懼，兼一自喜其有爲者也」〔註229〕。

同光時代，在後人看來，似乎只是一段卑微、屈辱、失敗的歷

〔註223〕 《張謇全集‧第六卷‧日記》同治十三年正月二十、二十一日，南京：江蘇古籍出版社，1994 年，第 12～13 頁。

〔註224〕 《張謇全集‧第六卷‧日記》光緒四年十一月二十日，第 164 頁。

〔註225〕 陳三立：《范伯子文集序》／《詩文集》，第 617 頁。

〔註226〕 顧錫爵：《申君寱言》／《資料集》，第 261 頁。

〔註227〕 《張謇全集‧第六卷‧日記》光緒三十年十二月五日，第 543 頁。

〔註228〕 蔡寅：《變雅樓三十年詩微序》／《近代文論選》，第 481 頁。

〔註229〕 《列國歲計政要序》／《詩文集》，第 550 頁。

史，但身處其中的人卻能感受到一種不斷奮起、勇者無畏的精神，
這就是到了民國還使人「低徊緬懷，有恨不早生一甲子之想」的所
謂「同光風流」。《古今》的總編周黎庵曾熱切地說：「那時的人物，
詩酒風流，不用說了，即使論傻氣與戇勁，也是今人所望塵莫及。
張之洞在漢陽辦鐵廠，左宗棠在甘肅辦織呢廠，沈葆楨在上海、福
建辦船廠，李鴻章經營海軍，他們都是念四書五經出身的，光化之
學什麼都不知道，有的，只是明白世界趨勢和一股戇勁。這樣，張
之洞之鐵軌至今仍鋪在滬杭甬路上，後來的道路就要用外國貨了；
左宗棠的呢絨四五十年後仍未化為塵末；沈葆楨的船廠雖然一片荒
涼，總還剩一個偉大的遺址；李鴻章的海軍雖然沉在海底了，五十
年前到底也打了一仗。此後五六十年中，我們什麼都沒有，連先人
的成業都無法保持，那還有什麼話說呢？」〔註230〕這種傻氣和戇勁
其實就是一種勇氣與熱誠。在陳寅恪挽王國維的長詩中，開頭鋪陳
的「依稀廿載憶光宣，猶是開元全盛年。海宇承平娛旦暮，京華冠
蓋萃英賢。當日英賢誰北斗，南皮太保方迁叟。忠順勤勞矢素衷，
中西體用資循誘。總持學部攬名流，樸學高文一例收」〔註231〕，亦
可證民國時人對光宣時代的真實感受。所以說同光以來「有方生又
有未死」〔註232〕，既是垂暮的一聲歎息，更醞釀著一股躍躍欲試的
青春朝氣。

　　這種憂、懼、喜兼有，相互衝突與消長的複雜心態乃近代士人所
特有。這與王國維在《屈子文學之精神》中論北方文人「彼之視社會
也，一時以為寇，一時以為親，如此循環」的心態略有相似。或許王
國維正是因為身處近代，自身亦是百感交集，是以特別能體會這種親

〔註230〕 周黎庵：《記孽海花碩果僅存人物——與冒鶴亭先生一席談》／《古
　　　　　今》合訂本，揚州：廣陵書社，2009年版，第三冊，第395頁。
〔註231〕 《陳寅恪集・詩集・王觀堂先生挽詞》，北京：三聯書店，2001年
　　　　　版，第13頁。
〔註232〕 章品鎮：《花木叢中人常在》，第354頁。

寇相循的心態。所以，以「打架」喻詩，不管有意還是無意，都透露出范伯子身處近代思想搏激與危機中的自覺。

姚鵷雛曰：「伯子自評詩曰：『沉而質』，沉則語重而意隱，質則力遒而亡藻，宜世人多『張茂先我所不解』之歎也。」〔註233〕所謂的伯子自評並不顯眼，而是藏在一首寫給姚永概的詩題之中──《二月晦日編己詩至庚子揚州寄叔節「遙遙斷音響，何異失風箏」之作，謂吾婦曰：「吾恨此詩之不答也」，三月四日得叔節同日愁吾病詩，其沉而質與吾同，既欣然告之故，復次其韻》〔註234〕。沉，即真實人生的份量很重，深深向下，有函蓋乾坤之厚；質，即表達的情感很強，充分直接，有截斷眾流之力。近代詞學大家吳庠曾以伯子詩贈《近代詩介》的作者李猷，囑咐「子學詩，宜學范先生，勿為一覽無餘，或風花綺靡之作也」〔註235〕，與之相反，正可見伯子詩的深沉與質樸。「沉而質」與前文的「深寒」說在內涵上也是互相呼應的。

在《近代諸家詩評》中，范伯子評宋伯魯「坐從臺閣體入手，故不能深古，至大篇亦遂無力量」，評冒廣生「近作要無深思大力」，評吳彥復「乏深湛之思，一專之力」等〔註236〕，也與他的「赤膊子打架」說強調立意與思力的內涵相契合。其自作「沉而質」，「力遒而亡藻」，詩論與詩功真是互為表裏，相得益彰。方東樹曾慨歎，今世「求其卓然自立，冥心孤詣，信而好古，敏以求之，洗清面目，與天下相見者，其人不數遘也」〔註237〕，而筆者以為，在近代紛紛擾擾的詩壇中，范伯子無疑算得上是一位以自身面目與天下相見的豪傑之士。

〔註233〕 姚鵷雛：《生春水簃詩話》／《資料集》，第 132 頁。
〔註234〕 《二月晦日編己詩至庚子揚州寄叔節「遙遙斷音響，何異失風箏」之作，謂吾婦曰「吾恨此詩之不答也」，三月四日得叔節同日愁吾病詩，其沉而質與吾同，既欣然告之故，復次其韻》／《詩文集》，第 400 頁。
〔註235〕 李猷：《近代詩介》／《詩文集》，第 608 頁。
〔註236〕 《近代諸家詩評》／《范伯子詩文選集》，452～454 頁。
〔註237〕 方東樹：《昭昧詹言》卷一・一一，第 4 頁。

下篇　政與道：詩學的表現

第五章　詩與道：在西學與儒學之間的變化與持守

　　晚清知識分子面臨著一個有史以來最爲複雜的思想環境，除了傳統的儒釋道以外，從鴉片戰爭以來的「西學東漸」到了光緒年間已經成爲知識階層，尤其是天津、上海、武漢這幾個樞紐重鎮的知識階層無法迴避的思想衝擊，輾轉於津滬之間的范伯子也恰逢其會。馬其昶言其「習聞吳先生緒論，頗主泰西學說」〔註1〕，吳汝綸確實是引他接觸西學的第一人，冀州三年的朝夕共事，之後范伯子在天津李鴻章府上課子，吳汝綸主講保定蓮池書院，二人也時相過從。但儘管如此，甲午以前，范伯子並未像吳汝綸那樣稱道西學。

第一節　甲午之前：「四裔彷徨」與「寸木岑樓之比」

　　1893 年 9 月〔註2〕，吳汝綸之子吳辟疆問學於范，伯子「聞蓮

〔註1〕　馬其昶：《范伯子文集序》／《詩文集》，第 616 頁。
〔註2〕　《摯父先生之令郎辟疆髫齡耳，以詩文問學於余，絕可喜。又聞蓮池諸生言其於尊父之論西學，每蓄大疑於心，此尤爲非凡而莫有能正之者，余其可不言乎？用兼斯意次韻一篇以賞其奇而補其見之所不逮》，這首詩前一首乃《重陽先二日……》，後一首《徐椒岑先生壽詩》有「九月之吉」語，可見作於是年九月無疑。

池諸生言其於尊父之論西學，每蓄大疑於心」，盛讚「此尤爲非凡」，擔心「莫有能正之者」，特意贈詩「以賞其奇而補其見之所不逮」。詩云：

> 萬物蠢蠢人有章，茂自教化根陰陽。
> 四裔彷徨得技巧，刻畫仁義中人長。
> 鳴鳥千年若銜尾，奇氣著體交和倡。
> 力能海飛不動色，浩歌自與天聊浪。
> 懷奇抱鬱爾翁最，儒有目者齊相望。
> 埋沉一州早自拔，含澤不露文斯昌。
> 嗟汝寧知徑寸稿，眞於磊塊分豪芒。
> 逢時拓奇有深意，言語詭激難可方。
> 各陳其端適萬變，聖道所以垂茫茫。
> 以材自華不憂世，倘若芝草非棟梁。
> 吾爲子賢欲拜紀，子有過言吾弗匡。
> 子之親乃鳳鶬似，我燕鵲耳能頡頏。
> 家雞野鶩古有誚，奚捨老翼來求王。
> 因風乘潮會至海，當前斷港奚宜航。
> 要知書爲世人讀，大義從此不可量。
> 不然孰得謂汝稚，綴句眼見詩騷芳。

詩開篇格局甚大，仿如創世般，廣闊的自然界「幽蟄蠢動，萬物樂生」（傅玄《陽春賦》），一片紛擾蒸騰中鏡頭縮小，定格在作爲萬物之靈的人身上。「章」字有文采風流之意，但從下文的「茂自教化根陰陽」來看，此處更是強調禮樂法度這一整套儒家秩序。《史記·孝文本紀》載漢文帝感慨「有虞氏之時，畫衣冠異章服以爲僇，而民不犯」，罪犯只要用特殊的服飾將其區分就足以激發羞恥之心，杜絕罪行，文帝歎爲「至治」。後世更以日月星辰、龍蟒鳥獸等圖文做成禮服來標誌等級，所以章服代表了一種層次井然的社會秩序。這種秩序根源於天地陰陽之說，成於後天教化之功，「陰陽」與「萬物」又相互呼應，人既卓立於自然，又血脈相連於自然，寥寥一句已表

明詩人天人合一的儒家世界觀。

「四裔」句乍看是「中體西用」的老生常談，寒碧先生箋評：「體用之間，準情酌理，彼時彼境，即宏通之論」〔註3〕，也以爲伯子當時是「中體西用」的思想。但如此一來，則「彷徨」一詞並未解出。參伯子在 1892 年〔註4〕所作的《書日本高松保郎上使臣書後》〔註5〕一文，或能得其眞意。

文中將天主教聖戰殺伐之史與孔孟之道比較，認爲西教乃「果於殺」之教，而孔孟之道則是「仁育天下」。雖然聖戰史還涉及國家之間的政治、利益衝突，並非「惟教之是爭」如此簡單。不過泛觀中西歷史大處，華夏文明以和平主義居主流，主動戰爭較少，中國宗教亦以和平共處爲主流，攻乎異端爲次，確與西方不同。可見在天津時，范伯子「與泰西人士相接，又時時觀覽其載籍」，對中西歷史文化的差異已有幾分思考。

文中更值得注意的是他提出「有天下者用吾教，則勿論其爲孔墨黃老，皆足以善國而興邦」，而當今形勢是「機器興而耶穌之道左，吾道亦將微矣。人巧物幻之來，異時必有一決，不幸至於天動地岌，則其終能出而已亂者，果誰氏之教耶？」這個問題在二十多年後甚囂塵上，彼時歐洲經歷了一戰和俄、德革命，中國共和政局的發展亦令人失望。嚴復感傷道：「不佞垂老，親見支那七年之民國與歐羅巴四年亙古未有之血戰，覺彼族三百年之進化，只做到『利己殺人，寡廉鮮恥』八個字。回觀孔孟之道，眞量同天地，澤被寰區。」〔註6〕王國維亦言：「時局如此，乃西人數百年講求富強之結果，恐

〔註3〕　寒碧箋評：《范伯子詩文選集》，杭州：浙江古籍出版社，2006，第122頁。

〔註4〕　因本文前一篇《怡志堂文集敍》作於光緒十八年二月，後第四篇《祭蕭太恭人文》也作於光緒十八年二月。

〔註5〕　《書日本高松保郎上使臣書後》／《詩文集》，第462頁。

〔註6〕　嚴復：《與熊純如書》／《嚴復集·第三冊書信》，北京：中華書局，1986，第692頁。

我輩之言將驗。若世界人民將來尙有孑遺，則非採用東方之道德及
政治不可也。」〔註 7〕而范伯子則早於二十多年前西學方興時就已
看出中西文明仁義平和與血氣爭競之別。他「歡西學之興，而吾教
之尙存於東也」，隱含我自歸然不動之意，可見「果誰氏之教耶」並
非發問，乃是成竹在胸。

中國文化本就視器爲下層，有「大道不器」〔註8〕、「君子不器」
〔註9〕之說。對於「機器興」，對於「人巧物幻」，范伯子此時似乎只
有憂慮，並無求教之心。「彷徨」乃遊移不定、若有所失之態，意爲
縱使彼邦有如許奇技淫巧，卻缺乏一以貫之、安定民心國本的仁義之
教，不足爲訓。正如陳三立所言，范伯子是「更甲午、戊戌、庚子之
變」才「益慕泰西學說」〔註10〕的。甲午之前的他對西學並無好感，
概之以「中體西用」或許都嫌冒進了。

范伯子在詩中一面破西藝迷信，一面又立儒家道統。「鳴鳥」
即鳳凰〔註11〕，自孔子有鳳德之譽，鳳凰便指聖人賢者，千年銜尾
即道統傳承不斷之意。他不遺餘力地美之以鳳鳴之音和諧交融，聲
徹天際，平靜風浪，有澤被天下之德。接著將千年道統落實在吳汝
綸身上，敘述其由冀州知州到蓮池山長的棄官從教經歷，隱含「斯
文在茲」之許。「嗟汝」四句稱許吳辟疆於詩文之道窮極究微，時
出奇意，有少年激揚不可馴之盛氣。所謂「正之」則是勉勵他要有
經世之志，方能適應時變傳承道統。若徒具詩書之華卻乏憂世之
心，只是藏在深林、惠不及人的芝蘭，並非支柱國家的棟梁。

〔註 7〕 王國維：《致羅振玉（1919 年 3 月 17 日）》／《王國維全集・第 15
卷》，杭州：浙江教育出版社，2009，第 486 頁。
〔註 8〕 《十三經注疏・禮記正義・學記》，北京：北京大學出版社，1999 年
版，第 1071 頁。
〔註 9〕 《十三經注疏・論語注疏・爲政》，北京：北京大學出版社，1999 年
版，第 19 頁。
〔註10〕 陳三立：《范伯子文集序》／《詩文集》，第 617 頁。
〔註11〕 《十三經注疏・尚書正義・君奭》，北京：北京大學出版社，1999 年
版，第 447 頁。

　　綜觀前引詩文，范伯子對儒家仁義爲本、兼濟天下精神的一片
赤誠忠心歷歷可見。吳汝綸弟子賀濤有《書范肯堂〈書日本高松保
郎上使臣書後〉後》〔註12〕一文，提及晚清著名經學家鄭東甫嘗爲
文辯稱西學「在今爲極盛，而吾道則適際其衰，此寸木高於岑樓之
類也」，乃暗諷西學無本，藉此「抑彼以尊我」〔註13〕。1896 年范
伯子甫回南通，遇山僧海月詢問世事，答以詩：「星火能成燎原勢，
寸木可置岑樓巔。精衛銜深碧海底，杜鵑啼徹東西川」〔註14〕，既
表達了對甲午一役悲沈海底、啼血國殤之痛，也說明寸木岑樓之比
是當時文人普遍的一種阿 Q 心態。所以賀濤說伯子「所見與東甫略
同」，他自己「固嘗聞西說而喜稱道之矣，讀二子之文，因復自疑
焉。」

　　可見在甲午前後，頗有一批對西學冷淡、懷疑的學人，他們並不
服膺當時流行的「中體西用論」，因爲不接受將體用分開的思路，范
伯子就是其中之一。寒碧先生將「逢時拓奇」和「各陳其端適萬變，
聖道所以垂茫茫」單獨拈出，稱范伯子「補其見之所不逮」是對吳闓
生對西學的「每蓄大疑」所發〔註15〕，完全無視「此尤爲非凡」的讚
譽，可能也是因沒有意識到范伯子的思想前後期並不相同所致。通讀
全詩，並聯繫同時詩文，方能感受到范伯子彼時對儒學依然懷有足以
因應世變的信心。

第二節　甲午之後：上海階段與好論天演

　　中國在甲午戰爭中的慘敗和馬關條約的簽訂對晚清知識分子的

〔註12〕《資料集》，第 41 頁。
〔註13〕典出《孟子・告子下》：「不揣其本，而齊其末，方寸之木可使高於
　　　　岑樓」。《十三經注疏・孟子注疏・告子下》，北京：北京大學出版社，
　　　　1999，第 319 頁。
〔註14〕《是日也，内子先歸，余留與山僧海月爲連夕之談，蓋不宿茲山者
　　　　十七年矣，海月多詢世間事，余乃疊前韻示之以詩》／《詩文集》，
　　　　第 204 頁。
〔註15〕寒碧：《晚清四十家詩鈔序》，第 16 頁。

心理和生活都是前所未有的沉重打擊，范伯子嗣後也離開了天津直隸總督府，輾轉鄂、滬、粵、揚，爲謀生計而「到處逢迎」〔註16〕，嘗盡各種艱難窘迫滋味。其中特別是 1899 年 8 月至次年 3 月，伯子滯留上海七個多月，期間和陳季同、沈愛滄、宋伯魯這些維新人士接觸頻密。上海是當時與西方交流最多、西學傳播最爲集中的地方，從這期間他所作的《遊歷日本考察商務記序》〔註17〕和《稅務司戴樂爾中國理財節略序》〔註18〕兩篇文章裏可以看出他對西學的態度已經發生了轉變。雖均爲代作，但既蒙本人收入文集，文意應是出於自裁。

首先，這兩篇文章都與商業有關，可見上海繁榮的外貿活動早已打破了傳統士民階層重農抑商的成見。第一篇序中范伯子就肯定了國家之間的強弱「在今日尤繫於商務」，並「拳拳於我民商力之絀，必不堪與人國往來，心竊恨之」。還指出通過考察去瞭解別人的成功經驗尚易，所謂「知彼不難」，而要「用彼之長，求己之短」則非一人可爲，需要「朝野上下凡有血氣心知者皆與有責焉」。

合個人之力，成國家之強，便是第二篇序的重點。戴樂尔節略中指出中國人只重眼前蠅頭小利，在絲、茶、煙葉、羊毛、麝香等土產上摻水、泥沙加重斤兩或以次充好，以致洋商轉向印度、日本進口，出口量銳減，是「只知爲私不爲公，顧前不顧後，不知國家之強弱即視商務之盛衰，商務之盛衰即視貨物之美惡」〔註19〕，亟需政府加以管教。中國之前並無專門的商務官員和商學專科，所以戴樂爾對每一種商品的優劣標準、製作保養之法娓娓道來，如數家珍，令范伯子大爲震撼。

序言開篇即贊「西國士大夫風氣最厚，不得獨謂之強而已」；而且非「厚其力」，乃「厚其心」，是以能「積厚以爲強」。他稱許戴樂

〔註16〕 王守恂：《范肯堂先生文集序》／《詩文集》，第 618 頁。
〔註17〕 《遊歷日本考察商務記序》／《范伯子詩文集》，第 514 頁。
〔註18〕 《稅務司戴樂爾中國理財節略序》／《范伯子詩文集》，第 515 頁。
〔註19〕 戴樂爾：《理財節略》，上海廣學會校刊，1900 年，第 21 頁。

尔既注重細節「至纖至悉」，又極具公心，「務合一國之力，以求其所公是，去其所公非」，以及「務舉其職而思之唯恐不至也」。「戴君雖言中國之事，而可以覘西國之政治矣」，西方的政經實務開始令他折服。

儒家原有公利、族群、敬事等思想，但此處皆已生變。此「公是公非」無復「天下為公」的「公」，而是一個國家共同體的「公」；要求為國家盡力的也不只是士人階層，而是庶人與士大夫皆與有焉〔註20〕；「務舉其職」更強調行動與果效，超出了宋儒「敬事」的態度範疇。可見范伯子已隱約領悟到西方的公民責任、國家觀念和職業精神，並且認為這些大有益於國家。

來滬不久，范伯子就將長子范罕從南通接來，送進了上海的法國學堂。這在當時亦屬先見果斷，因為五年之後科舉才正式廢除。他明言這是「學也固知無祿在，天乎安得與時違」〔註21〕，乃與時俱進、捨棄功名的冒險之舉。可見在上海的這一年確實大大幫助了他打開眼界和心胸來接納西學。

1898 年，嚴復譯作《天演論》出版，這又是另一個促使范伯子肯定西學的思想資源。他有詩稱讚《天演論》「為於秦漢搜諸子，無以遷雄說九州」，文字雅潔優美，與諸子經典並列；「任與濡需〔註22〕同豕禍，也因汗漫識鵬遊」，立意警世，眼界浩瀚；「昭然一是群書廢，十萬縹緗只汗牛」，如日月高舉，照亮了黑暗中的蒙昧人心〔註23〕。

〔註20〕雖然顧炎武曾說過「天下興亡，匹夫有責」，但那依然是士大夫的理想，並非百姓的自覺，在中國家天下的傳統中，食君之祿方才忠君之事，百姓的國家歸屬感一直是很薄弱的。

〔註21〕《三山會館赴小汀之招，並約敬如送罕兒入西學堂次小汀韻》/《詩文集》，第 274 頁。

〔註22〕「濡需」即豬虱，「擇疏鬣自以為廣宮大囿；奎蹄曲隈，乳間股腳，自以為安室利處，不知屠者之一旦鼓臂布草操煙火，而己與豕俱焦也」，喻指偷安須臾、難逃滅亡。《南華真經注疏·徐无鬼第二十四》，第 486 頁。

〔註23〕《余詣愛滄淮揚道署，過秦觀之舊里，鬱詩思而盤纡。會見嚴幼陵

　　這一年范伯子對《天演論》可謂津津樂道。辦南通小學堂時倡導「去家庭之教育，受國家之教育，凡以爲國家用也，修身入群，以講求一群之公理，而後可以敵他人之大群」〔註24〕。變「修身齊家」爲「修身入群」，而且此一群與彼大群之間乃相峙而存，已非傳統「治國平天下」由中心向外擴張的順序，顯然是受到《天演論》中群治與競爭求存思想的影響。

　　在替「以釋氏爲歸」的正定王氏家傳題詞和給一心向佛的桂生寫信時，伯子都完全拋棄了古人參禪禮佛的修養身心之說。對王司馬暢言「吾友嚴幾道之談西學也，嘗推極於西方之教宗，而至妙必歸於佛釋，了盡空無未有如佛者。達識之士通於佛之說，而知一切皆幻，惟意爲眞，即意成空，因空定物，務令意物之際不隔一塵，然後不負其爲我，遂乃捨心性而談形氣，而格致之事興焉」〔註25〕，將《天演論》下《冥往》、《眞幻》與《佛法》的內容扼要而出，卻不知有意還是無意地將佛法與笛卡爾的哲學思想掉換了位置。

　　赫胥黎認同笛卡爾的「無眞非幻」，即「山河大地，賴覺知而後有，見盡色絕，聞塞聲亡」；卻懷疑笛卡爾的「幻還有眞」，即意識思想「雖起滅無常，然必有其不變者以爲之根，乃得所附而著」，「有實因，乃生相果」，因人心中有完美的概念，所以必有完美的實體——上帝的存在。赫胥黎認爲佛學將「三界四生」皆視爲幻更爲徹底。但佛法止於「一切皆幻」，提出「惟意爲眞」、「積意成我」〔註26〕的還是笛卡爾。嚴復在《眞幻》的按語中長篇介紹了其哲學，認爲其學說「定而後新學興，此西學絕大關鍵也」，因「人之知識，止於意驗相符……夫只此意驗之符，則形氣之學貴矣。此所以自特嘉爾（笛卡爾）以來，格物致知之事興，而古所云心性之學微也。」

　　　別愛滄四詩，因而和之，並贈二君。其第一首謂幼陵所著天演論，
　　　爲吳冀州所敘行云爾》／《詩文集》，第 346 頁。
〔註24〕《通州小學堂宗旨》／《詩文集》，第 554 頁。
〔註25〕《題正定王氏家傳》／《詩文集》，第 546 頁。
〔註26〕今譯「我思故我在」。

〔註 27〕這也符合笛卡爾在數學、物理等科學領域上所做的貢獻。而范伯子卻得出「因佛理而進求之，世運且以更新，不特謹守之足以善其家也」的結論，其理含糊，其意或許重在發問「司馬亦有新家之意乎？」〔註 28〕

對桂生他說「君試參之佛，則吾未之學也」，也是儒家進退學生、避而不談的做法。緊接著他就問「亦知佛者乃西學之所從導源否耶？」但其所說的「就意之所指而一往求之，務明其所以而至乎其極，則形氣之事興而格致之功成」〔註 29〕，依然是笛卡爾重理性思考之意，並非空幻萬有的佛學。伯子循循善誘桂生勿停留在「純空之佛」的境界，而應以之爲起點「反而策焉」〔註 30〕，說明他也並非全然不明可「反而策焉」的並非佛法的空幻。他雖大談佛學，但實際上與梁啓超、章太炎、譚嗣同等提倡「人間佛教」的人一樣，「是本著儒家治國平天下的精神來格義佛學」〔註 31〕，醉翁之意並不在酒。

第三節　上接往聖的生命儒學

《答桂生書》可稱是范伯子對西學最爲熱中時的宣言，「我之今日，乃獨皇然於西學之合乎天理周夫人事，而視我向者之所爲幾不成其爲學。且其爲道深博無涯涘，斷斷不盡於已譯之書，而年老舌鈍，不復能往而自求，則因以責之於吾子，望之於吾徒，如秦皇漢武之所謂三神山未能至而必欲甘心焉者」，渴慕之情不容置疑。

有研究者擔心旁人由此得出范伯子「盡棄舊學、全盤西化」的結

〔註 27〕《天演論》，第 67～71 頁。
〔註 28〕《題正定王氏家傳》／《詩文集》，第 547 頁。
〔註 29〕同上。
〔註 30〕《答桂生書》／《詩文集》，第 548 頁。
〔註 31〕辛涼：《現代新儒學的佛學詮釋 3——概論儒佛會通與現代新儒學的理論建構》／《湖南科技大學學報（社會科學版）》，第 12 卷第 4 期，2009 年 7 月，第 49 頁。

論，便扯出八九年前那句「四裔彷徨得技巧」和《書日本高松保郎文後》，說他「學西方是學其先進新奇的科學技術，吾國幾千年涵泳之仁義，乃國粹所在，民心所依，自然當存」。〔註 32〕可是這八九年間范伯子對西學的態度早已改變，不能用這樣時間顛倒的證據。而且，此說貌似爲范伯子的愛國心辯護，卻不經意地將他降到了洋務派的層次。其實無論是最初的懷疑排斥還是後來的欽服借鑒，范伯子關注的始終是宗教、文化、政治、學術、教育等形而上的層面。相對於「厚其力」，他更看重「厚其心」，這種深入思想的角度其實已顯露了其儒者修養。

筆者以爲范伯子的「向者之所爲幾不成其爲學」或有兩層含義。一是在不久後的《聚學軒叢書序》〔註 33〕中他反思了中國文化的「文深之過」，提到「前此二十年，吾與冀州教授於北方，皆以深文爲教，後皆悔之，或至相向作危苦之言，以爲吾與若之所爲皆不成其爲學」。乃專指「以深文爲教」，「使中人以上之資一自腐於聲讀故訓之間，頭白而不悔，不但忘其身之別有事，乃至並不敢以作者自居，則豈不因六藝文深，舉所謂千一百一之人才盡湮關於此耶？」是痛心悔恨於過往的教育生涯中只注重訓詁、文章和應試，而忽視了對大道精義的傳授，以致人才消磨。

《答桂生書》往下亦有此意，「吾向者之所謂文乃但可爲賢豪之餘事，自憂自喜，而不可概之於後生，即足下今者之所謂佛亦但可爲高明之極境，自性自度，而不可概之於後生者也」。可見他已悟到過去所爲乃精英、修身、守成之學，而今日所需則是大眾、利國、變化與創造之學。此時的他更關心如何興格物致知之事以更新世運，在行道救國的大使命面前，只能自憂自喜的文章和只足自性自度的小乘教義都應被暫時擱置。受這樣的思想驅動，他有些過激之

〔註32〕穆凡師：《南通近代教育的先驅──范伯子》／《資料集》，第 232 頁。

〔註33〕《聚學軒從書序》／《詩文集》，第 558 頁。

辭以鼓勵後生補修西學也是可以理解的。

　　第二則源於中國傳統學問與西方近現代系統、分科知識之間的深微差別。當西學來襲，傳統文人以西學的標準檢視自身，一時間不免惶惑自危，似乎國學作爲知識的合法性身份發生了問題，這種焦慮和危機感是近代學人普遍面臨的困境。殊不知儒家的學問乃生命流動之學，並非純粹客觀理性的知識。班固言「六籍所不能談，前聖廡得言焉」〔註34〕，六經承載了往聖先賢的生命，略有神諭的味道。章學誠亦說「古人未嘗離事而言理，六經皆先王之政典也」〔註35〕，後人可以從中揣摩「先王得位行道、經緯世宙之迹」〔註36〕。伯子亦有詩句「六籍英靈葬死灰」〔註37〕、「獨與往聖留純和」〔註38〕等，可見他心中亦明六經並非空言說理，而是古代聖王賢士的生命凝結，道統亦是由歷代聖人所傳承。只是乍遇完全陌生的西方科學，他因「身在此山中」而一時有些「不識廬山眞面目」了。其實古希臘有英雄傳統，基督教有聖徒傳統，可見無論中西，欲使道義流行，都非由空言，而是靠人的生命來傳承的。康有爲曾試圖將儒家變成宗教，因其有經典，有歷代聖人，所缺的只是一個人格化的神。雖然這所缺的至關鍵，但也說明儒家確實不盡同於客觀說理的知識，而是近於信仰的生命之學。

　　從生命之學的角度來看，范伯子並未背棄舊教。1900 年〔註39〕，

〔註34〕班固：《東都賦》／《文選》，長沙：嶽麓書社，2002 年，第 19 頁。
〔註35〕章學誠著，葉瑛校注：《文史通義校注》，北京：中華書局，1985 年版，第 1 頁。
〔註36〕《文史通義校注》，第 3 頁。
〔註37〕《師曾之友蔡公湛感慨時事，摒棄舉業，投詩問學於我，次二首以答，極道傷心之語，不敢欺蔽少年也》／《詩文集》，第 308 頁。
〔註38〕《感於東坡生日之作，遂爲摯甫先生六十壽詩》／《詩文集》，第 269 頁。
〔註39〕孫建《范伯子年譜》中歸入 1899 年，因爲詩題是《感於東坡生日之作，遂爲摯甫先生六十壽詩》，誤以爲是「感於東坡生日」，就排在 1899 年 12 月東坡生日所作的幾首詩後了。但這首詩是在《詩集》十三卷，作於 1899 年歲末到 1900 年 3 月之間的，且前有詩云「入此

他作吳汝綸六十壽辰詩，道出了他們這批學人在儒學與西學之間回環深折的情感與態度。詩云：

> 人生百年一刹那，賢愚貴賤同一科。
> 挈長量短其如何？祝禱稱頌皆私阿。
> 要使日月無空過，聖哲自比庸愚多。
> 有儒一生高嵯峨，墮地便與書相磨。
> 浸濯滋潤成江河，放之一州勤民疴。
> 晝執吏事晨自哦，即飯仍與賓搓摩。
> 判簡披牘如交梭，不肯俯首慚義娥。
> 猶嫌一官遭網羅，於世無補身受痾。
> 立起自劾投煙蘿，從此一意知靡佗。
> 嗟彼豈誠書有魔，方今儒術資撝呵。
> 腐士不識眞邱軻，死守徒以來倒戈。
> 後有萬年寧可訛，濯而出之渾渾波。
> 莫置高阜平不頗，用此憂勞鬢亦皤。
> 獨與往聖留純和，我年十九付蹉跎。
> 矧今傷心至蓼莪，忍死惜淚吟庭柯。
> 感念身世終滂沱，會以生日觴東坡，
> 類引更爲先生歌。〔註40〕

前六句論生命的長度人人平等，價值卻賢愚有差。從「有儒」到「靡佗」是對吳汝綸的生平敘述，他雖勤政重文，終因官場不合本性而毅然辭官，一心投入學術和教育事業中。接下去六句是對吳汝綸心態的深度解讀，足見二人知己相交。「嗟彼」句替激進派發問，因爲吳汝綸在提倡西學、改革教育的同時還撰寫了《易說》、《尙書故》、《夏小正私箋》等經學著作。在這個儒家學術思想廣被詬病的時代，他們不解經典還有什麼魔力能使人如此不懈鑽研呢？「腐士」

年忽忽又經句矣」，可見詩作於 1900 年，乃重讀去年的東坡生日之作有感。

〔註40〕 《感於東坡生日之作，遂爲摯甫先生六十壽詩》／《詩文集》，第269頁。

句則言保守派固步自封，最終落得倒戈失敗。他們雖號稱維護孔孟之道，卻不解何謂孔孟眞傳。

原來激進與保守皆非范吳心儀的態度。他們希望的是「開通良知，以受眾美，毋若俗士矜惜舊習而塞新機」，同時也警醒勿「忘乎內之痛而慕於外」〔註41〕。正如范伯子在與蔡公湛詩中「極道傷心之語」的「明明絲粟童而習，赫赫尊彝性所嚴。要與窮觀百年後，儒生劇病始能砭」〔註42〕，那日用倫常之道是他們自童時就浸淫其間的，祭祀尊崇先賢的綱常倫理也滲透在他們的血液裏。世衰時亂，他們看到了儒生不適應新時勢的地方，但依然相信經過針砭，儒學還會煥發生命。

其實早年范伯子在李鴻章府上時，作《與張幼樵論不應舉書》〔註43〕，就冀望於「苟有宏德君子，究心於前往而開化於來今，乘吾之敝而斟酌其孰去孰留，斬然定爲一代大經，不令後世無識庸夫有所偏重。此謂當時會而爲其難，則不至於執極而翻，蕩然失其所守。」儒學從孔孟到董仲舒，再到程朱、陸王等，總是應運而改，所以對於因應時勢、去敝存精的改良范伯子並不陌生，他憂懼的只是無立足之地的全面失守。

「後有萬年寧可訕，濯而出之渾渾波」是稱許吳汝綸不畏議論的實踐精神。如梁啓超所說，「束身寡過主義」是中國數千年來「德育之中心點」〔註44〕。只要做事就可能出錯，何況在那個千頭萬緒的時代，面對一個千瘡百孔的國家。處於時代的風口浪尖，眾人矚目的「高阜」之處，吳汝綸依然能保持「平不頗」的態度，以眞儒家的經世情懷去吸納西學精華，平衡調和，爲我所用，最終達到與

〔註41〕《通州小學堂宗旨》／《詩文集》，第555頁。
〔註42〕《師曾之友蔡公湛感慨時事，摒棄舉業，投詩問學於我，次二首以答，極道傷心之語，不敢欺蔽少年也》／《詩文集》，第308頁。
〔註43〕《與張幼樵論不應舉書》／《詩文集》，第456頁。
〔註44〕梁啓超：《新民說・論公德》，瀋陽：遼寧人民出版社，1994年，第18頁。

往聖命命相續的純和之境。

這裡的「往聖」也非泛指。這首詩乃伯子重讀去年所作的《東坡生日臨觴有感復和敬如》〔註45〕時有感而發。奇怪的是，那首詩並未讚譽蘇軾，反而對其反對王安石變法的態度大發諍言。「只言新法亂人紀，詎謂舊學誅民彝。公乎來遊聽我告，安石正論經天垂。不佞天人不法祖，徹骨剖辨無瑕疵」，分明是借古言今替變法張目。「當時堂堂宋天子，將與萬國爲軒羲」，將宋神宗擡高到上古聖王的地步，而「一君一相必有職」，王安石自然也躋身伊管賢相之列。「誰能頑然守深黑，無與日月同奔馳」一句對頑固守舊派幾近痛心疾首。「日月」不單象徵光明，子貢曾說「仲尼，日月也，無得而逾焉」（《論語・憲問》），伯子詩中亦有「儒林無人日月蝕」〔註46〕之歎，可見「與日月同奔馳」也暗含了追隨孔子如夸父逐日般「知其不可而爲之」〔註47〕精神之意。像王安石這樣踐行了孔子經世行道理想的先賢方可稱爲「往聖」，而吳汝綸的精神氣質與之正相契合。

第四節　新舊之間意深微

如其後人范曾先生所言，范伯子「對傳統偶發怨詞實生於所愛」，范吳陳這些人「期待民族之強盛與文化之前進的迫切心願，與激進者是同樣眞實而誠摯的」，「只是他們明白，朝政的隳墮、綱紀的廢弛、民族性的劣根，其來源並非中國古籍經典的文本，要一把火燒掉正應慢著。因爲他們深知，中國先賢先哲的所思，並非一無是處，並非淺陋之至」〔註48〕。這樣一種「愼思、明辨的中庸態度」〔註49〕在當時激進的反傳統思潮中或顯不諧，卻正見出眞儒家的可

〔註45〕《詩文集》，第 249 頁。
〔註46〕《余以經營學堂啓告鄉人……》／《詩文集》，第 378 頁。
〔註47〕《十三經注疏・論語注疏・憲問》，第 200 頁。
〔註48〕范曾：《陳師曾畫論序》／《陳師曾畫論》，北京：中國書店，2008年。
〔註49〕同上。

貴之處。

理解了范伯子生命深處的儒家情結，讀他的詩才不致錯貼標
籤。如有研究者說《書賈人語》中的「明朝便叱玉皇退，何能一帝
專諸天」之句「有革命性」〔註50〕就與范伯子一貫的忠君思想不符。
以他對光緒的感情，對慈禧建儲一事的悲憤傷心，怎麼可能反對帝
制呢？這首詩其實是講他聽到賈人對建儲發表「去即去耳誰為賢，
人如綠草生春田，鐮刀割盡還須長，不聞但有今歲無來年」的議論
後大驚失色，發現老百姓全然不在乎誰做皇帝，「從此崑崙泰華皆
不堅」，民心冷漠，國本自然動搖。最後那句不過是嘲諷老百姓的
迷信，既然你們對皇帝是誰都無所謂，那麼天上的玉皇大帝是不是
也可以換人呢？

再如《狼山觀燒感賦》〔註51〕一詩，有人說其「極富民主思想」
〔註52〕亦不準確。詩中可貴的是記錄了老百姓喃喃祈禱「他人有粢
小如錢，吾儂粢若筐之巨。蟊賊盡死人則肥，如此云云咒田祖」的
土謠，真實地反映了村野小民的心聲，而不是從後來的階級思想出
發認為貧窮皆聖潔。野燒是南通百姓驅趕害蟲、祈禱豐年的傳統民
俗，「正為災祲動切身，各各然薪寫心苦」，他們關心的是自身的衣
食飽暖。「遂令山中蟯虱臣，浩然獨歎生民主。一詔彌綸有萬年，百
姓身家不可侮」，范伯子是以「蟯虱臣」自比，表達對皇權的忠誠與
憂慮，並非「把百姓野燒看成是他們反抗壓迫、發泄怒火的舉動，
而把貪官污吏比作嗜人血肉的蟯虱」〔註53〕。「百姓身家不可侮」其
實是孟子的民本思想，並非以「民有、民治、民享」為特徵的民主
主義。指代皇權的「生民主」與「民主」雖只一字之差，內涵卻有
天壤之別。

〔註50〕孫建：《范伯子年譜》／《資料集》，第 426 頁。
〔註51〕《詩文集》，第 336 頁。
〔註52〕孫建：《范伯子年譜》／《資料集》，第 438 頁。
〔註53〕同上。

　　事實上，對於自由民主革命之說，范伯子與吳汝綸均表排斥。
《列國歲計政要序》中言「人有自上海來者，言彼間人士倡爲自由
之說，其禍爲最烈」〔註54〕；《豐利徐氏族譜序》中描述徐由白來拜
訪時，「三揖而進，意篤謹，異於他言新學少年也」；在倡言「合一
家一族以爲群」時又說「凡吾是說，與少年之言自由者不合」〔註55〕：
可見范伯子語境中的自由是不受約束的放縱和個人主義。這也說明
陳三立言伯子「歲時會金陵，稍喜接乘時之彥及號『尸新學者』，下
上其議論」〔註56〕只可證其求知心切，並不代表對新學的全盤接受。
吳汝綸更是直斥「民權革命之說，質言之即叛逆也，中國不可行」
〔註57〕。在維護君權這一點上他們都是持保守態度的。

　　1903 年范伯子有詩《究觀東野之文辭頗有合於西哲之言公德
矣，感歎再題》〔註58〕，詩云：

> 東野細微士，昌黎挾以傳。由今觀此輩，合砌蓬蒿間。
> 寧知彼所懷，嶽嶽如大山。飽與萬物飽，教化還天然。
> 灑血泣君昧，矢心躬堯年。由來大同理，一碎不復全。
> 君相各私己，生民盡慕羶。士有不失性，餓死溝渠邊。
> 昌黎昔未達，三書宰相前。爲道兼求養，哀哀亦可憐。

　　「西哲之言公德」在清末有兩個涵義。一是 1898 年傳入中國
即炙手可熱的盧梭民約論。如 1903 年《浙江潮》中有文論及日本
政府時說：「大臣則不可無責任，而大臣者又非以能圓滑其行政手
段爲責任，必當於行政之外確有政治的公德見地。公德者何？即政
府對於人民之信義也，假使政府與人民立一契約，此契約明明有界
限，明明有期限，而或侵其界限，或逾其期限，是政府顯違政治的

〔註54〕《列國歲計政要序》／《詩文集》，第 549 頁。
〔註55〕《豐利徐氏族譜序》／《詩文集》，第 562 頁。
〔註56〕陳三立：《范伯子文集序》／《詩文集》，第 617 頁。
〔註57〕《吳汝綸尺牘・諭兒書》／《吳汝綸全集（三）》，合肥：黃山書社，
　　　　2002，第 589 頁。
〔註58〕《詩文集》，第 393 頁。

公德也。」〔註59〕顯而易見，這個「政治的公德」即民約論中所說的統治者應以「公意」、「公共利益」、「公共幸福」爲唯一目的，因爲政府的權力來自於人民的信託。而另一個涵義則是梁啓超在《新民說》中反覆闡述的「人人相善其群」以「利群」〔註60〕，強調普羅大眾的愛國心與公共道德。

再檢《孟郊集》，令范伯子有感而發的應是孟郊爲唐賢元德秀所作的《弔元魯山》〔註61〕。其中「萬物飽爲飽，萬人懷爲懷」、「善教復天術」、「言從魯山宦，盡化堯時心」等語與范詩中「飽與萬物飽，教化還天然」、「矢心躬堯年」等遙相呼應。元魯山乃一方縣令，清廉愛民善教化，是一位「愷悌君子，民之父母」（《詩經・泂酌》）的人物，他以萬物飽爲己飽，以萬人懷爲己懷，即老子所謂「聖人無常心，以百姓心爲心」〔註62〕的境界。

從范孟二詩來看，范伯子所謂「西哲之言公德」應是指在上者以「公意」爲念。雖然「君相各私己，生民盡慕羶」〔註63〕一句貌似說政府無公德、百姓貪財貨，雙方都未守約。但中國文化一向認爲統治者負教化之責，如《弔元魯山》中反覆稱道「誰能嗣教化，以此洗浮薄」、「善教復天術」、「盡化堯時心」等，百姓或勤勞質樸，或貪婪巧詐，都與政治的清明與腐敗有關。何況造成現實中「士有不失性，餓死溝渠邊」、「爲道兼求養，哀哀亦可憐」的人才困境的不也是統治者嗎？

從《尚書・大禹謨》的「眾非元后何戴，后非眾罔與守邦」

〔註59〕餘一：《論日本近時政黨與政府之衝突》／《浙江潮》第一期，浙江同鄉會雜誌部，1903 年，第 11 頁。

〔註60〕梁啓超：《新民說・論公德》，第 16 頁。

〔註61〕孟郊：《弔元魯山》／韓泉欣校注：《孟郊集校注》，杭州：浙江古籍出版社，1995 年，第 405～412 頁。

〔註62〕陳鼓應：《老子注譯及評介》，北京：中華書局，2006 年，第 253 頁。

〔註63〕這首詩作於光緒二十八年（1902）末，是時光緒帝被囚禁瀛臺，全無實權，再綜合考慮范伯子對光緒的忠愛和對慈禧的不滿，這裡的「君」應該不是指光緒，而是泛指當時的統治階層。

〔註64〕，到孟子的草芥寇讎，黃宗羲的民主君客，中國文化中描述君主與百姓的關係似乎也隱隱有契約這一路。但盧梭筆下代表「公意」的「主權者」乃是「由全體個人的結合所形成的公共人格」〔註65〕，是一個抽象概念，「政府是在臣民與主權者之間所建立的一個中間體」〔註66〕，「絕不能與主權者混爲一談，而只能是主權者的執行人」〔註67〕。事實上「只要一旦出現一個主人，就立刻不再有主權者了，並且政治體也從此就告毀滅」〔註68〕。

而中國傳統則充滿了對賢人政治的期待。無論是孔子的仁人、聖人，還是莊子的至人、眞人、神人，都是貫穿了天人合一之理的人間代表。所以《弔元魯山》中說「始知補元化，竟須得賢人」、「賢人母萬物，愷悌流前詩」，而范伯子也期望有一位心懷萬民的堯舜之君來實現大同理想。這就是三代聖賢傳統與西方「公德」的暗合之處了。其實無論古今中外，有群體自然就會產生精神領袖，但「公意」是在領袖之上還是在領袖之內，則是法治與人治的區別。這一點范伯子還難以認識到，但他對聖賢傳統的珍視依然有價值。借用林毓生教授對傳統加以「創造性轉化」〔註69〕的觀點來說，我們大可保留賢人政治之長，再加上法治的監督歸正作用，而不必全盤否定人治的作用。

《浙江潮》的撰文者餘一說：「吾不患中國文明之不長進，而特恐人之恃之以成國者，而中國乃恃之以亡國也」，〔註70〕因「運用文明之活力」〔註71〕實有不同。嚴復年近古稀時說「竊嘗究觀哲理，以

〔註64〕 《十三經注疏・尚書正義》，北京：北京大學出版社，1999 年，第93 頁。
〔註65〕 《社會契約論》，北京：商務印書館，1997 年，第 25 頁。
〔註66〕 《社會契約論》，第 76 頁。
〔註67〕 《社會契約論》，第 51 頁。
〔註68〕 《社會契約論》，第 36 頁。
〔註69〕 林毓生：《熱烈與冷靜》，上海：上海文藝出版社，1998 年，第 26 頁。
〔註70〕 餘一：《國魂篇》／《浙江潮》第一期，第 3 頁。
〔註71〕 餘一：《民族主義論》／《浙江潮》第一期，第 8 頁。

爲耐久無弊，尙是孔子之書。四子五經，固是最富礦藏，惟須改用新式機器發掘淘煉而已」〔註72〕，所謂新式機器或是指西方近現代知識體系化的方法和民主科學等觀念。范伯子詩句「卻有一番釐定在，不教萬智此中潛」〔註73〕也是此意。這種對傳統再開發的態度和「創造性轉化」頗爲神似，只是尙未及做具體的理論工作而已。

　　1899 到 1901 這三年是范伯子思想上發生轉變的階段，之後兩三年則是實踐階段了。在辦書報公社、創辦通州小學堂的過程中，他屢遭州牧、同仁、鄉人的不理解和阻撓，壯志豪情逐漸消磨，再談及《天演論》已不復當初的意氣風發。「子臣弟友百不曉，枉論天演憂心忡。女憧婦悾概一世，虎變未可望諸公」〔註74〕，嚴復雖苦心救國，《天演論》卻迴天乏力，看著這些對時局懵然不覺、只顧私利的「賤儒」小民，國家振興能指望他們嗎？伯子的心不覺有些冷了。

　　所以他讀《弔元魯山》會感傷大同理想的破碎，讀《仁學》也只是冷冷地問「君知此後成何世？」〔註75〕國家前途渺茫，他深感公羊三世皆爲不可知。「擾擾煙窗晴是幻，盈盈風燭淚成堆」，世事變幻莫測，身如風中殘燭，唯有那蠟炬成灰淚始乾的一片癡心依舊。「懸知根相消難盡，略向冰天問雪梅」〔註76〕，輕輕問那雪中紅梅，是如何能傲立於這漫天冰霜的呢？「雪梅同雪鬢，相對兩淩寒」〔註77〕，儘管此時的他疾病纏身、理想受挫，但望絕深悲之中

〔註72〕嚴復：《與熊純如書》／《嚴復集・第三冊書信》，北京：中華書局，1986 年，第 668 頁。

〔註73〕《師曾之友蔡公湛感慨時事，摒棄舉業，投詩問學於我，次二首以答，極道傷心之語，不敢欺蔽少年也》／《詩文集》，第 308 頁。

〔註74〕《郵中得愛滄府尹贈別嚴幼陵詩，次韻奉寄並呈幼陵》／《詩文集》，第 406 頁。

〔註75〕《伯發示我以寒夜坐吾室懷伯嚴之作，余方讀仁學，戲答一首》／《詩文集》，第 395 頁。

〔註76〕同上。

〔註77〕〔宋〕范成大：《代兒童作立春貼門詩》之一。

依然蘊含一種高潔與堅貞，令人感慨。

嚴迪昌先生說「葆眞寫心是伯子詩最見優長處」〔註78〕，錢仲聯先生說伯子詩「雄才大筆，浩氣盤旋，與其他同光體詩人以僻澀尖新取勝不同，內容比較能反映現實」〔註79〕。「有我有當時」〔註80〕的詩學觀使范伯子詩從同時代的漢魏詩派、中晚唐詩派，甚至宋詩派中脫穎而出，成爲我們「從中尋覓辨味中國士人歷經千百年而至於末世的心緒心境」的絕佳文本，這也是近代詩集「別具價值之所在」〔註81〕。

從甲午之前對西學冷眼旁觀、對儒學一力推崇，到戊戌之後對西學滿腔熱情、對儒學自省反思，再到生命最後兩年悲觀失望、卻並不作局外觀的堅持，范伯子的文化心態幾經變化。乍看起來西學與儒學是此消彼長，但儒家思想對於范、吳、陳、嚴等傳統學人來說自有其「純粹而不雜，靜一而不變」〔註82〕的一面，即對仁政、經世理想與立身德行的執著。

陳三立 1901 年曾令其子，也是范伯子婿的陳衡恪持詩呈伯子，曰「吾嘗欲著藏兵論，汝舅還成問孔篇。此意深微誰知者，若論新舊轉茫然」〔註83〕。范伯子文集中未見此篇，但從王充《論衡·問孔》看來，應是對孔子思想的問難。陳三立稱此中藏有深意，並非強分新舊這麼簡單。那正是范吳反思儒學的一個階段，筆者以爲，不同於王充對孔子生硬直接的問難，而是交織著惶惑、懷疑、擔憂的危機感與不捨、期冀的幽微深情。所以，他們的執著並不是一種盲目自大的情

〔註78〕嚴迪昌：《范伯子詩述略》/《文史知識》，2003 年第 8 期，第 99 頁。
〔註79〕錢仲聯：《三百年來江蘇的古典詩歌·晚清以來的各種復古詩派》/《資料集》，第 135 頁。
〔註80〕范伯子：《近代諸家詩評》/寒碧箋評：《范伯子詩文選集》，杭州：浙江古籍出版社，2006 年，第 452 頁。
〔註81〕嚴迪昌：《范伯子詩述略》/《文史知識》，2003 年第 8 期，第 102 頁。
〔註82〕《南華眞經注疏·刻意第十五》，北京：中華書局，2008，第 317 頁。
〔註83〕陳三立：《衡兒就滬學須過其外舅肯堂君通州，率寫一詩令持呈代柬》/《散原精舍詩文集》（上），上海：上海古籍出版社，2003，第 8 頁。

感，而是建立在對儒學內在價值深切瞭解與反思後的肯定之上。

范伯子去世後不久，姚倚雲寫了一首《秋夜讀飲冰室文有感》。詩云：「壯麗山河世事非，空悲女德太沉微。維新孰識眞三昧，守舊今成浩歎欷。生此未分清濁世，聊因先解利名圍。米鹽送我尋常老，愁對高秋痛淚揮。」〔註84〕這首詩深得范伯子七律的精髓，思致綿邈，情韻跌宕而混茫，思想上亦能看出其夫的影子。對於梁氏的《飲冰室文集》，姚夫人似乎並無多少歡喜之意，當世維新之人是否眞明白維新之眞諦呢？只是潮流洶洶，老成守舊之人便只能仰天長歎了。在這個世事難分清濁、新舊難判對錯的時代，她所能做的只是持守內心的高潔，不爲名繮利鎖所纏繞。這種心靈的高貴正是傳統儒家的安身立命之處。

今人論范伯子的思想，多以邏輯順序行，乍看似清楚，卻難免化約之失。因爲近代是一個幾乎移步換景、新變紛湧迭至的時代，思想搏激、人心變化堪稱其主旋律。所以筆者試圖以時間爲序包容涵括光緒後十年的激烈變動中，范伯子思想、心態變化的種種側面。以其詩爲一個窗口，得以略窺他與吳汝綸、陳三立等晚清學人眞實的掙扎、尋求和持守。如陳平原所言，「晚清以降，不管是否曾經踏出國門，傳統的變異與西學的衝擊，均有目共睹。面對此『三千年未有之大變局』，學界雖有『激進』與『保守』之分，但上下求索、爲中國社會及學術闖出一條新路的心態，卻是大同小異。」〔註85〕范、吳、陳等人在中西新舊之間中庸平和的態度在百年前或屬於「低音」，爲五四所謂「進步」的高調所掩蓋。但在普遍反思西方現代性弊病和重提傳統文化的今天，卻足發人深思。細讀他們珍惜傳統、吸納新知、注重實踐的人生歷程，藉著他們熱情而冷靜的生命，或許能幫助我們重新認識傳統文化的生命之學，在中西之間找到站立的位置。

〔註84〕《蘊素軒詩集》卷七／《詩文集》，第703頁。
〔註85〕陳平原：《西潮東漸與舊學新知——中國現代學術之建立》／《北京大學學報（哲社版）》，1998年第1期，第41頁。

第六章　詩與政：時代感發之舊詩新境

第一節　甲午離津之原因與論黨爭之詩

　　范伯子一生最顯赫的履歷即光緒十七年（1891）至二十年（1894）之間在直隸總督李鴻章府上做西席，課其子李經邁（字季皋），至甲午戰爭爆發後離開。他的南歸在當時亦屬平常〔註1〕，但對范伯子而言，卻是他一生命運由上昇跌入落魄的轉折點，詩情亦隨之由橫空排奡、意氣風發而轉入慷慨悲涼，甚至有了抑鬱牢愁。俞明震言其「並世毀譽情，轉向滄桑哭」〔註2〕正是因這一段經歷所致。但奇怪的是，這一重要轉折在當時人為他所作的碑傳序跋中卻幾乎都不願多說。姚永概僅以「迨甲午戰敗，文忠公得罪，君與吾皆東歸不復北遊，視向時遊宴如易世矣」一筆帶過，徐昂也只借「倦遊歸里」的套話一下子從他初入李府跨越到了十年後的「謀鄉邑教育」，陳三立、馬其昶等

〔註1〕　何德剛：《春明夢錄》言「中東之戰，日兵直逼奉天，警報時至，京師震動。朝士之主戰者紛紛搬眷出京」，可見當時南歸是大流。《《青鶴》筆記九種》，北京：中華書局，2007，第181頁。

〔註2〕　俞明震撰，馬亞中校點：《觚庵詩存》，上海：上海古籍出版社，2008，第36頁。

人的序言更是隻字不提。

　　唯有范伯子的一位學生金鉽對這段經歷敘述較詳，引之如下：

　　　　先生交遊滿天下，遍歷名山大川，所至，公卿爭倒屣
　　　　迎之。李文忠方爲直隸總督，聞其名，介吳先生禮請賓之，
　　　　授公子經邁季高學。而文忠日晡退食，恒過先生論政事，
　　　　先生感其意，亦出己見，多所讚助。是時中興久，吳縣潘
　　　　文勤公、常熟翁尚書方銳意排纘古學，知名之士爭趨集筆
　　　　下，先生則慨然屏棄舉業，獨居深念，心憂天下事不可爲，
　　　　一意研究經世有用之學。凡後來次第興革大端，先生舉於
　　　　先十餘年懸策及之。會中日事起，京朝士大夫集矢和議，
　　　　先生獨違眾論，以爲未可輕開外釁，時論訾之，雖先生知
　　　　交亦有騰書相抵者，先生憮然謝曰：「是非聽之，異日終當
　　　　思吾言也。」文忠既罷總督，先生亦歸通州，齮齕先生者
　　　　猶不少息。〔註3〕

　　這段話包含的信息甚多，其中最引起筆者注意的是金鉽明確說范
伯子力主和議，甚至不惜與知交齟齬。但奇怪的是，范鎧卻又說「清
光緒甲午中東戰役，淮軍潰敗掃地，譏謗及伯子，不盡實也」，這個
「譏謗」與「不盡實」又是何指呢？

　　近年來對范伯子的研究雖有漸熱之勢，但多集中於其詩學理
論、詩派淵源之類，對其生平所議甚少，許是認爲近代文人生平確
鑿，無多考證之處，其實不然。范伯子遭甲午之變，又身處李鴻章
幕府，時間、空間都將他推到了一個敏感的位置、漩渦的中心。筆
者所見卻僅有一篇論文《范伯子與李鴻章》〔註4〕直接討論他在甲
午戰後離津的原因，可惜又過於化約。該文提出三個原因，一是「范
伯子與李氏在戰爭問題上的意見不和，卻又無力改變」，認爲伯子主
戰；二是「范伯子不願與親朋好友意見不一，成爲夾縫中人」，即顧

〔註3〕　金鉽：《范肯堂先生事略》／《資料集》，2011，第3頁。
〔註4〕　侯長生：《范伯子與李鴻章》，《社會科學論壇》2006・12（下），第
　　　　205～208頁。

慮與張謇、陳三立的親友關係；三是「范伯子決定以自己的方式來實現救國救民的目的」，即興辦地方教育。筆者以爲皆有可商之處。

首先，范伯子涉足地方教育是在光緒二十七年（1901）了，這年他回南通掌教東漸書院，次年朝廷建新式學堂令下，他才赴泰興參觀小學堂，籌建通州小學堂，又幫助張謇一起建立了通州師範學堂。但在此前的六七年間，他離開李鴻章後，「爲了辦事，也爲了訪友，更多的爲了找一啖飯地，鄂、粵、贛、江寧、桐城、上海、揚州、清江浦，到處跑，到處羈留」〔註5〕，這些行迹皆在他詩中可考，他的學生王守恂也爲他「客遊鄂、滬，到處逢迎」〔註6〕的落魄而難過。可見，將「盡心於教育事業」作爲范伯子離開李鴻章的心理動因，而無視這六七年的坎坷，未免倒果爲因了。

第二，范伯子也並非因爲顧慮「近親密友」的「譏訕」而離開。〔註7〕他青少年時代的好友張謇對李鴻章的反感由來已久，一方面「鄙文忠以利祿傲睨輕士」〔註8〕，一方面因在吳長慶軍幕時，經歷了朝鮮甲申事變，對李鴻章的諸多被動措置大爲不滿，吳長慶也「因與李鴻章積忤之故，憤恚致死」〔註9〕。所以自范伯子到李府任教以後，兩人就已「數年不通問」〔註10〕了，若是因爲張謇，范伯子不會等到此時才離開李府。

那麼姻親陳寶箴、陳三立父子呢？范陳婚約是甲午戰爭以前所定，戰後陳寶箴見馬關條約則泣：「不國矣！」從此大恨李鴻章。在送嫁前不久，陳寶箴還對范鍾憤言：「若兄弟皆主李者耶！」〔註11〕可見范伯子並未附和他對李鴻章的怨望。此後兩年，陳寶箴在湖南

〔註5〕　《涕淚乾坤焉置我？——論范伯子》，第353頁。
〔註6〕　王守恂：《范肯堂先生文集序》，《資料集》，第74頁。
〔註7〕　《答范肯堂》，《吳汝綸全集（三）》，第102頁。
〔註8〕　《南通縣志本傳》，《范伯子先生全集（文）》，第29頁。
〔註9〕　劉垣：《張謇傳記》，臺北：文海出版社，1975年，第64頁。
〔註10〕　《南通縣志本傳》，《范伯子先生全集（文）》，第30頁。
〔註11〕　《故湖南巡撫義寧陳公墓誌銘》，《范伯子詩文集》，第521頁。

「廣羅人才,大辦新政,隱然居世運樞軸,范雖賦閒,竟無招致之意」
〔註12〕,范也自言於「湘撫處,不通一書」〔註13〕。這與金鉽所言的
「獨違眾論」,不惜受知交譏罵也要堅持己見是一致的。

第三,從金鉽的敘述中已可看出在和戰問題上范伯子與李鴻章
一致,並未有隱藏的不滿,否則他又何以使岳父姚濬昌「易其故見」、
在甲午戰敗後還「為師相發憤」呢?〔註14〕今人或許出於為賢者諱
的心態,總想撇清范伯子與李鴻章的關係,而他們的根據多是這首
《和顧晴谷六十述懷詩八首》之三〔註15〕。但筆者讀其詩,卻覺得
其中未必有不滿之意。詩云:

> 自我言從李相公,短衾夜夜夢牛宮。
> 進無捷足爭時彥,退有愚心愧野翁。
> 涕淚乾坤焉置我,窮愁君父正和戎。
> 時危復有忠奸論,俯仰寒蟬只自同。〔註16〕

這是范伯子離開李鴻章之後的回憶之作。前四句說其實早在甲午
戰爭爆發之前,他雖身在相府富貴叢中,卻心懷山野——「牛宮」即
牛欄,無意追求仕途進取,但比起真正的草野隱士,卻又留戀這一點
安逸與虛榮,不免生愧。即他自述的「至不能稍自強力與諸生角藝,
求一第以為榮,而退又不能殫精竭思,日月著述」〔註17〕。後四句講

〔註12〕 章品鎮:《涕淚乾坤焉置我》,收於散文集《花木叢中人常在》,第348
頁。
〔註13〕 《答李季皋》,《吳汝綸全集(三)》,第128頁。
〔註14〕 《答李季皋》,《吳汝綸全集(三)》,第115頁。
〔註15〕 馬亞中在《范伯子詩文集(前言)》中認為這首詩「表現了他涉足李
幕的苦悶,流露了對李鴻章的不滿」,《范伯子詩文集》,第11頁。
汪朝勇在《姚鼐與范伯子詩文理論之關係》中也據此詩說范伯子「對
於主張和議者表示了不滿」,《阜陽師範學院學報(社科版)》,2007
年第3期,第30頁。
黃偉在《范伯子詩學理論平議》中也說此詩「流露出對朝廷和議國
策的關注與不滿」,《徐州師範大學學報(哲社版)》,2009年9月,
第32頁。其實都是陳陳相因。
〔註16〕 《詩文集》,第192頁。
〔註17〕 《武昌張先生七十壽言》/《詩文集》,第460頁。

時局之變使他無法再保有這種中間狀態，頓感前途迷茫。「窮愁君父正和戎」一句有恥辱，有沉痛，有無奈，但形勢如此，舉國皆知不堪再戰——他自己亦有詩「燼餘士卒生還少，孤注樓船再戰無」，所以這句未見得是對「和戎」表示反對。更重要的是尾聯揭示出當時不只國家面臨危亡，言路的忠奸之辯也是甚囂塵上，而他最終選擇了噤若寒蟬，取一種「是非聽之」的沉默態度，但沉默之下也並未放棄自己的觀點。後來范伯子給李鴻章的輓聯，下聯明確說「國史於大臣功罪是非，向無論斷，有吾皇褒忠一字，傳俾內諸夏、外四夷知之」，所以在這場「忠奸辨」中他的立場是清楚的。到了光緒二十七年，經歷了戊戌變法、庚子事變這一系列大事的范伯子，詩中又有「萬年難覓和聲鳥，一世宜同噤響蟬」〔註18〕之句，可見寒蟬意象在伯子意中是形容一種面對政局黑暗腐朽、官場言路岌岌可危現實下的無奈失語之痛。〔註19〕所以，我們不能僅僅以這首詩爲據，推出他對李鴻章暗懷不滿的結論。

　　而「和戎」一詞是否含貶意，還可參考范伯子的另一首詩《讀曾文正道光乙未歲末雜感詩慨然畢次其韻十首》之八：

　　　　客嘗豈免食無魚，諛頌偷私百不如。
　　　　暮夜卻金寧足道，亨衢懷寶未云疏。
　　　　和親自古爲中策，封禪誰知是謗書？
　　　　磊磊一腔男子事，只留自賞弗關渠。〔註20〕

〔註18〕《水心亭宴集贈徐積餘太守兼示陳筱山、潤生、季直、磐碩諸子》／《詩文集》，第 341 頁。

〔註19〕暨南大學謝遂聯 2001 年的碩士論文《范當世詩歌研究》專有《兩個代表性詩歌意象：哀鶴與寒蟬》，認爲「正是內心深處不可蠡測的悲涼與絕望，使詩人發出那樣幽怨沉痛的哀吟。此時，寒蟬意象已經超越了古代士人慣常的以蟬意象寄寓縈獨之悲與歎時傷逝的生命體驗的藝術符號，而成了政治與文化雙重危機下詩人藝術感受的象徵」，對伯子的絕望和縈獨之悲也解讀得很好，但筆者以爲點出「沉默」和「失語」更能落實到當日黨論之實情。

〔註20〕《讀曾文正道光乙未歲末雜感詩慨然畢次其韻十首》／《詩文集》，

這首詩是光緒二十一年（1895）歲末作於南京，細味詩意應是表達在張之洞處碰壁後的感受。前四句說自己不肯像別人那樣阿諛奉承，免不了受東家慢待，但依然以清節和才華自傲。頸聯乍一看似乎是貶低議和，但是在當時的情況下，承認和親是中策，是一種知己知彼、權衡利弊後所做的無奈而又理性的決定，已經是對議和的支持了。

《春在堂隨筆》中記載「自西事之興，士大夫持正者多喜言戰」，獨有一位金眉生主和，其上曾國藩書云：「和之一字，乃南宋以後第一惡名，而北宋以前，無此成見也。三代下主戰亡國者有之，未有以主和亡國者」，可謂一針見血。他歷數漢唐北宋皆以議和求得休養生息，邊疆安定，而後來「蔡攸、童貫，思恢復幽薊之奇功，橫挑邊釁，宣和因而北撤；韓侂冑希不世之勳，一戰而腰領不保」，都是戰而亡國的例子。而清朝經歷了太平天國之亂，「元氣已極敝矣」，再對外開戰實在不是明智的選擇〔註 21〕。這或可解釋「和親自古為中策」的蘊意，並不是說議和不屈辱，但卻是迫於形勢、求亡圖存的唯一辦法了。

「封禪」一句來源於「司馬遷作《史記》，於《封禪書》中述武帝神仙、鬼竈、方士之事甚備，故王允謂之謗書」〔註 22〕，即王允指控司馬遷有故意譏謗漢武帝之心。范伯子其實是借為司馬遷叫屈來替自己喊冤，司馬遷不過是實錄史事，後來竟被羅織罪名，自己也不過是據實據理直言，竟遭「毀言日聞」。所以最後他表白自己胸懷磊落，不懼議論，無愧於心。綜上可知，無論是同時人的記載還是范伯子自己的詩文，都證明他是支持李鴻章主和的，後人也毋庸諱言。

第 199 頁。
〔註 21〕俞樾：《春在堂隨筆》，南京：江蘇古籍出版社，2000 年版，第 41 頁。
〔註 22〕洪邁：《容齋隨筆》（唐宋史料筆記專刊），北京：中華書局，2005，第 54 頁。

　　那麼，既然並非那三點理由，范伯子又是為何要離開天津呢？范伯子是西席，並非一般的幕客，李鴻章不任直隸總督了，幕府或許要散，但西席還是可以繼續聘用的，所以范伯子送嫁而行時李鴻章致信也說「明春聚首在即」。可是范伯子卻沒有再回來。

　　《中秋次韻高季迪張校理宅玩月》〔註23〕這首詩集中表達了伯子離開前期的心境。該詩自汪辟疆在《光宣詩壇點將錄》中以「玩月詩篇成絕唱，蘇黃至竟有淵源」〔註24〕的按語將其拈出後，幾乎成了范的代表作，以致還有研究者專門寫作《范當世玩月詩篇何以煊赫晚清詩壇》的論文。但有意思的是，這首詩雖得陳三立和汪辟疆激賞，但從《資料集》「選目類」中可見，在所有收錄范伯子詩篇的選集中，竟沒有它的一席之地，可見品詩一事也真是見仁見智了。筆者以為，以藝術上來說，它未必是范詩的極詣，但對理解伯子這段時間的心境卻是關鍵。

　　全詩共三十一韻，前二十一韻是范伯子拜月抒懷，後十韻則敘述了他與妻子的對話。一開篇范伯子的心思就已飛向南方的山水月光了，「我來四換霜林藍，魂夢已失江邊嵐。江月沉沉山月小，今皆淪落無人探」。但又顧念李鴻章的恩情，「浪說吐茵不宜逐，坐對丞相車龕髿」，以漢丞相丙吉不計較駕車人吐污自己的車茵來比擬李鴻章一直以來的優容禮待，自己才得以「偷有此廬樂今夕」。可是現在形勢變了，人在一帆風順的時候可能不會去反思自己的人生道路，但一旦遭遇挫折、危險則不免對過去的選擇生出疑惑和悔恨來，范伯子亦莫能外。

　　此時他看月亮是「一片寒冰照人世，卻有功用無求貪」，因無欲無求而贏得了「賢愚各頂禮」和「豈有罵語聞訕譫」——這也從反面暗示此時他已經背負罵名。和清淨空明、少私寡欲的月亮比起來，

────────────

〔註23〕《中秋次韻高季迪張校理宅玩月》／《詩文集》，第 183 頁。
〔註24〕汪辟疆撰，王培軍箋證：《光宣詩壇點將錄箋證》，北京：中華書局，2008，第 106 頁。

他嘲笑自己不過是個書蟲（「語大足比書中蟫」），卻「鬱蹙錦瘤要人採」，放不下施展才華的欲望，最終「百計不售成枯柑」了。回想起來直隸總督府之前，也曾追求過「春山夜雨縈苔龕」的隱居生活，但三四年的一帆風順令他淡忘了那種人生樂趣。「平生思之但負月，捫心愧對秋江潭」，反用寒山偈語「吾心似秋月，碧潭清皎潔」之意，懺悔自己的清淨心已為世俗所染。

這部分意象幽美，彷彿志存青山煙霞般高遠，其實只是表達他內心的懊惱，他的現實處境還是得落到「身獨何為入囚舍，翻覆自縛真如蠶」這兩句。范伯子已朦朧感覺到李鴻章的恩遇和自身的欲求把自己束縛住了，所以焚香拜月，表白「臣於萬物靡所耽」，並不留戀榮華富貴。但接下去又是一轉，「李彪設具范雲啖，豈論明日無黃柑」〔註25〕，這個用典巧妙處在李、范二姓正好相合，取意已經受人恩惠，不再對今後的命運多有奢望。「拜罷一笑千愁含」，笑中苦澀，似乎已暗下一種任風雨如晦也慨然承受的決心。

但妻子姚倚雲則有些不解了，「謂余披寫既如此，孰為偃蹇停歸驂」，問他既有歸隱之志，何不南歸？其實重點還是「天寒海昏怒濤動，孤客坎壈真能堪」，戰事緊急，言路亦危，李鴻章恐怕自身難保，她又怎能不憂心呢？范伯子答以「飛霰既集誰不諳」，誰不知現在正處於風口浪尖呢，但「丈夫行止有尺寸」，大丈夫為人處世該有原則，「長年與人共煙火，能無一日同苦甘」，在情在義自己都應該留下來與李鴻章共度難關。

其實在此前的一個來月，范伯子的內心一直陷在走與留的矛盾之中。其感於後園鶴之哀鳴連作的六首詩中，「我有空山榻，前臨大海欄。懷歸詎為妄，頭白興將闌」〔註26〕、「鶴性若無改，乘軒

〔註25〕典出《南史・范雲傳》，南齊人范雲出使北魏，北魏大臣李彪設甘蔗、黃柑請范雲吃，結果范雲竟然吃光了，李彪就取笑他説：「范散騎小復偷之，一盡不可復得」。

〔註26〕《相公後園鶴時時悲鳴，為詩問慰之》／《詩文集》，第 154 頁。

當可悲。法爲人所豢，情與命俱遲」〔註 27〕、「寒宵費斟酌，永憶夜燈闌」等句子都明明可見其幽懷，有研究者說「鶴的意象在某種程度上是詩人另一個自我」〔註 28〕，是誠然矣，范伯子此時已經把自己的複雜情感投射到了這爲人所豢卻渴望「蓬山有高會，雲路一要之」〔註 29〕的哀鶴身上。中秋前十來天，陳敬如來拜訪范伯子，伯子與之「共晚餐而出，徘徊橋下久而別去」。回贈陳敬如詩有句云「不知豪俠能從否，吾欲窮山種橐吾」〔註 30〕，也透露出倦怠時事、欲遠離是非中心之意。只是與此同時，吳汝綸連給他三封信，屢言「詔旨詰責，言路糾彈，相公惟有忍辱負重，支此危局耳」〔註 31〕、「不知相公七十之年，旁無同心贊畫之人，何以搘柱危局耳」〔註 32〕，可見李相幕府其時已經四散，礙於李鴻章的恩義，他只能違心暫留。

　　但中秋之後有幾件事接踵而至。一是友人生日，原本打算置酒共歡，誰料「及是日而東征之師敗報沓來，不能成一字矣」，戰事的一潰千里令人心灰意冷；前不久剛舉薦友人馮小白襄助汝成軍事，不料小白命喪於此；之前可能還考慮「何況東兵大蠢手，曾不責我謀平勘」〔註 33〕，或許自己還能發揮作用，可現在已是無可作爲之勢了。二是朋友「李祐三被劾南歸」，其弟李新吾送行，在范伯子處住了幾日，新吾「笑謂我彼其兄弟由富貴而幾貧賤，未必非好我而

〔註 27〕《陳介庵太史亦憐相公後園鶴而索拙詩觀之，承和乃用乘軒爲慰勉，且詭其辭爲臆對，而謬自署爲雛語也，疊韻奉答》／《詩文集》，第 162 頁。

〔註 28〕謝遂聯：《范當世詩歌研究》，暨南大學 2001 年碩士論文，導師魏中林，第 18 頁。

〔註 29〕《陳介庵太史亦憐相公後園鶴而索拙詩觀之，承和乃用乘軒爲慰勉，且詭其辭爲臆對，而謬自署爲雛語也，疊韻奉答》／《詩文集》，第 162 頁。

〔註 30〕《陳敬如過衙齋，共晚餐而出，徘徊橋下久而別去，歸而遂次其見投之韻》／《詩文集》，第 181 頁。

〔註 31〕《與范肯堂（七月二日）》／《吳汝綸全集（三）》，第 92 頁。

〔註 32〕《與范肯堂（七月廿一日）》／《吳汝綸全集（三）》，第 92 頁。

〔註 33〕《中秋次韻高季迪張校理宅玩月》／《詩文集》，第 183 頁。

然也」〔註34〕，連友人都因與他的親密關係而受連累了，伯子豈不更是岌岌可危嗎？第三則是此時他接到了張之洞的信。

《中秋玩月》之後是友人生日所作，緊接著就是一首《寄某御史》，小字注：「蓋有書來，頗持大義，而亦以相商，故答詩云爾」。張之洞與李鴻章一直有主戰與主和的分歧，但范伯子在來天津前多年，已與張之洞有過淡淡的交往。光緒十一年，吳汝綸致信張裕釗言范伯子「南有南皮而不往就，此則老兄在北，使弟如孟德挾天子歸許下耳」〔註35〕，南皮即張之洞，當時因中法戰爭力主抗爭而調任兩廣總督已近兩年，在廣東興建書院，初行新政，亟需人才。從吳汝綸的話可以推想與之同時張之洞也有招納范伯子，但伯子最終選擇了北上冀州。光緒十六年，范伯子閒居安福時，范鍾正爲武昌知府教子，與時任湖廣總督的張之洞有些來往，又替張做說客。范伯子在寫給姚倚雲的信中說：「仲弟來書復理張香濤羅致之說，言苟非香翁於大哥確有饑渴之意，弟亦豈肯浼大哥輕見？」〔註36〕言辭頗急切，既曰「復理」，自然不是初次了。但范伯子依然不爲所動，「惟靜待至翁之所以處我」〔註37〕，後來就去了天津。所以，當此風雨飄搖之時，張之洞第三次致信相邀，也是情理中事。

范伯子此時尚在李府，自然比較諱言是寄給張之洞的。清朝的各省督撫都例領右都御使空銜，張之洞時任兩江總督兼右都御使，所以范伯子就用了這個含糊的官位來稱呼。但若將此後不久他在南京所作的《贈張香濤尚書》與之參看，便不難發現其中的關聯。分錄兩詩如次：

〔註34〕《李祐三被劾南歸，新吾送之，綢繆於此署者屢日，新吾笑謂我彼其兄弟由富貴而幾貧賤，未必非好我而然也，賦詩爲別》，《詩文集》185頁，中有「高居夢范偏憐我」之句，詩集卷七另有《賀新吾子娶》一首，有「乃父眞吾友，淵源夢范居」之句，可見李祐三、李新吾兄弟崇拜范伯子到了以「夢范」名居室的地步。

〔註35〕《答張廉卿》／《吳汝綸全集（三）》，第559頁。

〔註36〕《家書一》／《范伯子先生全集（文）》，第324頁。

〔註37〕同上。

寄某御史

爐餘士卒生還少，孤注樓船再戰無。

九代垂衣魂夢警，卅年補袞血華枯。

柏臺尚作棲烏舍，蓮幕終分養鶴符。

疏有千篇詩百首，一般無用恨爲儒。

贈張香濤尚書

嶽嶽崇山既見余，坐看風雪渺愁余。

干時腰有屠龍技，乞命來分養鶴符。

道好終於閒處見，談深徒益客中齎。

詩書未必眞無用，淚眼乾坤只一儒。

　　兩首詩乃依韻而作，已透露其中消息。一個是「蓮幕終分養鶴符」，暗示終會離開天津，一個是「乞命來分養鶴符」，直言來投靠張之洞。離開之時自是恨詩書無用，而謀館之際又怎能不以詩書爲價呢？不過很快，張之洞從兩江總督調任湖廣總督要離開南京了，於是范伯子又作了《香濤尚書將移鎮湖廣而余從之乞近館，再呈二詩》，詩中「韓書三上吾能恥，華髮淒其不可言」、「龍非碌碌諸公好、鶴有飛飛八海寬」、「正苦低回惜同命，斷無長劍向君彈」諸語都流露出哀憤之情，以葉公好龍的虛僞來指責張之洞，而自己如同韓愈連上三書給宰相求官般倍感屈辱，斷不會再像馮諼彈劍那樣希求恩遇。詩後自注「余之來，尚書實招之，乃淡交。既接而毀言日聞，故亦聊有所云，以觀其俯仰」，已經說出了「尚書實招之」的眞相〔註38〕。由此回想，當日范伯子接到的某御史書多半便是發自張之洞的了。雖然不能斷言他離津之時已抱定投靠張之洞之心，但有退路可走難免不會加重去意，何況他回鄉休整後首度出山就向張之洞乞館，可見張之洞的邀約在他心中不無份量。

　　不過，當范伯子與張之洞會面之時，卻不肯附和時論指責李鴻

〔註38〕《香濤尚書將移鎮湖廣而余從之乞近館，再呈二詩》／《詩文集》，
　　　　第 194 頁。

章，反而爲之辯護，〔註39〕以致被「目爲李黨」〔註40〕，一無所獲
而去。人言可畏，此事傳到李鴻章父子耳中，又變成了「推波助瀾，
並欲痛詆執事（李季皋）」〔註41〕，以致李季皋有「絕交不出惡聲」
〔註42〕的打算，後來在吳汝綸的百般勸解下才逐漸消除誤會。

　　范伯子離開李鴻章、欲投張之洞的這件事可說是兩頭不討好，反
李之人依然視他爲李黨，親李之人則視之如叛徒，只有二三相知甚深
的好友和弟子能夠理解他的難處、天眞和頑鈍。范鎧爲其抱屈，說他
「未嘗一側於薦牘而頗負李黨之名」〔註43〕，這或許就是鄉人譏謗的
「不盡實」之處了。顧延卿「聞市井人談及肯堂者，心爲之悲。蓋身
後是非，有閱百歲而未能定者，誰謂蓋棺定論耶？」〔註44〕不明就裏
之人看別人總都是趨炎附勢、爭名奪利之徒，就連冒伯棠也不相信伯
子「余既好樂二公（冒辟疆與范國祿）之所爲，而身自惴惴爲避名逃
利之不暇」的心聲，以爲其「有遠圖也」〔註45〕，更遑論他人？

　　伯子有詩云：「四載熱邊過，死灰終不溫。窮饑焉有道，禍福固
知門。執國無中立，憂饞遂負恩。誰知九州錯，鑄就一寒暄」〔註46〕，
其實已經非常清楚地表明了他當日心曲。首句直陳他在李鴻章府中四
年，原本有很多機會步入仕途，但自己的名利之心早已如同死灰，所
以未曾借力上昇。他本來只是一心單純地想什麼是對國家好的，無意
參與、也未刻意迴避黨爭，但經此一事，方知政壇之中，沒有中立的

〔註39〕吳汝綸書信《答李季皋》中云：「近得令師范肯堂來書，於師相及我兄
　　　　皆甚殷勤，又自言去年見張香帥，一論及師相，彼此便參差不合，肯
　　　　堂稱師相家資貧薄，香帥哂之，次日一城傳笑此言，以爲阿附云云。」
〔註40〕《答李季皋》／《吳汝綸全集（三）》，第 1896 頁。
〔註41〕同上。
〔註42〕同上。
〔註43〕范鎧：《范季子文集》卷三《上胡鼎臣方伯書》／《資料集》，第 457
　　　　頁。
〔註44〕顧延卿：《申君窩言》／《資料集》，第 261 頁。
〔註45〕《冒伯棠六十壽序》／《詩文集》，第 509 頁。
〔註46〕《有所憤歎再次曾文正後歲暮雜感五首》之三／《詩文集》，第 200
　　　　頁。

餘地，他最終因爲憂讒畏譏而飄然遠引，內心深處對李鴻章還是有些歉意的，但已是無可奈何了。而他自己也因此嘗盡了「寒暄倏忽反覆手，冰炭著體何由瘳」〔註47〕的世態炎涼之感。

筆者很認同寒碧先生對范伯子的幾句評語：「有行己之恥，無乘時之術，所謂『赴勢鈍，取道迂』者」，「因不能失性而毀於饞謗」，〔註48〕他堪稱范伯子百年後的知己。其後吳汝綸歎息「肯堂窮困，我竟無力振之。士不得志，則饞毀百端以尼其際會」〔註49〕，范伯子自己亦屢歎「那弗撐持譽毀間，只能不使憂來悄」〔註50〕、「那便驚心到譽毀，可堪合眼露飢寒」〔註51〕等等。我們若不釐清范伯子和李鴻章、張之洞之間的這段往事，又如何能讀懂這些片語只言的「譽毀」、「饞謗」所指爲何呢？

經過這件事，范伯子對政壇黨爭有了切膚之痛的認識，在之後一兩年的詩句中也屢有表露。如「我欲直登天上頭，攀天下視徒昏睻。五雲輝滅海色暗，一樹飄零天下秋。試想賢愚定何物，只今涇渭已同流。鶴有乘軒坐糜俸，鷹有調馴不去韝。燕雀紛紛噪餘粒，老鳳茫茫何處投？」〔註52〕官場是一片黑暗，而從官場的腐敗混亂就可以看到整個國家的無望，賢愚、涇渭已不是能輕易判斷的了——「涇渭」喻指清流黨與濁流黨兩派，鶴、鷹、燕雀都喻指官場上那些尸位素餐、只爭利益、不務實幹的官員，而老鳳煢煢失路的形象則是其自喻。

再如「逡巡再至風塵下，北海南海竟風馬。劉表依然享盛名，葛亮何能擅奇雅？淹淹故徑被皐蘭，寂寂芳洲懷杜若。已知辨俗各聲韶，更弗將蟲語冰夏。端居窈窕誰爲容，秋山突兀撐晴空。夫婦吟攜薜荔徑，父子答和蒿萊宮。息心已類籠中鳥，舉目忽覩天邊鴻。辭親

〔註47〕　〔明〕劉基：《初夏即景》詩。
〔註48〕　寒碧：《弁言》／《范伯子詩文選集》，第1頁。
〔註49〕　吳汝綸：《答姚叔節》／《吳汝綸全集（三）》，第138頁。
〔註50〕　《延卿讀吾夫婦山中詩而有贈次答並泥其行》，《詩文集》，第205頁。
〔註51〕　《香濤尚書將移鎮湖廣而余從之乞近館，再呈二詩》／《詩文集》，第194頁。
〔註52〕　《疊韻速內子和章》／《詩文集》，第207頁。

弗復能千里，食我誰當以萬鍾」〔註53〕。「北海」句典出《左傳‧僖公四年》：「君處北海，寡人處南海，唯是風馬牛不相及也」，已經暗示了北洋大臣李鴻章和南洋大臣張之洞之間的矛盾以及他身處其間的尷尬。劉表或是指李鴻章，諸葛亮則是指張之洞〔註54〕，李鴻章在甲午之後並未一敗塗地，清廷不過將其投之閒散，一年後還派他出使各國訪問遊歷了一圈，再出任廣東總督，而張之洞在湖北也得以大展身手。但這些范伯子都已不放在心上了，「淹淹故徑被皋蘭，寂寂芳洲懷杜若」才是他心之所向。所謂「奏《韶》舞於聾俗，固難以取貴」〔註55〕，以及「夏蟲不可以語於冰者，篤於時也」（《莊子‧秋水》），伯子不願再與見識短淺的人爭辯不休，在官場中對牛彈琴了，所以辭人遠聘，打算夫妻、父子偕隱以終。

　　這段時間范伯子對曾國藩的詩特別容易發生感觸，因爲曾國藩一直是他心中「儒言儒行，身致太平」的榜樣，他也以身爲曾門再傳弟子爲榮，所以接連做了《讀曾文正道光乙未歲暮雜感詩慨然畢次其韻十首》、《有所憤歎再次曾文正後歲暮雜感五首》共十五首詩。有句云：「剪燭重吟太傅詩，雖然少作耐人思。有生不與此公值，竟死毋爲流輩知。北海豈煩涉南海，西施何以學東施。從今筮得天山遯，清濁茫茫付兩儀。」〔註56〕北海、南海，西施、東施，似也是針對官場派系之爭和執政者政治能力的薄弱而發；兩儀即天地，清氣上昇爲天，濁氣下沉爲地，只有天地才能分辨清濁，所以他也只

〔註53〕《奉和外舅都門寄詩，用辭某某君之聘兼述近況寄懷昔日天津諸公》／《詩文集》，第206頁。

〔註54〕陳寅恪《王觀堂先生挽詞》中「忠順勤勞矢素衷」一句也是以陶侃和諸葛亮比張之洞，並有小注云：「陳曾壽《讀廣雅堂詩》一文中載：『蘇堪一日（侍文襄）雅座便談，謂公方之古人，所謂忠順勤勞似孔明也。公爲之起立，謙讓不遑，而慨歎首肯者再，蓋深知公之心者」。

〔註55〕趙至：《與嵇茂齊書》／《文選》，長沙：嶽麓書社，2002年版，第1335頁。

〔註56〕《讀曾文正道光乙未歲暮雜感詩慨然畢次其韻十首》之九／《詩文集》，第198頁。

能將清濁之議一付與天地了。

再如：「遷史由來竟謬悠，諸公直筆紹春秋。是非各以麟千載，今古原如貉一丘。掉尾長鯨歸上國，垂頭大鳥集神州。閉門忍死誰能免，遍地荊榛何處遊？」〔註57〕百年千載後，是非方能有定評吧，從古到今，黨爭之中又有多少人是真正為國家、為理想而爭呢？大多數不過是借結黨為名行排除異己、爭權奪利之實罷了。「掉尾」兩句寫出中國當時遭受外國侵略的危亡之勢，國事岌岌可危，伯子深憂遍地荊棘，遂發出「閉門忍死」的沉痛之言。

再如：「由來欲語竟無儔，莫問清流更濁流。迷眼黃塵能百丈，誤人青史已千秋。存亡大事直如此，饑飽餘生遍可遊。野有桃符知換歲，山農聊作太平謳」〔註58〕；「不信人間許大事，徐徐放下又經年。雲天斷影紛難繪，燈火殘膏尚自煎。未覺馬揚真可樂，焉知牛李孰為賢。詩書麴糵將安用，醞釀老夫成醉眠。」〔註59〕這兩首詩都表達了范伯子欲從紛擾喿亂的清濁之爭中超脫出來，求得內心的寧靜，因他已看破了其中本質。通過自己的親身經歷，他甚至對歷史上記載的黨爭是非都產生了懷疑。

范伯子這個階段的詩乍看或許與孟郊的情緒有些相似，這大概就是給他帶來「詩境荊天棘地，不啻東野之詩囚」名聲的原因了。但筆者讀下來，卻並不覺其「意思牢愁」，反而有一種清澈的超然。姚永概在《范肯堂墓誌銘》中言甲午、庚子之後，「范君起江海之交，太息悲傷，無所抒泄，一寓之於詩。其詩震蕩開闔，變化無方，讀者雖未能全喻精微，無不知愛而好之」，又說「君詩雖至工，真知其意者無幾人。數世以後，又孰能測君所用心乎」。〔註60〕而范的嫡傳

〔註57〕《讀曾文正道光乙未歲暮雜感詩慨然畢次其韻十首》之六／《詩文集》，第198頁。
〔註58〕《余以歲暮寓金陵無聊而為劉園九老圖作序，序成而感不絕，益次其韻》／《詩文集》，第196頁。
〔註59〕《寫詩與女婿陳師曾三疊前韻跋尾》／《詩文集》，第267頁。
〔註60〕姚永概：《范肯堂墓誌銘》／《詩文集》，第610頁。

弟子李剛己在《讀范先生遺集》中也說其「暮年別有傷心事，窮老原非吾道羞」，頗有難言之隱意。連至親好友都閃爍其辭，但若只是憂時歎世，又何須隱諱呢？可見金鉽說「先生自傷時命坎坷」﹝註61﹞就比金天羽的「涕淚中皆天地民物」﹝註62﹞來得眞實，時與命，在當時實是交相疊壓、作用於其身的。

李剛己有詞《夜讀史記感事兼懷范先生》﹝註63﹞，筆者以爲最能展現范伯子這一段經歷和心境的幽微曲折，以之作結。「櫻下人歸，信陵客散，曳裾更欲何門」，寫李鴻章幕府四散，范伯子南歸，到處謀生；「知多少，賣漿屠狗，奇士老荒村」，悲歎伯子懷才不遇的淒涼晚景；「淒魂，古亦有，杜郵劍斬，秦市車分。問螳僵雀敗弋者何存？倒挽銀河下泄，洗不盡怨漬冤痕」，螳螂捕蟬，黃雀在後，當時言路局面就是這樣複雜，而范伯子如同歷史上那些冤屈的人一般身被污名，難以洗淨；最後以「看公等，手攜皓月，照破十方昏」振起全詞。范伯子愛用「黑夜孤光」﹝註64﹞來形容月亮，清淨與光明本是他詩中月意象的兩重涵義。李剛己意謂老師的清淨之心和對光明的追求，如同月光穿過夜色，黑暗不能吞噬月的清明，可謂深得師心。

第二節　與宋伯魯交往考及論戊戌政變之詩

《研究資料集》中稱范伯子在《近代諸家詩評》中評論宋伯魯時云「芝棟與吾唱和屢矣」，「然先生集中不見與其唱和之作」﹝註65﹞，似有疑竇。其實，《范伯子詩集》中確有不少與宋伯魯唱和之作，只

﹝註61﹞《范伯子詩文集・范伯子評論資料輯錄》，第 601 頁。
﹝註62﹞同上，第 599 頁。
﹝註63﹞李剛己：《李剛己先生遺集》／《資料集》，第 62 頁。
﹝註64﹞《正月二十一日盆花落，東家老叟爲言節氣，笑而深感其言，適善夫以和人日詩至，遂疊此韻，杜公酬蜀州，正是日也。》／《詩文集》，第 273 頁。
﹝註65﹞陳國安、孫建編著：《范伯子研究資料集》，鎮江：江蘇大學出版社，第 309 頁。

是宋非以本名出現，而是化名爲趙善夫。

《尊瓠室詩話》有兩處提到了宋伯魯。一處是以他爲主角的，對其生平只言「醴泉宋芝棟侍御（伯魯），襟度和藹，戊戌以黨案罷誤，居滬五載」〔註66〕。這是盡人皆知的，如《今傳是樓詩話》中也記載：「芝棟名伯魯，別字芝田，秦中名士，由翰林官侍御，有直聲。以戊戌變政被譴，故詩中有『黨論漸寬』之語。」〔註67〕但《尊瓠室詩話》中再一次提到宋伯魯卻是突兀而又隱秘地掛在川沙黃孟超的下面：「戊戌政變，宋芝洞侍御以保薦康長素被斥，避禍邇之滬，變姓名趙善夫，與范伯子恒相唱和。己亥歲暮，善夫有《次韻少陵杜鵑行》云：『君不見蒲卑蜚去化爲鳥，昔著柘黃今被烏。鳳巢危偪貌饑慘，光采不得同鴛雛。』蓋傷景皇被幽瀛臺，行將廢立也。徵伯子和，范叟亦作一首，改曰《三足烏行》，而以宋句附注其下，余曾見其稿本而鈔存之。後見刻本，則注語全刪矣。今存之，以誌忠愛云。」〔註68〕

筆者查《戊戌變法人物傳稿》中「宋伯魯」條目之下有「政變作，伯魯被革職。乃挈眷避滬，易姓爲趙，庇於英領事」〔註69〕的記載，並注明來源於胡思敬的《戊戌履霜錄》卷四宋伯魯傳，只是並未出現「趙善夫」的全名。《研究資料集》中介紹宋伯魯時其實也提到了他「戊戌政變後潛避上海」〔註70〕，卻沒想到將范伯子在上海時的與人唱和之作加以聯繫排查，未免遺憾。

對於宋伯魯的化名，范伯子詩中有不少可供索隱的證據。在王義

〔註66〕陳詩：《尊瓠室詩話》／張寅彭主編：《民國詩話叢編》第二冊，上海：上海書店出版社，2002 年，第 94 頁。
〔註67〕王逸塘：《今傳是樓詩話》／《民國詩話叢編》第三冊，第 295 頁。
〔註68〕《尊瓠室詩話》／《民國詩話叢編》第二冊，第 120 頁。
〔註69〕湯志鈞：《戊戌變法人物傳稿》，北京：中華書局，1982 年，第 313 頁。
〔註70〕陳國安、孫建編著：《范伯子研究資料集》，鎮江：江蘇大學出版社，第 309 頁。

門的酒宴上初識宋伯魯時，伯子有詩爲記，詩題中只提到「趙善夫」，詩中亦云「趙子吟詩尚腐儒」〔註71〕。但僅隔一首之後他就專門作了一篇《善夫歎》大發感慨：

> 悲風颯颯吹江湖，天日下墮人無徒。
> 聲沉響絕猶奸虞，稱名不敢遙相呼。
> 漢劉周姬笑自誣，載之文字將何如。
> 涉筆欲下心躊躇，抑思名字與人俱。
> 不論眞假論賢愚，愚者一死皆掃除，
> 賢百其號人盡譽。善夫有味如醍醐，
> 善夫詩亦清而腴，善夫勉游沉寂餘。
> 後令蠻貊無輕儒，名有似者實則殊。
> 請看當日宋潛虛，何如此間趙善夫。

「稱名不敢遙相呼」、「賢百其號人盡譽」都坐實了化名一事。清初戴名世因《南山集》案被殺，故友諱言其名，在詩文中以宋潛虛代之，伯子以此相比，暗示趙善夫的化名也是高壓政治的結果。在接下來的《愼交吟贈敬如、義門兼視善夫》〔註72〕中他已視陳季同、王義門、趙善夫三人爲「果然識字同憂患，且復論才託死生」的知己，「王郎作弟陳作兄，徹骨吾能知性情」，而「不然有若宋夫子，不見知名見亦喜」更直接點出了趙善夫本姓宋。

《范伯子詩集》中涉及趙善夫的共有九首，都集中在光緒二十五六年間。此時他早已結束了在李鴻章府上任西席的風光日子，經歷了三四年的奔波求食，正因「至廣東不果」又「遲粵修不至」而滯留上海七個月，無錢歸家，百般困頓。宋伯魯經歷了戊戌變法的失敗，被清廷下令革職拿問，匿居於此，更是驚痛難言。患難中結下的友誼總是特別深摯的，所以二人雖相識不久，卻堪稱交心。

《與善夫一席話，歸來猶心痛也，疊送字韻》〔註73〕一詩就充

〔註71〕 《東坡生日，王義門置酒，次東坡和王郎慶生日詩韻，座中有趙善夫、楊功甫及敬如也》／《詩文集》，第248頁。
〔註72〕 《愼交吟贈敬如、義門兼視善夫》／《詩文集》，第253頁。
〔註73〕 《與善夫一席話，歸來猶心痛也，疊送字韻》／《詩文集》，第253頁。

分表現了他們既沉痛哀婉又勉力相慰的心情。詩云：「有臣偷欲忘其君，僅保頭顱未教送。有子偷欲忘其親，忍使肝腸寂無動」，欲忘君的臣子是宋伯魯，政變使他失去了御史官位，僅保性命；欲忘親的兒子是范伯子，作爲長期贍養家族的孝子、長子，現在心有餘而力不足，痛苦可想而知。但這兩句詩又是互文的，因爲伯子對德宗亦有忠慕，芝棟離鄉避難，能不思親？是以才會「一朝相遇淚滂沱，失志忘魂相伯仲」，悲傷極處至於忘形大哭。「空能言語似蘇黃，眞到古人亦安用。醫和死絕巫咸歸，天路茫茫與誰訟」，兩人對於現實都倍感絕望。但詩到末尾卻又筆鋒一轉，「各把是心牢守之，更背妻孥自尋夢。要能磊落戰餘年，大火當前顏色洞」。如此擲地有聲，不由得讓人想起在南康城下、風雨舟中歸然獨坐、奮筆疾書的范伯子，固守其高貴之心，不棄其仁者之夢，正是伯子最打動人心之處。

范伯子的《三足烏行》雖是和宋伯魯的《次韻少陵杜鵑行》，也是感於光緒被囚所作，情緒卻不是哀毀神傷的。「縱滅其形難滅影，到今反笑奸雄愚。貫通三才作王字，看渠能抹青天無？看渠能抹青天無？不用快快持戈趨！」〔註74〕句句斬釘截鐵，比杜甫當年同情玄宗的「蒼天變化誰料得，萬事反覆何所無」〔註75〕氣勢要激昂得多。後黨可以一手遮天嗎？辦不到！一種正義的憤怒幾乎要透紙而出。

宋伯魯是康梁維新運動的重要骨幹之一。「變法伊始，臺諫之中，條陳新政者，捨楊深秀外，以伯魯之奏爲多。其改革之議，首主廢八股，繼議開懋勤殿，與維新派相符。且伯魯嘗爲康有爲遞新政之摺，又承有爲意旨，叠上奏議。是以伯魯又爲帝黨、維新派結合之樞紐。」〔註76〕政變時內閣明發上諭：「御史宋伯魯濫保匪人，平素聲名惡劣，著即行革職，永不敘用」〔註77〕，所謂「濫保匪人」

〔註74〕《善夫以次韻杜鵑行索和，余患詞意之將竭也，用其韻爲三足烏行》／《詩文集》，第265頁。
〔註75〕杜甫：《杜鵑行》／〔清〕楊倫箋注：《杜詩鏡銓》，上海：上海古籍出版社，1998年，第325頁。
〔註76〕湯志鈞：《戊戌變法人物傳稿》，北京：中華書局，1982年，第313頁。
〔註77〕《上諭檔》，光緒二十四年八月初六日，轉引自茅海建：《戊戌政變

指的就是康有爲。

　　宋伯魯與楊深秀聯名上疏痛斥許應騤，才促成了廢除八股取士詔書的公佈，這一點肯定是深得范伯子認可的。但伯子原本對康有爲並不滿意，經過和宋伯魯的交往之後，其態度似也發生了一些變化。

　　早在甲午之前，康有爲落第時曾到天津拜訪范伯子，伯子就「獨許其才，不喜其學」，所以當陳寶箴上疏請毀《孔子改制考》時，他也「心獨喜其與吾意同也」〔註78〕。政變剛發生時，伯子人在廣州，時逢重陽，他作了一首《九日登白雲山最高處弔燕市諸人》〔註79〕以寄託哀思。從詩中可看出他對康有爲是非常不滿的，「何哉粵人好作亂？輒出擾我東南州」幾乎點名指斥了原籍廣東南海和新會的康梁二人；「人之有才不自己，仍視風俗爲剛柔」，縱然真有才華，也不必露才揚己，應該剛柔並濟、順勢而動才算是真有政治智慧啊；「尋常聖與盜，截然如異才。藉令異置之，何必如是哉！」康有爲有康聖人之稱，這句是明斥他貌似聖人，卻與盜跖無異。因范伯子對六君子甚是同情，認爲他們是「風之所至眾趨之，飛蛾歷歷投兇焰」，爲康有爲所連累，所以更是將康有爲視爲「姦人雄」、無「大略」了。

　　但在結識了宋伯魯之後，范伯子不再肆意批評康有爲了。《善夫歎》後即是一首《東坡生日臨觴有感復和敬如》，伯子借在蘇東坡面前爲王安石辯護來表達自己對維新變法的態度。詩中「只言新法亂人紀，詎謂舊學誅民彝」一句常被後人引作他支持變法的明證。詩中盛讚了神宗和王安石的改革，「安石正論經天垂。不侫天人不法祖，徹骨剖辨無瑕疵」，將封建迷信和祖宗法制一起打破，「一君一相必有職，千變萬變皆非奇。當時堂堂宋天子，將與萬國爲軒羲」，這種君相相得、各盡其職的情景似乎也隱射了德宗與一干維新主將。「誰能

　　　　的時間、過程與原委──先前研究各說的認知、補證、修正（二）》，
　　　　《近代史研究》，2002 年第 5 期，第 176 頁。
〔註78〕《故湖南巡撫義寧陳公墓誌銘》／《詩文集》，第 521 頁。
〔註79〕《九日登白雲山最高處弔燕市諸人》／《詩文集》，第 217 頁。

頑然守深黑，無與日月同奔馳」更充分表達了他對舊制的棄若敝屣和對新法的滿腔熱情。

　　范伯子雖然贊成變法，但跟當時朝野上下眾多老成之人的想法一樣，並不贊成康梁的急於求成和熱衷奪權，這也是他之前對其恨之不已的原因。郭則沄《十朝詩乘》云：「張樵野密進康所著書，上驚賞，戊戌改制由此，卒以求治太急致敗。范肯堂亦主變政者，有平心詩云云，實持平之論。」〔註80〕郭氏所引「平心詩」在伯子詩集中叫《平心示義》（他還另有一首《平心語》），詩云：

　　　　平心要訟吾儕過，痛淚誠求或見聽。
　　　　事變原如馬生角，文章誰肯鳳摧翎。
　　　　英流栩栩將開化，耆長酋酋欲反經。
　　　　必若相非不相喻，萬年猶恐此門扃。〔註81〕

這首詩作於光緒二十六年，「開化」之「英流」與「欲反經」之「耆長」就是新舊兩黨，「酋酋」是老成莊重之貌，「栩栩」乃生動活潑、歡喜自得之姿，如莊生蝴蝶般飛舞。用這兩個疊詞來形容新舊兩黨眞是恰如其分。尾聯說若新舊兩黨繼續這樣彼此不理解、不合作、互相排斥，國家的變革之路眞是毫無希望了。郭氏言這是「持平之論」，確實不偏不倚，再次體現了范伯子一貫尚「通」的思想。

　　郭氏還有云：「林暾谷罹法，其婦爲沈濤園女……濤園亦好談新政，是年於大沽舟中聞人談都下近事，因爲詩二首見意。（詩略）。其詩即爲暾谷而作。成敗得失間，當局者往往昧之。然使晁、賈不生，漢史亦無色矣。范肯堂詩云：『勢極猶翻手，功高亦轉環』，此中固有數在。」〔註82〕可見他對伯子的議政詩確實佩服。這句詩出自《贈揚州方地山》，原句是「勢極猶翻手，功高妙轉環」，郭則沄引用時略有出入，但將「妙」字改掉就少了許多對講究斡旋、調停的政治智慧的

〔註80〕郭則沄：《十朝詩乘》卷二二／《民國詩話叢編》第四冊，第752頁。
〔註81〕《平心示義》／《詩文集》，第317頁。
〔註82〕郭則沄：《十朝詩乘》卷二三／《民國詩話叢編》第四冊，第764頁。

讚賞。戊戌維新，當日看起來是炙手可熱，雷厲風行，但一日政變就全盤翻轉，所謂「今日普天還舊政，先生所挾亦何之」〔註83〕也。所以，「勢極」並不意味著會沒有阻力，哪怕功高權重也要有在新舊黨之間靈活轉圜的技巧。

當日士林對於康梁還頗有爭議，但林旭的死卻幾乎無一例外地令人痛惜不已。民國詩話中記載了特別多悼念林旭的詩，可說是整個士林皆爲之黯然。而范伯子所作的一首悼念林旭的七律更是回味雋永，筆者以爲勝過許多當時的同題之作。詩云：

> 問我詩懷已淚零，去年今日更堪聽。
> 陸沉風雨桃花面，小照乾坤腐草螢。
> 百不相謀成沆瀣，萬無可說況零丁。
> 侯官太保遺風在，聊與蒼茫泣素馨。〔註84〕

整首詩最耐人咀嚼的便是「陸沉風雨桃花面，小照乾坤腐草螢」一句，堪稱全篇之魂！林旭被難時年才二十三，朝氣蓬勃，才華橫溢，恰如初春的桃花，可惜狂風暴雨摧折春，剛剛放苞就打落枝頭和泥流，能不令人扼腕悲痛嗎？但落入泥土的花瓣又如同腐草化螢一般，腐朽的、陳舊的消亡，光明的、簇新的從中產生，雖然只是微光一點，只能小照乾坤，卻絕非毫無意義。

伯子同時另有詩云「茫洋黑海天難問，閃爍還爲自照螢」〔註85〕，就算無法照亮別人，至少不要讓自己心裏的光黯淡熄滅了，因爲「你裏頭的光若黑暗了，那黑暗是何等大呢」〔註86〕。范伯子之所以能看到李杜胸中的「芒角」，也正是因其自己心中光明未滅。「時乎地天凍，萬物皆沉淪。誰於晦冥夜，猶見鴛鸞振」〔註87〕，這是詩文之光，更

〔註83〕《七月三十日疊韻書懷》／《詩文集》，第 215 頁。
〔註84〕《與沈愛滄兄念其女婿林暾谷而有去年今日之歎，愛滄亦泫然誦此二十八字以同余悲，遂贈一首》／《詩文集》，第 225 頁。
〔註85〕《感事依愛滄所用丁字韻》／《詩文集》，第 230 頁。
〔註86〕和合本《聖經》馬太福音 6:23。
〔註87〕《爲徐積餘題王淵雅夫婦所書前後赤壁賦卷子，內人同作》／《詩文集》，第 223 頁。

是道與藝合一之光，是外界的黑暗所無法吞噬的。「陸沉」與「乾坤」二詞更將這風雨落花、腐草化螢的細微畫面放大到彌漫天地。這和明末清初的女詞人徐燦以傷春詞抒寫興亡之感，出之以「遍天涯，亂紅如許」（《風中柳‧春閨》）、「春魂已作天涯絮」（《踏莎行‧初春》）的大氣蓬勃是一樣的，其心中所念都超越了一庭的風雨。

「百不相謀」兩句似是爲林旭抱屈，這也是當日許多人的看法，林旭少年英才，入值軍機章京才不過十來日就驟膺大禍，情感上確實會更願意相信他是受康梁的激進所牽連。侯官太保乃林則徐，沈愛滄是林則徐之婿，林旭是沈愛滄之婿，三人又都是福建侯官人，所以可說林旭的貞烈爲國是繼林則徐之風。宋吳曾《能改齋漫錄‧方物》中云：「嶺外素馨花，本名耶悉茗花，叢脞麼麼，似不足貴。唯花潔白，南人極重之，以白而香，故易其名。」素馨花沒有富麗多彩的外表，但其潔白與馨香正象徵了林旭生命的貞潔與馥鬱。

從桃花到素馨，范伯子的哀落花之傷有太多令人蕩氣迴腸、咀嚼不已之處。這比「碧血已成千古恨，黃粱才熟片時炊」〔註88〕這樣寫林旭與變法的陳詞濫調勝出何止千萬倍啊。而且哪怕是同用黃粱之典，冒廣生依然陷在「黃粱一夢」的舊意裏，說戊戌變法不過如曇花一現。而范伯子之句「急火炊粱粱不熟，大千糜爛一何神」〔註89〕，則自出新意，以炊粱喻維新事業，表其欲速則不達的批評。一面是猛火不熟，一面是神速潰爛，就像俗語說「病來如山倒，病去如抽絲」一樣，上下句之間還形成了極大的開闔與跌宕。

筆者不由得想到方東樹之言，「長篇易知其鋪陳，氣勢警妙，人人易見。惟短篇意深而隱，言約而微，節短勢長，法變筆古，似莊實諷，似緩實迫，愈悲愈恢，如遠公勢面，不可迫視，所謂『雲聚岫如復』者，而凡一切品藻之妙，又不足以語之矣」〔註90〕。遠公是蓮社

〔註88〕冒廣生：《重九日泊舟煙臺愴懷晚翠》／《近代詩鈔》，第1598頁。
〔註89〕《八月十二夜乘車至港，念昔秋去滬而今春返，皆無幾時，世變遂已至極，感痛不可以言，詩以記候》／《詩文集》，第288頁。
〔註90〕《昭昧詹言》卷八‧一六，第215頁。

創始人慧遠，《景德傳燈錄》云其「以指爪剺面（即劃破臉面），如紅蓮開出大光明照耀四眾」，光亮不能近觀；「雲聚岫如復」則是雲山重疊，深厚可以逐層剝開。兩個比喻眞是曲盡七律之美，而伯子此詩應不負此語吧。

第三節　關於舊詩新境的一點思考

舊體詩如何融入新意境是晚清至民國時期詩壇的一個重要主題。在新文化運動和進化論思潮的推動下，「詩界革命」也是沸沸揚揚。黃遵憲的成名很大程度上就跟他用舊體詩書寫新事物有關。但筆者初讀之時就曾生疑，比如說，他的《今別離》在當時引起轟動，寫輪船、火車、電報、相片和東西兩半球晝夜相反的情景，被梁啓超稱爲「詩界革命」的大旗，可是今日我們若想抒發離情別緒，誰還會引用其中的句子呢？而「黯然銷魂者，惟別而已矣」則經久不衰。事物日新月異，當年的新事物如今看來早已不新鮮了，而人類的情感卻是今古相通的。

錢仲聯先生曾評價黃遵憲的詩「紀實性強」，並說「愛國主義並非黃遵憲獨有，其獨有的是寫新事物、自然科學、外域等方面的東西」。錢氏沒有直接批評黃遵憲，但從他如何批評汪榮寶的《網球》詩即可一窺其對描寫新事物詩的看法。他說：「汪榮寶的《網球》詩只是具體寫其事，對新事物的一種描寫性記錄，而不是將事物作爲一種基本對象，引申發揮。描摹是寫新事物詩的特徵之一，這就單純，缺少詩思的昇華。如果只是以詩描繪，描繪之外無他，這樣的新事物究竟有何意義？」〔註91〕如此一來，黃遵憲詩的價值就比較可疑了。只是當局者迷，清末民初的人們身處新事物、西學來襲的風潮之中，或許還來不及做出更具反思性的回應。

從林庚白的一些論述中我們可以看到當時人也在嘗試做出各種

〔註91〕《錢仲聯講論清詩》，第 163 頁。

努力。林庚白言：「同光以來詩人詞客，間亦不乏卓絕者，顧什七失之膠柱刻鵠。彼將求古人之殘骸於壚墓中，而不顧其遠於現實之生活，抑亦非善學古人者。此與語體詩人，強以歐、美之意境與句調入詩，其弊將毋同？」〔註92〕他針對的是王闓運之流的復古派和當時還很生澀的新詩。因為亦步亦趨的復古是「己身雖同化於質勝之社會，其於今之文物典章，履之而不欲言之，強今之社會為封建社會」〔註93〕，那些「旅居於通都大邑之旅館，而猶發『雞聲茅店月，人迹板橋霜』之詠」〔註94〕的人確實太脫離現實了。而語體詩人「未嘗深察今之社會性，以為是已歐美化矣，此其強今之社會為資本社會，亦膚淺之徒而已」。當今社會實是「矛盾相持」，「新舊事物與意境雜然並陳」，需要「取之左右逢其源」〔註95〕方能在新舊之間遊刃有餘，以詩意的方式反映現實。

　　應該說林庚白對時代的認識還是準確的，他也汲汲於找到詩歌反映現實的道路，但對於如何實踐這種新舊的融合他也未能提出好的建議，對同光體詩人也有些偏見，所以落實到詩例還是主要回到了新事物、新語詞的老路上，較乏新意境。比如他說「一枕何分上下床」〔註96〕一句「的確是輪船中所作」，可這不過是粗笨的描寫，毫無意境可言。他讚賞劉放園的《移居愚園坊》中「舉家籠處身疑鴿，終日梯升步似猿。借得層樓安我佛，故應心寂境無喧」幾句「刻畫海上寓公之居處，唯妙唯肖，而末句尤兼擅辭意之勝」〔註97〕。確實妙肖，但未免太過生硬質實，末句的所謂意勝也不過是枯寂小境而已。劉放園後來又將「終日梯升」改為「風降梯旋」，可謂窮盡雕蟲心思。殊不知古人早有「憲宗九年，準式建寶座，累石臺高五

〔註92〕林庚白：《孑樓詩詞話》，《民國詩話叢編》第六冊，第99頁。
〔註93〕同上。
〔註94〕林庚白：《孑樓詩詞話》，《民國詩話叢編》第六冊，第97頁。
〔註95〕林庚白：《孑樓詩詞話》，《民國詩話叢編》第六冊，第99頁。
〔註96〕同上。
〔註97〕同上。

丈，藏級於壁，蝸旋而上」（清潘榮陛《帝京歲時紀勝·登高》）的描寫，「蝸旋」二字不是更有形象感、更堪入詩嗎？倒是「車行追落日，淮泗失回顧」兩句「專寫火車之語」〔註98〕確實頗有意境，但追日之境與「失」字的用法不也是古詩中所常見的嗎？只是在以往有些誇張成分，今日卻成實際了，所以也只能算是學古而能化的結果。

對大量引入新語詞、新事物這一點，前人已有反思質疑。梁啓超晚年回歸同光體之後，在《飲冰室詩話》中也修正其早期觀點，說「若以堆積滿紙新名詞爲革命，是又滿州政府變法維新之類也」，若不能「以舊風格含新意境」，滿紙新詞只會喪失掉自己文化的精神，「徒示人以儉而已」。〔註99〕錢仲聯也批評譚嗣同以「採西事、西語入詩」爲詩界革命，「從藝術角度而言，這樣作詩，是失敗的，因爲它破壞了中國古典詩歌的意境和韻味，即形象美，破壞了詩歌語言和詩歌音節，即格律美」〔註100〕。

可巧的是，范伯子在上海期間也曾作過一首《養疴寓樓苦雨吟眺》，可與《移居愚園坊》參看。「樓居密密連雲黑，燈火蕭蕭向日青。歌哭萬家聲闐寂，飄搖獨樹影伶俜」之句也寫出了上海寓樓密集嘈雜的實景。因是雨中眺望，「樓居密密」是實，「燈火蕭蕭」則爲眼前景物蒙上了一層雨水虛光，飄搖獨樹影既是寫境，也像造境，其上似乎投射了詩人的自我形象，以及整個國家處在風雨飄搖中的感覺。末句「正愁風雨乾坤大，蟻穴侯王夢未醒」〔註101〕更是混茫之筆，從眼前的雨擴散開去，整個國家都彷彿彌漫在風雨如晦之中，而「蟻穴」與「乾坤」又隱隱是一組對比，諷刺了執政者或官員耽於安樂、醉生夢死，渾不知大難將至，表達了一種舉世皆醉我獨醒的悲哀。這首詩

〔註98〕林庚白：《子樓詩詞話》，《民國詩話叢編》第六冊，第98頁。
〔註99〕梁啓超：《飲冰室詩話》，轉引自周少華、王澤龍：《論梁啓超詩歌批評的現代轉型》，《江漢論壇》，2010年12月，第91頁。
〔註100〕錢仲聯：《近代詩鈔》，第1373頁。
〔註101〕《養疴寓樓苦雨吟眺》／《詩文集》，第290頁。

的境界與前面林庚白所欣賞的作品實在是有仙凡之別。它既不是「雞聲茅店月，人迹板橋霜」的泥古之語，也不為描畫實景的想法所囿，而是自由往還，既符合現實又超脫現實。

葉嘉瑩先生曾細緻分析過陳寶琛感於晚清時事所作的落花詩與感春詩，然後言：「近代一些有才有志的寫舊詩的詩人們，他們都曾多少做過『舊瓶新酒』的努力和嘗試。何況隨著時代的演進，人類的感覺情思已日益趨於精微繁複，而西方的文學哲學的流入，更使詩人們對生命和生活有了新的感受和思索。所以舊詩之需要有新境界之融入，實在已不僅是由於爭勝古人的好強之心而已，而是由於古人所抒寫的單純現實的內容，確實已不能使近代的詩人們感到滿足。他們自有一些古人所從未抒寫過，甚至從未感受過的情思需要表達。在這種需要下，舊詩之融入新境自成為一種必然之趨勢。」〔註102〕可見為了準確表達時代劇變所引發的複雜情思，優秀的詩人哪怕是無意識地，也自然加入了這場舊詩新境的運動。他們雖未像梁啟超那樣明確提出「以舊風格含新意境」的宣告，但也正是因此，他們的作品才不受主題先行的束縛，自然的表現更具可發掘的空間。

除了新語詞、新事物之外，「詩界革命」還曾試圖吸收西方詩的體制，特別是倣史詩面目。范罕言：「當清末時，士夫已有醉心歐制者。黃公度作樂府新曲，學者都傳誦之，格調雄偉，頗類軍歌。後繼者乃無聞焉。此亦屬客觀詩，而偉麗實非前人所有，亦時世造之。然猶不適於學者研究諷誦之用，況其他乎！」當時學者普遍認為中國詩與西方詩有主觀與客觀之分，這是西方文論的說法，大體而言當然有其道理。

但筆者以為，西方的史詩並不像國人以為的那樣客觀，很多時候只是我們不能理解其中的主觀思想與精神所以視而不見罷了。比如《伊利亞特》開篇的那一段〔註103〕就將戰爭的苦難、死亡、人世命

〔註102〕　《幾首詠花的詩和一些有關詩歌的話》/《迦陵論詩叢稿》，第72
　　　　　～73頁。
〔註103〕　《伊利亞特》：「繆斯女神啊，請歌唱裴琉斯之子阿基琉斯的致命的

運的無常、英雄在命運面前的掙扎、神的存在與神的旨意等等主題擺在我們面前，其語言如狂風裏挾著黃沙迎面撲來，展現了一種古老雄渾的力量。這是西方在有神背景下的精神傳統，和中國詩以人爲中心，言志、抒情、教化的傳統是迥然不同的。所以范罕說：「今之學者專就形式立論，鮮有潛心於古大家之製作洗滌心神發揚志氣者。動必以西人爲法，而於單音文字之體勢，詩教之源，一概漠然置之，殊可怪也」〔註 104〕，他雖對西方詩的精神傳統並不了然，但對自己文化傳統的瞭解和珍視無疑是值得重視的。

葉嘉瑩先生在比較中國詩中月意象厚重深遠的內涵和西方詩人對月亮生動活潑的想像時，也曾說：「傳統是一把兩面的刀刃，一方面把你限制，一方面也讓你的內容豐富起來」〔註 105〕。這應該是對傳統最平心而折中的論述，所以我們一方面需要衝破傳統的束縛，有意識地吸收西方詩的新意境，以拓寬我們的疆界，另一方面也絕不能斬斷傳統的血脈，拋棄大好家業。如范罕所言，「若舍己之所有，而反令他人代有之，代鼓吹之，可恥孰甚焉！」〔註 106〕

正是因此，眞正成功的舊瓶新酒、舊詩新境應該是融合自己傳統積澱的豐美內涵來寫現實中的眞情實感。這有點類似於陳寅恪先生的古典、今典之論。他說眞正的好詩要能讀出兩個意思，但筆者以爲，或許還不只兩個意思，而是一環套一環，引申、聯想、生發出綿綿不絕的意思來，觀葉先生賞析陳寶琛的《落花詩》就可見一斑。葉先生說：「在中國晚清時代，有這麼一類詩歌，眞是學人之詩，才人之詩，也是詩人之詩。它有很豐富的典故和出處，而這些典故和出處有兩種

愤怒，那一怒給阿開奧斯人帶來無數的苦難，把戰士的許多健壯英魂送往冥府，使他們的屍體成爲野狗和各種飛禽的肉食，從阿特柔斯之子、人民的國王同神樣的阿基琉斯最初在爭吵中分離時開始吧，就這樣實現了宙斯的意願」。

〔註 104〕 范罕：《蝸牛舍說詩新語》／《民國詩話叢編》第二冊，第 558 頁。
〔註 105〕 葉嘉瑩：《迦陵雜文集》，北京：北京大學出版社，2008 年，第 470頁。
〔註 106〕 范罕：《蝸牛舍說詩新語》／《民國詩話叢編》第二冊，第 571 頁。

性質：一種只是因為這個政事不能夠明言，所以就用一些典故來影射；有的呢，它不但是影射了當時的政事，而且真是寫盡了整個的人生」〔註107〕。前一種可以說是古典與今典，後一種則更混茫神妙，是中國詩抒情言志、興發感動之高明極境。

筆者以為，范伯子的許多作品正具備這樣既貼近時代又超越時代的感發之力。同樣以花意象為例來談，因為「同一個時代的詩人，由於大的生活環境相同，由於思想上和創作上相互的影響和交流，總有那個時代慣用的一些意象和詞藻」〔註108〕。是誠然矣，落花在飄搖叔世往往會成為詩人寄情詠歎的對象，如前文引過明末時徐燦的詞以及夏完淳的「愁隨花絮飛來也，四山鎖盡愁難掃」等等。但陳寶琛的落花詩比前人多了一些更幽微細膩的感觸，比如「冒入情絲奈網蟲」一句寫出其身處官場，無法脫離那種黑暗、污穢的痛苦，「情絲」與「網蟲」表現了其對晚清政府既恨又愛、親寇相循的心態，同時也表現了人生中一種具有普遍意義的無奈，這便是晚清詩度越前人的進境。而范伯子雖然在世時並沒有經歷清王朝的倒臺，但其詩中的花意象也隨時代而變遷，表現出非常精微豐富的內涵。

早年的范伯子還只是借花言志，寄寓其心性的高潔，如《梔子花》〔註109〕和《吾所植荷既開盡而風雨頻至，坐見其萎謝，慰別以詩》兩首。雖然第二首極得錢仲聯激賞，因為范伯子從一株花盆中栽植的小荷聯想到了漫漫洞庭水的廣闊景象，將風雨摧折的荷花想像成是屈原所化〔註110〕，「仙乎仙乎之筆，可謂提挈靈象，養空而

〔註107〕　葉嘉瑩：《一位晚清詩人的幾首落花詩》／《風景舊曾諳》，桂林：
　　　　　廣西師範大學出版社，2008 年，第 171 頁。
〔註108〕　袁行霈：《中國古典詩歌的意象》／《中國詩歌藝術研究》，北京：
　　　　　北京大學出版社，2005 年，第 56 頁。
〔註109〕　《梔子花》：「碧葉銜葩孰淺深，人天渾合到如今。一從白地騰枝出，
　　　　　日對青天倚樹吟。光景誰能駐窗際，吾身真合老牆陰。朱欄火炙衣
　　　　　塵滿，惜此淵淵抱凍心」／《詩文集》，第 122 頁。
〔註110〕　詩有云：「瀟湘洞庭上，彌路花漫漫。傳聞有司命，乃是神仙官。

遊」。但其內涵還是回到「君看本末在，豈肯爲椒蘭。埋藏弗復道，摧落終心酸」上，詩法如楚騷，詩情亦如屈子。

　　但到後期，經歷了甲午、戊戌、庚子事件以後，范伯子也像其他詩人一樣，詩中多見風雨落花的意象，如「殘花急雨重衾到，破葉驚風故紙聽」〔註111〕、「向來花事付園丁，曾未看花雨既零」〔註112〕等等，來表現國家的凋零。但其更有一些落花詩還不只是如此單層次的詠歎，如這首：

> 夜雨連綿復侵曉，予懷落寞更憐卿。
> 年饑豈少一盂飯，心死誰爭萬口名。
> 正以海渾魚欲逝，顧茲花落鳥難鳴。
> 人情各有銷魂處，吾獨誰爲遣此生。〔註113〕

　　多年後范伯子已經離世，姚倚雲尙「夜雨怕吟花落句，淚痕較比雨絲多」〔註114〕。她稱其爲「庚子見示詩」，那一年舉國風魔，是以伯子有「海渾魚欲逝，花落鳥難鳴」之感，他就是那欲脫離渾海的悲傷的魚，他就是那對落花而內心驚死、無力出聲的鳥，落花、海渾都是時代的徵象，而詩人自己也在其中，並非冷靜旁觀的路人。時隔多年，曹從坡猶藉此意象發揮文革傷痕之痛道：「中國人權昔何有，奇窮極慘豈無源。公見海渾魚亦逝，花落霜嚴鳥不喧。文革遺風今未淨，邪氣猶忌正氣張」〔註115〕，花落之外又加上「霜嚴」，這是曹氏更爲眞切獨特的感受了。范伯子當日是無力迴天而「難鳴」，而曹從坡是因恐懼噤聲而「不喧」。

五更得月際，大士乘飛鷺。停雲拂素袖，灑露當花冠。嗟茲一花植，豈有高靈看。哀哀楚騷子，抱石沉急湍。奇軀不得腐，化作荷根蟠」。

〔註111〕　《感事依愛滄所用丁字韻》／《詩文集》，第230頁。

〔註112〕　《丁字韻作者數十，搜索盡矣，林蒷原復來征和，強試成吟，居然哀惻，所謂詩鐘派也》／《詩文集》，第234頁。

〔註113〕　《苦雨不寐太息作示內》／《詩文集》，第210頁。

〔註114〕　《悼亡二十首》之二十，《蘊素軒詩集》卷七／《詩文集》，第702頁。

〔註115〕　曹從坡：《聞范伯子先生閱〈遊歷東洋日記〉而哭》／原載《紫琅吟草》1988年第一期，《資料集》，第257頁。

　　伯子詩中的花意象還並非落花一種，再如這首：

　　　　哀今宇縣失人豪，把酒論文氣不高。

　　　　入世忽如觀露電，擁花危與坐風濤。

　　　　人情未必忘諸相，天意何因篤若曹。

　　　　真有一夫能敵萬，華燈綺席夜橫刀。〔註116〕

　　《金剛經》偈語云：「一切有為法，如夢幻泡影，如露亦如電，應作如是觀」，「入世忽如觀露電」寫出了他在光緒後十年間遭遇變故迭生的強烈感受。而「擁花危與坐風濤」也是極妙的「造境」（《人間詞話》），在風高浪急的波濤之上，坐擁並護持著那柔嫩、脆弱的花朵，這不是現實中能有的景象，但卻讓人清晰地觸摸到詩人內心深處那種對國家的眷愛之情和危亡之感。人情、天意兩句則是轉化宋朝張元幹《賀新郎》中「天意從來高難問，況人情、老易悲如許」的名句，天意難明，而人情卻只能在其中熬煉、悲傷了。

　　再如這首：

　　　　分明故事可忘憂，未免人情絮短修。

　　　　一日難防千日醉，百錢猶勝萬錢羞。

　　　　定知文外餘何物，最是花初不可求。

　　　　我有無窮私淑淚，只應寂寞付湘流。〔註117〕

　　范伯子讀《湘軍志》而流淚，因那是同治中興最輝煌的一段，是他所追慕的太初師曾國藩最光彩的一頁，一句「最是花初不可求」，真是道不盡「流水落花春去也」之悲。

　　初花意象似乎在詩中較為少見，但在晚清文裏卻有著豐富的意蘊。比如梁啟超《少年中國說》中形容少年中國是「奇花初胎，矞矞皇皇」，借用司空圖《詩品》「精神」一品中的「奇花初胎」之喻，形容中國如枝頭花朵含苞欲放之初，生氣飽滿，朗豔新奇，精氣內蘊。這是維新派的看法，而在復古派林紓看來，則又是另一種解釋了。林

〔註116〕　《湖南黃曉秋戶部以詩相見，意氣甚豪宕也，余感時而惜其才，即
　　　　　席奉貽》／《詩文集》，第231頁。

〔註117〕　《以湘軍志遣日，讀竟題尾》／《詩文集》，第415頁。

紓在《拊掌錄》中感慨華盛頓‧歐文的懷舊情懷，言：「須知狂榛時代，猶名花負凍而苞也，至春雖花開，則生氣已盡發無餘，故有心人每欲復古。蓋古人元氣，有厚於今人萬倍者。必人到中年，方能領解，驟與青年人述之，亦但取憎而已耳」〔註118〕。「名花負凍而苞」就如元氣內斂而厚，初花乃指古人、古時。林氏有言「須知天下守舊之談，不盡出之頑固，而太初風味，有令人尋覓不盡者」〔註119〕，那種眷戀就像孔子時時不忘三代一樣，而現實卻早已是敗花落葉。

范伯子的「最是花初不可求」是類於林紓的。但正如葉先生所說，有些詩它「不但是影射了當時的政事，而且真是寫盡了整個的人生」。伯子的擁花之情、戀初之意，無論何時代人讀到，都能在心中引發綿綿不已的感動。它不像林紓的文章那麼坐實到社會形態的復古上，而是寫盡了人生中一切對過往美好的遺憾、歎惋和傷感。伯子另有詩云：「不然崇為最初義，卻向心地真濡涵」〔註120〕，不由得令人想起杜甫的「願聞第一義，迴向心地初」（《謁文公上方》），那美好而柔弱的初花其實也寄託了他自己那顆憂國憂民的耿耿初心。

從這些詩例來看，林庚白說「古人詩詞中之意境，已不足以應今世之用，必更求其深刻」〔註121〕的說法似乎也有些道理。但要如何求其深刻呢？葉先生在分析了《桃夭》、《苕之華》，陳子昂、張九齡的《感遇》，以及陳寶琛的落花詩以後，得出結論說：「從寫實到理想，從託喻到象徵，是文學藝術演進的一種必要的階段」。這是借用西方理論來闡釋的說法，而筆者更傾向於借用王國維的寫境、造

〔註118〕 〔美〕華盛頓‧歐文著，林紓、魏易譯：《拊掌錄》，北京：商務印書館，1981 年，第 62 頁。
〔註119〕 〔美〕華盛頓‧歐文著，林紓、魏易譯：《拊掌錄》，北京：商務印書館，1981 年，第 61 頁。
〔註120〕 《余居欣父署中，其三郎賓基臥病一粟庵，未之見也……》／《詩文集》，第 227 頁。
〔註121〕 林庚白：《子樓詩詞話》，《民國詩話叢編》第六冊，第 111 頁。

境之說。寫實、託喻即是「寫境」，如《梔子花》詩，理想、象徵則是「造境」。但王國維講「造境」尚要求「合乎自然」，這似乎類於伯子的荷花詩，只是想像之法。所以筆者欲將其「境非獨謂景物也，喜怒哀樂亦人心中之一境界」〔註122〕的論述與「造境」一詞相結合，似乎唯有如此方能表達晚清詩人，如陳寶琛、范伯子等的寫心之作。因「喜怒哀樂之人心境界」雖亦可直抒胸臆，但更多時候還是通過形象來表達的，只是這個形象非眼前所見，乃心中所見，是爲「造境」也。王國維詞中就有此種，如「試上高峰窺皓月，偶開天眼覷紅塵。可憐身是眼中人」（《浣溪沙》）。這似乎可視爲晚清詩詞的一大特點。

嚴迪昌先生早就說過「葆眞寫心是伯子詩最大優長處」，但其如何「葆眞寫心」則應是一個更加引人深思的問題。除了造境之法以外，筆者以爲黃庭堅的奪胎換骨與點鐵成金法也並沒有過時，事實上范伯子、陳寶琛等人皆是同光體詩人，受黃山谷詩法影響很深。近代哲學大家賀麟亦言：「從舊的裏面去發現新的，這就叫做推陳出新。必定要舊中之新，有歷史有淵源的新，才是眞正的新。那種表面上五花八門，欺世駭俗，競奇鬥異的新，只是一時的時髦，並不是眞正的新。」〔註123〕他摒棄了表面上的新，但所謂「推陳出新」、「有歷史有淵源的新」與黃山谷的「無一字無來歷」而又要反用活用、轉化陳言是何等相似啊！林庚白也發現了「宋人詩皆自唐賢變化而來」的秘密，「所不同者，唐人任自然，而宋人力求不苟。試一尋繹，則恍然於宋人每以漢魏與唐人古體詩之句法，蛻爲今體」。〔註124〕宋人在唐詩之後另闢蹊徑，也不能完全脫離、棄絕唐詩，那麼今人要「以舊風格含新意境」不也是該繼承推陳出新之

〔註122〕　王國維著，佛雛校輯：《新訂〈人間詞話〉・廣〈人間詞話〉》，上海：華東師範大學出版社，1990年版，第80頁。

〔註123〕　陳平原：《西潮東漸與舊學新知——中國現代學術之建立》／《北京大學學報（哲社版）》，1998年第1期，第44頁。

〔註124〕　林庚白：《麗白樓詩話》／《民國詩話叢編》第六冊，第134頁。

法嗎？

　　只是，要駕馭這種方法必須具備深厚的學養和靈敏的才情，所以成功的詩人真是鳳毛麟角。而新語詞、新事物則既顯而易見、旗幟鮮明又容易操作，所以一度成了「詩界革命」炫時驚目的主流，反而遮蔽了另外一些更有價值的努力。范伯子以「直到山深出泉處，翻疑河伯望洋情」論桐城詩學為正源，以「急火炊粱粱不熟，大千糜爛一何神」論戊戌之急進與庚子之急潰，皆見其造境與出新之遊刃有餘的功力。

　　「以舊風格含新意境」，或許回到這個口號出現之前，我們能有更多的發現，再將其與後面的發展貫通來看，或能編織出一幅更為完整的「詩界革命」的畫卷。

餘論：「詩學世界」與「文人之詩」

　　王禹偁的「子美集開詩世界」針對的是杜詩集大成的特點。杜詩「盡得古今之體勢，而兼人人之所獨專」（元稹語），確實稱得上是萬象畢呈的「詩世界」。但這個說法的焦點主要還是詩的藝術性，而本書論「范伯子的詩學世界」，多出一「學」字，則不復如此單純。孟子早已說過：「誦其詩，讀其書，不知其人可乎？」范罕稱此言「已將詩之一藝藉重於作詩之人。必如是而後詩道始尊，詩學乃可得而論。」〔註1〕可見詩學與詩人實是不可分離的。

　　古人早已有學與人一、道與藝合的論述。歐陽修《答吳充秀才書》批評單重藝者云：「蓋文之為言，難工而可喜，易悅而自足。世之學者，往往溺之，一有工焉，則曰：『吾學足矣。』甚者至棄百事不關於心，曰：『吾文士也，職於文而已。』此其所以至之者鮮也」，〔註2〕原來詩文之工夫乃在技藝之外。明唐荊川《答俞教諭》又批評單重道者云：「儒者務高之論，以為絕去藝事而別求之道德性命，此則藝無精義則道無實用矣」，分隔道藝也是兩相有損的事。事實上，「古人終日從事於六藝之間，非特以實用之不可缺而姑從事云耳，蓋即此而鼓舞凝聚其精神，堅忍操練其筋骨，沉潛縝密其心思，藝之精處即是心

〔註1〕 范罕：《蝸牛舍說詩新語》／《民國詩話叢編》第二冊，第557頁。
〔註2〕 《姚永樸文史講義》，第90頁。

精，藝之粗處即是心粗，非二致也。」〔註3〕藝與心，學與人，最終還是統一在了人的身上。在儒家傳統文化中，詩學即詩教，是渾然一體的。

當近代西方的美學著作進來以後，中國傳統詩學的這個特點也就顯得更加突出了。范罕說：「美國人所著詩之研究，近有譯本，關於詩之理想亦新穎可觀。惟此等諸書，均屬智識問題，非詩之本身問題。若欲作詩，則此等書都無用」〔註4〕。這不只是研究與創作的距離，而是立乎其外與入乎其中的微妙差異。所以「作詩第一義要從修養起，次則多讀前人佳作，工夫先做，作詩時無工夫可言也」〔註5〕，無詩人之修養便無好詩。「西人亦以音樂繪畫喻詩之美感。音樂之美屬耳覺，繪畫之美屬目覺，詩之美不僅屬耳目，兼屬心意」。從美學入手論詩，固然有其道理，但自小即浸淫在中國傳統詩學教育中的范罕則借機而言：「予謂樂以時間著，畫以空間著，詩則兼而有之。詩之時間，節奏也；空間，影像也。而眞詩之節奏及影像，均不屬物體，而屬於作詩之人。詩之影像，即作者之靈魂，其節奏亦即其人之音響。」〔註6〕這正是筆者在前文中總結出「因聲求氣，詩詞聲音之道乃在其人之氣體；造心中之境，詩中意象乃詩人靈魂之投射」的道理。范罕最後道：「西儒說詩，尚近科學，予則竟以詩人說詩矣。」以科學研究的態度說詩，和以詩人與詩密不可分的親近關係來說詩，其差別自不可以道里計。

而范伯子正是這樣一位道藝合一的詩人。他說：「德者文之腑，才者文所賴以行者也」〔註7〕，在詩文創作中以德爲醞釀、植根之基。又說：「世之爲士而不學，爲學而不要諸道，爲道而鄙斯文爲不足求

〔註3〕 季惟齋：《微聖錄》，第207頁。
〔註4〕 范罕：《蝸牛舍說詩新語》／《民國詩話叢編》第二冊，第560頁。
〔註5〕 范罕：《蝸牛舍說詩新語》／《民國詩話叢編》第二冊，第560頁。
〔註6〕 范罕：《蝸牛舍說詩新語》／《民國詩話叢編》第二冊，第561頁。
〔註7〕 《壽言贈李季馴》／《詩文集》，第450頁。

者，此皆吾所謂無歸之人」〔註8〕，將學、道、文看為一體輕重，並無軒輊。他對「韓歐一世勤文字，卻把文人一掃空」感到「此語荒唐人不解」〔註9〕，反對輕視文藝。其「文之於詩又何物，強生分別毋乃癡」也是就詩與文的地位而言，他認為詩與文皆是作者心血所注、胸襟所展現，皆可載道、傳世，在價值上並沒有高下之分。對范伯子影響最大的兩個詩學淵源，劉熙載強調「詩品出於人品」〔註10〕，桐城詩派也是講究「詩文與行己，非有二事」〔註11〕，而其先祖范鳳翼亦言「詩品與人品大關風化」〔註12〕，皆是道藝合一的傳統詩學觀。

《吾詩遂已九百九十九首，五疊前韻以足之，示潛之夢湘》一詩可看作范伯子詩、命相融的自白。詩云：

> 我遊二十載，不益囊中裝。聊憑一卷詩，鎮壓風霜涼。
> 名世定何物？何從議聲香。古之真天人，了己無何鄉。
> 獨有文字懷，味與生俱長。曾無殉名意，何患亡其羊。
> 有挾飛仙姿，字字鴛鷺翔。有與元氣會，吐吞入渾茫。
> 嗟余亦何有？山蔬貧家糧。比君百尺樓，只合臥下床。
> 昨來足千詩，夜中起彷徨。一世只如此，鬢毛真已霜。
>
> 〔註13〕

伯子游學遊幕二十年，依然身無長物，其生命所有的精華、心血最後只凝結成這一卷詩，「鎮壓風霜涼」一句顯見得這卷詩在他心中的份量是厚重的，是他在世態炎涼、人情冷暖中能夠有所慰藉、內心安定的最大原因。他不求名世，不計聲香，但比起「了己無何鄉」的「古之真天人」來，這份文字情懷又是他無法割捨的，而且其嗜詩之

〔註8〕 《況簫字說》／《詩文集》，第436頁。
〔註9〕 《答徐昂秀才》／《詩文集》，第332頁。
〔註10〕 劉熙載：《藝概》，第82頁。
〔註11〕 方東樹：《昭昧詹言》卷一・五，第2頁。
〔註12〕 范鳳翼：《拙存堂逸稿序》／《南通范氏詩文世家・范鳳翼卷・文》，第60頁。
〔註13〕 《吾詩遂已九百九十九首，五疊前韻以足之，示潛之夢湘》／《詩文集》，第374頁。

情與其詩之情味都隨著他的生命經歷而愈深愈厚。

范伯子常被看作是「詩窮而後工」的典型，如吳汝綸說「當今文學無出肯堂右者，其窮固其所也」。但筆者特別欣賞林庚白對「詩窮而後工」異於前人的見解，擬借來詮釋伯子之詩境。林氏言：「曰『窮』，曰『愁苦』，言其極也。境不極則情不真，縱或能工，抑末矣，非必教人以歡老嗟卑為工，以傷貧怨別為窮也」，「蓋入世不深，則不足以盡人間之變，而喜怒哀樂之情，動與其境遇相為表裏」。〔註14〕范伯子入世二十年，經歷過「聲光灼鄉里」〔註15〕的得意，也經歷過「饞毀百端以尼其際會」的艱難，其境遇沉浮跌宕之極，而喜怒哀樂之情也來得真實而強烈。其《除夕詩狂自遣》言「我窮遂無地可入，我詩遂有天能通」正是其境與詩達至兩極的表達。可見這一句「味與生俱長」真是「沉而質」之言。

范伯子說自己作詩既不是為了殉名求譽，也毫不在乎耽溺於詩，以致影響了舉子業、仕宦途等等，所謂「何患亡其羊」也。因為詩的世界實在太美好了啊！「有如」四句似是就李杜而言，但其實也是他自己在詩中所品嘗到的情味。一世人只餘一卷詩，當然並非具有儒者胸襟懷抱的范伯子所甘願。但正如姚倚雲在其歿後跋其文集時所言：「嗟夫，先外子歿且三十年，其生平懷抱瓌偉，未有以稍展其志。設逢盛世，天復假之年，其所彰，豈只文詩而已？然今之所不可泯者，亦惟文詩而已！」正是因詩文中飽含了他沉厚深摯的生命本色，所以才如其生命一般厚重、寶貴，不可泯滅。

范伯子的另一首詩也可與此詩參看：「人才信與江濤湧，合散升沉不可期。一日聲名非異事，萬年文藻有清思。所悲廁此英多會，不幸生當大亂時。縱不身謀猶熟醉，發心徒益卷中詩」〔註16〕。他所追求的不是一時聲名，而是萬年文藻，既然時局大亂，那麼不如

〔註14〕林庚白：《麗白樓詩話》／《民國詩話叢編》第六冊，第133頁。
〔註15〕范鎧：《南通縣圖志‧范當世傳》／《資料集》，第4頁。
〔註16〕《次張季直金銜意韻各一首》／《詩文集》，第352頁。

將胸襟、志氣投注到這「卷中詩」吧。

　　伯子去世後陳三立送葬，有「斯文將喪吾滋懼」之句，爲何伯子之死會引發他這樣的悲哀感慨呢？曹文麟在《范伯子聯語注跋》中云：「先生之性情與其度量，列之古人誠亦罕見，故師先生者又不當於文字求之。世有生平之行大異其所爲文字者，而文字於是乃等於藝術，然案其辭，覈其文思又安能窮深而抉奧，則誠僞不由斯判耶！嗚呼！李生有言：『豈大奸與，不則聖賢』。文麟蓋有以窺先生矣。」〔註17〕「李生有言」乃出於姚永概爲其銘墓之辭，姚永概稱伯子爲「仁人」，說其「大本既立，發爲高文。若最其行，以儒而俠」、「胸中恢恢，齊其仇恩。欺不汝疑，背不汝怨」等等。姚倚雲的悼亡詩亦亟稱其品性：「任從毀譽獨存眞，大孝終身但慕親。默抱宏才輕利達，勇於爲義不違仁」。〔註18〕可見范伯子的文字不只是藝術，而是等同於他的生命，他眞是活出了儒家詩教精神的理想。而「自其既歿，而浮薄文人競作，肥遁堅貞之誼，遂不復見於國中矣」，陳三立的「斯文將喪」之懼也是基於對其以生命承載「斯文」傳統的認可之上。

　　進入民國以後，這種道藝合一的傳統觀念確實遭到了不小的衝擊。「倘講具體學問，融彙中西，幾無疑義。提及安身立命，可就見仁見智，無法步調一致了。古來國人對於學者崇高人格的講求，晚清以降，不再『理所當然』。在專業化大潮衝擊下，立竿見影的知識被推到前臺，大而無當的精神被遺落在曠野」〔註19〕，學科專業化以後，知識與文化之間似乎出現了分野。但「學者的胸襟與情懷，與具體的著述或許關係不大，可切實規定著其學問的規模與氣象」〔註20〕。正如范伯子論文語：「所尤難者，在乎罵譏王侯將相而敬愼

〔註17〕曹文麟：《范伯子聯語注跋》／《資料集》，第82頁。

〔註18〕姚倚云：《悼亡二十首》／《蘊素軒詩集》卷七，《詩文集》，第701頁。

〔註19〕陳平原：《西潮東漸與舊學新知——中國現代學術之建立》／《北京大學學報（哲社版）》，1998年第1期，第47頁。

〔註20〕陳平原：《西潮東漸與舊學新知——中國現代學術之建立》／《北京

不渝，與下輩粗解文字縱情牢騷者，判若天壤。文章雖極詼嘲，而定有一種淵穆氣象，望而知爲儒人之盛業，與雜家小說不同。此則所謂胸襟不至豪傑，不足談古文；德器不類聖賢，亦不足以俯笑一世耳。」〔註21〕若丟失了道藝合一的精神，縱然知識淵博，或許永遠都無法成爲有關懷、有格局的第一流學者。

詩與人合是范伯子詩學世界的第一義，所以我們需要究其鄉風家世，以明其詩心源起，在賞鑒其詩時也不忘貫通知人之法。而第二義則是詩與時應。

前文已經提過范伯子認爲爲學貴乎識時務，「不達於當時之務，不能窺古人之迹，其不學猶可也」，他也一直以「有通人之識」自期。范罕論詩時也特重應時，由知人而過渡到論世，「人乃因世而著」，並舉例言「陶在晉宋易代之交，始成爲陶；杜際亂離窮困之時，始成爲杜」，詩人因書寫時代而成其偉大；「蘇李以武人發高唱，卒成漢產；元陸在宋金變歌調，方是國魂」，時代又能反作用、影響於詩本身。所以，詩不只是描寫時代的工具，它本身也彷彿有生命一般，會因時代的衝擊而變化。所以范罕說：「假使今人爲詩，盡作唐音，寧非怪事？由是以言，詩人而不識時務，又豈可哉！」〔註22〕

那麼范伯子的詩又是如何與時代相應的呢？伯子曾在《與言謇博書》中自述「吾於此事（寫詩）更不學無術，勉強從事，嘗爲詩人所譏。雖正復有時剛愎，而細思實不能逃文人之詩之定案」。〔註23〕「不學無術」不過是自謙，「文人之詩」才是他面對「詩人所譏」時還能淡定自若、「有時剛愎」的自我認同所在，〔註24〕這又進入了了晚清

大學學報（哲社版）》，1998 年第 1 期，第 47 頁。

〔註21〕《與蔡燕生論文第一書》／《詩文集》，第 455 頁。

〔註22〕范罕：《蝸牛舍說詩新語》／《民國詩話叢編》第二冊，第 569 頁。

〔註23〕《南通范氏詩文世家‧范伯子卷‧書信‧與言謇博書》，第 151 頁。

〔註24〕緒論中講過范伯子曾自嘲《近日湖湘間名士盛傳吾弟仲林盧山詩中有「落日一去無人傳」之句，以爲蒼茫雄特，而以吾弟秋門甘肅詩中「天下寒看逐望齊」一語配之。此外則盛稱吾婦啼鳥一絕及其「碧天雲淨雪初消，又見風吹葉」之詞句，而吾詩則依然寂寞無人道者。

同光體詩學「把學人詩人一關打通」的大背景中。因「歷史中的學者詩、儒者詩、文人詩等術語，都是學人詩的意義範疇。」〔註25〕

關於陳衍的「學人之言與詩人之言合」，研究成果頗多，本文不作贅述。如果說其內涵「不但有對詩人精神主體的要求，也有對詩歌理想新境創造的期望，更有對社會現實文化的關注意蘊」〔註26〕，風人之詩「偏重自然意象」而文人之詩「偏重社會意象」〔註27〕的話，那麼范伯子無疑是文人詩的典範。曾克耑說伯子雖沒有考據著作，但其詩中有「北方謂我三禮精」之語，可見「他對三禮的精到是北方學者所傾倒的」，「夏劍丞也有『詩騷疑義還及生前折衷』的話，可見他對於詩騷的研究」。「大概前人讀書多，都是爲作詩作文的材料，並不拘於一定要寫書，所以有無關於考證著作，是不能定其深淺的」，其實讀書不光是爲了富詩材，也是爲了通哲理。學人「讀書多，根底深厚，寫到詩裏才不會走到淺薄一路」，而詩人「性情眞，有了眞性情，才不致走上滑易一路」〔註28〕，學人、詩人之合才能既蘊藉又深厚。

因此，「文人之詩」的自我定位本身就是范伯子回應時代的表現，因他知道吟風弄月、雕章鏤句的詩已經完全不適於表現時世的劇變了。正如林庚白所言，「清戊戌維新，迄於民國，遠沿五口通商之舊，近經辛亥與丁卯革命之變，文物典章，幾於空前。生活之因革，雖或矛盾雜陳，要其於人情與風俗之推移，實爲有史以來之創局。苟詩人於此，瞢焉無覩，行今人之行，而言古人之言，人人自以爲陶、謝、

壇坫之可畏如此，余乃戲爲拆補此數作以爲已有，既以自娛亦自笑云》，正可見「詩人之詩」與「文人之詩」的區別。

〔註25〕李瑞明：《才學與性情：陳衍的「學人詩」觀念》／《嘉興學院學報》，2004 年 1 月，第 95 頁。

〔註26〕同上。

〔註27〕賀國強、魏中林：《論「詩人之詩」與「學人之詩」》／《學術研究》，2009 年第 9 期，第 130 頁。

〔註28〕曾克耑：《論同光體詩》，第 20～22 頁。

李、杜，其去陶、謝、李、杜益遠矣！」〔註29〕伯子雖未經歷辛亥革命這樣的改天換地之變，但其詩與時代命運共呼吸的緊密聯繫於前文中已歷歷可見。

和同光體的其他大詩人比起來，鄭孝胥自然不敢稱道藝合一，沈曾植也過於生澀奧衍。沈氏論詩「以爛熳爲最佳境」，爛熳即色彩鮮麗、古味斑斕之意，似乎是僅就藝術性而言，不如范伯子的「深寒」說融會了學識與詩心。伯子評價陳三立「伯嚴詩已到雄偉精實、眞力彌滿之時，所欠者自然超脫之一境」，因其「襟抱灑然絕塵，如柳子厚也」，就此來看，陳三立詩似有過緊而不能放的缺憾。筆者以爲，按照陳衍對「學人之詩」乃是「詩人有學」而非「以學爲詩」的理想來看，和沈、陳、鄭比起來，范伯子詩似乎更堪爲晚清「學人之詩」的典範，因最難是將學問完全化於詩中，臻至眞詩人、大詩人的境界。

總之，范伯子的詩學世界不是一個單純的藝術概念，它以儒者的生命爲根基，以反映和回應時代爲表現，其詩心、詩學大背景、時世劇變又反作用於其詩論。如此往復交融，方成其厚而大的詩學世界。

〔註29〕林庚白：《麗白樓詩話》／《民國詩話叢編》第六冊，第 134 頁。

參考文獻

一、專 著

1. 〔法〕盧梭，社會契約論〔M〕，北京：商務印書館，1980。

2. 〔美〕華盛頓・歐文著，林紓，魏易譯，拊掌錄〔M〕，北京：商務印書館，1981。

3. 〔英〕戴樂爾，理財節略〔M〕，上海：上海廣學會，1900。

4. 〔英〕赫胥黎，嚴復，天演論〔M〕，上海：商務印書館，1933。

5. 〔梁〕蕭統，〔唐〕李善注，文選〔M〕，長沙：嶽麓書社，2002。

6. 〔明〕冒襄，影梅庵憶語〔A〕，浮生六記（外三種）〔C〕，上海：上海古籍出版社，2002：1～34。

7. 〔明〕吳應箕，東林本末〔A〕，東林本末（外七種）〔C〕，北京：北京古籍出版社，2002：1～28。

8. 〔明〕吳應箕，留都聞見錄〔M〕，金陵秘笈徵獻樓刊本，民國三十七年。

9. 〔清〕東方樹著，汪紹楹校點，昭昧詹言〔M〕，北京：人民出版社，1961。

10. 〔清〕范當世著，寒碧箋評，范伯子詩文選集〔M〕，杭州：浙江古籍出版社，2006。

11. 〔清〕范當世著，馬亞中，陳國安校點，范伯子詩文集〔M〕，上海：上海古籍出版社，2003。

12. 〔清〕范當世，近代中國史料叢刊・范伯子先生文集〔M〕，臺北：文海出版社，1966。

13. 〔清〕黃遵憲著，北京大學中文系近代詩研究小組輯，人境廬集外詩輯〔M〕，北京：中華書局，1960。

14. 〔清〕黃遵憲著，錢仲聯箋注，人境廬詩草箋注〔M〕，上海：上海古籍出版社，1999。

15. 〔清〕李沂，秋星閣詩話〔M〕，清詩話，上海：上海古籍出版社，1978：909～918。

16. 〔清〕李漁，李漁全集〔M〕，杭州：浙江古籍出版社，1991。

17. 〔清〕劉熙載，藝概〔M〕，上海：上海古籍出版社，1978。

18. 〔清〕祁寯藻，文廷式，吳大澂等，《青鶴》筆記九種〔M〕，北京：中華書局，2007。

19. 〔清〕沈復，浮生六記〔A〕，浮生六記（外三種）〔C〕，上海：上海古籍出版社，2002：35～112。

20. 〔清〕王應奎，柳南隨筆、續筆〔M〕，北京：中華書局，1983。

21. 〔清〕吳雷發，說詩菅蒯〔A〕，清詩話〔C〕，上海：上海古籍出版社，1978：895～908。

22. 〔清〕吳汝綸著，施培毅，徐壽凱校點，吳汝綸全集〔M〕，合肥：黃山書社，2002。

23. 〔清〕薛雪，一瓢詩話〔A〕，清詩話〔C〕，上海：上海古籍出版社，1978：675～716。

24. 〔清〕俞明震著，馬亞中校點，觚庵詩存〔M〕，上海：上海古籍出版社，2008。

25. 〔清〕俞樾，春在堂隨筆〔M〕，南京：江蘇古籍，2000。

26. 〔清〕張裕釗著，王達敏校點，張裕釗詩文集〔M〕，上海：上海古籍，2007。

27. 〔清〕章學誠著，葉瑛校注，文史通義校注〔M〕，北京：中華書局，1985。

28. 〔清〕趙翼著，霍松，胡主祐校點，甌北詩話〔M〕，北京：人民文學出版社，1998。

29. 〔清〕朱銘盤著，鄭肇經校點，桂之華軒遺集〔M〕，臺北：文海出版社，1933。

30. 〔宋〕普濟，五燈會元〔M〕，北京：中華書局，1984。

31. 〔宋〕嚴羽，滄浪詩話〔A〕，〔清〕何文煥，歷代詩話〔C〕，北京：中華書局，2004：685～708。

32. 〔唐〕杜甫著，〔清〕楊倫箋注，杜詩鏡銓〔M〕，上海：上海古籍出

版社，1998。

33. 〔唐〕孟郊著，韓泉欣校注，孟郊集校注〔M〕，杭州：浙江古籍出版社，1995。

34. 《十三經注疏》整理委員會，李學勤，十三經注疏‧禮記正義〔M〕，北京：北京大學出版社，1999。

35. 《十三經注疏》整理委員會，李學勤，十三經注疏‧論語注疏〔M〕，北京：北京大學出版社，1999。

36. 《十三經注疏》整理委員會，李學勤，十三經注疏‧孟子注疏〔M〕，北京：北京大學出版社，1999。

37. 《十三經注疏》整理委員會，李學勤，十三經注疏‧尚書正義〔M〕，北京：北京大學出版社，1999。

38. 陳鼓應，老子注譯及評介〔M〕，北京：中華書局，2006。

39. 陳國安、孫建，范伯子研究資料集〔M〕，鎮江：江蘇大學出版社，2011。

40. 陳三立，散原精舍詩文集〔M〕，上海：上海古籍出版社，2008。

41. 陳詩，尊瓠室詩話〔A〕，張寅彭，民國詩話叢編（第二冊）〔C〕，上海：上海書店出版社，2002：83～152。

42. 陳衍著，錢仲聯編校，陳衍詩論合集〔M〕，福州：福建人民出版社，1999。

43. 陳衍，石遺室詩話〔A〕，張寅彭，民國詩話叢編（第一冊）〔C〕，上海：上海書店出版社，2002：1～464。

44. 陳誼，夏敬觀年譜〔M〕，合肥：黃山書社，2007。

45. 陳寅恪，柳如是別傳〔M〕，北京：三聯書店，2001。

46. 范罕，蝸牛舍說詩新語〔A〕，張寅彭，民國詩話叢編（第二冊）〔C〕，上海：上海書店出版社，2002：553～574。

47. 佛雛，新訂《人間詞話》‧廣《人間詞話》，上海：華東師範大學出版社，1990。

48. 郭前孔，中國近代唐宋詩之爭研究〔M〕，濟南：齊魯書社，2010。

49. 郭則沄，十朝詩乘〔A〕，張寅彭，民國詩話叢編（第四冊）〔C〕，上海：上海書店出版社，2002。

50. 胡曉明，古典今義札記〔M〕，深圳：海天出版社，2013。

51. 胡曉明，詩與文化心靈〔M〕，北京：中華書局，2006。

52. 胡曉明，中國詩學之精神〔M〕，南昌：江西人民出版社，2001。

53. 季惟齋，徵聖錄〔M〕，上海：華東師範大學出版社，2010。

54. 蔣寅，清代詩學史（第一卷）〔M〕，北京：中國社會科學出版社，2012。

55. 金天羽著，周錄祥校點，天放樓詩文集〔M〕，上海：上海古籍出版社，2007。

56. 李瑞明，雅人深致〔M〕，哈爾濱：黑龍江人民出版社，2009。

57. 李運亨，張聖潔，閆立君，陳師曾畫論〔M〕，北京：中國書店，2008。

58. 梁啓超，新民說〔M〕，瀋陽：遼寧人民出版社，1994。

59. 林庚白，孑樓詩詞話〔A〕，張寅彭，民國詩話叢編（第六冊）〔C〕，上海：上海書店出版社，2002：95～130。

60. 林庚白，麗白樓詩話〔A〕／／張寅彭，民國詩話叢編（第六冊）〔C〕，上海：上海書店出版社，2002：131～142。

61. 林毓生，熱烈與冷靜〔M〕，上海：上海文藝出版社，1998。

62. 劉大櫆，論文偶記〔A〕，論文偶記·初月樓古文緒論·春覺齋論文〔C〕，北京：人民文學出版社，1959：1～15。

63. 劉世南，清詩流派史〔M〕，北京：人民文學出版社，2012。

64. 劉垣，張謇傳記〔M〕，臺北：文海出版社，1975。

65. 柳詒徵，記早年事·光緒間上海之譯書局〔A〕，鎮江文史資料（第十七輯）〔C〕，鎮江：中國人民政治協商會議鎮江市委員會文史資料委員會，1990：214～236。

66. 馬亞中，中國近代詩歌史〔M〕，上海：復旦大學出版社，2011。

67. 梅曾亮著，彭國忠，胡曉明校點，柏梘山房詩文集〔M〕，上海：上海古籍出版社，2012。

68. 寧夏江，晚清學人之詩研究〔M〕，廣州：暨南大學出版社，2011。

69. 錢鍾書，談藝錄〔M〕，北京：中華書局，1984。

70. 錢仲聯，魏中林，錢仲聯講論清詩〔M〕，蘇州：蘇州大學出版社，2004。

71. 錢仲聯，近代詩鈔〔M〕，南京：江蘇古籍出版社，2001。

72. 錢仲聯，夢苕庵清代文學論集〔M〕，濟南：齊魯書社，1983。

73. 錢仲聯，夢苕庵詩話〔A〕，張寅彭，《民國詩話叢編》（第六冊）〔C〕，上海：上海書店出版社，2002：143～410。

74. 舒蕪等，近代文論選〔M〕，北京：人民文學出版社，1959。

75. 湯志鈞，戊戌變法人物傳稿〔M〕，北京：中華書局，1982。

76. 汪辟疆著，王培軍箋證，光宣詩壇點將錄箋證〔M〕，北京：中華書

局，2008。

77. 汪辟疆，光宣以來詩壇旁記〔A〕，張寅彭，民國詩話叢編（第五冊）〔C〕，上海：上海書店出版社，2002：383～500。

78. 王德威，現代「抒情傳統」四論〔M〕，臺北：國立臺灣大學出版中心，2011。

79. 王國維著，謝維揚，房鑫亮主編，王國維全集〔M〕，杭州：浙江教育出版社，2010。

80. 王逸塘，今傳是樓詩話〔A〕，張寅彭，民國詩話叢編（第三冊）〔C〕，上海：上海書店出版社，2002：235～534。

81. 王鎮遠，桐城派〔M〕，上海：上海古籍出版社，1990。

82. 吳闓生評選，寒碧點校，晚清四十家詩鈔〔M〕，杭州：浙江古籍出版社，2006。

83. 吳孟復，桐城文派述論〔M〕，合肥：安徽教育出版社，2001。

84. 夏敬觀，學山詩話〔A〕，張寅彭，民國詩話叢編（第三冊）〔C〕，上海：上海書店出版社，2002：31～72。

85. 嚴迪昌，清詩史〔M〕，北京：人民文學出版社，2011。

86. 嚴復著，王栻主編，嚴復集〔M〕，北京：中華書局，1986。

87. 楊萌芽，古典詩歌的最後守望：清末民初宋詩派文人群體研究：1895～1921〔M〕，武漢：武漢出版社，2011。

88. 姚永樸，姚永樸文史講義〔M〕，南京：鳳凰出版社，2008。

89. 葉嘉瑩，風景舊曾諳〔M〕，桂林：廣西師範大學出版社，2008。

90. 葉嘉瑩，迦陵論詩叢稿〔M〕，石家莊：河北教育出版社，1997。

91. 易聞曉，張劍，道咸「宋詩派」詩人研究〔M〕，北京：中國社會科學出版社，2012。

92. 袁行霈，中國詩歌藝術研究〔M〕，北京：北京大學出版社，2005。

93. 曾克耑，論同光體詩〔A〕，鄺健行，吳淑鈿編選，香港中國古典文學研究論文選粹（1950～2000）·詩詞曲篇〔C〕，南京：江蘇古籍出版社，2002：1～32。

94. 張傳倫，柳如是與絳雲峰〔M〕，天津：天津人民出版社，2010。

95. 張謇，張謇全集〔M〕，南京：江蘇古籍出版社，1994。

96. 章品鎮，花木叢中人常在〔M〕，北京：三聯書店，1997。

97. 趙元禮，藏齋詩話〔A〕，張寅彭，民國詩話叢編（第二冊）〔C〕，上海：上海書店出版社，2002：217～290。

98. 朱光潛，談美書簡〔M〕，上海：上海文藝出版社，2000。

二、論　文

1. 陳平原，西潮東漸與舊學新知——中國現代學術之建立〔J〕，北京大學學報（哲社版），1998（1）：39～50。
2. 范曾，《南通范氏十三代詩文集》序〔J〕，南通師範學院學報（哲學社會科學版），2004（2）：53～56。
3. 范曾，吾家詩學與文化信仰〔J〕，中國文化，2007（2）：180～188。
4. 方任安，以文爲詩　以文論詩——桐城詩派的詩學觀〔J〕，安慶師院社會科學學報，1997（1）：23～24+29。
5. 葛春蕃，范當世的詩學追求與「不歡」情結〔J〕，湖南科技學院學報，2010（6）：71～74。
6. 龔敏，范當世與陳三立的文學交往〔J〕，古典文學知識，2009（3）：77～82。
7. 龔敏，論方東樹的詩學淵源〔J〕，中國韻文學刊，2006（1）：86～91。
8. 顧友澤，黃燕燕，范鳳翼的家族意識〔J〕，文藝評論，2012（12）：113～117。
9. 顧友澤，范鳳翼詩論與詩歌創作初探〔J〕，徐州師範大學學報（哲學社會科學版），2010（3）：38～45。
10. 賀國強，魏中林，論「詩人之詩」與「學人之詩」〔J〕，學術研究，2009（9）：129～136。
11. 侯長生，范當世與李鴻章〔J〕，社會科學論壇，2006（12）：207～210。
12. 侯長生，范當世與清代宋詩學〔J〕，河北師範大學學報（哲學社會科學版），2008（4）：121～125。
13. 侯長生，同治中興與同光體〔J〕，唐都學刊，2008（3）：101～106。
14. 胡露，周錄祥，范門弟子小考〔J〕，南通大學學報（社會科學版），2005（2）：141～146。
15. 胡迎建，試述南社裏的宗宋派詩人〔J〕，徐州師範大學學報（哲學社會科學版），2010（2）：44～49。
16. 黃偉，董芬，范伯子詩學理論平議〔J〕，徐州師範大學學報（哲學社會科學版），2009（5）：35～41。
17. 黃偉，董芬，范伯子詩學淵源考論〔J〕，南通大學學報（社會科學

版），2009（5）：135～140。

18. 李漢超，杜甫《醉時歌》「簷花」考辨〔J〕，社會科學輯刊，1985（4）：98～103。

19. 李劍波，清代宗宋詩風的嬗變〔J〕，人文雜誌，2007（6）：146～150。

20. 李瑞明，才學與性情：陳衍的「學人詩」觀念〔J〕，嘉興學院學報，2004（1）：95～99。

21. 林紅，錢澄之《田間詩學》研究〔D〕，廣州：暨南大學，2010。

22. 劉開揚，關於《杜臆》的一條解釋──杜甫《醉時歌》句「燈前細雨簷花落」〔J〕，文史哲，1981（6）：39～40。

23. 劉經富，張吳之後有散原──讀新發現的陳三立早年《文稿》評語和范當世佚函〔J〕，中華文史論叢，2012（2）：390～399+406。

24. 盧坡，錢鍾書「桐城亦有詩派」續說〔J〕，合肥師範學院學報，2009（4）：103～107。

25. 陸仰淵，明末清初明萬里率南通民眾兩次暴動稽考〔J〕，學海，2000（2）：131～135。

26. 陸胤，「同光體」與晚清士人群體──從同光清流到武漢幕府〔J〕，《國學研究》，2008（22）：303～350。

27. 茅海建，戊戌政變的時間、過程與原委──先前研究各說的認知、補證、修正（二）〔J〕，近代史研究，2002（5）：138～195+3。

28. 潘建偉，蝸牛小語接詩道──讀范罕《蝸牛舍說詩新語》〔J〕，書屋，2009（8）：41～43。

29. 龐承強，林庚白對宋詩派理論的反思與改造及其古典詩歌創作觀〔J〕，南京理工大學學報（社會科學版），2002（6）：89～92。

30. 石劍波，從董其昌范鳳翼的交遊論其黨爭的傾向性〔J〕，書法賞評，2009（6）：20～25。

31. 史薇，交盡天下士　門庭無雜賓──范國祿詩文的交遊情況略論〔J〕，蘇州科技學院學報（社會科學版），2009（4）：56～61。

32. 孫虎，「骨重神寒」：宋詩派的美學認同取向〔J〕，蘇州科技學院學報（社會科學版），2009（4）：50～55。

33. 孫老虎，胡曉明，孤兒‧殘陽‧遊魂：陳三立詩歌的悲情人格〔J〕，浙江社會科學，2005（1）：173～181。

34. 田義勇，「棱汁」：方東樹詩法論的重要範疇〔J〕，保定學院學報，2009（3）：88～90。

35. 汪朝勇，姚鼐與范當世詩文理論之關係〔J〕，阜陽師範學院學報（社

會科學版），2007（3）：34～37。

36. 王成彬，楊曉輝，孫靜，范伯子與南通范氏教育世家〔J〕，南通大學學報（教育科學版），2005（3）：66～73。

37. 王成彬，范氏詩文世家發展的幾個時期〔J〕，南通大學學報（社會科學版），2005（2）：134～140。

38. 王新田，柳詒徵先生年譜簡編〔J〕，中國文哲研究通信，1999，9（4）：147～155。

39. 魏泉，論道咸年間的宗宋詩風〔J〕，文史哲，2004（2）：114～118。

40. 吳淑鈿，從夏敬觀《唐詩說》看同光體後期詩人的詩史觀〔J〕，文學遺產，2004（3）：113～125+161。

41. 吳修成，近十年來近代桐城派研究綜述〔J〕，甘肅聯合大學學報（社會科學版），2006（2）：9～12。

42. 夏文婕，范當世研究綜述〔J〕，南通大學學報（社會科學版），2011（1）：133～135。

43. 謝遂聯，范當世的詩學主張及其對詩壇的影響〔J〕，和田師範專科學校學報，2004（4）：100～102。

44. 謝遂聯，范當世詩歌研究〔D〕，廣州：暨南大學，2001。

45. 辛涼，現代新儒學的佛學詮釋——概論儒佛會通與現代新儒學的理論建構〔J〕，湖南科技大學學報（社會科學版），2009（4）：50～58。

46. 嚴迪昌，范伯子詩述略〔J〕，文史知識，2003（8）：103～108。

47. 顏崑陽，用詩，是一種社會文化行爲模式——建構「中國詩用學」初論〔J〕，淡江中文學報，2008（18）：279～302。

48. 楊抱樸，袁昶日記中有關劉熙載的文獻〔J〕，遼東學院學報（社會科學版），2012（4）：82～86。

49. 餘一，國魂篇〔J〕，浙江潮，1903（1）。

50. 餘一，論日本近時政黨與政府之衝突〔J〕，浙江潮，1903（1）。

51. 餘一，民族主義論〔J〕，浙江潮，1903（1）。

52. 曾克耑，論范伯子詩〔J〕，幼獅學誌，1969（8）：1～50。

53. 張永芳，抒人生感慨　吐文士悲辛——范當世《人日和杜公追酬高蜀州詩》解讀〔J〕，文史知識，1994（4）：78～81。

54. 趙棟棟，桐城派的「因聲求氣」〔J〕，太原師範學院學報（社會科學版），2005（3）：65～67。

55. 鄭師渠，嚴復與盧梭的《民約論》〔J〕，福建論壇（文史哲版），1995（2）：45～50+44。

56. 周錄祥，胡露，范當世年譜二種考辨〔J〕，南通紡織職業技術學院學報，2005（2）：47～51。

57. 周少華，王澤龍，論梁啓超詩歌批評的現代轉型〔J〕，江漢論壇，2010（12）：93～97。

58. 周興陸，桐城亦有詩派〔J〕，中國文學研究，2012（4）：41～44。